GW01376971

JORGE LUIS BORGES

OBRAS COMPLETAS

JORGE LUIS BORGES

OBRAS COMPLETAS

1975 - 1985

EMECÉ EDITORES

Diseño de la cubierta: Josep Ubach
Ilustración de cubierta: Alberto Ciupiak
Basado en fotografía: Ferdinando Scianna

Emecé Editores España, S.A
Mallorca, 237 - 08008 Barcelona - Tel. 215 11 99

ISBN: 84-7888-373-8

Depósito legal: B-35.585-1997

1ª edición

Printed in Spain

Impresión: Romanyà-Valls, Pl. Verdaguer 1,
Capellades, Barcelona

NOTA DEL EDITOR

Este tercer volumen (1975-1985) de las *Obras Completas* de Jorge Luis Borges reúne la producción literaria de la última década de la vida del escritor. Fue recopilado y publicado en 1989, después de su muerte. La edición, que sigue el orden cronológico de publicación de los libros que la integran, reproduce los libros en prosa y sus dos últimos libros de poesía, tal como fueron publicados en vida de Borges. Los libros de poesía publicados hasta 1977, inclusive, reproducen la última versión revisada por el autor en esa fecha.

El volumen III contiene en primer término su último libro de cuentos, *El libro de arena*, 1975, y bajo el título *La memoria de Shakespeare*, cuatro cuentos más, escritos después de 1975; cinco libros de poesía: *La rosa profunda*, 1975; *La moneda de hierro*, 1976; *Historia de la noche*, 1977; *La cifra*, 1981, y *Los Conjurados*, 1985; un libro de conferencias, *Siete noches*, 1980; un libro de ensayos, *Nueve ensayos dantescos*, publicado en 1982, pero cuyos textos fueron escritos entre 1945 y 1951; y el *Atlas*, 1984, con breves textos escritos durante los viajes.

Dado que los libros que integran este volumen se incluyeron tal como fueron originalmente publicados, hay ocasiones en que sus textos se repiten. Tal es el caso de *Los Conjurados*, 1985, que recoge varios textos incluidos en *Atlas*, 1984. O de *La rosa profunda*, 1975, que reproduce varios poemas anteriormente publicados en *El oro de los tigres*, 1972, incluido en el volumen II de las *Obras Completas*. En estas ocasiones, para no incurrir en una poda de textos, hemos preferido dejar constancia de las repeticiones en nota a pie de página.

En este mismo período, 1975-1985, Jorge Luis Borges publicó además un primer libro de conferencias, titulado *Borges oral*, 1979, que no se incluyó en este volumen por disposición de su heredera. Afortunadamente hemos podido incluirlo en el volumen IV de las *Obras Completas*, publicado recientemente.

EL LIBRO DE ARENA

LA ROSA PROFUNDA

LA MONEDA DE HIERRO

HISTORIA DE LA NOCHE

SIETE NOCHES

LA CIFRA

NUEVE ENSAYOS DANTESCOS

LA MEMORIA DE SHAKESPEARE

ATLAS

LOS CONJURADOS

El libro de arena
(1975)

EL OTRO

El hecho ocurrió en el mes de febrero de 1969, al norte de Boston, en Cambridge. No lo escribí inmediatamente porque mi primer propósito fue olvidarlo, para no perder la razón. Ahora, en 1972, pienso que si lo escribo, los otros lo leerán como un cuento y, con los años, lo será tal vez para mí.

Sé que fue casi atroz mientras duró y más aún durante las desveladas noches que lo siguieron. Ello no significa que su relato pueda conmover a un tercero.

Serían las diez de la mañana. Yo estaba recostado en un banco, frente al río Charles. A unos quinientos metros a mi derecha había un alto edificio, cuyo nombre no supe nunca. El agua gris acarreaba largos trozos de hielo. Inevitablemente, el río hizo que yo pensara en el tiempo. La milenaria imagen de Heráclito. Yo había dormido bien; mi clase de la tarde anterior había logrado, creo, interesar a los alumnos. No había un alma a la vista.

Sentí de golpe la impresión (que según los psicólogos corresponde a los estados de fatiga) de haber vivido ya aquel momento. En la otra punta de mi banco alguien se había sentado. Yo hubiera preferido estar solo, pero no quise levantarme en seguida, para no mostrarme incivil. El otro se había puesto a silbar. Fue entonces cuando ocurrió la primera de las muchas zozobras de esa mañana. Lo que silbaba, lo que trataba de silbar (nunca he sido muy entonado), era el estilo criollo de *La tapera* de Elías Regules. El estilo me retrajo a un patio, que ha desaparecido, y a la memoria de Álvaro Melián Lafinur, que hace tantos años ha muerto. Luego vinieron las palabras. Eran las de la décima del principio. La voz no era la de Álvaro, pero quería parecerse a la de Álvaro. La reconocí con horror.

Me le acerqué y le dije:

—Señor, ¿usted es oriental o argentino?

—Argentino, pero desde el 14 vivo en Ginebra —fue la contestación.

Hubo un silencio largo. Le pregunté:

—¿En el número 17 de Malagnou, frente a la iglesia rusa?

Me contestó que sí.

—En tal caso —le dije resueltamente— usted se llama Jorge Luis Borges. Yo también soy Jorge Luis Borges. Estamos en 1969, en la ciudad de Cambridge.

—No —me respondió con mi propia voz un poco lejana.

Al cabo de un tiempo insistió:

—Yo estoy aquí en Ginebra, en un banco, a unos pasos del Ródano. Lo raro es que nos parecemos, pero usted es mucho mayor, con la cabeza gris.

Yo le contesté:

—Puedo probarte que no miento. Voy a decirte cosas que no puede saber un desconocido. En casa hay un mate de plata con un pie de serpientes, que trajo del Perú nuestro bisabuelo. También hay una palangana de plata, que pendía del arzón. En el armario de tu cuarto hay dos filas de libros. Los tres volúmenes de *Las mil y una noches* de Lane, con grabados en acero y notas en cuerpo menor entre capítulo y capítulo, el diccionario latino de Quicherat, la *Germania* de Tácito en latín y en la versión de Gordon, un *Don Quijote* de la casa Garnier, las *Tablas de sangre* de Rivera Indarte, con la dedicatoria del autor, el *Sartor Resartus* de Carlyle, una biografía de Amiel y, escondido detrás de los demás, un libro en rústica sobre las costumbres sexuales de los pueblos balcánicos. No he olvidado tampoco un atardecer en un primer piso de la plaza Dubourg.

—Dufour —corrigió.

—Está bien, Dufour. ¿Te basta con todo eso?

—No —respondió—. Esas pruebas no prueban nada. Si yo lo estoy soñando, es natural que sepa lo que yo sé. Su catálogo prolijo es del todo vano.

La objeción era justa. Le contesté:

—Si esta mañana y este encuentro son sueños, cada uno de los dos tiene que pensar que el soñador es él. Tal vez dejemos de soñar, tal vez no. Nuestra evidente obligación, mientras tanto, es aceptar el sueño, como hemos aceptado el universo y haber sido engendrados y mirar con los ojos y respirar.

—¿Y si el sueño durara? —dijo con ansiedad.

Para tranquilizarlo y tranquilizarme, fingí un aplomo que ciertamente no sentía. Le dije:

—Mi sueño ha durado ya setenta años. Al fin y al cabo, al recordarse, no hay persona que no se encuentre consigo misma. Es lo que nos está pasando ahora, salvo que somos dos. ¿No querés saber algo de mi pasado, que es el porvenir que te espera?

Asintió sin una palabra. Yo proseguí un poco perdido:

—Madre está sana y buena en su casa de Charcas y Maipú, en Buenos Aires, pero padre murió hace unos treinta años. Murió del corazón. Lo acabó una hemiplejia; la mano izquierda puesta sobre la mano derecha era como la mano de un niño sobre la mano de un gigante. Murió con impaciencia de morir, pero sin una queja. Nuestra abuela había muerto en la misma casa. Unos días antes del fin, nos llamó a todos y nos dijo: "Soy una mujer muy vieja, que está muriéndose muy despacio. Que nadie se alborote por una cosa tan común y corriente". Norah, tu hermana, se casó y tiene dos hijos. A propósito, en casa, ¿cómo están?

—Bien. Padre siempre con sus bromas contra la fe. Anoche dijo que Jesús era como los gauchos, que no quieren comprometerse, y que por eso predicaba en parábolas.

Vaciló y me dijo:

—¿Y usted?

—No sé la cifra de los libros que escribirás, pero sé que son demasiados. Escribirás poesías que te darán un agrado no compartido y cuentos de índole fantástica. Darás clases como tu padre y como tantos otros de nuestra sangre.

Me agradó que nada me preguntara sobre el fracaso o éxito de los libros. Cambié de tono y proseguí:

—En lo que se refiere a la historia... Hubo otra guerra, casi entre los mismos antagonistas. Francia no tardó en capitular; Inglaterra y América libraron contra un dictador alemán, que se llamaba Hitler, la cíclica batalla de Waterloo. Buenos Aires, hacia 1946, engendró otro Rosas, bastante parecido a nuestro pariente. El 55, la provincia de Córdoba nos salvó, como antes Entre Ríos. Ahora, las cosas andan mal. Rusia está apoderándose del planeta; América, trabada por la superstición de la democracia, no se resuelve a ser un imperio. Cada día que pasa nuestro país es más provinciano. Más provinciano y más engreído, como si cerrara los ojos. No me sorprendería que la enseñanza del latín fuera reemplazada por la del guaraní.

Noté que apenas me prestaba atención. El miedo elemental de lo imposible y sin embargo cierto lo amilanaba. Yo, que no he sido padre, sentí por ese pobre muchacho, más íntimo que un hijo de mi carne, una oleada de amor. Vi que apretaba entre las manos un libro. Le pregunté qué era.

—*Los poseídos* o, según creo, *Los demonios* de Fyodor Dostoievski —me replicó no sin vanidad.

—Se me ha desdibujado. ¿Qué tal es?

No bien lo dije, sentí que la pregunta era una blasfemia.

—El maestro ruso —dictaminó— ha penetrado más que nadie en los laberintos del alma eslava.

Esa tentativa retórica me pareció una prueba de que se había serenado.

Le pregunté qué otros volúmenes del maestro había recorrido.

Enumeró dos o tres, entre ellos *El doble.*

Le pregunté si al leerlos distinguía bien los personajes, como en el caso de Joseph Conrad, y si pensaba proseguir el examen de la obra completa.

—La verdad es que no —me respondió con cierta sorpresa.

Le pregunté qué estaba escribiendo y me dijo que preparaba un libro de versos que se titularía *Los himnos rojos*. También había pensado en *Los ritmos rojos*.

—¿Por qué no? —le dije—. Podés alegar buenos antecedentes. El verso azul de Rubén Darío y la canción gris de Verlaine.

Sin hacerme caso, me aclaró que su libro cantaría la fraternidad de todos los hombres. El poeta de nuestro tiempo no puede dar la espalda a su época.

Me quedé pensando y le pregunté si verdaderamente se sentía hermano de todos. Por ejemplo, de todos los empresarios de pompas fúnebres, de todos los carteros, de todos los buzos, de todos los que viven en la acera de los números pares, de todos los afónicos, etcétera. Me dijo que su libro se refería a la gran masa de los oprimidos y parias.

—Tu masa de oprimidos y de parias —le contesté— no es más que una abstracción. Sólo los individuos existen, si es que existe alguien. *El hombre de ayer no es el hombre de hoy* sentenció algún griego. Nosotros dos, en este banco de Ginebra o de Cambridge, somos tal vez la prueba.

Salvo en las severas páginas de la historia, los hechos memorables prescinden de frases memorables. Un hombre a punto de morir quiere acordarse de un grabado entrevisto en la infancia; los soldados que están por entrar en la batalla hablan del barro o del sargento. Nuestra situación era única y, francamente, no estábamos preparados. Hablamos, fatalmente, de letras; temo no haber dicho otras cosas que las que suelo decir a los periodistas. Mi *alter ego* creía en la invención o descubrimiento de metáforas nuevas; yo en las que corresponden a afinidades íntimas y notorias y que nuestra imaginación ya ha aceptado. La vejez de los hombres y el ocaso, los sueños y la vida, el correr del tiempo y del agua. Le expuse esta opinión, que expondría en un libro años después.

Casi no me escuchaba. De pronto dijo:

—Si usted ha sido yo, ¿cómo explicar que haya olvidado su encuentro con un señor de edad que en 1918 le dijo que él también era Borges?

No había pensado en esa dificultad. Le respondí sin convicción:

—Tal vez el hecho fue tan extraño que traté de olvidarlo.

Aventuró una tímida pregunta:

—¿Cómo anda su memoria?

Comprendí que para un muchacho que no había cumplido veinte años, un hombre de más de setenta era casi un muerto. Le contesté:

—Suele parecerse al olvido, pero todavía encuentra lo que le encargan. Estudio anglosajón y no soy el último de la clase.

Nuestra conversación ya había durado demasiado para ser la de un sueño.

Una brusca idea se me ocurrió.

—Yo te puedo probar inmediatamente —le dije— que no estás soñando conmigo. Oí bien este verso, que no has leído nunca, que yo recuerde.

Lentamente entoné la famosa línea:

L'hydre-univers tordant son corps écaillé d'astres.

Sentí su casi temeroso estupor. Lo repitió en voz baja, saboreando cada resplandeciente palabra.

—Es verdad —balbuceó—. Yo no podré nunca escribir una línea como ésa.

Hugo nos había unido.

Antes, él había repetido con fervor, ahora lo recuerdo, aquella breve pieza en que Walt Whitman rememora una compartida noche ante el mar, en que fue realmente feliz.

—Si Whitman la ha cantado —observé— es porque la deseaba y no sucedió. El poema gana si adivinamos que es la manifestación de un anhelo, no la historia de un hecho.

Se quedó mirándome.

—Usted no lo conoce —exclamó—. Whitman es incapaz de mentir.

Medio siglo no pasa en vano. Bajo nuestra conversación de personas de miscelánea lectura y gustos diversos, comprendí que no podíamos entendernos. Éramos demasiado distintos y demasiado parecidos. No podíamos engañarnos, lo cual hace difícil el diálogo. Cada uno de los dos era el remedo caricaturesco del otro. La situación era harto anormal para durar mucho más tiempo. Aconsejar o discutir era inútil, porque su inevitable destino era ser el que soy.

De pronto recordé una fantasía de Coleridge. Alguien sueña que cruza el paraíso y le dan como prueba una flor. Al despertarse, ahí está la flor.

Se me ocurrió un artificio análogo.

—Oí —le dije—, ¿tenés algún dinero?

—Sí —me replicó—. Tengo unos veinte francos. Esta noche lo convidé a Simón Jichlinski en el *Crocodile*.

—Dile a Simón que ejercerá la medicina en Carouge, y que hará mucho bien... ahora, me das una de tus monedas.

Sacó tres escudos de plata y unas piezas menores. Sin comprender me ofreció uno de los primeros.

Yo le tendí uno de esos imprudentes billetes americanos que tienen muy diverso valor y el mismo tamaño. Lo examinó con avidez.

—No puede ser —gritó—. Lleva la fecha de 1974.

(Meses después alguien me dijo que los billetes de Banco no llevan fecha.)

—Todo esto es un milagro —alcanzó a decir— y lo milagroso da miedo. Quienes fueron testigos de la resurrección de Lázaro habrán quedado horrorizados.

No hemos cambiado nada, pensé. Siempre las referencias librescas.

Hizo pedazos el billete y guardó la moneda.

Yo resolví tirarla al río. El arco del escudo de plata perdiéndose en el río de plata hubiera conferido a mi historia una imagen vívida, pero la suerte no lo quiso.

Respondí que lo sobrenatural, si ocurre dos veces, deja de ser aterrador. Le propuse que nos viéramos al día siguiente, en ese mismo banco que está en dos tiempos y en dos sitios.

Asintió en el acto y me dijo, sin mirar el reloj, que se le había hecho tarde. Los dos mentíamos y cada cual sabía que su interlocutor estaba mintiendo. Le dije que iban a venir a buscarme.

—¿A buscarlo? —me interrogó.

—Sí. Cuando alcances mi edad habrás perdido casi por completo la vista. Verás el color amarillo y sombras y luces. No te preocupes. La ceguera gradual no es una cosa trágica. Es como un lento atardecer de verano.

Nos despedimos sin habernos tocado. Al día siguiente no fui. El otro tampoco habrá ido.

He cavilado mucho sobre este encuentro, que no he contado a nadie. Creo haber descubierto la clave. El encuentro fue real, pero el otro conversó conmigo en un sueño y fue así que pudo olvidarme; yo conversé con él en la vigilia y todavía me atormenta el recuerdo.

El otro me soñó, pero no me soñó rigurosamente. Soñó, ahora lo entiendo, la imposible fecha en el dólar.

ULRICA

Hann tekr sverthit Gram ok
leggr i methal theira bert.
Völsunga Saga, 27

Mi relato será fiel a la realidad o, en todo caso, a mi recuerdo personal de la realidad, lo cual es lo mismo. Los hechos ocurrieron hace muy poco, pero sé que el hábito literario es asimismo el hábito de intercalar rasgos circunstanciales y de acentuar los énfasis. Quiero narrar mi encuentro con Ulrica (no supe su apellido y tal vez no lo sabré nunca) en la ciudad de York. La crónica abarcará una noche y una mañana.

Nada me costaría referir que la vi por primera vez junto a las Cinco Hermanas de York, esos vitrales puros de toda imagen que respetaron los iconoclastas de Cromwell, pero el hecho es que nos conocimos en la salita del *Northern Inn*, que está del otro lado de las murallas. Éramos pocos y ella estaba de espaldas. Alguien le ofreció una copa y rehusó.

—Soy feminista —dijo—. No quiero remedar a los hombres. Me desagradan su tabaco y su alcohol.

La frase quería ser ingeniosa y adiviné que no era la primera vez que la pronunciaba. Supe después que no era característica de ella, pero lo que decimos no siempre se parece a nosotros.

Refirió que había llegado tarde al museo, pero que la dejaron entrar cuando supieron que era noruega.

Uno de los presentes comentó:

—No es la primera vez que los noruegos entran en York.

—Así es —dijo ella—. Inglaterra fue nuestra y la perdimos, si alguien puede tener algo o algo puede perderse.

Fue entonces cuando la miré. Una línea de William Blake habla de muchachas de suave plata o de furioso oro, pero en Ulrica estaban el oro y la suavidad. Era ligera y alta, de rasgos afilados y de ojos grises. Menos que su rostro me impresionó su aire de tranquilo misterio. Sonreía fácilmente y la sonrisa parecía alejarla. Vestía de negro, lo cual es raro en tierras del Norte, que tratan de alegrar con colores lo apagado del ámbito. Hablaba un inglés nítido y preciso y acentuaba levemente las erres. No soy observador; esas cosas las descubrí poco a poco.

Nos presentaron. Le dije que era profesor en la Universidad de los Andes en Bogotá. Aclaré que era colombiano.

Me preguntó de un modo pensativo:

—¿Qué es ser colombiano?

—No sé —le respondí—. Es un acto de fe.

—Como ser noruega —asintió.

Nada más puedo recordar de lo que se dijo esa noche. Al día siguiente bajé temprano al comedor. Por los cristales vi que había nevado; los páramos se perdían en la mañana. No había nadie más. Ulrica me invitó a su mesa. Me dijo que le gustaba salir a caminar sola.

Recordé una broma de Schopenhauer y contesté:

—A mí también. Podemos salir juntos los dos.

Nos alejamos de la casa, sobre la nieve joven. No había un alma en los campos. Le propuse que fuéramos a Thorgate, que queda río abajo, a unas millas. Sé que ya estaba enamorado de Ulrica; no hubiera deseado a mi lado ninguna otra persona.

Oí de pronto el lejano aullido de un lobo. No he oído nunca aullar a un lobo, pero sé que era un lobo. Ulrica no se inmutó.

Al rato dijo como si pensara en voz alta:

—Las pocas y pobres espadas que vi ayer en York Minster me han conmovido más que las grandes naves del museo de Oslo.

Nuestros caminos se cruzaban. Ulrica, esa tarde, proseguiría el viaje hacia Londres; yo, hacia Edimburgo.

—En Oxford Street –me dijo– repetiré los pasos de De Quincey, que buscaba a su Anna perdida entre las muchedumbres de Londres.

—De Quincey —respondí— dejó de buscarla. Yo, a lo largo del tiempo, sigo buscándola.

—Tal vez —dijo en voz baja— la has encontrado.

Comprendí que una cosa inesperada no me estaba prohibida y le besé la boca y los ojos. Me apartó con suave firmeza y luego declaró:

—Seré tuya en la posada de Thorgate. Te pido mientras tanto que no me toques. Es mejor que así sea.

Para un hombre célibe entrado en años, el ofrecido amor es un don que ya no se espera. El milagro tiene derecho a imponer condiciones. Pensé en mis mocedades de Popayan y en una muchacha de Texas, clara y esbelta como Ulrica, que me había negado su amor.

No incurrí en el error de preguntarle si me quería. Comprendí que no era el primero y que no sería el último. Esa aventura, acaso la postrera para mí, sería una de tantas para esa resplandeciente y resuelta discípula de Ibsen.

Tomados de la mano seguimos.

—Todo esto es como un sueño —dije— y yo nunca sueño.

—Como aquel rey —replicó Ulrica— que no soñó hasta que un hechicero lo hizo dormir en una pocilga.

Agregó después:

—Oye bien. Un pájaro está por cantar.

Al poco rato oímos el canto.

—En estas tierras —dije—, piensan que quien está por morir prevé lo futuro.

—Y yo estoy por morir —dijo ella.

La miré atónito.

—Cortemos por el bosque —la urgí—. Arribaremos más pronto a Thorgate.

—El bosque es peligroso —replicó.

Seguimos por los páramos.

—Yo querría que este momento durara siempre —murmuré.

—*Siempre* es una palabra que no está permitida a los hombres —afirmó Ulrica y, para aminorar el énfasis, me pidió que le repitiera mi nombre, que no había oído bien.

—Javier Otárola —le dije.

Quiso repetirlo y no pudo. Yo fracasé, parejamente, con el nombre de Ulrikke.

—Te llamaré Sigurd —declaró con una sonrisa.

—Si soy Sigurd —le repliqué— tú serás Brynhild.

Había demorado el paso.

—¿Conoces la saga? —le pregunté.

—Por supuesto —me dijo—. La trágica historia que los alemanes echaron a perder con sus tardíos Nibelungos.

No quise discutir y le respondí:

—Brynhild, caminas como si quisieras que entre los dos hubiera una espada en el lecho.

Estábamos de golpe ante la posada. No me sorprendió que se llamara, como la otra, el *Northern Inn*.

Desde lo alto de la escalinata, Ulrica me gritó:

—¿Oíste al lobo? Ya no quedan lobos en Inglaterra. Apresúrate.

Al subir al piso alto, noté que las paredes estaban empapeladas a la manera de William Morris, de un rojo muy profundo, con entrelazados frutos y pájaros. Ulrica entró primero. El aposento oscuro era bajo, con un techo a dos aguas. El esperado lecho se duplicaba en un vago cristal y la bruñida caoba me recordó el espejo de la Escritura. Ulrica ya se había desvestido. Me llamó por mi verdadero nombre, Javier. Sentí que la nieve arreciaba. Ya no quedaban muebles ni espejos. No había una espada entre los dos. Como la arena se iba el tiempo. Secular en la sombra fluyó el amor y poseí por primera y última vez la imagen de Ulrica.

EL CONGRESO

Ils s'acheminèrent vers un château immense, au frontispice duquel on lisait: "Je n'appartiens à personne et j'appartiens à tout le monde. Vous y étiez avant que d'y entrer, et vous y serez encore quand vous en sortirez".

DIDEROT:
Jacques Le Fataliste et son Maître (1769).

Mi nombre es Alejandro Ferri. Ecos marciales hay en él, pero ni los metales de la gloria ni la gran sombra del macedonio —la frase es del autor de *Los mármoles*, cuya amistad me honró— se parecen al modesto hombre gris que hilvana estas líneas, en el piso alto de un hotel de la calle Santiago del Estero, en un Sur que ya no es el Sur. En cualquier momento habré cumplido setenta y tantos años; sigo dictando clases de inglés a pocos alumnos. Por indecisión o por negligencia o por otras razones, no me casé, y ahora estoy solo. No me duele la soledad; bastante esfuerzo es tolerarse a uno mismo y a sus manías. Noto que estoy envejeciendo; un síntoma inequívoco es el hecho de que no me interesan o sorprenden las novedades, acaso porque advierto que nada esencialmente nuevo hay en ellas y que no pasan de ser tímidas variaciones. Cuando era joven, me atraían los atardeceres, los arrabales y la desdicha; ahora, las mañanas del centro y la serenidad. Ya no juego a ser Hamlet. Me he afiliado al partido conservador y a un club de ajedrez, que suelo frecuentar como espectador, a veces distraído. El curioso puede exhumar, en algún oscuro anaquel de la Biblioteca Nacional de la calle México, un ejemplar de mi *Breve examen del idioma analítico de John Wilkins*, obra que exigiría otra edición, siquiera para corregir o atenuar sus muchos errores. El nuevo director de la Biblioteca, me dicen, es un literato que se ha consagrado al estudio de las lenguas antiguas, como si las actuales no fueran suficientemente rudimentarias, y a la exaltación demagógica de un imaginario Buenos Aires de cuchilleros. Nunca he querido conocerlo. Yo arribé a esta ciudad en 1899 y una sola vez el azar me enfrentó con un cuchillero o con un sujeto que tenía fama de tal. Más adelante, si se presenta la ocasión, contaré el episodio.

Ya dije que estoy solo; días pasados, un vecino de pieza, que me había oído hablar de Fermín Eguren, me dijo que éste había fallecido en Punta del Este.

La muerte de aquel hombre, que ciertamente no fue nunca mi amigo, se ha obstinado en entristecerme. Sé que estoy solo; soy en la tierra el único guardián de aquel acontecimiento, el Congreso, cuya memoria no podré compartir. Soy ahora el último congresal. Es verdad que todos los hombres lo son, que no hay un ser en el planeta que no lo sea, pero yo lo soy de otro modo. Sé que lo soy; eso me hace diverso de mis innumerables colegas, actuales y futuros. Es verdad que el día 7 de febrero de 1904 juramos por lo más sagrado no revelar —¿habrá en la tierra algo sagrado o algo que no lo sea?— la historia del Congreso, pero no menos cierto es que el hecho de que yo ahora sea un perjuro es también parte del Congreso. Esta declaración es oscura, pero puede encender la curiosidad de mis eventuales lectores.

De cualquier modo, la tarea que me he impuesto no es fácil. No he acometido nunca, ni siquiera en su especie epistolar, el género narrativo y, lo que sin duda es harto más grave, la historia que registraré es increíble. La pluma de José Fernández Irala, el inmerecidamente olvidado poeta de *Los mármoles*, era la predestinada a esta empresa, pero ya es tarde. No falsearé deliberadamente los hechos, pero presiento que la haraganería y la torpeza me obligarán, más de una vez, al error.

Las precisas fechas no importan. Recordemos que vine de Santa Fe, mi provincia natal, en 1899. No he vuelto nunca; me he acostumbrado a Buenos Aires, ciudad que no me atrae, como quien se acostumbra a su cuerpo o a una vieja dolencia. Preveo, sin mayor interés, que pronto he de morir; debo, por consiguiente, sujetar mi hábito digresivo y adelantar un poco la narración.

No modifican nuestra esencia los años, si es que alguna tenemos; el impulso que me llevaría, una noche, al Congreso del Mundo fue el que me trajo, inicialmente, a la redacción de *Última Hora*. Para un pobre muchacho provinciano, ser periodista puede ser un destino romántico, así como un pobre muchacho de la capital puede imaginar que es romántico el destino de un gaucho o de un peón de chacra. No me abochorna haber querido ser periodista, rutina que ahora me parece trivial. Recuerdo haberle oído decir a Fernández Irala, mi colega, que el periodista escribe para el olvido y que su anhelo era escribir para la memoria y el tiempo. Ya había cincelado (el verbo era de uso común) alguno de los sonetos perfectos que aparecerían después, con uno que otro leve retoque, en las páginas de *Los mármoles*.

No puedo precisar la primera vez que oí hablar del Congreso. Quizá fue aquella tarde en que el contador me pagó mi sueldo mensual y yo, para celebrar esa prueba de que Buenos Aires me había aceptado, propuse a Irala que comiéramos juntos. Éste se disculpó, alegando que no podía faltar al Congreso. Inmediatamente entendí que no se refería al vanidoso edificio con una cúpula, que está en el fondo de una avenida poblada de españoles, sino a algo más secreto y más importante. La gente hablaba del Congreso, algunos con abierta sorna, otros bajando la voz, otros con alarma o curiosidad; todos, creo, con ignorancia. Al cabo de unos sábados, Irala me convidó a acompañarlo. Ya había cumplido, me confió, con los trámites necesarios.

Serían las nueve o diez de la noche. En el tranvía me dijo que las reuniones preliminares tenían lugar los sábados y que don Alejandro Glencoe, tal vez movido por mi nombre, ya había dado su firma. Entramos en la Confitería del Gas. Los congresales, que serían quince o veinte, rodeaban una mesa larga; no sé si había un estrado o si la memoria lo agrega. Reconocí en el acto al presidente, que no había visto nunca. Don Alejandro era un señor de aire digno, ya entrado en años, con la frente despejada, los ojos grises y una canosa barba rojiza. Siempre lo vi de levita oscura; solía apoyar en el bastón las manos cruzadas. Era robusto y alto. A su izquierda había un hombre mucho más joven, también de pelo rojo; su violento color sugería el fuego y el de la barba del señor Glencoe, las hojas del otoño. A la derecha había un muchacho de cara larga y de frente singularmente baja, trajeado como un dandy. Todos habían pedido café y uno que otro, ajenjo. Lo que primero despertó mi atención fue la presencia de una mujer, sola entre tantos hombres. En la otra punta de la mesa había un niño de diez años, vestido de marinero, que no tardó en quedarse dormido. Había también un pastor protestante, dos inequívocos judíos y un negro con pañuelo de seda y la ropa muy ajustada, a la manera de los compadritos de las esquinas. Ante el negro y el niño había dos tazas de chocolate. No recuerdo a los otros, salvo a un señor Marcelo del Mazo, hombre de suma cortesía y de fino diálogo, que no volví a ver más. Conservo una borrosa y deficiente fotografía de una de las reuniones, que no publicaré, porque la indumentaria de la época, las melenas y los bigotes, le darían un aire burlesco y hasta menesteroso, que falsearía la escena. Todas las agrupaciones tienden a crear su dialecto y sus ritos; el Congreso, que siempre tuvo para mí algo de sueño, parecía querer que los congresales fueran descubriendo sin prisa el fin que buscaba y aun los nombres y apellidos de sus colegas. No tardé en comprender que mi obligación era no hacer preguntas y me abstuve de interrogar a Fernández Irala, que tampoco me dijo nada. No falté un solo sábado, pero pasaron uno o dos meses antes que yo entendiera. Desde la segunda reunión, mi vecino fue Donald Wren, un ingeniero del Ferrocarril Sud, que me daría lecciones de inglés.

Don Alejandro hablaba muy poco; los otros no se dirigían a él, pero sentí que hablaban para él y que buscaban su aprobación. Bastaba un ademán de la lenta mano para que el tema del debate cambiara. Fui descubriendo poco a poco que el rojizo hombre de la izquierda tenía el curioso nombre de Twirl. Recuerdo su aire frágil, que es atributo de ciertas personas muy altas, como si la estatura les diera vértigo y los hiciera abovedarse. Sus manos, lo recuerdo, solían jugar con una brújula de cobre, que a ratos dejaba en la mesa. A fines de 1914, murió como soldado de infantería en un regimiento irlandés. El que siempre ocupaba la derecha era el joven de frente baja, Fermín Eguren, sobrino del presidente. Descreo de los métodos del realismo, género artificial si lo hay; prefiero revelar de una buena vez lo que comprendí gradualmente. Antes, quiero recordar al lector mi situación de entonces: yo era un pobre muchacho de Casilda, hijo de chacareros, que había llegado a Buenos Aires y que de pronto se encontraba, así lo sentí, en el íntimo centro de Buenos Aires y tal vez, quién sabe, del mundo. Medio siglo ha pasado y sigo sintiendo aquel deslumbramiento inicial, que ciertamente no fue el último.

He aquí los hechos; los narraré con toda brevedad. Don Alejandro Glencoe, el presidente, era un estanciero oriental, dueño de un establecimiento de campo que lindaba con el Brasil. Su padre, oriundo de Aberdeen, se había fijado en este continente al promediar el siglo anterior. Trajo consigo unos cien libros, los únicos, me atrevo a afirmar, que don Alejandro leyó en el decurso de su vida. (Hablo de estos libros heterogéneos, que he tenido en las manos, porque en uno de ellos está la raíz de mi historia.) El primer Glencoe, al morir, dejó una hija y un hijo, que sería después nuestro presidente. La hija se casó con un Eguren y fue la madre de Fermín. Don Alejandro aspiró alguna vez a ser diputado, pero los jefes políticos le cerraron las puertas del Congreso del Uruguay. El hombre se enconó y resolvió fundar otro Congreso de más vastos alcances. Recordó haber leído en una de las volcánicas páginas de Carlyle el destino de aquel Anacharsis Cloots, devoto de la diosa Razón, que a la cabeza de treinta y seis extranjeros habló como "orador del género humano" ante una asamblea de París. Movido por su ejemplo, don Alejandro concibió el propósito de organizar un Congreso del Mundo que representaría a todos los hombres de todas las naciones. El centro de las reuniones preliminares era la Confitería del Gas; el acto de apertura, para el cual se había previsto un plazo de cuatro años, tendría su sede en el establecimiento de don Alejandro. Éste, que, como tantos orientales, no era partidario de Artigas, quería a Buenos Aires, pero había resuelto que el Congreso se reuniera en su patria. Curiosamente, el plazo original se cumpliría con una precisión casi mágica.

Al principio cobrábamos nuestras dietas, que no eran deleznables, pero el fervor que a todos nos encendía hizo que Fernández Irala, que era tan pobre como yo, renunciara a la suya y lo mismo hicimos los otros. Esa medida fue benéfica, ya que sirvió para separar la mies del rastrojo; el número de congresales disminuyó y sólo quedamos los fieles. El único cargo rentado fue el de la secretaria, Nora Erfjord, que carecía de otros medios de vida y cuya labor era abrumadora. Organizar una entidad que abarca el planeta no es una empresa baladí. Las cartas iban y venían y asimismo los telegramas. Llegaban adhesiones del Perú, de Dinamarca y del Indostán. Un boliviano señaló que su patria carecía de todo acceso al mar y que esa lamentable carencia debería ser el tema de uno de los primeros debates.

Twirl, cuya inteligencia era lúcida, observó que el Congreso presuponía un problema de índole filosófica. Planear una asamblea que representara a todos los hombres era como fijar el número exacto de los arquetipos platónicos, enigma que ha atareado durante siglos la perplejidad de los pensadores. Sugirió que, sin ir más lejos, don Alejandro Glencoe podía representar a los hacendados, pero también a los orientales y también a los grandes precursores y también a los hombres de barba roja y a los que están sentados en un sillón. Nora Erfjord era noruega. ¿Representaría a las secretarias, a las noruegas o simplemente a todas las mujeres hermosas? ¿Bastaba un ingeniero para representar a todos los ingenieros, incluso los de Nueva Zelandia?

Fue entonces, creo, que Fermín intervino.

—Ferri está en representación de los gringos —dijo con una carcajada.

Don Alejandro lo miró con severidad y dijo sin apuro:

—El señor Ferri está en representación de los emigrantes, cuya labor está levantando el país.

Nunca Fermín Eguren me pudo ver. Ejercía diversas soberbias: la de ser oriental, la de ser criollo, la de atraer a todas las mujeres, la de haber elegido un sastre costoso y, nunca sabré por qué, la de su estirpe vasca, gente que al margen de la historia no ha hecho otra cosa que ordeñar vacas.

Un incidente de lo más trivial selló nuestras enemistades. Después de una sesión, Eguren propuso que fuéramos a la calle Junín. El proyecto no me atraía, pero acepté, para no exponerme a sus burlas. Fuimos con Fernández Irala. Al salir de la casa, nos cruzamos con un hombre grandote. Eguren, que estaría un poco bebido, le dio un empujón. El otro nos cerró el camino y nos dijo:

—El que quiera salir va a tener que pasar por este cuchillo.

Recuerdo el brillo del acero en la oscuridad del zaguán. Eguren se echó atrás, aterrado. Yo no las tenía todas conmigo, pero mi odio pudo más que mi susto. Me llevé la mano a la sisa, como para sacar un arma, y dije con voz firme:

—Esto lo vamos a arreglar en la calle.

El desconocido me respondió, ya con otra voz.

—Así me gustan los hombres. Yo quería probarlos, amigo.

Ahora reía afablemente.

—Lo de amigo corre por cuenta suya —le repliqué y salimos.

El hombre del cuchillo entró en el prostíbulo. Me dijeron después que se llamaba Tapia o Paredes o algo por el estilo y que tenía fama de pendenciero. Ya en la vereda, Irala, que se había mantenido sereno, me palmeó y declaró con énfasis:

—Entre los tres había un mosquetero. ¡Salve, D'Artagnan!

Fermín Eguren nunca me perdonó haber sido testigo de su aflojada.

Siento que ahora, y sólo ahora, empieza la historia. Las páginas ya escritas no han registrado más que las condiciones que el azar o el destino requería para que ocurriera el hecho increíble, acaso el único de toda mi vida. Don Alejandro Glencoe era siempre el centro de la trama, pero gradualmente sentimos, no sin algún asombro y alarma, que el verdadero presidente era Twirl. Este singular personaje de bigote fulgente adulaba a Glencoe y aun a Fermín Eguren, pero de un modo tan exagerado que podía pasar por una burla y no comprometía su dignidad. Glencoe tenía la soberbia de su vasta fortuna; Twirl adivinó que, para imponerle un proyecto, bastaba sugerir que su costo era demasiado oneroso. Al principio, el Congreso no había sido más, lo sospecho, que un vago nombre; Twirl proponía continuas ampliaciones, que don Alejandro siempre aceptaba. Era como estar en el centro de un círculo creciente, que se agranda sin fin, alejándose. Declaró, por ejemplo, que el Congreso no podía prescindir de una biblioteca de libros de consulta; Nierenstein, que trabajaba en una librería, fue consiguiéndonos los atlas de Justus Perthes y diversas y extensas enciclopedias, desde la *Historia naturalis* de Plinio y el *Speculum* de Beauvais hasta los gratos laberintos (releo estas palabras con la voz de Fernández Irala) de los ilustres enciclopedistas franceses, de la *Britannica*, de Pierre Larousse, de Brockhaus, de Larsen y de Montaner y Simón. Recuerdo haber acariciado con reverencia los sedosos volúmenes de cierta enciclopedia china, cuyos bien pincelados caracteres me parecieron más misteriosos que las manchas de la piel de un leopardo. No diré todavía el fin que tuvieron y que por cierto no lamento.

Don Alejandro nos había tomado cariño a Fernández Irala y a mí, tal vez porque éramos los únicos que no trataban de halagarlo. Nos convidó a pasar unos días en la estancia *La Caledonia*, donde ya estaban trabajando los peones albañiles.

Al cabo de una larga navegación, río arriba, y de una travesía en balsa, pisamos la otra banda, un amanecer. Después tuvimos que hacer noche en pulperías menesterosas y que abrir y cerrar muchas tranqueras en la Cuchilla Negra. Íbamos en una volanta; el campo me pareció más grande y más solo que el de la chacra en que nací.

Conservo aún mis dos imágenes de la estancia: la que yo había previsto y la que mis ojos vieron al fin. Absurdamente yo me había figurado, como en un sueño, una combinación imposible de la llanura santafesina y del Palacio de las Aguas Corrientes; *La Caledonia* era una casa larga, de adobe, con el techo de paja a dos aguas y con un corredor de ladrillo. Me pareció construida para el rigor y para el largo tiempo. Casi una vara de espesor tenían los toscos muros y las puertas eran angostas. A nadie se le había ocurrido plantar un árbol. El primer sol y el último la golpeaban. Los corrales eran de piedra; la hacienda era numerosa, flaca y guampuda; las colas arremolinadas de los caballos alcanzaban al suelo. Por primera vez conocí el sabor del animal recién carneado. Trajeron unas bolsas de galleta; el capataz me dijo, días después, que no había probado pan en su vida. Irala preguntó dónde estaba el baño; don Alejandro, con un vasto ademán, le mostró el continente. La noche era de luna; salí a dar una vuelta y lo sorprendí, vigilado por un ñandú.

El calor, que no había mitigado la noche, era insoportable y todos ponderaban el fresco. Las piezas eran bajas y muchas y me parecieron desmanteladas; nos destinaron una que daba al sur, en la que había dos catres y una cómoda, con la palangana y la jarra que eran de plata. El piso era de tierra.

Al día siguiente di con la biblioteca y con los volúmenes de Carlyle y busqué las páginas consagradas al orador del género humano, Anacharsis Cloots, que me había conducido a aquella mañana y a aquella soledad. Después del desayuno, idéntico a la comida, don Alejandro nos mostró los trabajos. Hicimos una legua a caballo, entre los descampados. Irala, cuya equitación era temerosa, sufrió un percance; el capataz observó sin una sonrisa:

—El porteño sabe apearse muy bien.

Desde lejos vimos la obra. Una veintena de hombres había erigido una suerte de anfiteatro despedazado. Recuerdo unos andamios y unas gradas que dejaban entrever espacios de cielo.

Más de una vez traté de conversar con los gauchos, pero mi empeño fracasó. De algún modo sabían que eran distintos. Para entenderse entre ellos, usaban parcamente un gangoso español abrasilerado. Sin duda por sus venas corría sangre india y sangre negra. Eran fuertes y bajos; en *La Caledonia* yo era un hombre alto, cosa que no me había sucedido hasta entonces. Casi todos usaban chiripá y uno que otro, bombacha. Poco o nada tenían en común con los dolientes personajes de Hernández o de Rafael Obligado. Bajo el estímulo del alcohol de los sábados, eran fácilmente violentos. No había una mujer y jamás oí una guitarra.

Más que los hombres de esa frontera me interesó el cambio total que se había operado en don Alejandro. En Buenos Aires, era un señor afable y medido; en *La Caledonia*, el severo jefe de un clan, como sus mayores. Los domingos por la mañana les leía la Sagrada Escritura a los peones, que no entendían una sola palabra. Una noche, el capataz, un muchacho joven, que había heredado el cargo de su padre, nos avisó que un agregado y un peón se habían trabado a puñaladas. Don Alejandro se levantó sin mayor apuro. Llegó a la rueda, se quitó el arma que solía cargar, se la dio al capataz, que me pareció acobardado, y se abrió camino entre los aceros. Oí en seguida la orden:

—Suelten el cuchillo, muchachos.

Con la misma voz tranquila agregó:

—Ahora se dan la mano y se portan bien. No quiero barullos aquí.

Los dos obedecieron. Al otro día supe que don Alejandro lo había despedido al capataz.

Sentí que la soledad me cercaba. Temí no volver nunca a Buenos Aires. No sé si Fernández Irala compartió ese temor, pero hablábamos mucho de la Argentina y de lo que haríamos a la vuelta. Extrañaba los leones de un portón de la calle Jujuy, cerca de la plaza del Once, o la luz de cierto almacén de imprecisa topografía, no los lugares habituales. Siempre fui buen jinete; me habitué a salir a caballo y a recorrer largas distancias. Todavía me acuerdo de aquel moro que yo solía ensillar y que ya habrá muerto. Acaso alguna tarde o alguna noche estuve en el Brasil, porque la frontera no era otra cosa que una línea trazada por mojones.

Había aprendido a no contar los días cuando, al cabo de un día como los otros, don Alejandro nos advirtió:

—Ahora nos vamos a acostar. Mañana salimos con la fresca.

Ya río abajo me sentí tan feliz que pude pensar con cariño en *La Caledonia*.

Reanudamos la reunión de los sábados. En la primera, Twirl pidió la palabra. Dijo, con las habituales flores retóricas, que la biblioteca del Congreso del Mundo no podía reducirse a libros de consulta y que las obras clásicas de todas las naciones y lenguas eran un verdadero testimonio que no podíamos ignorar sin peligro. La ponencia fue aprobada en el acto; Fernández Irala y el doctor Cruz, que era profesor de latín, aceptaron la misión de elegir los textos necesarios. Twirl ya había hablado del asunto con Nierenstein.

En aquel tiempo no había un solo argentino cuya Utopía no fuera la ciudad de París. Quizá el más impaciente de nosotros era Fermín Eguren: lo seguía Fernández Irala, por razones harto distintas. Para el poeta de *Los mármoles*, París era Verlaine y Leconte de Lisle; para Eguren, una continuación mejorada de la calle Junín. Se había entendido, lo sospecho, con Twirl. Éste, en otra reunión, discutió el idioma que usarían los congresales y la conveniencia de que dos delegados fueran a Londres y a París, a documentarse. Para fingir imparcialidad, propuso primero mi nombre y, tras una ligera vacilación, el de su amigo Eguren. Don Alejandro, como siempre, asintió.

Creo haber escrito que Wren, a cambio de unas clases de italiano, me había iniciado en el estudio del infinito idioma inglés. Prescindió, en lo posible, de la gramática y de las oraciones fabricadas para el aprendizaje y entramos directamente en la poesía, cuyas formas exigen la brevedad. Mi primer contacto con el lenguaje que poblaría mi vida fue el valeroso *Requiem* de Stevenson; después vinieron las baladas que Percy reveló al decoroso siglo XVIII. Poco antes de partir para Londres conocí el deslumbramiento de Swinburne, que me llevó a dudar, como quien comete una culpa, de la eminencia de los alejandrinos de Irala.

Arribé a Londres a principios de enero del novecientos dos; recuerdo la caricia de la nieve, que yo nunca había visto y que agradecí. Felizmente, no me tocó viajar con Eguren. Me hospedé en una módica pensión a espaldas del Museo Británico, a cuya biblioteca concurría de mañana y de tarde, en busca de un idioma que fuera digno del Congreso del Mundo. No descuidé las lenguas universales; me asomé al esperanto —que el *Lunario sentimental* califica de "equitativo, simple y económico"— y al volapuk, que quiere explorar todas las posibilidades lingüísticas, declinando los verbos y conjugando los sustantivos. Consideré los argumentos en pro y en contra de resucitar el latín, cuya nostalgia no ha cesado de perdurar al cabo de los siglos. Me demoré asimismo en el examen del idioma analítico de John Wilkins, donde la definición de cada palabra está en las letras que la forman. Fue bajo la alta cúpula de la sala que conocí a Beatriz.

Ésta es la historia general del Congreso del Mundo, no la de Alejandro Ferri, la mía, pero la primera abarca a la última, como a todas las otras. Beatriz era alta, esbelta, de rasgos puros y de una cabellera bermeja que pudo haberme recordado y nunca lo hizo la del oblicuo Twirl. No había cumplido los veinte años. Había dejado uno de los condados del Norte para ser alumna de letras de la universidad. Su origen, como el mío, era humilde. Ser de cepa italiana en Buenos Aires era aún desdoroso; en Londres descubrí que para muchos era un atributo romántico. Pocas tardes tardamos en ser amantes; le pedí que se casara conmigo, pero Beatriz Frost, como Nora Erfjord, era devota de la fe predicada por Ibsen y no quería atarse a nadie. De su boca nació la palabra que yo no me atrevía a decir. Oh noches, oh compartida y tibia tiniebla, oh el amor que fluye en la sombra como un río secreto, oh aquel momento de la dicha en que cada uno es los dos, oh la inocencia y el candor de la dicha, oh la unión en la que nos perdíamos para perdernos luego en el sueño, oh las primeras claridades del día y yo contemplándola.

En la áspera frontera del Brasil me había acosado la nostalgia; no así en el rojo laberinto de Londres, que me dio tantas cosas. A pesar de los pretextos que urdí para demorar la partida, tuve que volver a fin de año; celebramos juntos la Navidad. Le prometí que don Alejandro la invitaría a formar parte del Congreso; me replicó, de un modo vago, que le interesaría visitar el hemisferio austral y que un primo suyo, dentista, se había radicado en Tasmania. Beatriz no quiso ver el barco; la despedida, a su entender, era un énfasis, una insensata fiesta de la desdicha, y ella detestaba los énfasis. Nos dijimos adiós en la biblioteca donde nos conocimos en otro invierno. Soy un hombre cobarde; no le dejé mi dirección, para eludir la angustia de esperar cartas.

He notado que los viajes de vuelta duran menos que los de ida, pero la travesía del Atlántico, pesada de recuerdos y de zozobras, me pareció muy larga. Nada me dolía tanto como pensar que paralelamente a mi vida Beatriz iría viviendo la suya, minuto por minuto y noche por noche. Escribí una carta de muchas páginas, que rompí al zarpar de Montevideo. Arribé a la patria un día jueves; Irala me esperaba en la dársena. Volví a mi antiguo alojamiento en la calle Chile; aquel día y el otro los pasamos hablando y caminando. Yo quería recobrar a Buenos Aires. Fue un alivio saber que Fermín Eguren seguía en París; el hecho de haber regresado antes que él atenuaría de algún modo mi larga ausencia.

Irala estaba descorazonado. Fermín dilapidaba en Europa sumas desaforadas y había desacatado más de una vez la orden de volver inmediatamente. Esto era previsible. Más me inquietaron otras noticias; Twirl, pese a la oposición de Irala y de Cruz, había invocado a Plinio el Joven, según el cual no hay libro tan malo que no encierre algo bueno, y había propuesto la compra indiscrimada de colecciones de *La Prensa*, de tres mil cuatrocientos ejemplares de *Don Quijote*, en diversos formatos, del epistolario de Balmes, de tesis universitarias, de cuentas, de boletines y de programas de teatro. Todo es un testimonio, había dicho. Nierenstein lo apoyó; don Alejandro, "al cabo de tres sábados sonoros", aprobó la moción. Nora Erfjord había renunciado a su cargo de secretaria; la reemplazaba un socio nuevo, Karlinski, que era un instrumento de Twirl. Los desmesurados paquetes iban apilándose ahora, sin catálogo ni fichero, en las habitaciones del fondo y en la bodega del caserón de don Alejandro. A principios de julio, Irala había pasado una semana en *La Caledonia*; los albañiles habían interrumpido el trabajo. El capataz, interrogado, explicó que así lo había dispuesto el patrón y que al tiempo lo que le está sobrando son días.

En Londres yo había redactado un informe, que no es del caso recordar; el viernes, fui a saludar a don Alejandro y a entregarle mi texto. Me acompañó Fernández Irala. Era la hora de la tardc y en la casa entraba el pampero. Frente al portón de la calle Alsina esperaba un carro con tres caballos. Me acuerdo de hombres encorvados que iban descargando sus fardos en el último patio; Twirl, imperioso, les daba órdenes. Ahí estaban también, como si presintieran algo, Nora Erfjord y Nierenstein y Cruz y Donald Wren y uno o dos congresales más. Nora me abrazó y me besó y aquel abrazo y aquel beso me recordaron otros. El negro, bonachón y feliz, me besó la mano.

En uno de los cuartos estaba abierta la cuadrada trampa del sótano; unos escalones de material se perdían en la sombra.

Bruscamente oímos los pasos. Antes de verlo, supe que era don Alejandro el que entraba. Casi como si corriera, llegó.

Su voz era distinta; no era la del pausado señor que presidía nuestros sábados ni la del estanciero feudal que prohibía un duelo a cuchillo y que predicaba a sus gauchos la palabra de Dios, pero se parecía más a la última.

Sin mirar a nadie, mandó:

—Vayan sacando todo lo amontonado ahí abajo. Que no quede un libro en el sótano.

La tarea duró casi una hora. Acumulamos en el patio de tierra una pila más alta que los más altos. Todos íbamos y veníamos; el único que no se movió fue don Alejandro.

Después vino la orden:

—Ahora le prenden fuego a estos bultos.

Twirl estaba muy pálido. Nierenstein acertó a murmurar:

—El Congreso del Mundo no puede prescindir de esos auxiliares preciosos que he seleccionado con tanto amor.

—¿El Congreso del Mundo? —dijo don Alejandro. Se rió con sorna y yo nunca lo había oído reír.

Hay un misterioso placer en la destrucción; las llamaradas crepitaron resplandecientes y los hombres nos agolpamos contra los muros o en las habitaciones. Noche, ceniza y olor a quemado quedaron en el patio. Me acuerdo de unas hojas perdidas que se salvaron, blancas sobre la tierra. Nora Erfjord, que profesaba por don Alejandro ese amor que las mujeres jóvenes suelen profesar por los hombres viejos, dijo sin entender:

—Don Alejandro sabe lo que hace.

Irala, fiel a la literatura, intentó una frase:

—Cada tantos siglos hay que quemar la Biblioteca de Alejandría.

Luego nos llegó la revelación:

—Cuatro años he tardado en comprender lo que les digo ahora. La empresa que hemos acometido es tan vasta que abarca —ahora lo sé— el mundo entero. No es unos cuantos charlatanes que aturden en los galpones de una estancia perdida. El Congreso del Mundo comenzó con el primer instante del mundo y proseguirá cuando seamos polvo. No hay un lugar en que no esté. El Congreso es los libros que hemos quemado. El Congreso es los caledonios que derrotaron a las legiones de los Césares. El Congreso es Job en el muladar y Cristo en la cruz. El Congreso es aquel muchacho inútil que malgasta mi hacienda con las rameras.

No pude contenerme y lo interrumpí:

—Don Alejandro, yo también soy culpable. Yo tenía concluido el informe, que aquí le traigo, y seguía demorándome en Inglaterra y tirando su plata, por el amor de una mujer.

Don Alejandro continuó:

—Ya me lo suponía, Ferri. El Congreso es mis toros. El Congreso es los toros que he vendido y las leguas de campo que no son mías.

Una voz consternada se elevó; era la de Twirl.

—¿No va a decirnos que ha vendido *La Caledonia*?

Don Alejandro contestó sin apuro:

—Sí, la he vendido. Ya no me queda un palmo de tierra, pero mi ruina no me duele, porque ahora entiendo. Tal vez no nos veremos más, porque el Congreso no nos precisa, pero esta última noche saldremos todos a mirar el Congreso.

Estaba ebrio de victoria. Nos inundaron su firmeza y su fe. Nadie ni por un segundo pensó que estuviera loco.

En la plaza tomamos un coche abierto. Yo me acomodé en el pescante, junto al cochero, y don Alejandro ordenó:

—Maestro, vamos a recorrer la ciudad. Llévenos donde quiera.

El negro, encaramado en un estribo, no cesaba de sonreír. Nunca sabré si entendió algo.

Las palabras son símbolos que postulan una memoria compartida. La que ahora quiero historiar es mía solamente; quienes la compartieron han muerto. Los místicos invocan una rosa, un beso, un pájaro que es todos los pájaros, un sol que es todas las estrellas y el sol, un cántaro de vino, un jardín o el acto sexual. De esas metáforas ninguna me sirve para esa larga noche de júbilo, que nos dejó, cansados y felices, en los linderos de la aurora. Casi no hablamos, mientras las ruedas y los cascos retumbaban sobre las piedras. Antes del alba, cerca de un agua oscura y humilde, que era tal vez el Maldonado o tal vez el Riachuelo, la alta voz de Nora Erfjord entonó la balada de Patrick Spens y don Alejandro coreó uno que otro verso en voz baja, desafinadamente. Las palabras inglesas no me trajeron la imagen de Beatriz. A mis espaldas Twirl murmuró:

—He querido hacer el mal y hago el bien.

Algo de lo que entrevimos perdura —el rojizo paredón de la Recoleta, el amarillo paredón de la cárcel, una pareja de hombres bailando en una esquina sin ochava, un atrio ajedrezado con una verja, las barreras del tren, mi casa, un mercado, la insondable y húmeda noche— pero ninguna de esas cosas fugaces, que acaso fueron otras, importa. Importa haber sentido que nuestro plan, del cual más de una vez nos burlamos, existía realmente y secretamente y era el universo y nosotros. Sin mayor esperanza, he buscado a lo largo de los años el sabor de esa noche; alguna vez creí recuperarla en la música, en el amor, en la incierta memoria, pero no ha vuelto, salvo una sola madrugada, en un sueño. Cuando juramos no decir nada a nadie ya era la mañana del sábado.

No los volví a ver más, salvo a Irala. No comentamos nunca la historia; cualquier palabra nuestra hubiera sido una profanación. En 1914, don Alejandro Glencoe murió y fue sepultado en Montevideo. Irala ya había muerto el año anterior.

Con Nierenstein me crucé una vez en la calle Lima y fingimos no habernos visto.

THERE ARE MORE THINGS

A la memoria de Howard P. Lovecraft

A punto de rendir el último examen en la Universidad de Texas, en Austin, supe que mi tío Edwin Arnett había muerto de un aneurisma, en el confín remoto del continente. Sentí lo que sentimos cuando alguien muere: la congoja, ya inútil, de que nada nos hubiera costado haber sido más buenos. El hombre olvida que es un muerto que conversa con muertos. La materia que yo cursaba era filosofía; recordé que mi tío, sin invocar un solo nombre propio, me había revelado sus hermosas perplejidades, allá en la Casa Colorada, cerca de Lomas. Una de las naranjas del postre fue su instrumento para iniciarme en el idealismo de Berkeley; el tablero de ajedrez le bastó para las paradojas eleáticas. Años después me prestaría los tratados de Hinton, que quiere demostrar la realidad de una cuarta dimensión del espacio, que el lector puede intuir mediante complicados ejercicios con cubos de colores. No olvidaré los prismas y pirámides que erigimos en el piso del escritorio.

Mi tío era ingeniero. Antes de jubilarse de su cargo en el Ferrocarril decidió establecerse en Turdera, que le ofrecía las ventajas de una soledad casi agreste y de la cercanía de Buenos Aires. Nada más previsible que el arquitecto fuera su íntimo amigo Alexander Muir. Este hombre rígido profesaba la rígida doctrina de Knox; mi tío, a la manera de casi todos los señores de su época, era librepensador, o mejor dicho, agnóstico, pero le interesaba la teología, como le interesaban los falaces cubos de Hinton o las bien concertadas pesadillas del joven Wells. Le gustaban los perros; tenía un gran ovejero al que le había puesto el apodo de Samuel Johnson en memoria de Lichfield, su lejano pueblo natal.

La Casa Colorada estaba en un alto, cercada hacia el poniente por terrenos anegadizos. Del otro lado de la verja, las araucarias no mitigaban su aire de pesadez. En lugar de azoteas había tejados de pizarra a dos aguas y una torre cuadrada con un reloj, que parecían oprimir las paredes y las parcas ventanas. De chico, yo aceptaba esas fealdades como se aceptan esas cosas incompatibles que sólo por razón de coexistir llevan el nombre de universo.

Regresé a la patria en 1921. Para evitar litigios habían rematado la casa; la adquirió un forastero, Max Preetorius, que abonó el doble de la suma ofrecida por el mejor postor. Firmada la escritura, llegó al atardecer con dos asistentes y tiraron a un vaciadero, no lejos del Camino de las Tropas, todos los muebles, todos los libros y todos los enseres de la casa. (Recordé con tristeza los diagramas de los volúmenes de Hinton y la gran esfera terráquea.) Al otro día, fue a conversar con Muir y le propuso ciertas refacciones, que éste rechazó con indignación. Ulteriormente, una empresa de la capital se encargó de la obra. Los carpinteros de la localidad se negaron a amueblar de nuevo la casa; un tal Mariani, de Glew, aceptó al fin las condiciones que le impuso Preetorius. Durante una quincena, tuvo que trabajar de noche, a puertas cerradas. Fue asimismo de noche que se instaló en la Casa Colorada el nuevo habitante. Las ventanas ya no se abrieron, pero en la oscuridad se divisaban grietas de luz. El lechero dio una mañana con el ovejero muerto en la acera, decapitado y mutilado. En el invierno talaron las araucarias. Nadie volvió a ver a Preetorius, que, según parece, no tardó en dejar el país.

Tales noticias, como es de suponer, me inquietaron. Sé que mi rasgo más notorio es la curiosidad que me condujo alguna vez a la unión con una mujer del todo ajena a mí, sólo para saber quién era y cómo era, a practicar (sin resultado apreciable) el uso del láudano, a explorar los números transfinitos y a emprender la atroz aventura que voy a referir. Fatalmente decidí indagar el asunto.

Mi primer trámite fue ver a Alexander Muir. Lo recordaba erguido y moreno, de una flacura que no excluía la fuerza; ahora lo habían encorvado los años y la renegrida barba era gris. Me recibió en su casa de Temperley, que previsiblemente se parecía a la de mi tío, ya que las dos correspondían a las sólidas normas del buen poeta y mal constructor William Morris.

El diálogo fue parco; no en vano el símbolo de Escocia es el cardo. Intuí, no obstante, que el cargado té de Ceylán y la equitativa fuente de *scones* (que mi huésped partía y enmantecaba como si yo aún fuera un niño) eran, de hecho, un frugal festín calvinista, dedicado al sobrino de su amigo. Sus controversias teológicas con mi tío habían sido un largo ajedrez, que exigía de cada jugador la colaboración del contrario.

Pasaba el tiempo y yo no me acercaba a mi tema. Hubo un silencio incómodo y Muir habló.

—Muchacho (*Young man*) —dijo—, usted no se ha costeado hasta aquí para que hablemos de Edwin o de los Estados Unidos, país que poco me interesa. Lo que le quita el sueño es la venta de la Casa Colorada y ese curioso comprador. A mí, también. Francamente, la historia me desagrada, pero le diré lo que pueda. No será mucho.

Al rato, prosiguió sin premura:

—Antes que Edwin muriera, el intendente me citó en su despacho. Estaba con el cura párroco. Me propusieron que trazara los planos para una capilla católica. Remunerarían bien mi trabajo. Les contesté en el acto que no. Soy un servidor del Señor y no puedo cometer la abominación de erigir altares para ídolos.

Aquí se detuvo.

—¿Eso es todo? —me atreví a preguntar.

—No. El judezno ese de Preetorius quería que yo destruyera mi obra y que en su lugar pergeñara una cosa monstruosa. La abominación tiene muchas formas.

Pronunció estas palabras con gravedad y se puso de pie.

Al doblar la esquina se me acercó Daniel Iberra. Nos conocíamos como la gente se conoce en los pueblos. Me propuso que volviéramos caminando. Nunca me interesaron los malevos y preví una sórdida retahíla de cuentos de almacén más o menos apócrifos y brutales, pero me resigné y acepté. Era casi de noche. Al divisar desde unas cuadras la Casa Colorada en el alto, Iberra se desvió. Le pregunté por qué. Su respuesta no fue la que yo esperaba.

—Soy el brazo derecho de don Felipe. Nadie me ha dicho flojo. Te acordarás de aquel mozo Urgoiti que se costeó a buscarme de Merlo y de cómo le fue. Mirá. Noches pasadas, yo venía de una farra. A unas cien varas de la quinta, vi algo. El tubiano se me espantó y si no me le afirmo y lo hago tomar por el callejón, tal vez no cuento el cuento. Lo que vi no era para menos.

Muy enojado, agregó una mala palabra.

Aquella noche no dormí. Hacia el alba soñé con un grabado a la manera de Piranesi, que no había visto nunca o que había visto y olvidado, y que representaba el laberinto. Era un anfiteatro de piedra, cercado de cipreses y más alto que las copas de los cipreses. No había ni puertas ni ventanas, pero sí una hilera infinita de hendijas verticales y angostas. Con un vidrio de aumento yo trataba de ver el minotauro. Al fin lo percibí. Era el monstruo de un monstruo; tenía menos de toro que de bisonte y, tendido en la tierra el cuerpo humano, parecía dormir y soñar. ¿Soñar con qué o con quién?

Esa tarde pasé frente a la casa. El portón de la verja estaba cerrado y unos barrotes retorcidos. Lo que antes fue jardín era maleza. A la derecha había una zanja de escasa hondura y los bordes estaban pisoteados.

Una jugada me quedaba, que fui demorando durante días, no sólo por sentirla del todo vana sino porque me arrastraría a la inevitable, a la última.

Sin mayores esperanzas fui a Glew. Mariani, el carpintero, era un italiano obeso y rosado, ya entrado en años, de lo más vulgar y cordial. Me bastó verlo para descartar las estratagemas que había urdido la víspera. Le entregué mi tarjeta, que deletreó pomposamente en voz alta, con algún tropezón reverencial al llegar a *doctor*. Le dije que me interesaba el moblaje fabricado por él para la propiedad que fue de mi tío, en Turdera. El hombre habló y habló. No trataré de transcribir sus muchas y gesticuladas palabras, pero me declaró que su lema era satisfacer todas las exigencias del cliente, por estrafalarias que fueran, y que él había ejecutado su trabajo al pie de la letra. Tras de hurgar en varios cajones, me mostró unos papeles que no entendí, firmados por el elusivo Preetorius. (Sin duda me tomó por un abogado.) Al despedirnos, me confió que por todo el oro del mundo no volvería a poner los pies en Turdera y menos en la casa. Agregó que el cliente es sagrado, pero que en su humilde opinión, el señor Preetorius estaba loco. Luego se calló, arrepentido. Nada más pude sonsacarle.

Yo había previsto ese fracaso, pero una cosa es prever algo y otra que ocurra.

Repetidas veces me dije que no hay otro enigma que el tiempo, esa infinita urdimbre del ayer, del hoy, del porvenir, del siempre y del nunca. Esas profundas reflexiones resultaron inútiles; tras de consagrar la tarde al estudio de Schopenhauer o de Royce, yo rondaba, noche tras noche, por los caminos de tierra que cercan la Casa Colorada. Algunas veces divisé arriba una luz muy blanca; otras creí oír un gemido. Así hasta el 19 de enero.

Fue uno de esos días de Buenos Aires en los que el hombre se siente no sólo maltratado y ultrajado por el verano sino hasta envilecido. Serían las once de la noche cuando se desplomó la tormenta. Primero el viento sur y después el agua a raudales. Erré buscando un árbol. A la brusca luz de un relámpago me hallé a unos pasos de la verja. No sé si con temor o con esperanza probé el portón. Inesperadamente, cedió. Avancé empujado por la tormenta. El cielo y la tierra me conminaban. También la puerta de la casa estaba a medio abrir. Una racha de lluvia me azotó la cara y entré.

Adentro habían levantado las baldosas y pisé pasto desgreñado. Un olor dulce y nauseabundo penetraba la casa. A izquierda o a derecha, no sé muy bien, tropecé con una rampa de piedra. Apresuradamente subí. Casi sin proponérmelo hice girar la llave de la luz.

El comedor y la biblioteca de mis recuerdos eran ahora, derribada la pared divisoria, una sola gran pieza desmantelada, con uno que otro mueble. No trataré de describirlos, porque no estoy seguro de haberlos visto, pese a la despiadada luz blanca. Me explicaré. Para ver una cosa hay que comprenderla. El sillón presupone el cuerpo humano, sus articulaciones y partes; las tijeras, el acto de cortar. ¿Qué decir de una lámpara o de un vehículo? El salvaje no puede percibir la Biblia del misionero; el pasajero no ve el mismo cordaje que los hombres de a bordo. Si viéramos realmente el universo, tal vez lo entenderíamos.

Ninguna de las formas insensatas que esa noche me deparó correspondía a la figura humana o a un uso concebible. Sentí repulsión y terror. En uno de los ángulos descubrí una escalera vertical, que daba al otro piso. Entre los anchos tramos de hierro, que no pasarían de diez, había huecos irregulares. Esa escalera, que postulaba manos y pies, era comprensible y de algún modo me alivió. Apagué la luz y aguardé un tiempo en la oscuridad. No oí el menor sonido, pero la presencia de las cosas incomprensibles me perturbaba. Al fin me decidí.

Ya arriba mi temerosa mano hizo girar por segunda vez la llave de la luz. La pesadilla que prefiguraba el piso inferior se agitaba y florecía en el último. Había muchos objetos o unos pocos objetos entretejidos. Recupero ahora una suerte de larga mesa operatoria, muy alta, en forma de U, con hoyos circulares en los extremos. Pensé que podía ser el lecho del habitante, cuya monstruosa anatomía se revelaba así, oblicuamente, como la de un animal o un dios, por su sombra. De alguna página de Lucano, leída hace años y olvidada, vino a mi boca la palabra *anfisbena*, que sugería, pero que no agotaba por cierto, lo que verían luego mis ojos. Asimismo recuerdo una V de espejos que se perdía en la tiniebla superior.

¿Cómo sería el habitante? ¿Qué podía buscar en este planeta, no menos atroz para él que él para nosotros? ¿Desde qué secretas regiones de la astronomía o del tiempo, desde qué antiguo y ahora incalculable crepúsculo, habría alcanzado este arrabal sudamericano y esta precisa noche?

Me sentí un intruso en el caos. Afuera había cesado la lluvia. Miré el reloj y vi con asombro que eran casi las dos. Dejé la luz prendida y acometí cautelosamente el descenso. Bajar por donde había subido no era imposible. Bajar antes que el habitante volviera. Conjeturé que no había cerrado las dos puertas porque no sabía hacerlo.

Mis pies tocaban el penúltimo tramo de la escalera cuando sentí que algo ascendía por la rampa, opresivo y lento y plural. La curiosidad pudo más que el miedo y no cerré los ojos.

LA SECTA DE LOS TREINTA

El manuscrito original puede consultarse en la Biblioteca de la Universidad de Leiden; está en latín, pero algún helenismo justifica la conjetura de que fue vertido del griego. Según Leisegang, data del siglo IV de la era cristiana. Gibbon lo menciona, al pasar, en una de las notas del capítulo decimoquinto de su *Decline and Fall.* Reza el autor anónimo:

... "La Secta nunca fue numerosa y ahora son parcos sus prosélitos. Diezmados por el hierro y por el fuego duermen a la vera de los caminos o en las ruinas que ha perdonado la guerra, ya que les está vedado construir viviendas. Suelen andar desnudos. Los hechos registrados por mi pluma son del conocimiento de todos; mi propósito actual es dejar escrito lo que me ha sido dado descubrir sobre su doctrina y sus hábitos. He discutido largamente con sus maestros y no he logrado convertirlos a la Fe del Señor.

Lo primero que atrajo mi atención fue la diversidad de sus pareceres en lo que concierne a los muertos. Los más indoctos entienden que los espíritus de quienes han dejado esta vida se encargan de enterrarlos; otros, que no se atienen a la letra, declaran que la amonestación de Jesús: 'Dejad que los muertos entierren a sus muertos', condena la pomposa vanidad de nuestros ritos funerarios.

El consejo de vender lo que se posee y de darlo a los pobres es acatado rigurosamente por todos; los primeros beneficiados lo dan a otros y éstos a otros. Ésta es explicación suficiente de su indigencia y desnudez, que los avecina asimismo al estado paradisíaco. Repiten con fervor las palabras: 'Considerad los cuervos, que ni siembran ni siegan; que ni tienen cillero, ni alfolí; y Dios los alimenta. ¿Cuánto de más estima sois vosotros que las aves?'. El texto proscribe el ahorro: 'Si así viste Dios a la hierba, que hoy está en el campo, y mañana es echada en el horno, ¿cuánto más vosotros, hombres de poca fe? Vosotros, pues, no procuréis qué hayáis de comer, o qué hayáis de beber; ni estéis en ansiosa perplejidad'.

El dictamen 'Quien mira una mujer para codiciarla, ya adulteró con ella en su corazón' es un consejo inequívoco de pureza. Sin embargo, son muchos los sectarios que enseñan que si no hay bajo los cielos un hombre que no haya mirado a una mujer para codiciarla, todos hemos adulterado. Ya que el deseo no es menos culpable que el acto, los justos pueden entregarse sin riesgo al ejercicio de la más desaforada lujuria.

La Secta elude las iglesias; sus doctores predican al aire libre, desde un cerro o un muro o a veces desde un bote en la orilla.

El nombre de la Secta ha suscitado tenaces conjeturas. Alguna quiere que nos dé la cifra a que están reducidos los fieles, lo cual es irrisorio pero profético, porque la Secta, dada su perversa doctrina, está predestinada a la muerte. Otra lo deriva de la altura del arca, que era de treinta codos; otra, que falsea la astronomía, del número de noches, que son la suma de cada mes lunar; otra, del bautismo del Salvador; otra, de los años de Adán, cuando surgió del polvo rojo. Todas son igualmente falsas. No menos mentiroso es el catálogo de treinta divinidades o tronos, de los cuales uno es Abraxas, representado con cabeza de gallo, brazos y torso de hombre y remate de enroscada serpiente.

Sé la Verdad pero no puedo razonar la Verdad. El inapreciable don de comunicarla no me ha sido otorgado. Que otros, más felices que yo, salven a los sectarios por la palabra. Por la palabra o por el fuego. Más vale ser ejecutado que darse muerte. Me limitaré pues a la exposición de la abominable herejía.

El Verbo se hizo carne para ser hombre entre los hombres, que lo darían a la cruz y serían redimidos por Él. Nació del vientre de una mujer del pueblo elegido no sólo para predicar el Amor sino para sufrir el martirio.

Era preciso que las cosas fueran inolvidables. No bastaba la muerte de un ser humano por el hierro o por la cicuta para herir la imaginación de los hombres hasta el fin de los días. El Señor dispuso los hechos de manera patética. Tal es la explicación de la última cena, de las palabras de Jesús que presagian la entrega, de la repetida señal a uno de los discípulos, de la bendición del pan y del vino, de los juramentos de Pedro, de la solitaria vigilia en Getsemaní, del sueño de los doce, de la plegaria humana del Hijo, del sudor como sangre, de las espadas, del beso que traiciona, de Pilato que se lava las manos, de la flagelación, del escarnio, de las espinas, de la púrpura y del cetro de caña, del vinagre con hiel, de la Cruz en lo alto de una colina, de la promesa al buen ladrón, de la tierra que tiembla y de las tinieblas.

La divina misericordia, a la que debo tantas mercedes, me ha permitido descubrir la auténtica y secreta razón del nombre de la Secta. En Kerioth, donde verosímilmente nació, perdura un conventículo que se apoda de los Treinta Dineros. Ese nombre fue el primitivo y nos da la clave. En la tragedia de la Cruz —lo escribo con debida reverencia— hubo actores voluntarios e involuntarios, todos imprescindibles, todos fatales. Involuntarios fueron los sacerdotes que entregaron los dineros de plata, involuntaria fue la plebe que eligió a Barrabás, involuntario fue el procurador de Judea, involuntarios fueron los romanos que erigieron la Cruz de Su martirio y clavaron los clavos y echaron suertes. Voluntarios sólo hubo dos: el Redentor y Judas. Éste arrojó las treinta piezas que eran el precio de la salvación de las almas e inmediatamente se ahorcó. A la sazón contaba treinta y tres años, como el Hijo del Hombre. La Secta los venera por igual y absuelve a los otros.

No hay un solo culpable; no hay uno que no sea un ejecutor, a sabiendas o no, del plan que trazó la Sabiduría. Todos comparten ahora la Gloria.

Mi mano se resiste a escribir otra abominación. Los iniciados, al cumplir la edad señalada, se hacen escarnecer y crucificar en lo alto de un monte, para seguir el ejemplo de sus maestros. Esta violación criminal del quinto mandamiento debe ser reprimida con el rigor que las leyes humanas y divinas han exigido siempre. Que las maldiciones del Firmamento, que el odio de los ángeles"...

El fin del manuscrito no se ha encontrado.

LA NOCHE DE LOS DONES

En la antigua Confitería del Águila, en Florida a la altura de Piedad, oímos la historia.

Se debatía el problema del conocimiento. Alguien invocó la tesis platónica de que ya todo lo hemos visto en un orbe anterior, de suerte que conocer es reconocer; mi padre, creo, dijo que Bacon había escrito que si aprender es recordar, ignorar es de hecho haber olvidado. Otro interlocutor, un señor de edad, que estaría un poco perdido en esa metafísica, se resolvió a tomar la palabra. Dijo con lenta seguridad:

"–No acabo de entender lo de los arquetipos platónicos. Nadie recuerda la primera vez que vio el amarillo o el negro o la primera vez que le tomó el gusto a una fruta, acaso porque era muy chico y no podía saber que inauguraba una serie muy larga. Por supuesto, hay otras primeras veces que nadie olvida. Yo les podría contar lo que me dejó cierta noche que suelo traer a la memoria, la del 30 de abril del 74.

Los veranos de antes eran más largos, pero no sé por qué nos demoramos hasta esa fecha en el establecimiento de unos primos, los Dorna, a unas escasas leguas de Lobos. Por aquel tiempo, uno de los peones, Rufino, me inició en las cosas de campo. Yo estaba por cumplir mis trece años; él era bastante mayor y tenía fama de animoso. Era muy diestro; cuando jugaba a vistear el que quedaba con la cara tiznada era siempre el otro. Un viernes me propuso que el sábado a la noche fuéramos a divertirnos al pueblo. Por supuesto accedí, sin saber muy bien de qué se trataba. Le previne que yo no sabía bailar; me contestó que el baile se aprende fácil. Después de la comida, a eso de las siete y media, salimos. Rufino se había empilchado como quien va a una fiesta y lucía un puñal de plata; yo me fui sin mi cuchillito, por temor a las bromas. Poco tardamos en avistar las primeras casas. ¿Ustedes nunca estuvieron en Lobos? Lo mismo da; no hay un pueblo de la provincia que no sea idéntico a los otros, hasta en lo de creerse distinto. Los mismos callejones de tierra, los mismos huecos, las mismas casas bajas, como para que un hombre a caballo cobre más importancia. En una esquina nos apeamos frente a una casa pintada de celeste o de rosa, con unas letras que decían *La Estrella.* Atados al palenque había unos caballos con buen apero. Por la puerta de calle a medio entornar vi una hendija de luz. En el fondo del zaguán había una pieza larga, con bancos laterales de tabla y, entre los bancos, unas puertas oscuras que darían quién sabe dónde. Un cuzco de pelaje amarillo salió ladrando a hacerme fiestas. Había bastante gente; una media docena de mujeres con batones floreados iba y venía. Una señora de respeto, trajeada enteramente de negro, me pareció la dueña de casa. Rufino la saludó y le dijo:

—Aquí le traigo un nuevo amigo, que no es muy de a caballo.

—Ya aprenderá, pierda cuidado —contestó la señora.

Sentí vergüenza. Para despistar o para que vieran que yo era un chico, me puse a jugar con el perro, en la punta de un banco. Sobre la mesa de cocina ardían unas velas de sebo en unas botellas y me acuerdo también del braserito en un rincón del fondo. En la pared blanqueada de enfrente había una imagen de la Virgen de la Merced.

Alguien, entre una que otra broma, templaba una guitarra que le daba mucho trabajo. De puro tímido no rehusé una ginebra que me dejó la boca como un ascua. Entre las mujeres había una, que me pareció distinta a las otras. Le decían la Cautiva. Algo de aindiado le noté, pero los rasgos eran un dibujo y los ojos muy tristes. La trenza le llegaba hasta la cintura. Rufino, que advirtió que yo la miraba, le dijo:

—Volvé a contar lo del malón, para refrescar la memoria.

La muchacha habló como si estuviera sola y de algún modo yo sentí que no podía pensar en otra cosa y que esa cosa era lo único que le había pasado en la vida. Nos dijo así:

—Cuando me trajeron de Catamarca yo era muy chica. Qué iba yo a saber de malones. En la estancia ni los mentaban de miedo. Como un secreto, me fui enterando que los indios podían caer como una nube y matar a la gente y robarse los animales. A las mujeres las llevaban a Tierra Adentro y les hacían de todo. Hice lo que pude para no creer. Lucas, mi hermano, que después lo lancearon, me perjuraba que eran todas mentiras, pero cuando una cosa es verdad basta que alguien la diga una sola vez para que uno sepa que es cierto. El gobierno les reparte vicios y yerba para tenerlos quietos, pero ellos tienen brujos muy precavidos que les dan su consejo. A una orden del cacique no les cuesta nada atropellar entre los fortines, que están desparramados. De puro cavilar, yo casi tenía ganas que se vinieran y sabía mirar para el rumbo que el sol se pone. No sé llevar la cuenta del tiempo, pero hubo escarchas y veranos y yerras y la muerte del hijo del capataz antes de la invasión. Fue como si los trajera el pampero. Yo vi una flor de cardo en una zanja y soñé con los indios. A la madrugada ocurrió. Los animales lo supieron antes que los cristianos, como en los temblores de tierra. La hacienda estaba desasosegada y por el aire iban y venían las aves. Corrimos a mirar por el lado que yo siempre miraba.

—¿Quién les trajo el aviso? —preguntó alguno.

La muchacha, siempre como si estuviera muy lejos, repitió la última frase.

—Corrimos a mirar por el lado que yo siempre miraba. Era como si todo el desierto se hubiera echado a andar. Por los barrotes de la verja de fierro vimos la polvareda antes que los indios. Venían a malón. Se golpeaban la boca con la mano y daban alaridos. En *Santa Irene* había unas armas largas, que no sirvieron más que para aturdir y para que juntaran más rabia.

Hablaba la Cautiva como quien dice una oración, de memoria, pero yo oí en la calle los indios del desierto y los gritos. Un empellón y estaban en la sala y fue como si entraran a caballo, en las piezas de un sueño. Eran orilleros borrachos. Ahora, en la memoria, los veo muy altos. El que venía en punta le asestó un codazo a Rufino, que estaba cerca de la puerta. Éste se demudó y se hizo a un lado. La señora, que no se había movido de su lugar, se levantó y nos dijo:

—Es Juan Moreira.

Pasado el tiempo, ya no sé si me acuerdo del hombre de esa noche o del que vería tantas veces después en el picadero. Pienso en la melena y en la barba negra de Podestá, pero también en una cara rubiona, picada de viruela. El cuzquito salió corriendo a hacerle fiestas. De un talerazo, Moreira lo dejó tendido en el suelo. Cayó de lomo y se murió moviendo las patas. Aquí empieza de veras la historia.

Gané sin ruido una de las puertas, que daba a un pasillo angosto y a una escalera. Arriba, me escondí en una pieza oscura. Fuera de la cama, que era muy baja, no sé qué muebles habría ahí. Yo estaba temblando. Abajo no cejaban los gritos y algo de vidrio se rompió. Oí unos pasos de mujer que subían y vi una momentánea hendija de luz. Después la voz de la Cautiva me llamó como en un susurro.

—Yo estoy aquí para servir, pero a gente de paz. Acercate que no te voy a hacer ningún mal.

Ya se había quitado el batón. Me tendí a su lado y le busqué la cara con las manos. No sé cuánto tiempo pasó. No hubo una palabra ni un beso. Le deshice la trenza y jugué con el pelo, que era muy lacio, y después con ella. No volveríamos a vernos y no supe nunca su nombre.

Un balazo nos aturdió. La Cautiva me dijo:

—Podés salir por la otra escalera.

Así lo hice y me encontré en la calle de tierra. La noche era de luna. Un sargento de policía, con rifle y bayoneta calada, estaba vigilando la tapia. Se rió y me dijo:

—A lo que veo, sos de los que madrugan temprano.

Algo debí de contestar, pero no me hizo caso. Por la tapia un hombre se descolgaba. De un brinco, el sargento le clavó el acero en la carne. El hombre se fue al suelo, donde quedó tendido de espaldas, gimiendo y desangrándose. Yo me acordé del perro. El sargento, para acabarlo de una buena vez, le volvió a hundir la bayoneta. Con una suerte de alegría le dijo:

—Moreira, lo que es hoy de nada te valió disparar.

De todos lados acudieron los de uniforme que habían ido rodeando la casa y después los vecinos. Andrés Chirino tuvo que forcejear para arrancar el arma. Todos querían estrecharle la mano. Rufino dijo riéndose:

—A este compadre ya se le acabaron los cortes.

Yo iba de grupo en grupo, contándole a la gente lo que había visto. De golpe me sentí muy cansado; tal vez tuviera fiebre. Me escurrí, lo busqué a Rufino y volvimos. Desde el caballo, vimos la luz blanca del alba. Más que cansado, me sentí aturdido, por esa correntada de cosas."

—Por el gran río de esa noche —dijo mi padre.

El otro asintió:

—Así es. En el término escaso de unas horas yo había conocido el amor y yo había mirado la muerte. A todos los hombres les son reveladas todas las cosas o, por lo menos, todas aquellas cosas que a un hombre le es dado conocer, pero a mí, de la noche a la mañana, esas dos cosas esenciales me fueron reveladas. Los años pasan y son tantas las veces que he contado la historia que ya no sé si la recuerdo de veras o si sólo recuerdo las palabras con que la cuento. Tal vez lo mismo le pasó a la Cautiva con su malón. Ahora lo mismo da que fuera yo o que fuera otro el que vio matar a Moreira.

EL ESPEJO Y LA MÁSCARA

Librada la batalla de Clontarf, en la que fue humillado el noruego, el Alto Rey habló con el poeta y le dijo:

—Las proezas más claras pierden su lustre si no se las amoneda en palabras. Quiero que cantes mi victoria y mi loa. Yo seré Eneas; tú serás mi Virgilio. ¿Te crees capaz de acometer esa empresa, que nos hará inmortales a los dos?

—Sí, Rey —dijo el poeta—. Yo soy el Ollan. Durante doce inviernos he cursado las disciplinas de la métrica. Sé de memoria las trescientas sesenta fábulas que son la base de la verdadera poesía. Los ciclos de Ulster y de Munster están en las cuerdas de mi arpa. Las leyes me autorizan a prodigar las voces más arcaicas del idioma y las más complejas metáforas. Domino la escritura secreta que defiende nuestro arte del indiscreto examen del vulgo. Puedo celebrar los amores, los abigeatos, las navegaciones, las guerras. Conozco los linajes mitológicos de todas las casas reales de Irlanda. Poseo las virtudes de las hierbas, la astrología judiciaria, las matemáticas y el derecho canónico. He derrotado en público certamen a mis rivales. Me he adiestrado en la sátira, que causa enfermedades de la piel, incluso la lepra. Sé manejar la espada, como lo probé en tu batalla. Sólo una cosa ignoro: la de agradecer el don que me haces.

El Rey, a quien lo fatigaban fácilmente los discursos largos y ajenos, le dijo con alivio:

—Sé harto bien esas cosas. Acaban de decirme que el ruiseñor ya cantó en Inglaterra. Cuando pasen las lluvias y las nieves, cuando regrese el ruiseñor de sus tierras del Sur, recitarás tu loa ante la corte y ante el Colegio de Poetas. Te dejo un año entero. Limarás cada letra y cada palabra. La recompensa, ya lo sabes, no será indigna de mi real costumbre ni de tus inspiradas vigilias.

—Rey, la mejor recompensa es ver tu rostro —dijo el poeta, que era también un cortesano.

Hizo sus reverencias y se fue, ya entreviendo algún verso.

Cumplido el plazo, que fue de epidemias y rebeliones, presentó el panegírico. Lo declamó con lenta seguridad, sin una ojeada al manuscrito. El Rey lo iba aprobando con la cabeza. Todos imitaban su gesto, hasta los que agolpados en las puertas, no descifraban una palabra. Al fin el Rey habló.

—Acepto tu labor. Es otra victoria. Has atribuido a cada vocablo su genuina acepción y a cada nombre sustantivo el epíteto que le dieron los primeros poetas. No hay en toda la loa una sola imagen que no hayan usado los clásicos. La guerra es el hermoso tejido de hombres y el agua de la espada es la sangre. El mar tiene su dios y las nubes predicen el porvenir. Has manejado con destreza la rima, la aliteración, la asonancia, las cantidades, los artificios de la docta retórica, la sabia aliteración de los metros. Si se perdiera toda la literatura de Irlanda *—omen absit—* podría reconstruirse sin pérdida con tu clásica oda. Treinta escribas la van a transcribir doce veces.

Hubo un silencio y prosiguió:

—Todo está bien y sin embargo nada ha pasado. En los pulsos no corre más a prisa la sangre. Las manos no han buscado los arcos. Nadie ha palidecido. Nadie profirió un grito de batalla, nadie opuso el pecho a los Vikings. Dentro del término de un año aplaudiremos otra loa, poeta. Como signo de nuestra aprobación, toma este espejo que es de plata.

—Doy gracias y comprendo —dijo el poeta.

Las estrellas del cielo retomaron su claro derrotero. Otra vez cantó el ruiseñor en las selvas sajonas y el poeta retornó con su códice, menos largo que el anterior. No lo repitió de memoria; lo leyó con visible inseguridad, omitiendo ciertos pasajes, como si él mismo no los entendiera del todo o no quisiera profanarlos. La página era extraña. No era una descripción de la batalla, era la batalla. En su desorden bélico se agitaban el Dios que es Tres y es Uno, los númenes paganos de Irlanda y los que guerrearían, centenares de años después, en el principio de la Edda Mayor. La forma no era menos curiosa. Un sustantivo singular podía regir un verbo plural. Las preposiciones eran ajenas a las normas comunes. La aspereza alternaba con la dulzura. Las metáforas eran arbitrarias o así lo parecían.

El Rey cambió unas pocas palabras con los hombres de letras que lo rodeaban y habló de esta manera:

—De tu primera loa pude afirmar que era un feliz resumen de cuanto se ha cantado en Irlanda. Ésta supera todo lo anterior y también lo aniquila. Suspende, maravilla y deslumbra. No la merecerán los ignaros, pero sí los doctos, los menos. Un cofre de marfil será la custodia del único ejemplar. De la pluma que ha producido obra tan eminente podemos esperar todavía una obra más alta.

Agregó con una sonrisa:

—Somos figuras de una fábula y es justo recordar que en las fábulas prima el número tres.

El poeta se atrevió a murmurar:

–Los tres dones del hechicero, las tríadas y la indudable Trinidad.

El Rey prosiguió:

–Como prenda de nuestra aprobación, toma esta máscara de oro.

—Doy gracias y he entendido —dijo el poeta.

El aniversario volvió. Los centinelas del palacio advirtieron que el poeta no traía un manuscrito. No sin estupor el Rey lo miró; casi era otro. Algo, que no era el tiempo, había surcado y transformado sus rasgos. Los ojos parecían mirar muy lejos o haber quedado ciegos. El poeta le rogó que hablara unas palabras con él. Los esclavos despejaron la cámara.

—¿No has ejecutado la oda? —preguntó el Rey.

—Sí —dijo tristemente el poeta—. Ojalá Cristo Nuestro Señor me lo hubiera prohibido.

—¿Puedes repetirla?

—No me atrevo.

—Yo te doy el valor que te hace falta —declaró el Rey.

El poeta dijo el poema. Era una sola línea.

Sin animarse a pronunciarla en voz alta, el poeta y su Rey la paladearon, como si fuera una plegaria secreta o una blasfemia. El Rey no estaba menos maravillado y menos maltrecho que el otro. Ambos se miraron, muy pálidos.

—En los años de mi juventud —dijo el Rey— navegué hacia el ocaso. En una isla vi lebreles de plata que daban muerte a jabalíes de oro. En otra nos alimentamos con la fragancia de las manzanas mágicas. En otra vi murallas de fuego. En la más lejana de todas un río abovedado y pendiente surcaba el cielo y por sus aguas iban peces y barcos. Éstas son maravillas, pero no se comparan con tu poema, que de algún modo las encierra. ¿Qué hechicería te lo dio?

–En el alba –dijo el poeta– me recordé diciendo unas palabras que al principio no comprendí. Esas palabras son un poema. Sentí que había cometido un pecado, quizá el que no perdona el Espíritu.

—El que ahora compartimos los dos —el Rey musitó—. El de haber conocido la Belleza, que es un don vedado a los hombres. Ahora nos toca expiarlo. Te di un espejo y una máscara de oro; he aquí el tercer regalo que será el último.

Le puso en la diestra una daga.

Del poeta sabemos que se dio muerte al salir del palacio; del Rey, que es un mendigo que recorre los caminos de Irlanda, que fue su reino, y que no ha repetido nunca el poema.

UNDR

Debo prevenir al lector que las páginas que traslado se buscarán en vano en el *Libellus* (1615) de Adán de Bremen, que, según se sabe, nació y murió en el siglo XI. Lappenberg las halló en un manuscrito de la Bodleiana de Oxford y las juzgó, dado el acopio de pormenores circunstanciales, una tardía interpolación, pero las publicó, a título de curiosidad en sus *Analecta Germanica* (Leipzig, 1894). El parecer de un mero aficionado argentino vale muy poco; júzguelas el lector como quiera. Mi versión española no es literal, pero es digna de fe.

Escribe Adán de Bremen:

"... De las naciones que lindan con el desierto que se dilata en la otra margen del Golfo, más allá de las tierras en que procrea el caballo salvaje, la más digna de mención es la de los urnos. La incierta o fabulosa información de los mercaderes, lo azaroso del rumbo y las depredaciones de los nómadas, nunca me permitieron arribar a su territorio. Me consta, sin embargo, que sus precarias y apartadas aldeas quedan en las tierras bajas del Vístula. A diferencia de los suecos, los urnos profesan la genuina fe de Jesús, no maculada de arrianismo ni del sangriento culto de los demonios, de los que derivan su estirpe las casas reales de Inglaterra y de otras naciones del Norte. Son pastores, barqueros, hechiceros, forjadores de espadas y trenzadores. Debido a la inclemencia de las guerras casi no aran la tierra. La llanura y las tribus que la recorren los han hecho muy diestros en el manejo del caballo y del arco. Siempre uno acaba por asemejarse a sus enemigos. Las lanzas son más largas que las nuestras, ya que son de jinetes y no de peones.

Desconocen, como es de suponer, el uso de la pluma, del cuerno de tinta y del pergamino. Graban sus caracteres como nuestros mayores las runas que Odín les reveló, después de haber pendido del fresno, Odín sacrificado a Odín, durante nueve noches.

A estas noticias generales agregaré la historia de mi diálogo con el islandés Ulf Sigurdarson, hombre de graves y medidas palabras. Nos encontramos en Uppsala, cerca del templo. El fuego de leña había muerto; por las desparejas hendijas de la pared fueron entrando el frío y el alba. Afuera dejarían su cautelosa marca en la nieve los lobos grises que devoran la carne de los paganos destinados a los tres dioses. Nuestro coloquio había comenzado en latín, como es de uso entre clérigos, pero no tardamos en pasar a la lengua del Norte que se dilata desde la Última Thule hasta los mercados del Asia. El hombre dijo:

—Soy de estirpe de *skalds*; me bastó saber que la poesía de los urnos consta de una sola palabra para emprender su busca y el derrotero que me conduciría a su tierra. No sin fatigas y trabajos llegué al cabo de un año. Era de noche; advertí que los hombres que se cruzaban en mi camino me miraban curiosamente y una que otra pedrada me alcanzó. Vi el resplandor de una herrería y entré.

El herrero me ofreció albergue para la noche. Se llamaba Orm. Su lengua era más o menos la nuestra. Cambiamos unas pocas palabras. De sus labios oí por primera vez el nombre del rey que era, Gunnlaug. Supe que librada la última guerra, miraba con recelo a los forasteros y que su hábito era crucificarlos. Para eludir ese destino, menos adecuado a un hombre que a un Dios, emprendí la escritura de una *drápa*, o composición laudatoria, que celebraba las victorias, la fama y la misericordia del rey. Apenas la aprendí de memoria vinieron a buscarme dos hombres. No quise entregarles mi espada, pero me dejé conducir.

Aún había estrellas en el alba. Atravesamos un espacio de tierra con chozas a los lados. Me habían hablado de pirámides; lo que vi en la primera de las plazas fue un poste de madera amarilla. Distinguí en una punta la figura negra de un pez. Orm, que nos había acompañado, me dijo que ese pez era la Palabra. En la siguiente plaza vi un poste rojo con un disco. Orm repitió que era la Palabra. Le pedí que me la dijera. Me dijo que era un simple artesano y que no la sabía.

En la tercera plaza, que fue la última, vi un poste pintado de negro, con un dibujo que he olvidado. En el fondo había una larga pared derecha, cuyos extremos no divisé. Comprobé después que era circular, techada de barro, sin puertas interiores, y que daba toda la vuelta de la ciudad. Los caballos atados al palenque eran de poca alzada y crinudos. Al herrero no lo dejaron entrar. Adentro había gente de armas, toda de pie. Gunnlaug, el rey, que estaba doliente, yacía con los ojos semicerrados en una suerte de tarima, sobre unos cueros de camello. Era un hombre gastado y amarillento, una cosa sagrada y casi olvidada; viejas y largas cicatrices le cruzaban el pecho. Uno de los soldados me abrió camino. Alguien había traído un arpa. Hincado, entoné en voz baja la *drápa*. No faltaban las figuras retóricas, las aliteraciones y los acentos que el género requiere. No sé si el rey la comprendió pero me dio un anillo de plata que guardo aún. Bajo la almohada pude entrever el filo de un puñal. A su derecha había un tablero de ajedrez, con un centenar de casillas y unas pocas piezas desordenadas.

La guardia me empujó hacia el fondo. Un hombre tomó mi lugar, y lo hizo de pie. Pulsó las cuerdas como templándolas y repitió en voz baja la palabra que yo hubiera querido penetrar y no penetré. Alguien dijo con reverencia: *'Ahora no quiere decir nada'*.

Vi alguna lágrima. El hombre alzaba o alejaba la voz y los acordes casi iguales eran monótonos o, mejor aún, infinitos. Yo hubiera querido que el canto siguiera para siempre y fuera mi vida. Bruscamente cesó. Oí el ruido del arpa cuando el cantor, sin duda exhausto, la arrojó al suelo. Salimos en desorden. Fui de los últimos. Vi con asombro que la luz estaba declinando.

Caminé unos pasos. Una mano en el hombro me detuvo. Me dijo:

—La sortija del rey fue tu talismán pero no tardarás en morir porque has oído la Palabra. Yo, Bjarni Thorkelsson, te salvaré. Soy de estirpe de *skalds*. En tu ditirambo apodaste agua de la espada a la sangre y tejido de hombres a la batalla. Recuerdo haber oído esas figuras al padre de mi padre. Tú y yo somos poetas; te salvaré. Ahora no definimos cada hecho que enciende nuestro canto; lo ciframos en una sola palabra que es la Palabra.

Le respondí:

—No pude oírla. Te pido que me digas cuál es.

Vaciló unos instantes y contestó:

—He jurado no revelarla. Además, nadie puede enseñar nada. Debes buscarla solo. Apresurémonos, que tu vida corre peligro. Te esconderé en mi casa, donde no se atreverán a buscarte. Si el viento es favorable, navegarás mañana hacia el sur.

Así tuvo principio la aventura que duraría tantos inviernos. No referiré sus azares ni trataré de recordar el orden cabal de sus inconstancias. Fui remero, mercader de esclavos, esclavo, leñador, salteador de caravanas, cantor, catador de aguas hondas y de metales. Padecí cautiverio durante un año en las minas de azogue, que aflojan los dientes. Milité con hombres de Suecia en la guardia de Mikligarthr (Constantinopla). A orillas del Azov me quiso una mujer que no olvidaré; la dejé o ella me dejó, lo cual es lo mismo. Fui traicionado y traicioné. Más de una vez el destino me hizo matar. Un soldado griego me desafió y me dio la elección de dos espadas. Una le llevaba un palmo a la otra. Comprendí que trataba de intimidarme y elegí la más corta. Me preguntó por qué. Le respondí que de mi puño a su corazón la distancia era igual. En una margen del Mar Negro está el epitafio rúnico que grabé para mi compañero Leif Arnarson. He combatido con los Hombres Azules de Serkland, los sarracenos. En el curso del tiempo he sido muchos, pero ese torbellino fue un largo sueño. Lo esencial era la Palabra. Alguna vez descreí de ella. Me repetí que renunciar al hermoso juego de combinar palabras hermosas era insensato y que no hay por qué indagar una sola, acaso ilusoria. Ese razonamiento fue vano. Un misionero me propuso la palabra Dios, que rechacé. Cierta aurora a orillas de un río que se dilataba en un mar creí haber dado con la revelación.

Volví a la tierra de los urnos y me dio trabajo encontrar la casa del cantor.

Entré y dije mi nombre. Ya era de noche. Thorkelsson, desde el suelo, me dijo que encendiera un velón en el candelero de bronce. Tanto había envejecido su cara que no pude dejar de pensar que yo mismo era viejo. Como es de uso le pregunté por su rey. Me replicó:

—Ya no se llama Gunnlaug. Ahora es otro su nombre. Cuéntame bien tus viajes.

Lo hice con mejor orden y con prolijos pormenores que omito. Antes del fin me interrogó:

—¿Cantaste muchas veces por esas tierras?

La pregunta me tomó de sorpresa.

—Al principio —le dije— canté para ganarme la vida. Luego, un temor que no comprendo me alejó del canto y del arpa.

—Está bien —asintió—. Ya puedes proseguir con tu historia.

Acaté la orden. Sobrevino después un largo silencio.

—¿Qué te dio la primera mujer que tuviste? —me preguntó.

—Todo —le contesté.

—A mí también la vida me dio todo. A todos la vida les da todo pero los más lo ignoran. Mi voz está cansada y mis dedos débiles, pero escúchame.

Dijo la palabra *Undr*, que quiere decir maravilla.

Me sentí arrebatado por el canto del hombre que moría, pero en su canto y en su acorde vi mis propios trabajos, la esclava que me dio el primer amor, los hombres que maté, las albas de frío, la aurora sobre el agua, los remos. Tomé el arpa y canté con una palabra distinta.

—Está bien —dijo el otro y tuve que acercarme para oírlo— . Me has entendido."

UTOPÍA DE UN HOMBRE QUE ESTÁ CANSADO

Llamóla *Utopía*, voz griega cuyo significado es *no hay tal lugar.*

QUEVEDO

No hay dos cerros iguales, pero en cualquier lugar de la tierra la llanura es una y la misma. Yo iba por un camino de la llanura. Me pregunté sin mucha curiosidad si estaba en Oklahoma o en Texas o en la región que los literatos llaman la pampa. Ni a derecha ni a izquierda vi un alambrado. Como otras veces repetí despacio estas líneas de Emilio Oribe:

En medio de la pánica llanura interminable
y cerca del Brasil,

que van creciendo y agrandándose.

El camino era desparejo. Empezó a caer la lluvia. A unos doscientos o trescientos metros vi la luz de una casa. Era baja y rectangular y cercada de árboles. Me abrió la puerta un hombre tan alto que casi me dio miedo. Estaba vestido de gris. Sentí que esperaba a alguien. No había cerradura en la puerta.

Entramos en una larga habitación con las paredes de madera. Pendía del cielo raso una lámpara de luz amarillenta. La mesa, por alguna razón, me extrañó. En la mesa había una clepsidra, la primera que he visto, fuera de algún grabado en acero. El hombre me indicó una de las sillas.

Ensayé diversos idiomas y no nos entendimos. Cuando él habló lo hizo en latín. Junté mis ya lejanas memorias de bachiller y me preparé para el diálogo.

—Por la ropa —me dijo— , veo que llegas de otro siglo. La diversidad de las lenguas favorecía la diversidad de los pueblos y aun de las guerras; la tierra ha regresado al latín. Hay quienes temen que vuelva a degenerar en francés, en lemosín o en papiamento, pero el riesgo no es inmediato. Por lo demás, ni lo que ha sido ni lo que será me interesan.

No dije nada y agregó:

—Si no te desagrada ver comer a otro ¿quieres acompañarme?

Comprendí que advertía mi zozobra y dije que sí.

Atravesamos un corredor con puertas laterales, que daba a una pequeña cocina en la que todo era de metal. Volvimos con la cena en una bandeja: boles con copos de maíz, un racimo de uvas, una fruta desconocida cuyo sabor me recordó el del higo, y una gran jarra de agua. Creo que no había pan. Los rasgos de mi huésped eran agudos y tenía algo singular en los ojos. No olvidaré ese rostro severo y pálido que no volveré a ver. No gesticulaba al hablar.

Me trababa la obligación del latín, pero finalmente le dije:

—¿No te asombra mi súbita aparición?

—No —me replicó—, tales visitas nos ocurren de siglo en siglo. No duran mucho; a más tardar estarás mañana en tu casa.

La certidumbre de su voz me bastó. Juzgué prudente presentarme:

—Soy Eudoro Acevedo. Nací en 1897, en la ciudad de Buenos Aires. He cumplido ya setenta años. Soy profesor de letras inglesas y americanas y escritor de cuentos fantásticos.

—Recuerdo haber leído sin desagrado —me contestó— dos cuentos fantásticos. *Los Viajes del Capitán Lemuel Gulliver*, que muchos consideran verídicos, y la *Suma Teológica*. Pero no hablemos de hechos. Ya a nadie le importan los hechos. Son meros puntos de partida para la invención y el razonamiento. En las escuelas nos enseñan la duda y el arte del olvido. Ante todo el olvido de lo personal y local. Vivimos en el tiempo, que es sucesivo, pero tratamos de vivir *sub specie aeternitatis*. Del pasado nos quedan algunos nombres, que el lenguaje tiende a olvidar. Eludimos las inútiles precisiones. No hay cronología ni historia. No hay tampoco estadísticas. Me has dicho que te llamas Eudoro; yo no puedo decirte cómo me llamo, porque me dicen alguien.

—¿Y cómo se llamaba tu padre?

—No se llamaba.

En una de las paredes vi un anaquel. Abrí un volumen al azar; las letras eran claras e indescifrables y trazadas a mano. Sus líneas angulares me recordaron el alfabeto rúnico, que, sin embargo, sólo se empleó para la escritura epigráfica. Pensé que los hombres del porvenir no sólo eran más altos sino más diestros. Instintivamente miré los largos y finos dedos del hombre.

Éste me dijo:

—Ahora vas a ver algo que nunca has visto.

Me tendió con cuidado un ejemplar de la *Utopía* de More, impreso en Basilea en el año 1518 y en el que faltaban hojas y láminas.

No sin fatuidad repliqué:

—Es un libro impreso. En casa habrá más de dos mil, aunque no tan antiguos ni tan preciosos.

Leí en voz alta el título.

El otro se rió.

—Nadie puede leer dos mil libros. En los cuatro siglos que vivo no habré pasado de una media docena. Además no importa leer sino releer. La imprenta, ahora abolida, ha sido uno de los peores males del hombre, ya que tendió a multiplicar hasta el vértigo textos innecesarios.

—En mi curioso ayer —contesté—, prevalecía la superstición de que entre cada tarde y cada mañana ocurren hechos que es una vergüenza ignorar. El planeta estaba poblado de espectros colectivos, el Canadá, el Brasil, el Congo Suizo y el Mercado Común. Casi nadie sabía la historia previa de esos entes platónicos, pero sí los más ínfimos pormenores del último congreso de pedagogos, la inminente ruptura de relaciones y los mensajes que los presidentes mandaban, elaborados por el secretario del secretario con la prudente imprecisión que era propia del género.

"Todo esto se leía para el olvido, porque a las pocas horas lo borrarían otras trivialidades. De todas las funciones, la del político era sin duda la más pública. Un embajador o un ministro era una suerte de lisiado que era preciso trasladar en largos y ruidosos vehículos, cercado de ciclistas y granaderos y aguardado por ansiosos fotógrafos. Parece que les hubieran cortado los pies, solía decir mi madre. Las imágenes y la letra impresa eran más reales que las cosas. Sólo lo publicado era verdadero. *Esse est percipi* (ser es ser retratado) era el principio, el medio y el fin de nuestro singular concepto del mundo. En el ayer que me tocó, la gente era ingenua; creía que una mercadería era buena porque así lo afirmaba y lo repetía su propio fabricante. También eran frecuentes los robos, aunque nadie ignoraba que la posesión de dinero no da mayor felicidad ni mayor quietud.

—¿Dinero? —repitió—. Ya no hay quien adolezca de pobreza, que habrá sido insufrible, ni de riqueza, que habrá sido la forma más incómoda de la vulgaridad. Cada cual ejerce su oficio.

—Como los rabinos —le dije.

Pareció no entender y prosiguió.

—Tampoco hay ciudades. A juzgar por las ruinas de Bahía Blanca, que tuve la curiosidad de explorar, no se ha perdido mucho. Ya que no hay posesiones, no hay herencias. Cuando el hombre madura a los cien años, está listo a enfrentarse consigo mismo y con su soledad. Ya ha engendrado un hijo.

—¿Un hijo? —pregunté.

—Sí. Uno solo. No conviene fomentar el género humano. Hay quienes piensan que es un órgano de la divinidad para tener conciencia del universo, pero nadie sabe con certidumbre si hay tal divinidad. Creo que ahora se discuten las ventajas y desventajas de un suicidio gradual o simultáneo de todos los hombres del mundo. Pero volvamos a lo nuestro.

Asentí.

—Cumplidos los cien años, el individuo puede prescindir del amor y de la amistad. Los males y la muerte involuntaria no lo amenazan. Ejerce alguna de las artes, la filosofía, las matemáticas o juega a un ajedrez solitario. Cuando quiere se mata. Dueño el hombre de su vida, lo es también de su muerte.

—¿Se trata de una cita? —le pregunté.

—Seguramente. Ya no nos quedan más que citas. La lengua es un sistema de citas.

—¿Y la grande aventura de mi tiempo, los viajes espaciales? —le dije.

—Hace ya siglos que hemos renunciado a esas traslaciones, que fueron ciertamente admirables. Nunca pudimos evadirnos de un aquí y de un ahora.

Con una sonrisa agregó:

—Además, todo viaje es espacial. Ir de un planeta a otro es como ir a la granja de enfrente. Cuando usted entró en este cuarto estaba ejecutando un viaje espacial.

—Así es —repliqué—. También se hablaba de sustancias químicas y de animales zoológicos.

El hombre ahora me daba la espalda y miraba por los cristales. Afuera, la llanura estaba blanca de silenciosa nieve y de luna.

Me atreví a preguntar:

—¿Todavía hay museos y bibliotecas?

—No. Queremos olvidar el ayer, salvo para la composición de elegías. No hay conmemoraciones ni centenarios ni efigies de hombres muertos. Cada cual debe producir por su cuenta las ciencias y las artes que necesita.

—En tal caso, cada cual debe ser su propio Bernard Shaw, su propio Jesucristo y su propio Arquímedes.

Asintió sin una palabra. Inquirí:

—¿Qué sucedió con los gobiernos?

—Según la tradición fueron cayendo gradualmente en desuso. Llamaban a elecciones, declaraban guerras, imponían tarifas, confiscaban fortunas, ordenaban arrestos y pretendían imponer la censura y nadie en el planeta los acataba. La prensa dejó de publicar sus colaboraciones y sus efigies. Los políticos tuvieron que buscar oficios honestos; algunos fueron buenos cómicos o buenos curanderos. La realidad sin duda habrá sido más compleja que este resumen.

Cambió de tono y dijo:

—He construido esta casa, que es igual a todas las otras. He labrado estos muebles y estos enseres. He trabajado el campo, que otros cuya cara no he visto, trabajarán mejor que yo. Puedo mostrarte algunas cosas.

Lo seguí a una pieza contigua. Encendió una lámpara, que también pendía del cielo raso. En un rincón vi un arpa de pocas cuerdas. En las paredes había telas rectangulares en las que predominaban los tonos del color amarillo. No parecían proceder de la misma mano.

—Ésta es mi obra —declaró.

Examiné las telas y me detuve ante la más pequeña, que figuraba o sugería una puesta de sol y que encerraba algo infinito.

—Si te gusta puedes llevártela, como recuerdo de un amigo futuro —dijo con palabra tranquila.

Le agradecí, pero otras telas me inquietaron. No diré que estaban en blanco, pero sí casi en blanco.

—Están pintadas con colores que tus antiguos ojos no pueden ver.

Las delicadas manos tañeron las cuerdas del arpa y apenas percibí uno que otro sonido.

Fue entonces cuando se oyeron los golpes.

Una alta mujer y tres o cuatro hombres entraron en la casa. Diríase que eran hermanos o que los había igualado el tiempo. Mi huésped habló primero con la mujer.

—Sabía que esta noche no faltarías. ¿Lo has visto a Nils?

—De tarde en tarde. Sigue siempre entregado a la pintura.

—Esperemos que con mejor fortuna que su padre.

Manuscritos, cuadros, muebles, enseres; no dejamos nada en la casa.

La mujer trabajó a la par de los hombres. Me avergoncé de mi flaqueza que casi no me permitía ayudarlos. Nadie cerró la puerta y salimos, cargados con las cosas. Noté que el techo era a dos aguas.

A los quince minutos de caminar, doblamos por la izquierda. En el fondo divisé una suerte de torre, coronada por una cúpula.

—Es el crematorio —dijo alguien—. Adentro está la cámara letal. Dicen que la inventó un filántropo cuyo nombre, creo, era Adolfo Hitler.

El cuidador, cuya estatura no me asombró, nos abrió la verja.

Mi huésped susurró unas palabras. Antes de entrar en el recinto se despidió con un ademán.

—La nieve seguirá —anunció la mujer.

En mi escritorio de la calle México guardo la tela que alguien pintará, dentro de miles de años, con materiales hoy dispersos en el planeta.

EL SOBORNO

La historia que refiero es la de dos hombres o más bien la de un episodio en el que intervinieron dos hombres. El hecho mismo, nada singular ni fantástico, importa menos que el carácter de sus protagonistas. Ambos pecaron por vanidad, pero de un modo harto distinto y con resultado distinto. La anécdota (en realidad no es mucho más) ocurrió hace muy poco, en uno de los Estados de América. Entiendo que no pudo haber ocurrido en otro lugar.

A fines de 1961, en la Universidad de Texas, en Austin, tuve ocasión de conversar largamente con uno de los dos, el doctor Ezra Winthrop. Era profesor de inglés antiguo (no aprobaba el empleo de la palabra *anglosajón*, que sugiere un artefacto hecho de dos piezas). Recuerdo que sin contradecirme una sola vez corrigió mis muchos errores y temerarias presunciones. Me dijeron que en los exámenes prefería no formular una sola pregunta; invitaba al alumno a discurrir sobre tal o cual tema, dejando a su elección el punto preciso. De vieja raíz puritana, oriundo de Boston, le había costado hacerse a los hábitos y prejuicios del Sur. Extrañaba la nieve, pero he observado que a la gente del Norte le enseñan a precaverse del frío, como a nosotros del calor. Guardo la imagen ya borrosa, de un hombre más bien alto, de pelo gris, menos ágil que fuerte. Más claro es mi recuerdo de su colega Herbert Locke, que me dio un ejemplar de su libro *Toward a History of the Kenning*, donde se lee que los sajones no tardaron en prescindir de esas metáforas un tanto mecánicas (camino de la ballena por mar, halcón de la batalla por águila), en tanto que los poetas escandinavos las fueron combinando y entrelazando hasta lo inextricable. He mencionado a Herbert Locke porque es parte integral de mi relato.

Arribo ahora al islandés Eric Einarsson, acaso el verdadero protagonista. No lo vi nunca. Llegó a Texas en 1969, cuando yo estaba en Cambridge, pero las cartas de un amigo común, Ramón Martínez López, me han dejado la convicción de conocerlo íntimamente. Sé que es impetuoso, enérgico y frío; en una tierra de hombres altos es alto. Dado su pelo rojo era inevitable que los estudiantes lo apodaran Erico el Rojo. Opinaba que el uso del *slang*, forzosamente erróneo, hace del extranjero un intruso y no condescendió nunca al O.K. Buen investigador de las lenguas nórdicas, del inglés, del latín y —aunque no lo confesara— del alemán, poco le costó abrirse paso en las universidades de América. Su primer trabajo fue una monografía sobre los cuatro artículos que dedicó De Quincey al influjo que ha dejado el danés en la región lacustre de Westmoreland. La siguió una segunda sobre el dialecto de los campesinos de Yorkshire. Ambos estudios fueron bien acogidos, pero Einarsson pensó que su carrera precisaba algún elemento de asombro. En 1970 publicó en Yale una copiosa edición crítica de la *Balada de Maldon*. El *scholarship* de las notas era innegable, pero ciertas hipótesis del prefacio suscitaron alguna discusión en los casi secretos círculos académicos. Einarsson afirmaba, por ejemplo, que el estilo de la balada es afín, siquiera de un modo lejano, al fragmento heroico de *Finnsburh*, no a la retórica pausada de *Beowulf*, y que su manejo de conmovedores rasgos circunstanciales prefigura curiosamente los métodos que no sin justicia admiramos en las sagas de Islandia. Enmendó asimismo varias lecciones del texto de Elphinston. Ya en 1969 había sido nombrado profesor en la Universidad de Texas. Según es fama, son habituales en las universidades americanas los congresos de germanistas. Al doctor Winthrop le había tocado en suerte en el turno anterior, en East Lansing. El jefe del departamento que preparaba su Año Sabático, le pidió que pensara en un candidato para la próxima sesión en Wisconsin. Por lo demás éstos no pasaban de dos: Herbert Locke o Eric Einarsson.

Winthrop, como Carlyle, había renunciado a la fe puritana de sus mayores, pero no al sentimiento de la ética. No había declinado dar el consejo; su deber era claro. Herbert Locke, desde 1954, no le había escatimado su ayuda para cierta edición anotada de la *Gesta de Beowulf* que, en determinadas casas de estudio, había reemplazado el manejo de la de Klaeber; ahora estaba compilando una obra muy útil para la germanística: un diccionario inglés-anglosajón, que ahorrara a los lectores el examen, muchas veces inútil, de los diccionarios etimológicos. Einarsson era harto más joven; su petulancia le granjeaba la aversión general, sin excluir la de Winthrop. La edición crítica de *Finnsburh* había contribuido no poco a difundir su nombre. Era fácilmente polémico; en el Congreso haría mejor papel que el taciturno y tímido Locke. En esas cavilaciones estaba Winthrop cuando el hecho ocurrió.

En Yale apareció un extenso artículo sobre la enseñanza universitaria de la literatura y de la lengua de los anglosajones. Al pie de la última página se leían las transparentes iniciales E. E. y, como para alejar cualquier duda, el nombre de Texas. El artículo, redactado en un correcto inglés de extranjero, no se permitía la menor incivilidad pero encerraba cierta violencia. Argüía que iniciar aquel estudio por la *Gesta de Beowulf*, obra de fecha arcaica pero de estilo pseudovirgiliano y retórico, era no menos arbitrario que iniciar el estudio del inglés por los intrincados versos de Milton. Aconsejaba una inversión del orden cronológico: empezar por "La sepultura" del siglo XI, que deja traslucir el idioma actual, y luego retroceder hasta los orígenes. En lo que a *Beowulf* se refiere, bastaba con algún fragmento extraído del tedioso conjunto de tres mil líneas; por ejemplo los ritos funerarios de Scyld, que vuelve al mar y vino del mar. No se mencionaba una sola vez el nombre de Winthrop, pero éste se sintió persistentemente agredido. Tal circunstancia le importaba menos que el hecho de que impugnaran su método pedagógico.

Faltaban pocos días. Winthrop quería ser justo y no podía permitir que el escrito de Einarsson, ya releído y comentado por muchos, influyera en su decisión. Ésta le dio no poco trabajo. Cierta mañana, Winthrop conversó con su jefe; esa misma tarde, Einarsson recibió el encargo oficial de viajar a Wisconsin.

La víspera del 19 de marzo, día de la partida, Einarsson se presentó en el despacho de Ezra Winthrop. Venía a despedirse y a agradecerle. Una de las ventanas daba a una calle arbolada y oblicua y los rodeaban anaqueles de libros; Einarsson no tardó en reconocer la primera edición de la *Edda Islandorum,* encuadernada en pergamino. Winthrop contestó que sabía que el otro desempeñaría bien su misión y que no tenía nada que agradecerle. El diálogo si no me engaño fue largo.

–Hablemos con franqueza –dijo Einarsson–. No hay perro en la Universidad que no sepa que si el doctor Lee Rosenthal, nuestro jefe, me honra con la misión de representarnos, obra por consejo de usted. Trataré de no defraudarlo. Soy un buen germanista; la lengua de mi infancia es la de las sagas y pronuncio el anglosajón mejor que mis colegas británicos. Mis estudiantes dicen *cyning*, no *cunning*. Saben también que les está absolutamente prohibido fumar en clase y que no pueden presentarse disfrazados de *hippies*. En cuanto a mi frustrado rival, sería de pésimo gusto que yo lo criticara; sobre la *Kenning* demuestra no sólo el examen de las fuentes originales sino de los pertinentes trabajos de Meissner y de Marquardt. Dejemos esas fruslerías. Yo le debo a usted, doctor Winthrop, una explicación personal. Dejé mi patria a fines de 1967. Cuando alguien se resuelve a emigrar a un país lejano, se impone fatalmente la obligación de adelantar en ese país. Mis dos opúsculos iniciales, de índole estrictamente filológica, no respondían a otro fin que probar mi capacidad. Ello, evidentemente, no bastaba. Siempre me había interesado la *Balada de Maldon,* que puedo repetir de memoria, con uno que otro bache. Logré que las autoridades de Yale publicaran mi edición crítica. La balada registra, como usted sabe, una victoria escandinava, pero en cuanto al concepto de que influyó en las ulteriores sagas de Islandia, lo juzgo inadmisible y absurdo. Lo incluí para halagar a los lectores de habla inglesa.

"Arribo ahora a lo esencial: mi nota polémica del *Yale Monthly*. Como usted no ignora, justifica, o quiere justificar, mi sistema, pero deliberadamente exagera los inconvenientes del suyo, que, a trueque de imponer a los alumnos el tedio de tres mil intrincados versos consecutivos que narran una historia confusa, los dota de un copioso vocabulario que les permitirá gozar, si no han desertado, del *corpus* de las letras anglosajonas. Ir a Wisconsin era mi verdadero propósito. Usted y yo, mi querido amigo, sabemos que los congresos son tonterías, que ocasionan gastos inútiles, pero que pueden convenir a un *curriculum*.

Winthrop lo miró con sorpresa. Era inteligente, pero propendía a tomar en serio las cosas, incluso los congresos y el universo, que bien puede ser una broma cósmica. Einarsson prosiguió:

—Usted recordará tal vez nuestro primer diálogo. Yo había llegado de New York. Era un día domingo; el comedor de la Universidad estaba cerrado y fuimos a almorzar al Nighthawk. Fue entonces cuando aprendí muchas cosas. Como buen europeo yo siempre había presupuesto que la Guerra Civil fue una cruzada contra los esclavistas; usted argumentó que el Sur estaba en su derecho al querer separarse de la Unión y mantener sus instituciones. Para dar mayor fuerza a lo que afirmaba, me dijo que usted era del Norte y que uno de sus mayores había militado en las filas de Henry Halleck. Ponderó asimismo el coraje de los confederados. A diferencia de los demás, yo sé casi inmediatamente *quién* es el otro. Esa mañana me bastó. Comprendí, mi querido Winthrop, que a usted lo rige la curiosa pasión americana de la imparcialidad. Quiere, ante todo, ser *fairminded*. Precisamente por ser hombre del Norte, trató de comprender y justificar la causa del Sur. En cuanto supe que mi viaje a Wisconsin dependía de unas palabras suyas a Rosenthal, resolví aprovechar mi pequeño descubrimiento. Comprendí que impugnar la metodología que usted siempre observa en la cátedra era el medio más eficaz de obtener su voto. Redacté en el acto mi tesis. Los hábitos del *Monthly* me obligaron al uso de iniciales, pero hice todo lo posible para que no quedara la menor duda sobre la identidad del autor. La confié incluso a muchos colegas.

Hubo un largo silencio. Winthrop fue el primero en romperlo.

—Ahora comprendo —dijo—. Yo soy viejo amigo de Herbert, cuya labor estimo; usted, directa o indirectamente, me atacó. Negarle mi voto hubiera sido una suerte de represalia. Confronté los méritos de los dos y el resultado fue el que usted sabe.

Agregó, como si pensara en voz alta:

—He cedido tal vez a la vanidad de no ser vengativo. Como usted ve, su estratagema no le falló.

—Estratagema es la palabra justa —replicó Einarsson—, pero no me arrepiento de lo que hice. Actuaré del modo mejor para nuestra casa de estudios. Por lo demás yo había resuelto ir a Wisconsin.

—Mi primer Viking —dijo Winthrop y lo miró en los ojos.

—Otra superstición romántica. No basta ser escandinavo para descender de los Vikings. Mis padres fueron buenos pastores de la iglesia evangélica; a principios del siglo x, mis mayores fueron acaso buenos sacerdotes de Thor. En mi familia no hubo, que yo sepa, gente de mar.

—En la mía hubo muchos —contestó Winthrop—. Sin embargo, no somos tan distintos. Un pecado nos une: la vanidad. Usted me ha visitado para jactarse de su ingeniosa estratagema; yo lo apoyé para jactarme de ser un hombre recto.

—Otra cosa nos une —respondió Einarsson—. La nacionalidad. Soy ciudadano americano. Mi destino está aquí, no en la Última Thule. Usted dirá que un pasaporte no modifica la índole de un hombre.

Se estrecharon la mano y se despidieron.

AVELINO ARREDONDO

El hecho aconteció en Montevideo, en 1897.

Cada sábado los amigos ocupaban la misma mesa lateral en el Café del Globo, a la manera de los pobres decentes que saben que no pueden mostrar su casa o que rehúyen su ámbito. Eran todos montevideanos; al principio les había costado amistarse con Arredondo, hombre de tierra adentro, que no se permitía confidencias ni hacía preguntas. Contaba poco más de veinte años; era flaco y moreno, más bien bajo y tal vez algo torpe. La cara habría sido casi anónima, si no la hubieran rescatado los ojos, a la vez dormidos y enérgicos. Dependiente de una mercería de la calle Buenos Aires, estudiaba Derecho a ratos perdidos. Cuando los otros condenaban la guerra que asolaba el país y que, según era opinión general, el Presidente prolongaba por razones indignas, Arredondo se quedaba callado. También se quedaba callado cuando se burlaban de él por tacaño.

Poco después de la batalla de Cerros Blancos, Arredondo dijo a los compañeros que no lo verían por un tiempo, ya que tenía que irse a Mercedes. La noticia no inquietó a nadie. Alguien le dijo que tuviera cuidado con el gauchaje de Aparicio Saravia; Arredondo respondió, con una sonrisa, que no les tenía miedo a los Blancos. El otro, que se había afiliado al partido, no dijo nada.

Más le costó decirle adiós a Clara, su novia. Lo hizo casi con las mismas palabras. Le previno que no esperara cartas, porque estaría muy atareado. Clara, que no tenía costumbre de escribir, aceptó el agregado sin protestar. Los dos se querían mucho.

Arredondo vivía en las afueras. Lo atendía una parda que llevaba el mismo apellido porque sus mayores habían sido esclavos de la familia en tiempo de la Guerra Grande. Era una mujer de toda confianza; le ordenó que dijera a cualquier persona que lo buscara que él estaba en el campo. Ya había cobrado su último sueldo en la mercería.

Se mudó a una pieza del fondo, la que daba al patio de tierra. La medida era inútil, pero lo ayudaba a iniciar esa reclusión que su voluntad le imponía.

Desde la angosta cama de fierro, en la que fue recuperando su hábito de sestear, miraba con alguna tristeza un anaquel vacío. Había vendido todos sus libros, incluso los de introducción al Derecho. No le quedaba más que una Biblia, que nunca había leído y que no concluyó.

La cursó página por página, a veces con interés y a veces con tedio, y se impuso el deber de aprender de memoria algún capítulo del Éxodo y el final del Eclesiastés. No trataba de entender lo que iba leyendo. Era librepensador, pero no dejaba pasar una sola noche sin repetir el padrenuestro que le había prometido a su madre al venir a Montevideo. Faltar a esa promesa filial podría traerle mala suerte.

Sabía que su meta era la mañana del día 25 de agosto. Sabía el número preciso de días que tenía que trasponer. Una vez lograda la meta, el tiempo cesaría o, mejor dicho, nada importaba lo que aconteciera después. Esperaba la fecha como quien espera una dicha y una liberación. Había parado su reloj para no estar siempre mirándolo, pero todas las noches, al oír las doce campanadas oscuras, arrancaba una hoja del almanaque y pensaba *un día menos.*

Al principio quiso construir una rutina. Matear, fumar los cigarrillos negros que armaba, leer y repasar una determinada cuota de páginas, tratar de conversar con Clementina cuando ésta le traía la comida en una bandeja, repetir y adornar cierto discurso antes de apagar la candela. Hablar con Clementina, mujer ya entrada en años, no era muy fácil, porque su memoria había quedado detenida en el campo y en lo cotidiano del campo.

Disponía asimismo de un tablero de ajedrez en el que jugaba partidas desordenadas que no acertaban con el fin. Le faltaba una torre que solía suplir con una bala o con un vintén.

Para poblar el tiempo, Arredondo se hacía la pieza cada mañana con un trapo y con un escobillón y perseguía a las arañas. A la parda no le gustaba que se rebajara a esos menesteres, que eran de su gobierno y que, por lo demás, él no sabía desempeñar.

Hubiera preferido recordarse con el sol ya bien alto, pero la costumbre de hacerlo cuando clareaba pudo más que su voluntad. Extrañaba muchísimo a sus amigos y sabía sin amargura que éstos no lo extrañaban, dada su invencible reserva. Una tarde preguntó por él uno de ellos y lo despacharon desde el zaguán. La parda no lo conocía; Arredondo nunca supo quién era. Ávido lector de periódicos, le costó renunciar a esos museos de minucias efímeras. No era hombre de pensar ni de cavilar.

Sus días y sus noches eran iguales, pero le pesaban más los domingos.

A mediados de julio conjeturó que había cometido un error al parcelar el tiempo, que de cualquier modo nos lleva. Entonces dejó errar su imaginación por la dilatada tierra oriental, hoy ensangrentada, por los quebrados campos de *Santa Irene*, donde había remontado cometas, por cierto petiso tubiano, que ya habría muerto, por el polvo que levanta la hacienda, cuando la arrean los troperos, por la diligencia cansada que venía cada mes desde Fray Bentos con su carga de baratijas, por la bahía de La Agraciada, donde desembarcaron los Treinta y Tres, por el Hervidero, por cuchillas, montes y ríos, por el Cerro que había escalado hasta la farola, pensando que en las dos bandas del Plata no hay otro igual. Del cerro de la bahía pasó una vez al cerro del escudo y se quedó dormido.

Cada noche la virazón traía la frescura, propicia al sueño. Nunca se desveló.

Quería plenamente a su novia pero se había dicho que un hombre no debe pensar en mujeres, sobre todo cuando le faltan. El campo lo había acostumbrado a la castidad. En cuanto al otro asunto... trataba de pensar lo menos posible en el hombre que odiaba.

El ruido de la lluvia en la azotea lo acompañaba.

Para el encarcelado o el ciego, el tiempo fluye aguas abajo, como por una leve pendiente. Al promediar su reclusión Arredondo logró más de una vez ese tiempo casi sin tiempo. En el primer patio había un aljibe con un sapo en el fondo; nunca se le ocurrió pensar que el tiempo del sapo, que linda con la eternidad, era lo que buscaba.

Cuando la fecha no estaba lejos, empezó otra vez la impaciencia. Una noche no pudo más y salió a la calle. Todo le pareció distinto y más grande. Al doblar una esquina, vio una luz y entró en un almacén. Para justificar su presencia, pidió una caña amarga. Acodados contra el mostrador de madera conversaban unos soldados. Dijo uno de ellos:

—Ustedes saben que está formalmente prohibido que se den noticias de las batallas. Ayer tarde nos ocurrió una cosa que los va a divertir. Yo y unos compañeros de cuartel pasamos frente a *La Razón*. Oímos desde afuera una voz que contravenía la orden. Sin perder tiempo entramos. La redacción estaba como boca de lobo, pero lo quemamos a balazos al que seguía hablando. Cuando se calló, lo buscamos para sacarlo por las patas, pero vimos que era una máquina que le dicen *fonógrafo* y que habla sola.

Todos se rieron.

Arredondo se había quedado escuchando. El soldado le dijo:

—¿Qué le parece el chasco, aparcero?

Arredondo guardó silencio. El de uniforme le acercó la cara y le dijo:

—Gritá en seguida: ¡Viva el Presidente de la Nación, Juan Idiarte Borda!

Arredondo no desobedeció. Entre aplausos burlones ganó la puerta. Ya en la calle lo golpeó una última injuria.

—El miedo no es sonso ni junta rabia.

Se había portado como un cobarde, pero sabía que no lo era. Volvió pausadamente a su casa.

El día 25 de agosto, Avelino Arredondo se recordó a las nueve pasadas. Pensó primero en Clara y sólo después en la fecha. Se dijo con alivio: *Adiós a la tarea de esperar. Ya estoy en el día.*

Se afeitó sin apuro y en el espejo lo enfrentó la cara de siempre. Eligió una corbata colorada y sus mejores prendas. Almorzó tarde. El cielo gris amenazaba llovizna; siempre se lo había imaginado radiante. Lo rozó un dejo de amargura al dejar para siempre la pieza húmeda. En el zaguán se cruzó con la parda y le dio los últimos pesos que le quedaban. En la chapa de la ferretería vio rombos de colores y reflexionó que durante más de dos meses no había pensado en ellos. Se encaminó a la calle de Sarandí. Era día feriado y circulaba muy poca gente.

No habían dado las tres cuando arribó a la Plaza Matriz. El *Te Deum* ya había concluido; un grupo de caballeros, de militares y de prelados, bajaba por las lentas gradas del templo. A primera vista, los sombreros de copa, algunos aún en la mano, los uniformes, los entorchados, las armas y las túnicas, podían crear la ilusión de que eran muchos; en realidad, no pasarían de una treintena. Arredondo, que no sentía miedo, sintió una suerte de respeto. Preguntó cuál era el Presidente. Le contestaron:

—Ese que va al lado del arzobispo con la mitra y el báculo.

Sacó el revólver e hizo fuego.

Idiarte Borda dio unos pasos, cayó de bruces y dijo claramente: "Estoy muerto".

Arredondo se entregó a las autoridades. Después declararía:

—Soy Colorado y lo digo con todo orgullo. He dado muerte al Presidente, que traicionaba y mancillaba a nuestro partido. Rompí con los amigos y con la novia, para no complicarlos; no miré diarios para que nadie pueda decir que me han incitado. Este acto de justicia me pertenece. Ahora, que me juzguen.

Así habrán ocurrido los hechos, aunque de un modo más complejo; así puedo soñar que ocurrieron.

EL DISCO

Soy leñador. El nombre no importa. La choza en que nací y en la que pronto habré de morir queda al borde del bosque. Del bosque dicen que se alarga hasta el mar que rodea toda la tierra y por el que andan casas de madera iguales a la mía. No sé; nunca lo he visto. Tampoco he visto el otro lado del bosque. Mi hermano mayor, cuando éramos chicos, me hizo jurar que entre los dos talaríamos todo el bosque hasta que no quedara un solo árbol. Mi hermano ha muerto y ahora es otra cosa la que busco y seguiré buscando. Hacia el poniente corre un riacho en el que sé pescar con la mano. En el bosque hay lobos, pero los lobos no me arredran y mi hacha nunca me fue infiel. No he llevado la cuenta de mis años. Sé que son muchos. Mis ojos ya no ven. En la aldea, a la que ya no voy porque me perdería, tengo fama de avaro pero ¿qué puede haber juntado un leñador del bosque?

Cierro la puerta de mi casa con una piedra para que la nieve no entre. Una tarde oí pasos trabajosos y luego un golpe. Abrí y entró un desconocido. Era un hombre alto y viejo, envuelto en una manta raída. Le cruzaba la cara una cicatriz. Los años parecían haberle dado más autoridad que flaqueza, pero noté que le costaba andar sin el apoyo del bastón. Cambiamos unas palabras que no recuerdo. Al fin dijo:

—No tengo hogar y duermo donde puedo. He recorrido toda Sajonia.

Esas palabras convenían a su vejez. Mi padre siempre hablaba de Sajonia; ahora la gente dice Inglaterra.

Yo tenía pan y pescado. No hablamos durante la comida. Empezó a llover. Con unos cueros le armé una yacija en el suelo de tierra, donde murió mi hermano. Al llegar la noche dormimos.

Clareaba el día cuando salimos de la casa. La lluvia había cesado y la tierra estaba cubierta de nieve nueva. Se le cayó el bastón y me ordenó que lo levantara.

—¿Por qué he de obedecerte? —le dije.

—Porque soy un rey —contestó.

Lo creí loco. Recogí el bastón y se lo di.

Habló con una voz distinta.

—Soy rey de los Secgens. Muchas veces los llevé a la victoria en la dura batalla, pero en la hora del destino perdí mi reino. Mi nombre es Isern y soy de la estirpe de Odín.

—Yo no venero a Odín —le contesté—. Yo venero a Cristo.

Como si no me oyera continuó:

—Ando por los caminos del destierro pero aún soy el rey porque tengo el disco. ¿Quieres verlo?

Abrió la palma de la mano que era huesuda. No había nada en la mano. Estaba vacía. Fue sólo entonces que advertí que siempre la había tenido cerrada.

Dijo, mirándome con fijeza:

—Puedes tocarlo.

Ya con algún recelo puse la punta de los dedos sobre la palma. Sentí una cosa fría y vi un brillo. La mano se cerró bruscamente. No dije nada. El otro continuó con paciencia como si hablara con un niño:

—Es el disco de Odín. Tiene un solo lado. En la tierra no hay otra cosa que tenga un solo lado. Mientras esté en mi mano seré el rey.

—¿Es de oro? —le dije.

—No sé. Es el disco de Odín y tiene un solo lado.

Entonces yo sentí la codicia de poseer el disco. Si fuera mío, lo podría vender por una barra de oro y sería un rey.

Le dije al vagabundo que aún odio:

—En la choza tengo escondido un cofre de monedas. Son de oro y brillan como el hacha. Si me das el disco de Odín, yo te doy el cofre.

Dijo tercamente:

—No quiero.

—Entonces —dije— puedes proseguir tu camino.

Me dio la espalda. Un hachazo en la nuca bastó y sobró para que vacilara y cayera, pero al caer abrió la mano y en el aire vi el brillo. Marqué bien el lugar con el hacha y arrastré el muerto hasta el arroyo que estaba muy crecido. Ahí lo tiré.

Al volver a mi casa busqué el disco. No lo encontré. Hace años que sigo buscando.

EL LIBRO DE ARENA

... thy rope of sands...

GEORGE HERBERT (1593-1623)

La línea consta de un número infinito de puntos; el plano, de un número infinito de líneas; el volumen, de un número infinito de planos; el hipervolumen, de un número infinito de volúmenes... No, decididamente no es éste, *more geométrico*, el mejor modo de iniciar mi relato. Afirmar que es verídico es ahora una convención de todo relato fantástico; el mío, sin embargo, *es* verídico.

Yo vivo solo, en un cuarto piso de la calle Belgrano. Hará unos meses, al atardecer, oí un golpe en la puerta. Abrí y entró un desconocido. Era un hombre alto, de rasgos desdibujados. Acaso mi miopía los vio así. Todo su aspecto era de pobreza decente. Estaba de gris y traía una valija gris en la mano. En seguida sentí que era extranjero. Al principio lo creí viejo; luego advertí que me había engañado su escaso pelo rubio, casi blanco, a la manera escandinava. En el curso de nuestra conversación, que no duraría una hora, supe que procedía de las Orcadas.

Le señalé una silla. El hombre tardó un rato en hablar. Exhalaba melancolía, como yo ahora.

—Vendo Biblias —me dijo.

No sin pedantería le contesté:

—En esta casa hay algunas Biblias inglesas, incluso la primera, la de John Wiclif. Tengo asimismo la de Cipriano de Valera, la de Lutero, que literariamente es la peor, y un ejemplar latino de la Vulgata. Como usted ve, no son precisamente Biblias lo que me falta.

Al cabo de un silencio me contestó:

—No sólo vendo Biblias. Puedo mostrarle un libro sagrado que tal vez le interese. Lo adquirí en los confines de Bikanir.

Abrió la valija y lo dejó sobre la mesa. Era un volumen en octavo, encuadernado en tela. Sin duda había pasado por muchas manos. Lo examiné; su inusitado peso me sorprendió. En el lomo decía *Holy Writ* y abajo *Bombay*.

—Será del siglo XIX —observé.

—No sé. No lo he sabido nunca —fue la respuesta.

Lo abrí al azar. Los caracteres me eran extraños. Las páginas, que me parecieron gastadas y de pobre tipografía, estaban impresas a dos columnas a la manera de una Biblia. El texto era apretado y estaba ordenado en versículos. En el ángulo superior de las páginas había cifras arábigas. Me llamó la atención que la página par llevara el número (digamos) 40.514 y la impar, la siguiente, 999. La volví; el dorso estaba numerado con ocho cifras. Llevaba una pequeña ilustración, como es de uso en los diccionarios: un ancla dibujada a la pluma, como por la torpe mano de un niño.

Fue entonces que el desconocido me dijo:

—Mírela bien. Ya no la verá nunca más.

Había una amenaza en la afirmación, pero no en la voz.

Me fijé en el lugar y cerré el volumen. Inmediatamente lo abrí. En vano busqué la figura del ancla, hoja tras hoja. Para ocultar mi desconcierto, le dije:

—Se trata de una versión de la Escritura en alguna lengua indostánica, ¿no es verdad?

—No —me replicó.

Luego bajó la voz como para confiarme un secreto:

—Lo adquirí en un pueblo de la llanura, a cambio de unas rupias y de la Biblia. Su poseedor no sabía leer. Sospecho que en el Libro de los Libros vio un amuleto. Era de la casta más baja; la gente no podía pisar su sombra, sin contaminación. Me dijo que su libro se llamaba *El libro de arena*, porque ni el libro ni la arena tienen ni principio ni fin.

Me pidió que buscara la primera hoja.

Apoyé la mano izquierda sobre la portada y abrí con el dedo pulgar casi pegado al índice. Todo fue inútil: siempre se interponían varias hojas entre la portada y la mano. Era como si brotaran del libro.

—Ahora busque el final.

También fracasé; apenas logré balbucear con una voz que no era la mía:

—Esto no puede ser.

Siempre en voz baja el vendedor de Biblias me dijo:

–No puede ser, pero *es*. El número de páginas de este libro es exactamente infinito. Ninguna es la primera; ninguna, la última. No sé por qué están numeradas de ese modo arbitrario. Acaso para dar a entender que los términos de una serie infinita admiten cualquier número.

Después, como si pensara en voz alta:

—Si el espacio es infinito estamos en cualquier punto del espacio. Si el tiempo es infinito estamos en cualquier punto del tiempo.

Sus consideraciones me irritaron. Le pregunté:

—¿Usted es religioso, sin duda?

—Sí, soy presbiteriano. Mi conciencia está clara. Estoy seguro de no haber estafado al nativo cuando le di la Palabra del Señor a trueque de su libro diabólico.

Le aseguré que nada tenía que reprocharse, y le pregunté si estaba de paso por estas tierras. Me respondió que dentro de unos días pensaba regresar a su patria. Fue entonces cuando supe que era escocés, de las islas Orcadas. Le dije que a Escocia yo la quería personalmente por el amor de Stevenson y de Hume.

—Y de Robbie Burns —corrigió.

Mientras hablábamos yo seguía explorando el libro infinito. Con falsa indiferencia le pregunté:

—¿Usted se propone ofrecer este curioso espécimen al Museo Británico?

—No. Se lo ofrezco a usted —me replicó, y fijó una suma elevada.

Le respondí, con toda verdad, que esa suma era inaccesible para mí y me quedé pensando. Al cabo de unos pocos minutos había urdido mi plan.

—Le propongo un canje —le dije—. Usted obtuvo este volumen por unas rupias y por la Escritura Sagrada; yo le ofrezco el monto de mi jubilación, que acabo de cobrar, y la Biblia de Wiclif en letra gótica. La heredé de mis padres.

—*A black letter Wiclif!* —murmuró.

Fui a mi dormitorio y le traje el dinero y el libro. Volvió las hojas y estudió la carátula con fervor de bibliófilo.

—Trato hecho —me dijo.

Me asombró que no regateara. Sólo después comprendería que había entrado en mi casa con la decisión de vender el libro. No contó los billetes, y los guardó.

Hablamos de la India, de las Orcadas y de los *jarls* noruegos que las rigieron. Era de noche cuando el hombre se fue. No he vuelto a verlo ni sé su nombre.

Pensé guardar *El libro de arena* en el hueco que había dejado el Wiclif, pero opté al fin por esconderlo detrás de unos volúmenes descabalados de *Las mil y una noches.*

Me acosté y no dormí. A las tres o cuatro de la mañana prendí la luz. Busqué el libro imposible, y volví las hojas. En una de ellas vi grabada una máscara. El ángulo llevaba una cifra, ya no sé cuál, elevada a la novena potencia.

No mostré a nadie mi tesoro. A la dicha de poseerlo se agregó el temor de que lo robaran, y después el recelo de que no fuera verdaderamente infinito. Esas dos inquietudes agravaron mi ya vieja misantropía. Me quedaban unos amigos; dejé de verlos. Prisionero del libro, casi no me asomaba a la calle. Examiné con una lupa el gastado lomo y las tapas, y rechacé la posibilidad de algún artificio. Comprobé que las pequeñas ilustraciones distaban dos mil páginas una de otra. Las fui anotando en una libreta alfabética, que no tardé en llenar.

Nunca se repitieron. De noche, en los escasos intervalos que me concedía el insomnio, soñaba con el libro.

Declinaba el verano, y comprendí que el libro era monstruoso. De nada me sirvió considerar que no menos monstruoso era yo, que lo percibía con ojos y lo palpaba con diez dedos con uñas. Sentí que era un objeto de pesadilla, una cosa obscena que infamaba y corrompía la realidad.

Pensé en el fuego, pero temí que la combustión de un libro infinito fuera parejamente infinita y sofocara de humo al planeta.

Recordé haber leído que el mejor lugar para ocultar una hoja es un bosque. Antes de jubilarme trabajaba en la Biblioteca Nacional, que guarda novecientos mil libros; sé que a mano derecha del vestíbulo una escalera curva se hunde en el sótano, donde están los periódicos y los mapas. Aproveché un descuido de los empleados para perder *El libro de arena* en uno de los húmedos anaqueles. Traté de no fijarme a qué altura ni a qué distancia de la puerta.

Siento un poco de alivio, pero no quiero ni pasar por la calle México.

EPÍLOGO

Prologar cuentos no leídos aún es tarea casi imposible, ya que exige el análisis de tramas que no conviene anticipar. Prefiero por consiguiente un epílogo.

El relato inicial retoma el viejo tema del doble, que movió tantas veces la siempre afortunada pluma de Stevenson. En Inglaterra su nombre es fetch o, de manera más libresca, wraith of the living; *en Alemania,* Doppelgaenger. *Sospecho que uno de sus primeros apodos fue el de alter ego. Esta aparición espectral habrá procedido de los espejos del metal o del agua, o simplemente de la memoria, que hace de cada cual un espectador y un actor. Mi deber era conseguir que los interlocutores fueran lo bastante distintos para ser dos y lo bastante parecidos para ser uno. ¿Valdrá la pena declarar que concebí la historia a orillas del río Charles, en New England, cuyo frío curso me recordó el lejano curso del Ródano?*

El tema del amor es harto común en mis versos; no así en mi prosa, que no guarda otro ejemplo que "Ulrica". Los lectores advertirán su afinidad formal con "El otro".

"El Congreso" es quizá la más ambiciosa de las fábulas de este libro; su tema es una empresa tan vasta que se confunde al fin con el cosmos y con la suma de los días. El opaco principio quiere imitar el de las ficciones de Kafka; el fin quiere elevarse, sin duda en vano, a los éxtasis de Chesterton o de John Bunyan. No he merecido nunca semejante revelación, pero he procurado soñarla. En su decurso he entretejido, según es mi hábito, rasgos autobiográficos.

El destino que, según es fama, es inescrutable, no me dejó en paz hasta que perpetré un cuento póstumo de Lovecraft, escritor que siempre he juzgado un parodista involuntario de Poe. Acabé por ceder; el lamentable fruto se titula "There Are More Things".

"La Secta de los Treinta" rescata, sin el menor apoyo documental, la historia de una herejía posible.

"La noche de los dones" es tal vez el relato más inocente, más violento y más exaltado que ofrece este volumen.

"La biblioteca de Babel" (1941) imagina un número infinito de libros; "Undr" y "El espejo y la máscara", literaturas seculares que constan de una sola palabra.

"Utopía de un hombre que está cansado" es, a mi juicio, la pieza más honesta y melancólica de la serie.

Siempre me ha sorprendido la obsesión ética de los americanos del Norte; "El soborno" quiere reflejar ese rasgo.

Pese a John Felton, a Charlotte Corday, a la conocida opinión de Rivera Indarte ("Es acción santa matar a Rosas") y al Himno Nacional Uruguayo ("Si tiranos, de Bruto el puñal") no apruebo el asesinato político. Sea lo que fuere, los lectores del solitario crimen de Arredondo querrán saber el fin. Luis Melián Lafinur pidió su absolución, pero los jueces Carlos Fein y Cristóbal Salvañac lo condenaron a un mes de reclusión celular y a cinco años de cárcel. Una de las calles de Montevideo lleva ahora su nombre.

Dos objetos adversos e inconcebibles son la materia de los últimos cuentos; "El disco" es el círculo euclidiano, que admite solamente una cara; "El libro de arena", un volumen de incalculables hojas.

Espero que las notas apresuradas que acabo de dictar no agoten este libro y que sus sueños sigan ramificándose en la hospitalaria imaginación de quienes ahora lo cierran.

J.L.B.

Buenos Aires, 3 de febrero de 1975

La rosa profunda
(1975)

PRÓLOGO

La doctrina romántica de una Musa que inspira a los poetas fue la que profesaron los clásicos; la doctrina clásica del poema como una operación de la inteligencia fue enunciada por un romántico, Poe, hacia 1846. El hecho es paradójico. Fuera de unos casos aislados de inspiración onírica —el sueño del pastor que refiere Beda, el ilustre sueño de Coleridge—, es evidente que ambas doctrinas tienen su parte de verdad, salvo que corresponden a distintas etapas del proceso. (Por Musa debemos entender lo que los hebreos y Milton llamaron el Espíritu y lo que nuestra triste mitología llama lo Subconsciente.) En lo que me concierne, el proceso es más o menos invariable. Empiezo por divisar una forma, una suerte de isla remota, que será después un relato o una poesía. Veo el fin y veo el principio, no lo que se halla entre los dos. Esto gradualmente me es revelado, cuando los astros o el azar son propicios. Más de una vez tengo que desandar el camino por la zona de sombra. Trato de intervenir lo menos posible en la evolución de la obra. No quiero que la tuerzan mis opiniones, que, sin duda, son baladíes. El concepto de arte comprometido es una ingenuidad, porque nadie sabe del todo lo que ejecuta. Un escritor, admitió Kipling, puede concebir una fábula, pero no penetrar su moraleja. Debe ser leal a su imaginación, y no a las meras circunstancias efímeras de una supuesta "realidad".

La literatura parte del verso y puede tardar siglos en discernir la posibilidad de la prosa. Al cabo de cuatrocientos años, los anglosajones dejaron una poesía no pocas veces admirable y una prosa apenas explícita. La palabra habría sido en el principio un símbolo mágico, que la usura del tiempo desgastaría. La misión del poeta sería restituir a la palabra, siquiera de un modo parcial, su primitiva y ahora oculta virtud. Dos deberes tendría todo verso: comunicar un hecho preciso y tocarnos físicamente, como la cercanía del mar. He aquí un ejemplo de Virgilio:

Tendebanque manus ripae ulterioris amore

Uno de Meredith:

Not till the fire is dying in the grate
Look we for any kinship with the stars

O este alejandrino de Lugones, cuyo español quiere regresar al latín:

El hombre numeroso de penas y de días

Tales versos prosiguen en la memoria su cambiante camino.

Al término de tantos —y demasiados— años de ejercicio de la literatura, no profeso una estética. ¿A qué agregar a los límites naturales que nos impone el hábito los de una teoría cualquiera? Las teorías, como las convicciones de orden político o religioso, no son otra cosa que estímulos. Varían para cada escritor. Whitman tuvo razón al negar la rima; esa negación hubiera sido una insensatez en el caso de Hugo.

Al recorrer las pruebas de este libro, advierto con algún desagrado que la ceguera ocupa un lugar plañidero que no ocupa en mi vida. La ceguera es una clausura, pero también es una liberación, una soledad propicia a las invenciones, una llave y un álgebra.

J.L.B.

Buenos Aires, junio de 1975

YO

La calavera, el corazón secreto,
los caminos de sangre que no veo,
los túneles del sueño, ese Proteo,
las vísceras, la nuca, el esqueleto.
Soy esas cosas. Increíblemente
soy también la memoria de una espada
y la de un solitario sol poniente
que se dispersa en oro, en sombra, en nada.
Soy el que ve las proas desde el puerto;
soy los contados libros, los contados
grabados por el tiempo fatigados;
soy el que envidia a los que ya se han muerto.
Más raro es ser el hombre que entrelaza
palabras en un cuarto de una casa.

COSMOGONÍA

Ni tiniebla ni caos. La tiniebla
requiere ojos que ven, como el sonido
y el silencio requieren el oído,
y el espejo, la forma que lo puebla.
Ni el espacio ni el tiempo. Ni siquiera
una divinidad que premedita
el silencio anterior a la primera
noche del tiempo, que será infinita.
El gran río de Heráclito el Oscuro
su irrevocable curso no ha emprendido,
que del pasado fluye hacia el futuro,
que del olvido fluye hacia el olvido.
Algo que ya padece. Algo que implora.
Después la historia universal. Ahora.

EL SUEÑO

Cuando los relojes de la media noche prodiguen
un tiempo generoso,
iré más lejos que los bogavantes de Ulises
a la región del sueño, inaccesible
a la memoria humana.
De esa región inmersa rescato restos
que no acabo de comprender:
hierbas de sencilla botánica,
animales algo diversos,
diálogos con los muertos,
rostros que realmente son máscaras,
palabras de lenguajes muy antiguos
y a veces un horror incomparable
al que nos puede dar el día.
Seré todos o nadie. Seré el otro
que sin saberlo soy, el que ha mirado
ese otro sueño, mi vigilia. La juzga,
resignado y sonriente.

BROWNING RESUELVE SER POETA

Por estos rojos laberintos de Londres
descubro que he elegido
la más curiosa de las profesiones humanas,
salvo que todas, a su modo, lo son.
Como los alquimistas
que buscaron la piedra filosofal
en el azogue fugitivo,
haré que las comunes palabras
—naipes marcados del tahúr, moneda de la plebe—
rindan la magia que fue suya
cuando Thor era el numen y el estrépito,
el trueno y la plegaria.
En el dialecto de hoy
diré a mi vez las cosas eternas;
trataré de no ser indigno
del gran eco de Byron.
Este polvo que soy será invulnerable.
Si una mujer comparte mi amor
mi verso rozará la décima esfera de los cielos concéntricos;
si una mujer desdeña mi amor
haré de mi tristeza una música,
un alto río que siga resonando en el tiempo.
Viviré de olvidarme.
Seré la cara que entreveo y que olvido,
seré Judas que acepta
la divina misión de ser traidor,
seré Calibán en la ciénaga,
seré un soldado mercenario que muere
sin temor y sin fe,
seré Polícrates que ve con espanto
el anillo devuelto por el destino,
seré el amigo que me odia.
El persa me dará el ruiseñor y Roma la espada.
Máscaras, agonías, resurrecciones,
destejerán y tejerán mi suerte
y alguna vez seré Robert Browning.

INVENTARIO

Hay que arrimar una escalera para subir. Un tramo le falta.
¿Qué podemos buscar en el altillo
sino lo que amontona el desorden?
Hay olor a humedad.
El atardecer entra por la pieza de plancha.
Las vigas del cielo raso están cerca y el piso está vencido.
Nadie se atreve a poner el pie.
Hay un catre de tijera desvencijado.
Hay unas herramientas inútiles.
Está el sillón de ruedas del muerto.
Hay un pie de lámpara.
Hay una hamaca paraguaya con borlas, deshilachada.
Hay aparejos y papeles.
Hay una lámina del estado mayor de Aparicio Saravia.
Hay una vieja plancha a carbón.
Hay un reloj de tiempo detenido, con el péndulo roto.
Hay un marco desdorado, sin tela.
Hay un tablero de cartón y unas piezas descabaladas.
Hay un brasero de dos patas.
Hay una petaca de cuero.
Hay un ejemplar enmohecido del *Libro de los Mártires* de Foxe,
en intrincada letra gótica.
Hay una fotografía que ya puede ser de cualquiera.
Hay una piel gastada que fue de tigre.
Hay una llave que ha perdido su puerta.
¿Qué podemos buscar en el altillo
sino lo que amontona el desorden?
Al olvido, a las cosas del olvido, acabo de erigir este monumento,
sin duda menos perdurable que el bronce y que se confunde con ellas.

LA PANTERA

Tras los fuertes barrotes la pantera
repetirá el monótono camino
que es (pero no lo sabe) su destino
de negra joya, aciaga y prisionera.
Son miles las que pasan y son miles
las que vuelven, pero es una y eterna
la pantera fatal que en su caverna
traza la recta que un eterno Aquiles
traza en el sueño que ha soñado el griego.
No sabe que hay praderas y montañas
de ciervos cuyas trémulas entrañas
deleitarían su apetito ciego.
En vano es vario el orbe. La jornada
que cumple cada cual ya fue fijada.

N. del E.: Publicado en *El oro de los tigres*, 1972.

EL BISONTE

Montañoso, abrumado, indescifrable,
rojo como la brasa que se apaga,
anda fornido y lento por la vaga
soledad de su páramo incansable.
El armado testuz levanta. En este
antiguo toro de durmiente ira,
veo a los hombres rojos del Oeste
y a los perdidos hombres de Altamira.
Luego pienso que ignora el tiempo humano,
cuyo espejo espectral es la memoria.
El tiempo no lo toca ni la historia
de su decurso, tan variable y vano.
Intemporal, innumerable, cero,
es el postrer bisonte y el primero.

EL SUICIDA

No quedará en la noche una estrella.
No quedará la noche.
Moriré y conmigo la suma
del intolerable universo.
Borraré las pirámides, las medallas,
los continentes y las caras.
Borraré la acumulación del pasado.
Haré polvo la historia, polvo el polvo.
Estoy mirando el último poniente.
Oigo el último pájaro.
Lego la nada a nadie.

ESPADAS*

Gram, Durendal, Joyeuse, Excalibur.
Sus viejas guerras andan por el verso,
que es la única memoria. El universo
las siembra por el Norte y por el Sur.
En la espada persiste la porfía
de la diestra viril, hoy polvo y nada;
en el hierro o el bronce, la estocada
que fue sangre de Adán un primer día.
Gestas he enumerado de lejanas
espadas cuyos hombres dieron muerte
a reyes y a serpientes. Otra suerte
de espadas hay, murales y cercanas.
Déjame, espada, usar contigo el arte;
yo, que no he merecido manejarte.

N. del E.: Publicado en *El oro de los tigres*, 1972.

AL RUISEÑOR

¿En qué noche secreta de Inglaterra
o del constante Rhin incalculable,
perdida entre las noches de mis noches,
a mi ignorante oído habrá llegado
tu voz cargada de mitologías,
ruiseñor de Virgilio y de los persas?
Quizá nunca te oí, pero a mi vida
se une tu vida, inseparablemente.
Un espíritu errante fue tu símbolo
en un libro de enigmas. El Marino
te apodaba sirena de los bosques
y cantas en la noche de Julieta
y en la intrincada página latina
y desde los pinares de aquel otro
ruiseñor de Judea y de Alemania,
Heine el burlón, el encendido, el triste.
Keats te oyó para todos, para siempre.
No habrá uno solo entre los claros nombres
que los pueblos te dan sobre la tierra
que no quiera ser digno de tu música,
ruiseñor de la sombra. El agareno
te soñó arrebatado por el éxtasis
el pecho traspasado por la espina
de la cantada rosa que enrojeces
con tu sangre final. Asiduamente
urdo en la hueca tarde este ejercicio,
ruiseñor de la arena y de los mares,
que en la memoria, exaltación y fábula,
ardes de amor y mueres melodioso.

SOY

Soy el que sabe que no es menos vano
que el vano observador que en el espejo
de silencio y cristal sigue el reflejo
o el cuerpo (da lo mismo) del hermano.
Soy, tácitos amigos, el que sabe
que no hay otra venganza que el olvido
ni otro perdón. Un dios ha concedido
al odio humano esta curiosa llave.
Soy el que pese a tan ilustres modos
de errar, no ha descifrado el laberinto
singular y plural, arduo y distinto,
del tiempo, que es de uno y es de todos.
Soy el que es nadie, el que no fue una espada
en la guerra. Soy eco, olvido, nada.

QUINCE MONEDAS

A Alicia Jurado

Un poeta oriental

Durante cien otoños he mirado
tu tenue disco.
Durante cien otoños he mirado
tu arco sobre las islas.
Durante cien otoños mis labios
no han sido menos silenciosos.

El desierto

El espacio sin tiempo.
La luna es del color de la arena.
Ahora, precisamente ahora,
mueren los hombres del Metauro y de Tannenberg.

Llueve

¿En qué ayer, en qué patios de Cartago,
cae también esta lluvia?

Asterión

El año me tributa mi pasto de hombres
y en la cisterna hay agua.
En mí se anudan los caminos de piedra.
¿De qué puedo quejarme?
En los atardeceres
me pesa un poco la cabeza de toro.

Un poeta menor

La meta es el olvido.
Yo he llegado antes.

Génesis, 4, 8

Fue en el primer desierto.
Dos brazos arrojaron una gran piedra.
No hubo un grito. Hubo sangre.
Hubo por vez primera la muerte.
Ya no recuerdo si fui Abel o Caín.

Nortumbria, 900 A.D.

Que antes del alba lo despojen los lobos;
la espada es el camino más corto.

Miguel de Cervantes

Crueles estrellas y propicias estrellas
presidieron la noche de mi génesis;
debo a las últimas la cárcel
en que soñé el Quijote.

El Oeste

El callejón final con su poniente.
Inauguración de la pampa.
Inauguración de la muerte.

Estancia El Retiro

El tiempo juega un ajedrez sin piezas
en el patio. El crujido de una rama
rasga la noche. Fuera la llanura
leguas de polvo y sueño desparrama.
Sombras los dos, copiamos lo que dictan
otras sombras: Heráclito y Gautama.

El prisionero

Una lima.
La primera de las pesadas puertas de hierro.
Algún día seré libre.

Macbeth

Nuestros actos prosiguen su camino,
que no conoce término.
Maté a mi rey para que Shakespeare
urdiera su tragedia.

Eternidades

La serpiente que ciñe el mar y es el mar,
el repetido remo de Jasón, la joven espada de Sigurd.
Sólo perduran en el tiempo las cosas
que no fueron del tiempo.

E. A. P.

Los sueños que he soñado. El pozo y el péndulo.
El hombre de las multitudes. Ligeia…
Pero también este otro.

El espía

En la pública luz de las batallas
otros dan su vida a la patria
y los recuerda el mármol.
Yo he errado oscuro por ciudades que odio.
Le di otras cosas.
Abjuré de mi honor,
traicioné a quienes me creyeron su amigo,
compré conciencias,
abominé del nombre de la patria,
me resigné a la infamia.

N. del E.: Publicado en *El oro de los tigres*, 1972, con el título de "Trece Monedas". Se agregan aquí "E.A.P." y "El espía".

SIMÓN CARBAJAL

En los campos de Antelo, hacia el noventa
mi padre lo trató. Quizá cambiaron
unas parcas palabras olvidadas.
No recordaba de él sino una cosa:
el dorso de la oscura mano izquierda
cruzado de zarpazos. En la estancia
cada uno cumplía su destino:
éste era domador, tropero el otro,
aquél tiraba como nadie el lazo
y Simón Carbajal era el tigrero.
Si un tigre depredaba las majadas
o lo oían bramar en la tiniebla,
Carbajal lo rastreaba por el monte.
Iba con el cuchillo y con los perros.
Al fin daba con él en la espesura.
Azuzaba a los perros. La amarilla
fiera se abalanzaba sobre el hombre
que agitaba en el brazo izquierdo el poncho,
que era escudo y señuelo. El blanco vientre
quedaba expuesto. El animal sentía
que el acero le entraba hasta la muerte.
El duelo era fatal y era infinito.
Siempre estaba matando al mismo tigre
inmortal. No te asombre demasiado
su destino. Es el tuyo y es el mío,
salvo que nuestro tigre tiene formas
que cambian sin parar. Se llama el odio,
el amor, el azar, cada momento.

SUEÑA ALONSO QUIJANO

El hombre se despierta de un incierto
sueño de alfanjes y de campo llano
y se toca la barba con la mano
y se pregunta si está herido o muerto.
¿No lo perseguirán los hechiceros
que han jurado su mal bajo la luna?
Nada. Apenas el frío. Apenas una
dolencia de sus años postrimeros.
El hidalgo fue un sueño de Cervantes
y don Quijote un sueño del hidalgo.
El doble sueño los confunde y algo
está pasando que pasó mucho antes.
Quijano duerme y sueña. Una batalla:
los mares de Lepanto y la metralla.

N. del E.: Publicado en *El oro de los tigres*, 1972.

A UN CÉSAR

En la noche propicia a los lemures
y a las larvas que hostigan a los muertos,
han cuartelado en vano los abiertos
ámbitos de los astros tus augures.
Del toro yugulado en la penumbra
las vísceras en vano han indagado;
en vano el sol de esta mañana alumbra
la espada fiel del pretoriano armado.
En el palacio tu garganta espera
temblorosa el puñal. Ya los confines
del imperio que rigen tus clarines
presienten las plegarias y la hoguera.
De tus montañas el horror sagrado
el tigre de oro y sombra ha profanado.

N. del E.: Publicado en *El oro de los tigres*, 1972.

PROTEO

Antes que los remeros de Odiseo
fatigaran el mar color de vino
las inasibles formas adivino
de aquel dios cuyo nombre fue Proteo.
Pastor de los rebaños de los mares
y poseedor del don de profecía,
prefería ocultar lo que sabía
y entretejer oráculos dispares.
Urgido por las gentes asumía
la forma de un león o de una hoguera
o de árbol que da sombra a la ribera
o de agua que en el agua se perdía.
De Proteo el egipcio no te asombres,
tú, que eres uno y eres muchos hombres.

N. del E.: Publicado en *El oro de los tigres*, 1972.

OTRA VERSIÓN DE PROTEO

Habitador de arenas recelosas,
mitad dios y mitad bestia marina,
ignoró la memoria, que se inclina
sobre el ayer y las perdidas cosas.
Otro tormento padeció Proteo
no menos cruel, saber lo que ya encierra
el porvenir: la puerta que se cierra
para siempre, el troyano y el aqueo.
Atrapado, asumía la inasible
forma del huracán o de la hoguera
o del tigre de oro o la pantera
o de agua que en el agua es invisible.
Tú también estás hecho de inconstantes
ayeres y mañanas. Mientras, antes…

N. del E.: Publicado en *El oro de los tigres*, 1972.

UN MAÑANA

Loada sea la misericordia
de Quien, ya cumplidos mis setenta años
y sellados mis ojos,
me salva de la venerada vejez
y de las galerías de precisos espejos
de los días iguales
y de los protocolos, marcos y cátedras
y de la firma de incansables planillas
para los archivos del polvo
y de los libros, que son simulacros de la memoria,
y me prodiga el animoso destierro,
que es acaso la forma fundamental del destino argentino,
y el azar y la joven aventura
y la dignidad del peligro,
según dictaminó Samuel Johnson.
Yo, que padecí la vergüenza
de no haber sido aquel Francisco Borges que murió en 1874
o mi padre, que enseñó a sus discípulos
el amor de la psicología y no creyó en ella,
olvidaré las letras que me dieron alguna fama,
seré hombre de Austin, de Edimburgo, de España,
y buscaré la aurora en mi Occidente.
En la ubicua memoria serás mía,
patria, no en la fracción de cada día.

N. del E.: Publicado en *El oro de los tigres*, 1972.

HABLA UN BUSTO DE JANO

Nadie abriere o cerrare alguna puerta
sin honrar la memoria del Bifronte,
que las preside. Abarco el horizonte
de inciertos mares y de tierra cierta.
Mis dos caras divisan el pasado
y el porvenir. Los veo y son iguales
los hierros, las discordias y los males
que Alguien pudo borrar y no ha borrado
ni borrará. Me faltan las dos manos
y soy de piedra inmóvil. No podría
precisar si contemplo una porfía
futura o la de ayeres hoy lejanos.
Veo mi ruina: la columna trunca
y las caras, que no se verán nunca.

N. del E.: Publicado en *El oro de los tigres*, 1972.

DE QUE NADA SE SABE

La luna ignora que es tranquila y clara
y ni siquiera sabe que es la luna;
la arena, que es la arena. No habrá una
cosa que sepa que su forma es rara.
Las piezas de marfil son tan ajenas
al abstracto ajedrez como la mano
que las rige. Quizá el destino humano
de breves dichas y de largas penas
es instrumento de Otro. Lo ignoramos;
darle nombre de Dios no nos ayuda.
Vanos también son el temor, la duda
y la trunca plegaria que iniciamos.
¿Qué arco habrá arrojado esta saeta
que soy? ¿Qué cumbre puede ser la meta?

BRUNANBURH, 937 A.D.*

Nadie a tu lado.
Anoche maté a un hombre en la batalla.
Era animoso y alto, de la clara estirpe de Anlaf.
La espada entró en el pecho, un poco a la izquierda.
Rodó por tierra y fue una cosa,
una cosa del cuervo.
En vano lo esperarás, mujer que no he visto.
No lo traerán las naves que huyeron
sobre el agua amarilla.
En la hora del alba,
tu mano desde el sueño lo buscará.
Tu lecho está frío.
Anoche maté a un hombre en Brunanburh.

EL CIEGO

I

Lo han despojado del diverso mundo,
de los rostros, que son lo que eran antes.
De las cercanas calles, hoy distantes,
y del cóncavo azul, ayer profundo.
De los libros le queda lo que deja
la memoria, esa forma del olvido
que retiene el formato, no el sentido,
y que los meros títulos refleja.
El desnivel acecha. Cada paso
puede ser la caída. Soy el lento
prisionero de un tiempo soñoliento
que no marca su aurora ni su ocaso.
Es de noche. No hay otros. Con el verso
debo labrar mi insípido universo.

II

Desde mi nacimiento, que fue el noventa y nueve
de la cóncava parra y el aljibe profundo,
el tiempo minucioso, que en la memoria es breve,
me fue hurtando las formas visibles de este mundo.
Los días y las noches limaron los perfiles
de las letras humanas y los rostros amados;
en vano interrogaron mis ojos agotados
las vanas bibliotecas y los vanos atriles.
El azul y el bermejo son ahora una niebla
y dos voces inútiles. El espejo que miro
es una cosa gris. En el jardín aspiro,
amigos, una lóbrega rosa de la tiniebla.
Ahora sólo perduran las formas amarillas
y sólo puedo ver para ver pesadillas.

N. del E.: Publicado en *El oro de los tigres*, 1972.

UN CIEGO

No sé cuál es la cara que me mira
cuando miro la cara del espejo;
no sé qué anciano acecha en su reflejo
con silenciosa y ya cansada ira.
Lento en mi sombra, con la mano exploro
mis invisibles rasgos. Un destello
me alcanza. He vislumbrado tu cabello
que es de ceniza o es aún de oro.
Repito que he perdido solamente
la vana superficie de las cosas.
El consuelo es de Milton y es valiente,
pero pienso en las letras y en las rosas.
Pienso que si pudiera ver mi cara
sabría quién soy en esta tarde rara.

1972

Temí que el porvenir (que ya declina)
sería un profundo corredor de espejos
indistintos, ociosos y menguantes,
una repetición de vanidades,
y en la penumbra que precede al sueño
rogué a mis dioses, cuyo nombre ignoro,
que enviaran algo o alguien a mis días.
Lo hicieron. Es la Patria. Mis mayores
la sirvieron con largas proscripciones,
con penurias, con hambre, con batallas,
aquí de nuevo está el hermoso riesgo.
No soy aquellas sombras tutelares
que honré con versos que no olvida el tiempo.
Estoy ciego. He cumplido los setenta;
no soy el oriental Francisco Borges
que murió con dos balas en el pecho,
entre las agonías de los hombres,
en el hedor de un hospital de sangre,
pero la Patria, hoy profanada quiere
que con mi oscura pluma de gramático,
docta en las nimiedades académicas
y ajena a los trabajos de la espada,
congregue el gran rumor de la epopeya
y exija mi lugar. Lo estoy haciendo.

ELEGÍA*

Tres muy antiguas caras me desvelan:
una el Océano, que habló con Claudio,
otra el Norte de aceros ignorantes
y atroces en la aurora y el ocaso,
la tercera la muerte, ese otro nombre
del insaciado tiempo que nos roe.
La carga secular de los ayeres
de la historia que fue o que fue soñada
me abruma, personal como una culpa.
Pienso en la nave ufana que devuelve
a los mares el cuerpo de Scyld Sceaving
que reinó en Dinamarca bajo el cielo;
pienso en el alto lobo, cuyas riendas
eran sierpes, que dio al barco encendido
la blancura del dios hermoso y muerto;
pienso en piratas cuya carne humana
es dispersión y limo bajo el peso
de los mares errantes que ultrajaron.
Pienso en mi propia, en mi perfecta muerte,
sin la urna, la lápida y la lágrima.

ALL OUR YESTERDAYS

Quiero saber de quién es mi pasado.
¿De cuál de los que fui? ¿Del ginebrino
que trazó algún hexámetro latino
que los lustrales años han borrado?
¿Es de aquel niño que buscó en la entera
biblioteca del padre las puntuales
curvaturas del mapa y las ferales
formas que son el tigre y la pantera?
¿O de aquel otro que empujó una puerta
detrás de la que un hombre se moría
para siempre, y besó en el blanco día
la cara que se va y la cara muerta?
Soy los que ya no son. Inútilmente
soy en la tarde esa perdida gente.

EL DESTERRADO
(1977)

Alguien recorre los senderos de Itaca
y no se acuerda de su rey, que fue a Troya
hace ya tantos años;
alguien piensa en las tierras heredadas
y en el arado nuevo y el hijo
y es acaso feliz.
En el confín del orbe yo, Ulises,
descendí a la Casa de Hades
y vi la sombra del tebano Tiresias
que desligó el amor de las serpientes,
y la sombra de Heracles
que mata sombras de leones en la pradera
y asimismo está en el Olimpo.
Alguien hoy anda por Bolívar y Chile
y puede ser feliz o no serlo.
Quién me diera ser él.

EN MEMORIA DE ANGÉLICA

¡Cuántas posibles vidas se habrán ido
en esta pobre y diminuta muerte,
cuántas posibles vidas que la suerte
daría a la memoria o al olvido!
Cuando yo muera morirá un pasado;
con esta flor un porvenir ha muerto
en las aguas que ignoran, un abierto
porvenir por los astros arrasado.
Yo, como ella, muero de infinitos
destinos que el azar no me depara;
busca mi sombra los gastados mitos
de una patria que siempre dio la cara.
Un breve mármol cuida su memoria;
sobre nosotros crece, atroz, la historia.

AL ESPEJO

¿Por qué persistes, incesante espejo?
¿Por qué duplicas, misterioso hermano,
el menor movimiento de mi mano?
¿Por qué en la sombra el súbito reflejo?
Eres el otro yo de que habla el griego
y acechas desde siempre. En la tersura
del agua incierta o del cristal que dura
me buscas y es inútil estar ciego.
El hecho de no verte y de saberte
te agrega horror, cosa de magia que osas
multiplicar la cifra de las cosas
que somos y que abarcan nuestra suerte.
Cuando esté muerto, copiarás a otro
y luego a otro, a otro, a otro, a otro…

MIS LIBROS

Mis libros (que no saben que yo existo)
son tan parte de mí como este rostro
de sienes grises y de grises ojos
que vanamente busco en los cristales
y que recorro con la mano cóncava.
No sin alguna lógica amargura
pienso que las palabras esenciales
que me expresan están en esas hojas
que no saben quién soy, no en las que he escrito.
Mejor así. Las voces de los muertos
me dirán para siempre.

TALISMANES

Un ejemplar de la primera edición de la *Edda Islandorum* de Snorri,
impresa en Dinamarca.
Los cinco tomos de la obra de Schopenhauer.
Los dos tomos de las *Odiseas* de Chapman.
Una espada que guerreó en el desierto.
Un mate con un pie de serpientes que mi bisabuelo trajo de Lima.
Un prisma de cristal.
Una piedra y un abanico.
Unos daguerrotipos borrosos.
Un globo terráqueo de madera que me dio Cecilia Ingenieros y que
fue de su padre.
Un bastón de puño encorvado que anduvo por las llanuras
de América, por Colombia y por Texas.
Varios cilindros de metal con diplomas.
La toga y el birrete de un doctorado.
Las *Empresas* de Saavedra Fajardo, en olorosa pasta española.
La memoria de una mañana.
Líneas de Virgilio y de Frost.
La voz de Macedonio Fernández.
El amor o el diálogo de unos pocos.
Ciertamente son talismanes, pero de nada sirven contra la sombra
que no puedo nombrar, contra la sombra que no debo nombrar.

EL TESTIGO

Desde su sueño el hombre ve al gigante
de un sueño que soñado fue en Bretaña
y apresta el corazón para la hazaña
y le clava la espuela a Rocinante.

El viento hace girar las laboriosas
aspas que el hombre gris ha acometido.
Rueda el rocín; la lanza se ha partido
y es una cosa más entre las cosas.

Yace en la tierra el hombre de armadura;
lo ve caer el hijo de un vecino,
que no sabrá el final de la aventura

y que a las Indias llevará el destino.
Perdido en el confín de otra llanura
se dirá que fue un sueño el del molino.

EFIALTES

En el fondo del sueño están los sueños. Cada
noche quiero perderme en las aguas obscuras
que me lavan del día, pero bajo esas puras
aguas que nos conceden la penúltima Nada
late en la hora gris la obscena maravilla.
Puede ser un espejo con mi rostro distinto,
puede ser la creciente cárcel de un laberinto,
puede ser un jardín. Siempre es la pesadilla.
Su horror no es de este mundo. Algo que no se nombra
me alcanza desde ayeres de mito y de neblina;
la imagen detestada perdura en la retina
e infama la vigilia como infamó la sombra.
¿Por qué brota de mí cuando el cuerpo reposa
y el alma queda sola, esta insensata rosa?

EL ORIENTE

La mano de Virgilio se demora
sobre una tela con frescura de agua
y entretejidas formas y colores
que han traído a su Roma las remotas
caravanas del tiempo y de la arena.
Perdurará en un verso de las *Geórgicas.*
No la había visto nunca. Hoy es la seda.
En un atardecer muere un judío
crucificado por los negros clavos
que el pretor ordenó, pero las gentes
de las generaciones de la tierra
no olvidarán la sangre y la plegaria
y en la colina los tres hombres últimos.
Sé de un mágico libro de hexagramas
que marca los sesenta y cuatro rumbos
de nuestra suerte de vigilia y sueño.
¡Cuánta invención para poblar el ocio!
Sé de ríos de arena y peces de oro
que rige el Preste Juan en las regiones
ulteriores al Ganges y a la Aurora
y del *hai ku* que fija en unas pocas
sílabas un instante, un eco, un éxtasis;
sé de aquel genio de humo encarcelado
en la vasija de amarillo cobre
y de lo prometido en la tiniebla.
¡Oh mente que atesoras lo increíble!
Caldea que primero vio los astros.
Las altas naves lusitanas; Goa.
Las victorias de Clive, ayer suicida;
Kim y su lama rojo que prosiguen
para siempre el camino que los salva.
El fino olor del té, el olor del sándalo.
Las mezquitas de Córdoba y del Aksa
y el tigre, delicado como el nardo.

Tal es mi Oriente. Es el jardín que tengo
para que tu memoria no me ahogue.

LA CIERVA BLANCA*

¿De qué agreste balada de la verde Inglaterra,
de qué lámina persa, de qué región arcana
de las noches y días que nuestro ayer encierra,
vino la cierva blanca que soñé esta mañana?
Duraría un segundo. La vi cruzar el prado
y perderse en el oro de una tarde ilusoria,
leve criatura hecha de un poco de memoria
y de un poco de olvido, cierva de un solo lado.
Los númenes que rigen este curioso mundo
me dejaron soñarte pero no ser tu dueño;
tal vez en un recodo del porvenir profundo
te encontraré de nuevo, cierva blanca de un sueño.
Yo también soy un sueño fugitivo que dura
unos días más que el sueño del prado y la blancura.

THE UNENDING ROSE

A Susana Bombal

A los quinientos años de la Hégira
Persia miró desde sus alminares
la invasión de las lanzas del desierto
y Attar de Nishapur miró una rosa
y le dijo con tácita palabra
como el que piensa, no como el que reza:
—Tu vaga esfera está en mi mano. El tiempo
nos encorva a los dos y nos ignora
en esta tarde de un jardín perdido.
Tu leve peso es húmedo en el aire.
La incesante pleamar de tu fragancia
sube a mi vieja cara que declina
pero te sé más lejos que aquel niño
que te entrevió en las láminas de un sueño
o aquí en este jardín, una mañana.
La blancura del sol puede ser tuya
o el oro de la luna o la bermeja
firmeza de la espada en la victoria.
Soy ciego y nada sé, pero preveo
que son más los caminos. Cada cosa
es infinitas cosas. Eres música,
firmamentos, palacios, ríos, ángeles,
rosa profunda, ilimitada, íntima,
que el Señor mostrará a mis ojos muertos.

NOTAS*

ESPADAS. Gram es la espada de Sigurd; Durendal es la espada de Rolando; Joyeuse es la espada de Carlomagno; Excalibur, la espada que Arturo arrancó de una piedra.

BRUNANBURH. Son las palabras de un sajón que se ha batido en la victoria que los reyes de Wessex alcanzaron sobre una coalición de escoceses, daneses y britanos, comandados por Anlaf (Olaf) de Irlanda. En el poema hay ecos de la oda contemporánea que Tennyson tan admirablemente tradujo.

ELEGÍA. Scyld es el rey de Dinamarca cuyo destino canta el exordio de la *Gesta de Beowulf.* El dios hermoso y muerto es Baldr cuyos sueños premonitorios y cuyo fin están en las Eddas.

LA CIERVA BLANCA. Los devotos de una métrica rigurosa pueden leer de este modo el último verso:

Un tiempo más que el sueño del prado y la blancura.

Debo esta variación a Alicia Jurado.

La moneda de hierro
(1976)

PRÓLOGO

Bien cumplidos los setenta años que aconseja el Espíritu, un escritor, por torpe que sea, ya sabe ciertas cosas. La primera, sus límites. Sabe con razonable esperanza lo que puede intentar y —lo cual sin duda es más importante— lo que le está vedado. Esta comprobación, tal vez melancólica, se aplica a las generaciones y al hombre. Creo que nuestro tiempo es incapaz de la oda pindárica o de la penosa novela histórica o de los alegatos en verso; creo, acaso con análoga ingenuidad, que no hemos acabado de explorar las posibilidades indefinidas del proteico soneto o de las estrofas libres de Whitman. Creo, asimismo, que la estética abstracta es una vanidosa ilusión o un agradable tema para las largas noches del cenáculo o una fuente de estímulos y de trabas. Si fuera una, el arte sería uno. Ciertamente no lo es; gozamos con pareja fruición de Hugo y de Virgilio, de Robert Browning y de Swinburne, de los escandinavos y de los persas. La música de hierro del sajón no nos place menos que las delicadezas morosas del simbolismo. Cada sujeto, por ocasional o tenue que sea, nos impone una estética peculiar. Cada palabra, aunque esté cargada de siglos, inicia una página en blanco y compromete el porvenir.

En cuanto a mí... Sé que este libro misceláneo que el azar fue dejándome a lo largo de 1976, en el yermo universitario de East Lansing y en mi recobrado país, no valdrá mucho más ni mucho menos que los anteriores volúmenes. Este módico vaticinio, que nada nos cuesta admitir, me depara una suerte de impunidad. Puedo consentirme algunos caprichos ya que no me juzgarán por el texto sino por la imagen indefinida pero suficientemente precisa que se tiene de mí. Puedo transcribir las vagas palabras que oí en un sueño y denominarlas "Ein Traum". *Puedo reescribir y acaso malear un soneto sobre Spinoza. Puedo tratar de aligerar, mudando el acento prosódico, el endecasílabo castellano. Puedo, en fin, entregarme al culto de los mayores y a ese otro culto que ilumina mi ocaso: la germanística de Inglaterra y de Islandia.*

No en vano fui engendrado en 1899. Mis hábitos regresan a aquel siglo y al anterior y he procurado no olvidar mis remotas y ya desdibujadas humanidades. El prólogo tolera la confidencia: he sido un vacilante conversador y un buen auditor. No olvidaré los diálogos de mi padre, de Macedonio Fernández, de Alfonso Reyes y de Rafael Cansinos Assens. Me sé del todo indigno de opinar en materia política, pero tal vez me sea perdonado añadir que descreo de la democracia, ese curioso abuso de la estadística.

J.L.B.

Buenos Aires, 27 de julio de 1976

PRÓLOGO

[illegible]

ELEGÍA DEL RECUERDO IMPOSIBLE

Qué no daría yo por la memoria
de una calle de tierra con tapias bajas
y de un alto jinete llenando el alba
(largo y raído el poncho)
en uno de los días de la llanura,
en un día sin fecha.
Qué no daría yo por la memoria
de mi madre mirando la mañana
en la estancia de Santa Irene,
sin saber que su nombre iba a ser Borges.
Qué no daría yo por la memoria
de haber combatido en Cepeda
y de haber visto a Estanislao del Campo
saludando la primer bala
con la alegría del coraje.
Qué no daría yo por la memoria
de un portón de quinta secreta
que mi padre empujaba cada noche
antes de perderse en el sueño
y que empujó por última vez
el 14 de febrero del 38.
Qué no daría yo por la memoria
de las barcas de Hengist,
zarpando de la arena de Dinamarca
para debelar una isla
que aún no era Inglaterra.
Qué no daría yo por la memoria
(la tuve y la he perdido)
de una tela de oro de Turner,
vasta como la música.
Qué no daría yo por la memoria
de haber oído a Sócrates
que, en la tarde de la cicuta,
examinó serenamente el problema
de la inmortalidad,
alternando los mitos y las razones
mientras la muerte azul iba subiendo

desde los pies ya fríos.
Qué no daría yo por la memoria
de que me hubieras dicho que me querías
y de no haber dormido hasta la aurora,
desgarrado y feliz.

CORONEL SUÁREZ

Alta en el alba se alza la severa
faz de metal y de melancolía.
Un perro se desliza por la acera.
Ya no es de noche y no es aún de día.
Suárez mira su pueblo y la llanura
ulterior, las estancias, los potreros,
los rumbos que fatigan los reseros,
el paciente planeta que perdura.
Detrás del simulacro te adivino,
oh joven capitán que fuiste el dueño
de esa batalla que torció el destino:
Junín, resplandeciente como un sueño.
En un confín del vasto Sur persiste
esa alta cosa, vagamente triste.

LA PESADILLA*

Sueño con un antiguo rey. De hierro
es la corona y muerta la mirada.
Ya no hay caras así. La firme espada
lo acatará, leal como su perro.
No sé si es de Nortumbria o de Noruega.
Sé que es del Norte. La cerrada y roja
barba le cubre el pecho. No me arroja
una mirada su mirada ciega.
¿De qué apagado espejo, de qué nave
de los mares que fueron su aventura,
habrá surgido el hombre gris y grave
que me impone su antaño y su amargura?
Sé que me sueña y que me juzga, erguido.
El día entra en la noche. No se ha ido.

LA VÍSPERA

Millares de partículas de arena,
ríos que ignoran el reposo, nieve
más delicada que una sombra, leve
sombra de una hoja, la serena
margen del mar, la momentánea espuma,
los antiguos caminos del bisonte
y de la flecha fiel, un horizonte
y otro, los tabacales y la bruma,
la cumbre, los tranquilos minerales,
el Orinoco, el intrincado juego
que urden la tierra, el agua, el aire, el fuego,
las leguas de sumisos animales,
apartarán tu mano de la mía,
pero también la noche, el alba, el día...

UNA LLAVE EN EAST LANSING

A Judith Machado

Soy una pieza de limado acero.
Mi borde irregular no es arbitrario.
Duermo mi vago sueño en un armario
que no veo, sujeta a mi llavero.
Hay una cerradura que me espera,
una sola. La puerta es de forjado
hierro y firme cristal. Del otro lado
está la casa, oculta y verdadera.
Altos en la penumbra los desiertos
espejos ven las noches y los días
y las fotografías de los muertos
y el tenue ayer de las fotografías.
Alguna vez empujaré la dura
puerta y haré girar la cerradura.

ELEGÍA DE LA PATRIA

De hierro, no de oro, fue la aurora.
La forjaron un puerto y un desierto,
unos cuantos señores y el abierto
ámbito elemental de ayer y ahora.
Vino después la guerra con el godo.
Siempre el valor y siempre la victoria.
El Brasil y el tirano. Aquella historia
desenfrenada. El todo por el todo.
Cifras rojas de los aniversarios,
pompas del mármol, arduos monumentos,
pompas de la palabra, parlamentos,
centenarios y sesquicentenarios,
son la ceniza apenas, la soflama
de los vestigios de esa antigua llama.

HILARIO ASCASUBI
(1807-1875)

Alguna vez hubo una dicha. El hombre
aceptaba el amor y la batalla
con igual regocijo. La canalla
sentimental no había usurpado el nombre
del pueblo. En esa aurora, hoy ultrajada,
vivió Ascasubi y se batió, cantando
entre los gauchos de la patria cuando
los llamó una divisa a la patriada.
Fue muchos hombres. Fue el cantor y el coro;
por el río del tiempo fue Proteo.
Fue soldado en la azul Montevideo
y en California, buscador de oro.
Fue suya la alegría de una espada
en la mañana. Hoy somos noche y nada.

1975

MÉXICO

¡Cuántas cosas iguales! El jinete y el llano,
la tradición de espadas, la plata y la caoba,
el piadoso benjuí que sahúma la alcoba
y ese latín venido a menos, el castellano.
¡Cuántas cosas distintas! Una mitología
de sangre que entretejen los hondos dioses muertos,
los nopales que dan horror a los desiertos
y el amor de una sombra que es anterior al día.
¡Cuántas cosas eternas! El patio que se llena
de lenta y leve luna que nadie ve, la ajada
violeta entre las páginas de Nájera olvidada,
el golpe de la ola que regresa a la arena.
El hombre que en su lecho último se acomoda
para esperar la muerte. Quiere tenerla, toda.

EL PERÚ

De la suma de cosas del orbe ilimitado
vislumbramos apenas una que otra. El olvido
y el azar nos despojan. Para el niño que he sido,
el Perú fue la historia que Prescott ha salvado.
Fue también esa clara palangana de plata
que pendió del arzón de una silla y el mate
de plata con serpientes arqueadas y el embate
de las lanzas que tejen la batalla escarlata.
Fue después una playa que el crepúsculo empaña
y un sigilo de patio, de enrejado y de fuente,
y unas líneas de Eguren que pasan levemente
y una vasta reliquia de piedra en la montaña.
Vivo, soy una sombra que la Sombra amenaza;
moriré y no habré visto mi interminable casa.

A MANUEL MUJICA LÁINEZ

Isaac Luria declara que la eterna Escritura
tiene tantos sentidos como lectores. Cada
versión es verdadera y ha sido prefijada
por Quien es el lector, el libro y la lectura.
Tu versión de la patria, con sus fastos y brillos,
entra en mi vaga sombra como si entrara el día
y la oda se burla de la Oda. (La mía
no es más que una nostalgia de ignorantes cuchillos
y de viejo coraje.) Ya se estremece el Canto,
ya, apenas contenidas por la prisión del verso,
surgen las muchedumbres del futuro y diverso
reino que será tuyo, su júbilo y su llanto.
Manuel Mújica Láinez, alguna vez tuvimos
una patria —¿recuerdas?— y los dos la perdimos.

1974

EL INQUISIDOR

Pude haber sido un mártir. Fui un verdugo.
Purifiqué las almas con el fuego.
Para salvar la mía, busqué el ruego,
el cilicio, las lágrimas y el yugo.
En los autos de fe vi lo que había
sentenciado mi lengua. Las piadosas
hogueras y las carnes dolorosas,
el hedor, el clamor y la agonía.
He muerto. He olvidado a los que gimen,
pero sé que este vil remordimiento
es un crimen que sumo al otro crimen
y que a los dos ha de arrastrar el viento
del tiempo, que es más largo que el pecado
y que la contrición. Los he gastado.

EL CONQUISTADOR

Cabrera y Carbajal fueron mis nombres.
He apurado la copa hasta las heces.
He muerto y he vivido muchas veces.
Yo soy el Arquetipo. Ellos, los hombres.

De la Cruz y de España fui el errante
soldado. Por las nunca holladas tierras
de un continente infiel encendí guerras.
En el duro Brasil fui el bandeirante.

Ni Cristo ni mi Rey ni el oro rojo
fueron el acicate del arrojo
que puso miedo en la pagana gente.

De mis trabajos fue razón la hermosa
espada y la contienda procelosa.
No importa lo demás. Yo fui valiente.

HERMAN MELVILLE*

Siempre lo cercó el mar de sus mayores,
los sajones, que al mar dieron el nombre
ruta de la ballena, en que se aúnan
las dos enormes cosas, la ballena
y los mares que largamente surca.
Siempre fue suyo el mar. Cuando sus ojos
vieron en alta mar las grandes aguas
ya lo había anhelado y poseído
en aquel otro mar, que es la Escritura,
o en el dintorno de los arquetipos.
Hombre, se dio a los mares del planeta
y a las agotadoras singladuras
y conoció el arpón enrojecido
por Leviathán y la rayada arena
y el olor de las noches y del alba
y el horizonte en que el azar acecha
y la felicidad de ser valiente
y el gusto, al fin, de divisar a Itaca.
Debelador del mar, pisó la tierra
firme que es la raíz de las montañas
y en la que marca un vago derrotero,
quieta en el tiempo, una dormida brújula.
A la heredada sombra de los huertos,
Melville cruza las tardes de New England
pero lo habita el mar. Es el oprobio
del mutilado capitán del *Pequod*,
el mar indescifrable y las borrascas
y la abominación de la blancura.
Es el gran libro. Es el azul Proteo.

EL INGENUO

Cada aurora (nos dicen) maquina maravillas
capaces de torcer la más terca fortuna;
hay pisadas humanas que han medido la luna
y el insomnio devasta los años y las millas.
En el azul acechan públicas pesadillas
que entenebran el día. No hay en el orbe una
cosa que no sea otra, o contraria, o ninguna.
A mí sólo me inquietan las sorpresas sencillas.
Me asombra que una llave pueda abrir una puerta,
me asombra que mi mano sea una cosa cierta,
me asombra que del griego la eleática saeta
instantánea no alcance la inalcanzable meta,
me asombra que la espada cruel pueda ser hermosa,
y que la rosa tenga el olor de la rosa.

LA LUNA

A María Kodama

Hay tanta soledad en ese oro.
La luna de las noches no es la luna
que vio el primer Adán. Los largos siglos
de la vigilia humana la han colmado
de antiguo llanto. Mírala. Es tu espejo.

A JOHANNES BRAHMS

Yo que soy un intruso en los jardines
que has prodigado a la plural memoria
del porvenir, quise cantar la gloria
que hacia el azul erigen tus violines.
He desistido ahora. Para honrarte
no basta esa miseria que la gente
suele apodar con vacuidad el arte.
Quien te honrare ha de ser claro y valiente.
Soy un cobarde. Soy un triste. Nada
podrá justificar esta osadía
de cantar la magnífica alegría
—fuego y cristal— de tu alma enamorada.
Mi servidumbre es la palabra impura,
vástago de un concepto y de un sonido;
ni símbolo, ni espejo, ni gemido,
tuyo es el río que huye y que perdura.

EL FIN

El hijo viejo, el hombre sin historia,
el huérfano que pudo ser el muerto,
agota en vano el caserón desierto.
(Fue de los dos y es hoy de la memoria.
Es de los dos.) Bajo la dura suerte
busca perdido el hombre doloroso
la voz que fue su voz. Lo milagroso
no sería más raro que la muerte.
Lo acosarán interminablemente
los recuerdos sagrados y triviales
que son nuestro destino, esas mortales
memorias vastas como un continente.
Dios o Tal Vez o Nadie, yo te pido
su inagotable imagen, no el olvido.

A MI PADRE

Tú quisiste morir enteramente,
la carne y la gran alma. Tú quisiste
entrar en la otra sombra sin la triste
plegaria del medroso y del doliente.
Te hemos visto morir con el tranquilo
ánimo de tu padre ante las balas.
La guerra no te dio su ímpetu de alas,
la torpe parca fue cortando el hilo.
Te hemos visto morir sonriente y ciego.
Nada esperabas ver del otro lado,
pero tu sombra acaso ha divisado
los arquetipos últimos que el griego
soñó y que me explicabas. Nadie sabe
de qué mañana el mármol es la llave.

LA SUERTE DE LA ESPADA*

La espada de aquel Borges no recuerda
sus batallas. La azul Montevideo
largamente sitiada por Oribe,
el Ejército Grande, la anhelada
y tan fácil victoria de Caseros,
el intrincado Paraguay, el tiempo,
las dos balas que entraron en el hombre,
el agua maculada por la sangre,
los montoneros en el Entre Ríos,
la jefatura de las tres fronteras,
el caballo y las lanzas del desierto,
San Carlos y Junín, la carga última...
Dios le dio resplandor y estaba ciega.
Dios le dio la epopeya. Estaba muerta.
Quieta como una planta nada supo
de la mano viril ni del estrépito
ni de la trabajada empuñadura
ni del metal marcado por la patria.
Es una cosa más entre las cosas
que olvida la vitrina de un museo,
un símbolo y un humo y una forma
curva y cruel y que ya nadie mira.
Acaso no soy menos ignorante.

EL REMORDIMIENTO

He cometido el peor de los pecados
que un hombre puede cometer. No he sido
feliz. Que los glaciares del olvido
me arrastren y me pierdan, despiadados.
Mis padres me engendraron para el juego
arriesgado y hermoso de la vida,
para la tierra, el agua, el aire, el fuego.
Los defraude. No fui feliz. Cumplida
no fue su joven voluntad. Mi mente
se aplicó a las simétricas porfías
del arte, que entreteje naderías.
Me legaron valor. No fui valiente.
No me abandona. Siempre está a mi lado
la sombra de haber sido un desdichado.

991 A.D.*

Casi todos creyeron que la batalla, esa cosa viva y cambiante, los había arrojado contra el pinar. Eran diez o doce en la tarde. Hombres del arado y del remo, de los tercos trabajos de la tierra y de su fatiga prevista, eran ahora soldados. Ni el sufrimiento de los otros ni el de su propia carne les importaba. Wulfred, atravesado el hombro por un dardo, murió a unos pasos del pinar. Nadie se apiadó del amigo, ninguno volvió la cabeza. Ya en la apretada sombra de las hojas, todos se dejaron caer, pero sin desprenderse de los escudos ni de los arcos. Aidan, sentado, habló con lenta gravedad como si pensara en voz alta.

—Byrhtnoth, que fue nuestro señor, ha dado el espíritu. Soy ahora el más viejo y quizá el más fuerte. No sé cuántos inviernos puedo contar, pero su tiempo me parece menor que el que me separa de esta mañana. Werferth dormía cuando el tañer de la campana me despertó. Tengo el sueño liviano de los viejos. Desde la puerta divisé las velas rayadas de los navegantes (los vikings), que ya habían echado anclas. Aperamos los caballos de la granja y seguimos a Byrhtnoth. A la vista del enemigo fueron repartidas las armas y las manos de muchos aprendieron el gobierno de los escudos y de los hierros. Desde la otra margen del río, un mensajero de los vikings pidió un tributo de ajorcas de oro y nuestro señor contestó que lo pagaría con antiguas espadas. La creciente del río se interponía entre los dos ejércitos. Temíamos la guerra y la anhelábamos, porque era inevitable. A mi derecha estaba Werferth y casi lo alcanzó una flecha noruega.

Tímidamente, Werferth lo interrumpió:

—Tú la quebraste, padre, con el escudo.

Aidan siguió:

—Tres de los nuestros defendieron el puente. Los navegantes propusieron que los dejáramos cruzar por el vado. Byrhtnoth les dio su venia. Obró así, creo, porque estaba ganoso de la batalla y para amedrentar a los paganos con la fe que había puesto en nuestro coraje. Los enemigos atravesaron el río, en alto los escudos, y pisaron el pasto de la barranca. Después vino el encuentro de hombres.

La gente lo seguía con atención. Iban recordando los hechos que Aidan enumeraba y que les parecía comprender sólo ahora, cuando una voz los acunaba en palabras. Desde el amanecer, habían combatido por Inglaterra y por su dilatado imperio futuro y no lo sabían.

Werferth, que conocía bien a su padre, sospechó que algo se ocultaba bajo aquel pausado discurso.

Aidan continuó:

—Unos pocos huyeron y serán la befa del pueblo. De cuantos quedamos aquí no hay uno solo que no haya matado a un noruego. Cuando Byrhtnoth murió yo estaba a su lado. No rogó a Dios que sus pecados le fueran perdonados; sabía que todos los hombres son pecadores. Le agradeció los días de ventura que Éste le había deparado en la tierra y, sobre los otros, el último: el de nuestra batalla. A nosotros nos toca merecer haber sido testigos de su muerte y de las otras muertes y hazañas de esta grande jornada. Sé la mejor manera de hacerlo. Iremos por el atajo y arribaremos a la aldea antes que los vikings. Desde ambos lados del camino, emboscados, los recibiremos con flechas. La larga guerra nos había rendido; os conduje aquí para descansar.

Se había puesto de pie y era firme y alto, como cuadra a su sajón.

—¿Y después, Aidan? —dijo uno del grupo, el más joven.

—Después nos matarán. No podemos sobrevivir a nuestro señor. Él nos ordenó esta mañana; ahora las órdenes son mías. No sufriré que haya un cobarde. He hablado.

Los hombres fueron levantándose. Alguno se quejó.

—Somos diez, Aidan —contó el muchacho.

Aidan prosiguió con su voz de siempre:

—Seremos nueve. Werferth, mi hijo, ahora estoy hablando contigo. Lo que te ordenaré no es fácil. Tienes que irte solo y dejarnos. Tienes que renunciar a la contienda, para que perdure el día de hoy en la memoria de los hombres. Eres el único capaz de salvarlo. Eres el cantor, el poeta.

Werferth se arrodilló. Era la primera vez que su padre le hablaba de sus versos. Dijo con voz cortada:

—Padre, ¿dejarás que a tu hijo lo tachen de cobarde como a los miserables que huyeron?

Aidan le replicó:

—Ya has dado prueba de no ser un cobarde. Nosotros cumpliremos con Byrhtnoth dándole nuestra vida; tú cumplirás con él guardando su memoria en el tiempo.

Se volvió a los otros y dijo:

—Ahora, a cruzar el bosque. Disparada la última flecha, arrojaremos los escudos a la batalla y saldremos con las espadas.

Werferth los vio perderse en la penumbra del día y de las hojas, pero sus labios ya encontraban un verso.

EINAR TAMBARSKELVER

Heimskringla, I, 117

Odín o el rojo Thor o el Cristo Blanco...
Poco importan los nombres y sus dioses;
no hay otra obligación que ser valiente
y Einar lo fue, duro caudillo de hombres.
Era el primer arquero de Noruega
y diestro en el gobierno de la espada
azul y de las naves. De su paso
por el tiempo, nos queda una sentencia
que resplandece en las crestomatías.
La dijo en el clamor de una batalla
en el mar. Ya perdida la jornada,
ya abierto el estribor al abordaje,
un flechazo final quebró su arco.
El rey le preguntó qué se había roto
a sus espaldas y Einar Tambarskelver
dijo: *Noruega, rey, entre tus manos.*
Siglos después, alguien salvó la historia
en Islandia. Yo ahora la traslado,
tan lejos de esos mares y de ese ánimo.

EN ISLANDIA EL ALBA

Ésta es el alba.
Es anterior a sus mitologías y al Cristo Blanco.
Engendrará los lobos y la serpiente
que también es el mar.
El tiempo no la roza.
Engendró los lobos y la serpiente
que también es el mar.
Ya vio partir la nave que labraran
con unas de los muertos.
Es el cristal de sombra en que se mira
Dios, que no tiene cara.
Es más pesada que sus mares
y más alta que el cielo.
Es un gran muro suspendido.
Es el alba en Islandia.

OLAUS MAGNUS
(1490-1558)

El libro es de Olaus Magnus el teólogo
que no abjuró de Roma cuando el Norte
profesó las doctrinas de John Wyclif,
de Hus y de Lutero. Desterrado
del Septentrión, buscaba por las tardes
de Italia algún alivio de sus males
y compuso la historia de su gente
pasando de las fechas a la fábula.
Una vez, una sola, la he tenido
en las manos. El tiempo no ha borrado
el dorso de cansado pergamino,
la escritura cursiva, los curiosos
grabados en acero, las columnas
de su docto latín. Hubo aquel roce.
Oh no leído y presentido libro,
tu hermosa condición de cosa eterna
entró una tarde en las perpetuas aguas
de Heráclito, que siguen arrastrándome.

LOS ECOS

Ultrajada la carne por la espada
de Hamlet muere un rey de Dinamarca
en su alcázar de piedra, que domina
el mar de sus piratas. La memoria
y el olvido entretejen una fábula
de otro rey muerto y de su sombra. Saxo
Gramático recoge esa ceniza
en su *Gesta Danorum.* Unos siglos
y el rey vuelve a morir en Dinamarca
y al mismo tiempo, por curiosa magia,
en un tinglado de los arrabales
de Londres. Lo ha soñado William Shakespeare.
Eterna como el acto de la carne
o como los cristales de la aurora
o como las figuras de la luna
es la muerte del rey. La soñó Shakespeare
y seguirán soñándola los hombres
y es uno de los hábitos del tiempo
y un rito que ejecutan en la hora
predestinada unas eternas formas.

UNAS MONEDAS

GÉNESIS, 9, 13

El arco del Señor surca la esfera
y nos bendice. En el gran arco puro
están las bendiciones del futuro,
pero también está mi amor, que espera.

MATEO, 27, 9

La moneda cayó en mi hueca mano.
No pude soportarla, aunque era leve,
y la dejé caer. Todo fue en vano.
El otro dijo: Aún faltan veintinueve.

UN SOLDADO DE ORIBE

Bajo la vieja mano, el arco roza
de un modo transversal la firme cuerda.
Muere un sonido. El hombre no recuerda
que ya otra vez hizo la misma cosa.

BARUCH SPINOZA

Bruma de oro, el Occidente alumbra
la ventana. El asiduo manuscrito
aguarda, ya cargado de infinito.
Alguien construye a Dios en la penumbra.
Un hombre engendra a Dios. Es un judío
de tristes ojos y de piel cetrina;
lo lleva el tiempo como lleva el río
una hoja en el agua que declina.
No importa. El hechicero insiste y labra
a Dios con geometría delicada;
desde su enfermedad, desde su nada,
sigue erigiendo a Dios con la palabra.
El más pródigo amor le fue otorgado,
el amor que no espera ser amado.

EPISODIO DEL ENEMIGO

Tantos años huyendo y esperando y ahora el enemigo estaba en mi casa. Desde la ventana lo vi subir penosamente por el áspero camino del cerro. Se ayudaba con un bastón con un torpe bastón, que en sus viejas manos no podía ser un arma sino un báculo. Me costó percibir lo que esperaba: el débil golpe contra la puerta. Miré, no sin nostalgia, mis manuscritos, el borrador a medio concluir y el tratado de Artemidoro sobre los sueños, libro un tanto anómalo ahí, ya que no sé griego. Otro día perdido, pensé. Tuve que forcejear con la llave. Temí que el hombre se desplomara, pero dio unos pasos inciertos, soltó el bastón, que no volví a ver, y cayó en mi cama rendido. Mi ansiedad lo había imaginado muchas veces, pero sólo entonces noté que se parecía, en un modo casi fraternal, al último retrato de Lincoln. Serían las cuatro de la tarde.

Me incliné sobre él para que me oyera.

—Uno cree que los años pasan para uno —le dije—, pero pasan también para los demás. Aquí nos encontramos al fin y lo que antes ocurrió no tiene sentido.

Mientras yo hablaba, se había desabrochado el sobretodo. La mano derecha estaba en el bolsillo del saco. Algo me señalaba y yo sentí que era un revólver.

Me dijo entonces con voz firme:

—Para entrar en su casa, he recurrido a la compasión. Lo tengo ahora a mi merced y no soy misericordioso.

Ensayé unas palabras. No soy un hombre fuerte y sólo las palabras podían salvarme. Atiné a decir:

—Es verdad que hace tiempo maltraté a un niño, pero usted ya no es aquel niño ni yo aquel insensato. Además, la venganza no es menos vanidosa y ridícula que el perdón.

—Precisamente porque ya no soy aquel niño —me replicó— tengo que matarlo. No se trata de una venganza sino de un acto de justicia. Sus argumentos, Borges, son meras estratagemas de su terror para que no lo mate. Usted ya no puede hacer nada.

—Puedo hacer una cosa —le contesté.

—¿Cuál? —preguntó.

—Despertarme.

Y así lo hice.

N. del E: Publicado en *El oro de los tigres*, 1972.

PARA UNA VERSIÓN DEL *I KING*

El porvenir es tan irrevocable
como el rígido ayer. No hay una cosa
que no sea una letra silenciosa
de la eterna escritura indescifrable
cuyo libro es el tiempo. Quien se aleja
de su casa ya ha vuelto. Nuestra vida
es la senda futura y recorrida.
Nada nos dice adiós. Nada nos deja.
No te rindas. La ergástula es oscura,
la firme trama es de incesante hierro,
pero en algún recodo de tu encierro
puede haber un descuido, una hendidura.
El camino es fatal como la flecha
pero en las grietas está Dios, que acecha.

*EIN TRAUM**

Lo sabían los tres.
Ella era la compañera de Kafka.
Kafka la había soñado.
Lo sabían los tres.
Él era el amigo de Kafka.
Kafka lo había soñado.
Lo sabían los tres.
La mujer le dijo al amigo:
Quiero que esta noche me quieras.
Lo sabían los tres.
El hombre le contestó: Si pecamos,
Kafka dejará de soñarnos.
Uno lo supo.
No había nadie más en la tierra.
Kafka se dijo:
Ahora que se fueron los dos, he quedado solo.
Dejaré de soñarme.

JUAN CRISÓSTOMO LAFINUR
(1797-1824)

El volumen de Locke, los anaqueles,
la luz del patio ajedrezado y terso,
y la mano trazando, lenta, el verso:
La pálida azucena a los laureles.
Cuando en la tarde evoco la azarosa
procesión de mis sombras, veo espadas
públicas y batallas desgarradas;
con usted, Lafinur, es otra cosa.
Lo veo discutiendo largamente
con mi padre sobre filosofía,
y conjurando esa falaz teoría
de unas eternas formas en la mente.
Lo veo corrigiendo este bosquejo,
del otro lado del incierto espejo.

HERÁCLITO*

Heráclito camina por la tarde
de Éfeso. La tarde lo ha dejado,
sin que su voluntad lo decidiera,
en la margen de un río silencioso
cuyo destino y cuyo nombre ignora.
Hay un Jano de piedra y unos álamos.
Se mira en el espejo fugitivo
y descubre y trabaja la sentencia
que las generaciones de los hombres
no dejarán caer. Su voz declara:
Nadie baja dos veces a las aguas
del mismo río. Se detiene. Siente
con el asombro de un horror sagrado
que él también es un río y una fuga.
Quiere recuperar esa mañana
y su noche y la víspera. No puede.
Repite la sentencia. La ve impresa
en futuros y claros caracteres
en una de las páginas de Burnet.
Heráclito no sabe griego. Jano,
dios de las puertas, es un dios latino.
Heráclito no tiene ayer ni ahora.
Es un mero artificio que ha soñado
un hombre gris a orillas del Red Cedar,
un hombre que entreteje endecasílabos
para no pensar tanto en Buenos Aires
y en los rostros queridos. Uno falta.

East Lansing, 1976

LA CLEPSIDRA

No de agua, de miel, será la última
gota de la clepsidra. La veremos
resplandecer y hundirse en la tiniebla,
pero en ella estarán las beatitudes
que al rojo Adán otorgó Alguien o Algo:
el recíproco amor y tu fragancia,
el acto de entender el universo,
siquiera falazmente, aquel instante
en que Virgilio da con el hexámetro,
el agua de la sed y el pan del hambre,
en el aire la delicada nieve,
el tacto del volumen que buscamos
en la desidia de los anaqueles,
el goce de la espada en la batalla,
el mar que libre roturó Inglaterra,
el alivio de oír tras el silencio
el esperado acorde, una memoria
preciosa y olvidada, la fatiga,
el instante en que el sueño nos disgrega.

NO ERES LOS OTROS

No te habrá de salvar lo que dejaron
escrito aquellos que tu miedo implora;
no eres los otros y te ves ahora
centro del laberinto que tramaron
tus pasos. No te salva la agonía
de Jesús o de Sócrates ni el fuerte
Siddharta de oro que aceptó la muerte
en un jardín, al declinar el día.
Polvo también es la palabra escrita
por tu mano o el verbo pronunciado
por tu boca. No hay lástima en el Hado
y la noche de Dios es infinita.
Tu materia es el tiempo, el incesante
tiempo. Eres cada solitario instante.

SIGNOS

A Susana Bombal

Hacia 1915, en Ginebra, vi en la terraza de un museo una alta campana con caracteres chinos. En 1976 escribo estas líneas:

Indescifrada y sola, sé que puedo
ser en la vaga noche una plegaria
de bronce o la sentencia en que se cifra
el sabor de una vida o de una tarde
o el sueño de Chuang Tzu, que ya conoces
o una fecha trivial o una parábola
o un vasto emperador, hoy unas sílabas,
o el universo o tu secreto nombre
o aquel enigma que indagaste en vano
a lo largo del tiempo y de sus días.
Puedo ser todo. Déjame en la sombra.

LA MONEDA DE HIERRO

Aquí está la moneda de hierro. Interroguemos
las dos contrarias caras que serán la respuesta
de la terca demanda que nadie no se ha hecho:
¿Por qué precisa un hombre que una mujer lo quiera?
Miremos. En el orbe superior se entretejen
el firmamento cuádruple que sostiene el diluvio
y las inalterables estrellas planetarias.
Adán, el joven padre, y el joven Paraíso.
La tarde y la mañana. Dios en cada criatura.
En ese laberinto puro está tu reflejo.
Arrojemos de nuevo la moneda de hierro
que es también un espejo mágico. Su reverso
es nadie y nada y sombra y ceguera. Eso eres.
De hierro las dos caras labran un solo eco.
Tus manos y tu lengua son testigos infieles.
Dios es el inasible centro de la sortija.
No exalta ni condena. Obra mejor: olvida.
Maculado de infamia ¿por qué no han de quererte?
En la sombra del otro buscamos nuestra sombra;
en el cristal del otro, nuestro cristal recíproco.

NOTAS*

UNOS SUEÑOS. Ciertas páginas de este libro fueron dones de sueños. Una, *"Ein Traum"*, me fue dictada una mañana en East Lansing, sin que yo la entendiera y sin que me inquietara sensiblemente; pude transcribirla después, palabra por palabra. Se trata, claro está, de una mera curiosidad psicológica o, si el lector es muy generoso, de una inofensiva parábola del solipsismo. La visión del rey muerto corresponde a una auténtica "Pesadilla". "Heráclito" es una involuntaria variacion de "La busca de Averroes", que data de 1949.

HERMANN MELVILLE. *Es el azul Proteo.* La hipálage es de Ovidio y la repite Ben Jonson.

LA SUERTE DE LA ESPADA. Esta composición es el deliberado reverso de "Juan Muraña" y de "El encuentro", que datan de 1970.

991 A.D. Es la fecha del combate de Maldon, famoso en Inglaterra por la balada que ha historiado la acción. Los milicianos de Essex, derrotados por los vikings de Olaf Tryggvason, murieron combatiendo sin esperanza porque su jefe ya había caído y el honor lo exigía. Abundan en la breve epopeya rasgos circunstanciales —del todo ajenos a los hábitos alegóricos de la época— que prefiguran la técnica de las ulteriores sagas de Islandia. Yo he imaginado que el poeta era hijo del caudillo sajón, que le ordenó que no se dejara matar, para salvarle de algún modo la vida y para preservar la memoria de esa jornada.

Historia de la noche
(1977)

INSCRIPCIÓN*

Por los mares azules de los atlas y por los grandes mares del mundo. Por el Támesis, por el Ródano y por el Arno. Por las raíces de un lenguaje de hierro. Por una pira sobre un promontorio del Báltico, helmum behongen. *Por los noruegos que atraviesan el claro río, en alto los escudos. Por una nave de Noruega, que mis ojos no vieron. Por una vieja piedra del Althing. Por una curiosa isla de cisnes. Por un gato en Manhattan. Por Kim y por su lama escalando las rodillas de la montaña. Por el pecado de soberbia del samurai. Por el Paraíso en un muro. Por el acorde que no hemos oído, por los versos que no nos encontraron (su número es el número de la arena), por el inexplorado universo. Por la memoria de Leonor Acevedo. Por Venecia de cristal y crepúsculo.*

Por la que usted será; por la que acaso no entenderé.

Por todas estas cosas dispares, que son tal vez, como presentía Spinoza, meras figuraciones y facetas de una sola cosa infinita, le dedico a usted este libro, María Kodama.

J.L.B.

Buenos Aires, 23 de agosto de 1977

ALEJANDRÍA, 641 A.D.*

Desde el primer Adán que vio la noche
y el día y la figura de su mano,
fabularon los hombres y fijaron
en piedra o en metal o en pergamino
cuanto ciñe la tierra o plasma el sueño.
Aquí está su labor: la Biblioteca.
Dicen que los volúmenes que abarca
dejan atrás la cifra de los astros
o de la arena del desierto. El hombre
que quisiera agotarla perdería
la razón y los ojos temerarios.
Aquí la gran memoria de los siglos
que fueron, las espadas y los héroes,
los lacónicos símbolos del álgebra,
el saber que sondea los planetas
que rigen el destino, las virtudes
de hierbas y marfiles talismánicos,
el verso en que perdura la caricia,
la ciencia que descifra el solitario
laberinto de Dios, la teología,
la alquimia que en el barro busca el oro
y las figuraciones del idólatra.
Declaran los infieles que si ardiera,
ardería la historia. Se equivocan.
Las vigilias humanas engendraron
los infinitos libros. Si de todos
no quedara uno solo, volverían
a engendrar cada hoja y cada línea,
cada trabajo y cada amor de Hércules,
cada lección de cada manuscrito.
En el siglo primero de la Hégira,
yo, aquel Omar que sojuzgó a los persas
y que impone el Islam sobre la tierra,
ordeno a mis soldados que destruyan
por el fuego la larga Biblioteca,
que no perecerá. Loados sean
Dios que no duerme y Muhammad, Su Apóstol.

ALHAMBRA

Grata la voz del agua
a quien abrumaron negras arenas,
grato a la mano cóncava
el mármol circular de la columna,
gratos los finos laberintos del agua
entre los limoneros,
grata la música del zéjel,
grato el amor y grata la plegaria
dirigida a un Dios que está solo,
grato el jazmín.

Vano el alfanje
ante las largas lanzas de los muchos,
vano ser el mejor.
Grato sentir o presentir, rey doliente,
que tus dulzuras son adioses,
que te será negada la llave,
que la cruz del infiel borrará la luna,
que la tarde que miras es la última.

Granada, 1976

METÁFORAS DE *LAS MIL Y UNA NOCHES*

La primera metáfora es el río.
Las grandes aguas. El cristal viviente
que guarda esas queridas maravillas
que fueron del Islam y que son tuyas
y mías hoy. El todopoderoso
talismán que también es un esclavo;
el genio confinado en la vasija
de cobre por el sello salomónico;
el juramento de aquel rey que entrega
su reina de una noche a la justicia
de la espada, la luna, que está sola;
las manos que se lavan con ceniza;
los viajes de Simbad, ese Odiseo
urgido por la sed de su aventura,
no castigado por un dios; la lámpara;
los símbolos que anuncian a Rodrigo
la conquista de España por los árabes;
el simio que revela que es un hombre,
jugando al ajedrez; el rey leproso;
las altas caravanas; la montaña
de piedra imán que hace estallar la nave;
el jeque y la gacela; un orbe fluido
de formas que varían como nubes,
sujetas al arbitrio del Destino
o del Azar, que son la misma cosa;
el mendigo que puede ser un ángel
y la caverna que se llama Sésamo.
La segunda metáfora es la trama
de un tapiz, que propone a la mirada
un caos de colores y de líneas
irresponsables, un azar y un vértigo,
pero un orden secreto lo gobierna.
Como aquel otro sueño, el Universo,
el Libro de las Noches está hecho
de cifras tutelares y de hábitos:
los siete hermanos y los siete viajes,

los tres cadíes y los tres deseos
de quien miró la Noche de las Noches,
la negra cabellera enamorada
en que el amante ve tres noches juntas,
los tres visires y los tres castigos,
y encima de las otras la primera
y última cifra del Señor; el Uno.
La tercera metáfora es un sueño.
Agarenos y persas lo soñaron
en los portales del velado Oriente
o en vergeles que ahora son del polvo
y seguirán soñándolo los hombres
hasta el último fin de su jornada.
Como en la paradoja del eleata,
el sueño se disgrega en otro sueño
y ése en otro y en otros, que entretejen
ociosos un ocioso laberinto.
En el libro está el Libro. Sin saberlo,
la reina cuenta al rey la ya olvidada
historia de los dos. Arrebatados
por el tumulto de anteriores magias,
no saben quiénes son. Siguen soñando.
La cuarta es la metáfora de un mapa
de esa región indefinida, el Tiempo,
de cuanto miden las graduales sombras
y el perpetuo desgaste de los mármoles
y los pasos de las generaciones.
Todo. La voz y el eco, lo que miran
las dos opuestas caras del Bifronte,
mundos de plata y mundos de oro rojo
y la larga vigilia de los astros.
Dicen los árabes que nadie puede
leer hasta el fin el Libro de las Noches.
Las Noches son el Tiempo, el que no duerme.
Sigue leyendo mientras muere el día
y Shahrazad te contará tu historia.

ALGUIEN

Balkh Nishapur, Alejandría; no importa el nombre. Podemos imaginar un zoco, una taberna, un patio de altos miradores velados, un río que ha repetido los rostros de las generaciones. Podemos imaginar asimismo un jardín polvoriento, porque el desierto no está lejos. Se ha formado una rueda y un hombre habla. No nos es dado descifrar (los reinos y los siglos son muchos) el vago turbante, los ojos ágiles, la piel cetrina y la voz áspera que articula prodigios. Tampoco él nos ve; somos demasiados. Narra la historia del primer jeque y de la gacela o la de aquel Ulises que se apodó Es-Sindibad del Mar.

El hombre habla y gesticula. No sabe (otros lo sabrán) que es del linaje de los *confabulatores nocturni*, de los rapsodas de la noche, que Alejandro Bicorne congregaba para solaz de sus vigilias. No sabe (nunca lo sabrá) que es nuestro bienhechor. Cree hablar para unos pocos y unas monedas y en un perdido ayer entreteje el *Libro de las mil y una noches*.

CAJA DE MÚSICA

Música del Japón. Avaramente
de la clepsidra se desprenden gotas
de lenta miel o de invisible oro
que en el tiempo repiten una trama
eterna y frágil, misteriosa y clara.
Temo que cada una sea la última.
Son un ayer que vuelve. ¿De qué templo,
de qué leve jardín en la montaña,
de qué vigilias ante un mar que ignoro,
de qué pudor de la melancolía,
de qué perdida y rescatada tarde
llegan a mí, su porvenir remoto?
No lo sabré. No importa. En esa música
yo soy. Yo quiero ser. Yo me desangro.

EL TIGRE

Iba y venía, delicado y fatal, cargado de infinita energía, del otro lado de los firmes barrotes y todos lo mirábamos. Era el tigre de esa mañana, en Palermo, y el tigre del Oriente y el tigre de Blake y de Hugo y Shere Khan, y los tigres que fueron y que serán y asimismo el tigre arquetipo, ya que el individuo, en su caso, es toda la especie. Pensamos que era sanguinario y hermoso. Norah, una niña, dijo: Está hecho para el amor.

LEONES

Ni el esplendor del cadencioso tigre
ni del jaguar los signos prefijados
ni del gato el sigilo. De la tribu
es el menos felino, pero siempre
ha encendido los sueños de los hombres.
Leones en el oro y en el verso,
en patios del Islam y en evangelios,
vastos leones en el orbe de Hugo,
leones de la puerta de Micenas,
leones que Cartago crucifica.
En el violento cobre de Durero
las manos de Sansón lo despedazan.
Es la mitad de la secreta esfinge
y la mitad del grifo que en las cóncavas
grutas custodia el oro de la sombra.
Es uno de los símbolos de Shakespeare.
Los hombres lo esculpieron con montañas
y estamparon su forma en las banderas
y lo coronan rey sobre los otros.
Con sus ojos de sombra lo vio Milton
emergiendo del barro el quinto día,
desligadas las patas delanteras
en alto la cabeza extraordinaria.
Resplandece en la rueda del Caldeo
y las mitologías lo prodigan.

Un animal que se parece a un perro
come la presa que le trae la hembra.

ENDIMIÓN EN LATMOS

Yo dormía en la cumbre y era hermoso
mi cuerpo, que los años han gastado.
Alto en la noche helénica, el centauro
demoraba su cuádruple carrera
para atisbar mi sueño. Me placía
dormir para soñar y para el otro
sueño lustral que elude la memoria
y que nos purifica del gravamen
de ser aquel que somos en la tierra.
Diana, la diosa, que es también la luna,
me veía dormir en la montaña
y lentamente descendió a mis brazos
oro y amor en la encendida noche.
Yo apretaba los párpados mortales,
yo quería no ver el rostro bello
que mis labios de polvo profanaban.
Yo aspiré la fragancia de la luna
y su infinita voz dijo mi nombre.
Oh las puras mejillas que se buscan,
oh ríos del amor y de la noche,
oh el beso humano y la tensión del arco.
No sé cuánto duraron mis venturas;
hay cosas que no miden los racimos
ni la flor ni la nieve delicada.
La gente me rehúye. Le da miedo
el hombre que fue amado por la luna.
Los años han pasado. Una zozobra
da horror a mi vigilia. Me pregunto
si aquel tumulto de oro en la montaña
fue verdadero o no fue más que un sueño.
Inútil repetirme que el recuerdo
de ayer y un sueño son la misma cosa.
Mi soledad recorre los comunes
caminos de la tierra, pero siempre
busco en la antigua noche de los númenes
la indiferente luna, hija de Zeus.

UN ESCOLIO

Al cabo de veinte años de trabajos y de extraña aventura, Ulises hijo de Laertes vuelve a su Itaca. Con la espada de hierro y con el arco ejecuta la debida venganza. Atónita hasta el miedo, Penélope no se atreve a reconocerlo y alude, para probarlo, a un secreto que comparten los dos, y sólo los dos: el de su tálamo común, que ninguno de los mortales puede mover, porque el olivo con que fue labrado lo ata a la tierra. Tal es la historia que se lee en el libro vigésimo tercero de la *Odisea.*

Homero no ignoraba que las cosas deben decirse de manera indirecta. Tampoco lo ignoraban sus griegos, cuyo lenguaje natural era el mito. La fábula del tálamo que es un árbol es una suerte de metáfora. La reina supo que el desconocido era el rey cuando se vio en sus ojos, cuando sintió en su amor que la encontraba el amor de Ulises.

NI SIQUIERA SOY POLVO

No quiero ser quien soy. La avara suerte
me ha deparado el siglo diecisiete,
el polvo y la rutina de Castilla,
las cosas repetidas, la mañana
que, prometiendo el hoy, nos da la víspera,
la plática del cura y del barbero,
la soledad que va dejando el tiempo
y una vaga sobrina analfabeta.
Soy hombre entrado en años. Una página
casual me reveló no usadas voces
que me buscaban, Amadís y Urganda.
Vendí mis tierras y compré los libros
que historian cabalmente las empresas:
el Grial, que recogió la sangre humana
que el Hijo derramó para salvarnos,
el ídolo de oro de Mahoma,
los hierros, las almenas, las banderas
y las operaciones de la magia.
Cristianos caballeros recorrían
los reinos de la tierra, vindicando
el honor ultrajado o imponiendo
justicia con los filos de la espada.
Quiera Dios que un enviado restituya
a nuestro tiempo ese ejercicio noble.
Mis sueños lo divisan. Lo he sentido
a veces en mi triste carne célibe.
No sé aún su nombre. Yo, Quijano,
seré ese paladín. Seré mi sueño.
En esta vieja casa hay una adarga
antigua y una hoja de Toledo
y una lanza y los libros verdaderos
que a mi brazo prometen la victoria.
¿A mi brazo? Mi cara (que no he visto)
no proyecta una cara en el espejo.
Ni siquiera soy polvo. Soy un sueño
que entreteje en el sueño y la vigilia
mi hermano y padre, el capitán Cervantes,

que militó en los mares de Lepanto
y supo unos latines y algo de árabe...
Para que yo pueda soñar al otro
cuya verde memoria será parte
de los días del hombre, te suplico:
Mi Dios, mi soñador, sigue soñándome.

ISLANDIA

Qué dicha para todos los hombres,
Islandia de los mares, que existas.
Islandia de la nieve silenciosa y del agua ferviente.
Islandia de la noche que se aboveda
sobre la vigilia y el sueño.
Isla del día blanco que regresa,
joven y mortal como Baldr.
Fría rosa, isla secreta
que fuiste la memoria de Germania
y salvaste para nosotros
su apagada, enterrada mitología,
el anillo que engendra nueve anillos,
los altos lobos de la selva de hierro
que devorarán la luna y el sol,
la nave que Alguien o Algo construye
con uñas de los muertos.
Islandia de los cráteres que esperan,
y de las tranquilas majadas.
Islandia de las tardes inmóviles
y de los hombres fuertes
que son ahora marineros y barqueros y párrocos
y que ayer descubrieron un continente.
Isla de los caballos de larga crin
que engendran sobre el pasto y la lava,
isla del agua llena de monedas
y de no saciada esperanza.
Islandia de la espada y de la runa,
Islandia de la gran memoria cóncava
que no es una nostalgia.

GUNNAR THORGILSSON
(1816-1879)

La memoria del tiempo
está llena de espadas y de naves
y de polvo de imperios
y de rumor de hexámetros
y de altos caballos de guerra
y de clamores y de Shakespeare.
Yo quiero recordar aquel beso
con el que me besabas en Islandia.

UN LIBRO

Apenas una cosa entre las cosas
pero también un arma. Fue forjada
en Inglaterra, en 1604,
y la cargaron con un sueño. Encierra
sonido y furia y noche y escarlata.
Mi palma la sopesa. Quién diría
que contiene el infierno: las barbadas
brujas que son las parcas, los puñales
que ejecutan las leyes de la sombra,
el aire delicado del castillo
que te verá morir, la delicada
mano capaz de ensangrentar los mares,
la espada y el clamor de la batalla.

Ese tumulto silencioso duerme
en el ámbito de uno de los libros
del tranquilo anaquel. Duerme y espera.

EL JUEGO

No se miraban. En la penumbra compartida los dos estaban serios y silenciosos.

Él le había tomado la mano izquierda y le quitaba y le ponía el anillo de marfil y el anillo de plata.

Luego le tomó la mano derecha y le quitó y le puso los dos anillos de plata y el anillo de oro con piedras duras.

Ella tendía alternativamente las manos.

Esto duró algún tiempo. Fueron entrelazando los dedos y juntando las palmas.

Procedían con lenta delicadeza, como si temieran equivocarse.

No sabían que era necesario aquel juego para que determinada cosa ocurriera, en el porvenir, en determinada región.

MILONGA DEL FORASTERO

La historia corre pareja,
la historia siempre es igual;
la cuentan en Buenos Aires
y en la campaña oriental.

Siempre son dos los que tallan,
un propio y un forastero;
siempre es de tarde. En la tarde
está luciendo el lucero.

Nunca se han visto la cara,
no se volverán a ver;
no se disputan haberes
ni el favor de una mujer.

Al forastero le han dicho
que en el pago hay un valiente.
Para probarlo ha venido
y lo busca entre la gente.

Lo convida de buen modo,
no alza la voz ni amenaza;
se entienden y van saliendo
para no ofender la casa.

Ya se cruzan los puñales,
ya se enredó la madeja,
ya quedó tendido un hombre
que muere y que no se queja.

Sólo esa tarde se vieron.
No se volverán a ver;
no los movió la codicia
ni el amor de una mujer.

No vale ser el más diestro,
no vale ser el más fuerte;

siempre el que muere es aquel
que vino a buscar la muerte.

Para esa prueba vivieron
toda su vida esos hombres;
ya se han borrado las caras,
ya se borrarán los nombres.

EL CONDENADO

Una de las dos calles que se cruzan puede ser Andes o San Juan o Bermejo; lo mismo da. En el inmóvil atardecer Ezequiel Tabares espera. Desde la esquina puede vigilar, sin que nadie lo note, el portón abierto del conventillo, que queda a media cuadra. No se impacienta, pero a veces cambia de acera y entra en el solitario almacén, donde el mismo dependiente le sirve la misma ginebra, que no le quema la garganta y por la que deja unos cobres. Después, vuelve a su puesto. Sabe que el Chengo no tardará mucho en salir, el Chengo que le quitó la Matilde. Con la mano derecha roza el bultito del puñal que carga en la sisa, bajo el saco cruzado. Hace tiempo que no se acuerda de la mujer; sólo piensa en el otro. Siente la modesta presencia de las manzanas bajas: las ventanas de reja, las azoteas, los patios de baldosa o de tierra. El hombre sigue viendo esas cosas. Sin que lo sepa, Buenos Aires ha crecido a su alrededor como una planta que hace ruido. No ve —le está vedado ver— las casas nuevas y los grandes ómnibus torpes. La gente lo atraviesa y él no lo sabe. Tampoco sabe que padece castigo. El odio lo colma.

Hoy, 13 de junio de 1977, los dedos de la mano derecha del compadrito muerto Ezequiel Tabares, condenado a ciertos minutos de 1890, rozan en un eterno atardecer un puñal imposible.

BUENOS AIRES, 1899

El aljibe. En el fondo la tortuga.
Sobre el patio la vaga astronomía
del niño. La heredada platería
que se espeja en el ébano. La fuga
del tiempo, que al principio nunca pasa.
Un sable que ha servido en el desierto.
Un grave rostro militar y muerto.
El húmedo zaguán. La vieja casa.
En el patio que fue de los esclavos
la sombra de la parra se aboveda.
Silba un trasnochador por la vereda.
En la alcancía duermen los centavos.
Nada. Sólo esa pobre medianía
que buscan el olvido y la elegía.

EL CABALLO*

La llanura que espera desde el principio. Más allá de los últimos durazneros, junto a las aguas, un gran caballo blanco de ojos dormidos parece llenar la mañana. El cuello arqueado, como en una lámina persa, y la crin y la cola arremolinadas. Es recto y firme y está hecho de largas curvas. Recuerdo la curiosa línea de Chaucer: *a very horsely horse.* No hay con qué compararlo y no está cerca, pero se sabe que es muy alto.

Nada, salvo ya el mediodía.

Aquí y ahora está el caballo, pero algo distinto hay en él, porque también es un caballo en un sueño de Alejandro de Macedonia.

EL GRABADO

¿Por qué al hacer girar la cerradura,
vuelve a mis ojos con asombro antiguo
el grabado de un tártaro que enlaza
desde el caballo un lobo de la estepa?
La fiera se revuelve eternamente.
El jinete la mira. La memoria
me concede esta lámina de un libro
cuyo color y cuyo idioma ignoro.
Muchos años hará que no la veo.
A veces me da miedo la memoria.
En sus cóncavas grutas y palacios
(dijo San Agustín) hay tantas cosas.
El infierno y el cielo están en ella.
Para el primero basta lo que encierra
el más común y tenue de tus días
y cualquier pesadilla de tu noche;
para el otro, el amor de los que aman,
la frescura del agua en la garganta
de la sed, la razón y su ejercicio,
la tersura del ébano invariable
o —luna y sombra— el oro de Virgilio.

THINGS THAT MIGHT HAVE BEEN

Pienso en las cosas que pudieron ser y no fueron.
El tratado de mitología sajona que Beda no escribió.
La obra inconcebible que a Dante le fue dado acaso entrever,
ya corregido el último verso de la *Comedia*.
La historia sin la tarde de la Cruz y la tarde de la cicuta.
La historia sin el rostro de Helena.
El hombre sin los ojos, que nos han deparado la luna.
En las tres jornadas de Gettysburg la victoria del Sur.
El amor que no compartimos.
El dilatado imperio que los Vikings no quisieron fundar.
El orbe sin la rueda o sin la rosa.
El juicio de John Donne sobre Shakespeare.
El otro cuerno del Unicornio.
El ave fabulosa de Irlanda, que está en dos lugares a un tiempo.
El hijo que no tuve.

EL ENAMORADO

Lunas, marfiles, instrumentos, rosas,
lámparas y la línea de Durero,
las nueve cifras y el cambiante cero,
debo fingir que existen esas cosas.
Debo fingir que en el pasado fueron
Persépolis y Roma y que una arena
sutil midió la suerte de la almena
que los siglos de hierro deshicieron.
Debo fingir las armas y la pira
de la epopeya y los pesados mares
que roen de la tierra los pilares.
Debo fingir que hay otros. Es mentira.
Sólo tú eres. Tú, mi desventura
y mi ventura, inagotable y pura.

G.A. BÜRGER

No acabo de entender
por qué me afectan de este modo las cosas
que le sucedieron a Bürger
(sus dos fechas están en la enciclopedia)
en una de las ciudades de la llanura,
junto al río que tiene una sola margen
en la que crece la palmera, no el pino.
Al igual de todos los hombres,
dijo y oyó mentiras,
fue traicionado y fue traidor,
agonizó de amor muchas veces
y, tras la noche del insomnio,
vio los cristales grises del alba,
pero mereció la gran voz de Shakespeare
(en la que están las otras)
y la de Angelus Silesius de Breslau
y con falso descuido limó algún verso,
en el estilo de su época.
Sabía que el presente no es otra cosa
que una partícula fugaz del pasado
y que estamos hechos de olvido:
sabiduría tan inútil
como los corolarios de Spinoza
o las magias del miedo.
En la ciudad junto al río inmóvil,
unos dos mil años después de la muerte de un dios
(la historia que refiero es antigua),
Bürger está solo y ahora,
precisamente ahora, lima unos versos.

LA ESPERA

Antes que suene el presuroso timbre
y abran la puerta y entres, oh esperada
por la ansiedad, el universo tiene
que haber ejecutado una infinita
serie de actos concretos. Nadie puede
computar ese vértigo, la cifra
de lo que multiplican los espejos,
de sombras que se alargan y regresan,
de pasos que divergen y convergen.
La arena no sabría numerarlos.
(En mi pecho, el reloj de sangre mide
el temeroso tiempo de la espera.)

Antes que llegues,
un monje tiene que soñar con un ancla,
un tigre tiene que morir en Sumatra,
nueve hombres tienen que morir en Borneo.

EL ESPEJO

Yo, de niño, temía que el espejo
me mostrara otra cara o una ciega
máscara impersonal que ocultaría
algo sin duda atroz. Temí asimismo
que el silencioso tiempo del espejo
se desviara del curso cotidiano
de las horas del hombre y hospedara
en su vago confín imaginario
seres y formas y colores nuevos.
(A nadie se lo dije; el niño es tímido.)
Yo temo ahora que el espejo encierre
el verdadero rostro de mi alma,
lastimada de sombras y de culpas,
el que Dios ve y acaso ven los hombres.

A FRANCIA

El frontispicio del castillo advertía:
Ya estabas aquí antes de entrar
y cuando salgas no sabrás que te quedas.
Diderot narra la parábola. En ella están mis días,
mis muchos días.
Me desviaron otros amores
y la erudición vagabunda,
pero no dejé nunca de estar en Francia
y estaré en Francia cuando la grata muerte me llame
en un lugar de Buenos Aires.
No diré la tarde y la luna; diré Verlaine.
No diré el mar y la cosmogonía; diré el nombre de Hugo.
No la amistad, sino Montaigne.
No diré el fuego; diré Juana,
y las sombras que evoco no disminuyen
una serie infinita.
¿Con qué verso entraste en mi vida
como aquel juglar del Bastardo
que entró cantando en la batalla,
que entró cantando la *Chanson de Roland*
y no vio el fin, pero presintió la victoria?
La firme voz rueda de siglo en siglo
y todas las espadas son Durendal.

MANUEL PEYROU

Suyo fue el ejercicio generoso
de la amistad genial. Era el hermano
a quien podemos, en la hora adversa,
confiarle todo o, sin decirle nada,
dejarle adivinar lo que no quiere
confesar el orgullo. Agradecía
la variedad del orbe, los enigmas
de la curiosa condición humana,
el azul del tabaco pensativo,
los diálogos que lindan con el alba,
el ajedrez heráldico y abstracto,
los arabescos del azar, los gratos
sabores de las frutas y las aves,
el café insomne y el propicio vino
que conmemora y une. Un verso de Hugo
podía arrebatarlo. Yo lo he visto.
La nostalgia fue un hábito de su alma.
Le placía vivir en lo perdido,
en la mitología cuchillera
de una esquina del Sur o de Palermo
o en tierras que a los ojos de su carne
fueron vedadas: la madura Francia
y América del rifle y de la aurora.
En la vasta mañana se entregaba
a la invención de fábulas que el tiempo
no dejará caer y que conjugan
aquella valentía que hemos sido
y el amargo sabor de lo presente.
Luego fue declinando y apagándose.
Esta página no es una elegía.
No dije ni las lágrimas ni el mármol
que prescriben los cánones retóricos.
Atardece en los vidrios. Llanamente
hemos hablado de un querido amigo
que no puede morir. Que no se ha muerto.

*THE THING I AM**

He olvidado mi nombre. No soy Borges
(Borges murió en La Verde, ante las balas)
ni Acevedo, soñando una batalla,
ni mi padre, inclinado sobre el libro
o aceptando la muerte en la mañana,
ni Haslam, descifrando los versículos
de la Escritura, lejos de Northumberland,
ni Suárez, de la carga de las lanzas.
Soy apenas la sombra que proyectan
esas íntimas sombras intrincadas.
Soy su memoria, pero soy el otro
que estuvo, como Dante y como todos
los hombres, en el raro Paraíso
y en los muchos Infiernos necesarios.
Soy la carne y la cara que no veo.
Soy al cabo del día el resignado
que dispone de un modo algo distinto
las voces de la lengua castellana
para narrar las fábulas que agotan
lo que se llama la literatura.
Soy el que hojeaba las enciclopedias,
el tardío escolar de sienes blancas
o grises, prisionero de una casa
llena de libros que no tienen letras
que en la penumbra escande un temeroso
hexámetro aprendido junto al Ródano,
el que quiere salvar un orbe que huye
del fuego y de las aguas de la Ira
con un poco de Fedro y de Virgilio.
El pasado me acosa con imágenes.
Soy la brusca memoria de la esfera
de Magdeburgo o de dos letras rúnicas
o de un dístico de Angelus Silesius.
Soy el que no conoce otro consuelo
que recordar el tiempo de la dicha.
Soy a veces la dicha inmerecida.

Soy el que sabe que no es más que un eco,
el que quiere morir enteramente.
Soy acaso el que eres en el sueño.
Soy la cosa que soy. Lo dijo Shakespeare.
Soy lo que sobrevive a los cobardes
y a los fatuos que ha sido.

UN SÁBADO

Un hombre ciego en una casa hueca
fatiga ciertos limitados rumbos
y toca las paredes que se alargan
y el cristal de las puertas interiores
y los ásperos lomos de los libros
vedados a su amor y la apagada
platería que fue de los mayores
y los grifos del agua y las molduras
y unas vagas monedas y la llave.
Está solo y no hay nadie en el espejo.
Ir y venir. La mano roza el borde
del primer anaquel. Sin proponérselo,
se ha tendido en la cama solitaria
y siente que los actos que ejecuta
interminablemente en su crepúsculo
obedecen a un juego que no entiende
y que dirige un dios indescifrable.
En voz alta repite y cadenciosa
fragmentos de los clásicos y ensaya
variaciones de verbos y de epítetos
y bien o mal escribe este poema.

LAS CAUSAS*

Los ponientes y las generaciones.
Los días y ninguno fue el primero.
La frescura del agua en la garganta
de Adán. El ordenado Paraíso.
El ojo descifrando la tiniebla.
El amor de los lobos en el alba.
La palabra. El hexámetro. El espejo.
La Torre de Babel y la soberbia.
La luna que miraban los caldeos.
Las arenas innúmeras del Ganges.
Chuang-Tzu y la mariposa que lo sueña.
Las manzanas de oro de las islas.
Los pasos del errante laberinto.
El infinito lienzo de Penélope.
El tiempo circular de los estoicos.
La moneda en la boca del que ha muerto.
El peso de la espada en la balanza.
Cada gota de agua en la clepsidra.
Las águilas, los fastos, las legiones.
César en la mañana de Farsalia.
La sombra de las cruces en la tierra.
El ajedrez y el álgebra del persa.
Los rastros de las largas migraciones.
La conquista de reinos por la espada.
La brújula incesante. El mar abierto.
El eco del reloj en la memoria.
El rey ajusticiado por el hacha.
El polvo incalculable que fue ejércitos.
La voz del ruiseñor en Dinamarca.
La escrupulosa línea del calígrafo.
El rostro del suicida en el espejo.
El naipe del tahúr. El oro ávido.
Las formas de la nube en el desierto.
Cada arabesco del calidoscopio.
Cada remordimiento y cada lágrima.
Se precisaron todas esas cosas
para que nuestras manos se encontraran.

ADÁN ES TU CENIZA

La espada morirá como el racimo.
El cristal no es más frágil que la roca.
Las cosas son su porvenir de polvo.
El hierro es el orín. La voz, el eco.
Adán, el joven padre, es tu ceniza.
El último jardín será el primero.
El ruiseñor y Píndaro son voces.
La aurora es el reflejo del ocaso.
El micenio, la máscara de oro.
El alto muro, la ultrajada ruina.
Urquiza, lo que dejan los puñales.
El rostro que se mira en el espejo
no es el de ayer. La noche lo ha gastado.
El delicado tiempo nos modela.

Qué dicha ser el agua invulnerable
que corre en la parábola de Heráclito
o el intrincado fuego, pero ahora,
en este largo día que no pasa,
me siento duradero y desvalido.

HISTORIA DE LA NOCHE

A lo largo de sus generaciones
los hombres erigieron la noche.
En el principio era ceguera y sueño
y espinas que laceran el pie desnudo
y temor de los lobos.
Nunca sabremos quién forjó la palabra
para el intervalo de sombra
que divide los dos crepúsculos;
nunca sabremos en qué siglo fue cifra
del espacio de estrellas.
Otros engendraron el mito.
La hicieron madre de las Parcas tranquilas
que tejen el destino
y le sacrificaban ovejas negras
y el gallo que presagia su fin.
Doce casas le dieron los caldeos;
infinitos mundos, el Pórtico.
Hexámetros latinos la modelaron
y el terror de Pascal.
Luis de León vio en ella la patria
de su alma estremecida.
Ahora la sentimos inagotable
como un antiguo vino
y nadie puede contemplarla sin vértigo
y el tiempo la ha cargado de eternidad.

Y pensar que no existiría
sin esos tenues instrumentos, los ojos.

EPÍLOGO

Un hecho cualquiera —una observación, una despedida, un encuentro, uno de esos curiosos arabescos en que se complace el azar— puede suscitar la emoción estética. La suerte del poeta es proyectar esa emoción, que fue íntima, en una fábula o en una cadencia. La materia de que dispone, el lenguaje, es, como afirma Stevenson, absurdamente inadecuada. ¿Qué hacer con las gastadas palabras —con los Idola fori *de Francis Bacon— y con algunos artificios retóricos que están en los manuales? A primera vista, nada o muy poco. Sin embargo, basta una página del propio Stevenson o una línea de Séneca para demostrar que la empresa no siempre es imposible. Para eludir la controversia he elegido ejemplos pretéritos; dejo al lector el vasto pasatiempo de buscar otras felicidades, quizá más inmediatas.*

Un volumen de versos no es otra cosa que una sucesión de ejercicios mágicos. El modesto hechicero hace lo que puede con sus modestos medios. Una connotación desdichada, un acento erróneo, un matiz, pueden quebrar el conjuro. Whitehead ha denunciado la falacia del diccionario perfecto: suponer que para cada cosa hay una palabra. Trabajamos a tientas. El universo es fluido y cambiante; el lenguaje, rígido.

De cuantos libros he publicado, el más íntimo es éste. Abunda en referencias librescas; también abundó en ellas Montaigne, inventor de la intimidad. Cabe decir lo mismo de Robert Burton, cuya inagotable Anatomy of Melancholy *—una de las obras más personales de la literatura— es una suerte de centón que no se concibe sin largos anaqueles. Como ciertas ciudades, como ciertas personas, una parte muy grata de mi destino fueron los libros. ¿Me será permitido repetir que la biblioteca de mi padre ha sido el hecho capital de mi vida? La verdad es que nunca he salido de ella, como no salió nunca de la suya Alonso Quijano.*

J.L.B.

Buenos Aires, 7 de octubre de 1977

NOTAS*

INSCRIPCIÓN. *Helmum behongen* (*Beowulf*, verso 3139) quiere decir en anglosajón "exornada de yelmos".

ALEJANDRÍA. 641 A.D. Omar, contra toda verosimilitud, habla de los trabajos de Hércules. No sé si cabe recordar que es una proyección del autor. La verdadera fecha es 1976, no el primer siglo de la Hégira.

EL CABALLO. Debo corregir una cita. Chaucer (*The Squieres Tale*, 194) escribió:

Therwith so horsly, and so quik of yë.

THE THING I AM. Parolles, personaje subalterno de *All's Well That Ends Well*, sufre una humillación. Súbitamente lo ilumina la luz de Shakespeare y dice las palabras:

Captain I'll be no more
But I will eat and drink and sleep as soft
As captain shall. Simply the thing I am
Shall make me live.

En el verso penúltimo se oye el eco del tremendo nombre Soy El Que Soy, que en la versión inglesa se lee *I am that I am* (Buber entiende que se trata de una evasiva del Señor urdida para no entregar su verdadero y secreto nombre a Moisés). Swift, en las vísperas de su muerte, erraba loco y solo de habitación en habitación, repitiendo *I am that I am.* Como el Creador, la criatura es lo que es, siquiera de manera adjetiva.

LAS CAUSAS. Unos quinientos años antes de la Era Cristiana, alguien escribió: "Chuang-Tzu soñó que era una mariposa y no sabía al despertar si era un hombre que había soñado ser una mariposa o una mariposa que ahora soñaba ser un hombre".

NOTAS

Siete noches
(1980)

LA DIVINA COMEDIA

Paul Claudel ha escrito en una página indigna de Paul Claudel que los espectáculos que nos aguardan más allá de la muerte corporal no se parecerán, sin duda, a los que muestra Dante en el Infierno, en el Purgatorio y en el Paraíso. Esta curiosa observación de Claudel, en un artículo por lo demás admirable, puede ser comentada de dos modos.

En primer término, vemos en esta observación una prueba de la intensidad del texto de Dante, el hecho de que una vez leído el poema y mientras lo leemos tendemos a pensar que él se imaginaba el otro mundo exactamente como lo presenta. Fatalmente creemos que Dante se imaginaba que una vez muerto, se encontraría con la montaña inversa del Infierno o con las terrazas del Purgatorio o con los cielos concéntricos del Paraíso. Además, hablaría con sombras (sombras de la Antigüedad clásica) y algunas conversarían con él en tercetos en italiano.

Ello es evidentemente absurdo. La observación de Claudel corresponde no a lo que razonan los lectores (porque razonándola se darían cuenta de que es absurda) sino a lo que sienten y a lo que puede alejarlos del placer, del intenso placer de la lectura de la obra.

Para refutarla, abundan testimonios. Uno es la declaración que se atribuye al hijo de Dante. Dijo que su padre se había propuesto mostrar la vida de los pecadores bajo la imagen del Infierno, la vida de los penitentes bajo la imagen del Purgatorio y la vida de los justos bajo la imagen del Paraíso. No leyó de un modo literal. Tenemos, además, el testimonio de Dante en la epístola dedicada a Can Grande della Scala.

La epístola ha sido considerada apócrifa, pero de cualquier modo no puede ser muy posterior a Dante y, sea lo que fuere, es fidedigna de su época. En ella se afirma que la *Comedia* puede ser leída de cuatro modos. De esos cuatro modos, uno es el literal; otro, el alegórico. Según éste, Dante sería el símbolo del hombre, Beatriz el de la fe y Virgilio el de la razón.

La idea de un texto capaz de múltiples lecturas es característica de la Edad Media, esa Edad Media tan calumniada y compleja que nos ha dado la arquitectura gótica, las sagas de Islandia y la filosofía escolástica en la que todo está discutido. Que nos dio, sobre todo, la *Comedia*, que seguimos leyendo y que nos sigue asombrando, que durará más allá de nuestra vida, mucho más allá de nuestras vigilias y que será enriquecida por cada generación de lectores.

Conviene recordar aquí a Escoto Erígena, que dijo que la Escritura es un texto que encierra infinitos sentidos y que puede ser comparado con el plumaje tornasolado del pavo real.

Los cabalistas hebreos sostuvieron que la Escritura ha sido escrita para cada uno de los fieles; lo cual no es increíble si pensamos que el autor del texto y el autor de los lectores es el mismo: Dios. Dante no tuvo por qué suponer que lo que él nos muestra corresponde a una imagen real del mundo de la muerte. No hay tal cosa. Dante no pudo pensar eso.

Creo, sin embargo, en la conveniencia de ese concepto ingenuo, ese concepto de que estamos leyendo un relato verídico. Sirve para que nos dejemos llevar por la lectura. De mí sé decir que soy lector hedónico; nunca he leído un libro porque fuera antiguo. He leído libros por la emoción estética que me deparan y he postergado los comentarios y las críticas. Cuando leí por primera vez la *Comedia*, me dejé llevar por la lectura. He leído la *Comedia* como he leído otros libros menos famosos. Quiero confiarles, ya que estamos entre amigos, y ya que no estoy hablando con todos ustedes sino con cada uno de ustedes, la historia de mi comercio personal con la *Comedia*.

Todo empezó poco antes de la dictadura. Yo estaba empleado en una biblioteca del barrio de Almagro. Vivía en Las Heras y Pueyrredón, tenía que recorrer en lentos y solitarios tranvías el largo trecho que desde ese barrio del Norte va hasta Almagro Sur, a una biblioteca situada en la Avenida La Plata y Carlos Calvo. El azar (salvo que no hay azar, salvo que lo que llamamos azar es nuestra ignorancia de la compleja maquinaria de la causalidad) me hizo encontrar tres pequeños volúmenes en la Librería Mitchell, hoy desaparecida, que me trae tantos recuerdos. Esos tres volúmenes (yo debería haber traído uno como talismán, ahora) eran los tomos del Infierno, del Purgatorio y del Paraíso, vertidos al inglés por Carlyle, no por Thomas Carlyle, del que hablaré luego. Eran libros muy cómodos, editados por Dent. Cabían en mi bolsillo. En una página estaba el texto italiano y en la otra el texto en inglés, vertido literalmente. Imaginé este *modus operandi*: leía primero un versículo, un terceto, en prosa inglesa; luego leía el mismo versículo, el mismo terceto, en italiano; iba siguiendo así hasta llegar al fin del canto. Luego leía todo el canto en inglés y luego en italiano. En esa primera lectura comprendí que las traducciones no pueden ser un sucedáneo del texto original. La traducción puede ser, en todo caso, un medio y un estímulo para acercar al lector al original; sobre todo, en el caso del español. Creo que Cervantes, en alguna parte del *Quijote*, dice que con dos ochavos de lengua toscana uno puede entender a Ariosto.

Pues bien; esos dos ochavos de lengua toscana me fueron dados por la semejanza fraterna del italiano y del español. Ya entonces observé que los versos, sobre todo los grandes versos de Dante, son mucho más de lo que significan. El verso es, entre tantas otras cosas, una entonación, una acentuación muchas veces intraducible. Eso lo observé desde el principio. Cuando llegué a la cumbre del Paraíso, cuando llegué al Paraíso desierto, ahí, en aquel momento en que Dante está abandonado por Virgilio y se encuentra solo y lo llama, en aquel momento sentí que podía leer directamente el texto italiano y sólo mirar de vez en cuando el texto inglés. Leí así los tres volúmenes en esos lentos viajes de tranvía. Después leí otras ediciones.

He leído muchas veces la *Comedia*. La verdad es que no sé italiano, no sé otro italiano que el que me enseñó Dante y que el que me enseñó, después, Ariosto cuando leí el *Furioso*. Y luego el más fácil, desde luego, de Croce. He leído casi todos los libros de Croce y no siempre estoy de acuerdo con él, pero siento su encanto. El encanto es, como dijo Stevenson, una de las cualidades esenciales que debe tener el escritor. Sin el encanto, lo demás es inútil.

Leí muchas veces la *Comedia*, en distintas ediciones, y pude gozar de los comentarios. De todas ellas, dos me reservo particularmente: la de Momigliano y la de Grabher. Recuerdo también la de Hugo Steiner.

Leía todas las ediciones que encontraba y me distraía con los distintos comentarios, las distintas interpretaciones de esa obra múltiple. Comprobé que en las ediciones más antiguas predomina el comentario teológico; en las del siglo XIX, el histórico, y actualmente el estético, que nos hace notar la acentuación de cada verso, una de las máximas virtudes de Dante.

Se ha comparado a Milton con Dante, pero Milton tiene una sola música: es lo que se llama en inglés "un estilo sublime". Esa música es siempre la misma, más allá de las emociones de los personajes. En cambio en Dante, como en Shakespeare, la música va siguiendo las emociones. La entonación y la acentuación son lo principal, cada frase debe ser leída y es leída en voz alta.

Digo es leída en voz alta porque cuando leemos versos que son realmente admirables, realmente buenos, tendemos a hacerlo en voz alta. Un verso bueno no permite que se lo lea en voz baja, o en silencio. Si podemos hacerlo, no es un verso válido: el verso exige la pronunciación. El verso siempre recuerda que fue un arte oral antes de ser un arte escrito, recuerda que fue un canto.

Hay dos frases que lo confirman. Una es la de Homero o la de los griegos que llamamos Homero, que dice en la *Odisea*: "los dioses tejen desventuras para los hombres para que las generaciones venideras tengan algo que cantar". La otra, muy posterior, es de Mallarmé y repite lo que dijo Homero menos bellamente: *"tout aboutit en un livre"*, "todo para en un libro". Aquí tenemos las dos diferencias; los griegos hablan de generaciones que cantan, Mallarmé habla de un objeto, de una cosa entre las cosas, un libro. Pero la idea es la misma, la idea de que nosotros estamos hechos para el arte, estamos hechos para la memoria, estamos hechos para la poesía o posiblemente estamos hechos para el olvido. Pero algo queda y ese algo es la historia o la poesía, que no son esencialmente distintas.

Carlyle y otros críticos han observado que la intensidad es la característica más notable de Dante. Y si pensamos en los cien cantos del poema parece realmente un milagro que esa intensidad no decaiga, salvo en algunos lugares del Paraíso que para el poeta fueron luz y para nosotros sombra. No recuerdo ejemplo análogo de otro escritor, únicamente quizá en *La tragedia de Macbeth* de Shakespeare, que empieza con las tres brujas o las tres parcas o las tres hermanas fatales y que luego sigue hasta la muerte del héroe y en ningún momento afloja la intensidad.

Quiero recordar otro rasgo: la delicadeza de Dante. Siempre pensamos en el sombrío y sentencioso poema florentino y olvidamos que la obra está llena de delicias, de deleites, de ternuras. Esas ternuras son parte de la trama de la obra. Por ejemplo, Dante habrá leído en algún libro de geometría que el cubo es el más firme de los volúmenes. Es una observación corriente que no tiene nada de poética y sin embargo Dante la usa como una metáfora del hombre que debe soportar la desventura: *buon tetragono a i colpe di fortuna*; el hombre es un buen tetrágono, un cubo, y eso es realmente raro.

Recuerdo asimismo la curiosa metáfora de la flecha. Dante quiere hacernos sentir la velocidad de la flecha que deja el arco y da en el blanco. Nos dice que se clava en el blanco y que sale del arco y que deja la cuerda; invierte el principio y el fin para mostrar cuán rápidamente ocurren esas cosas.

Hay un verso que está siempre en mi memoria. Es aquel del primer canto del Purgatorio que se refiere a esa mañana, esa mañana increíble en la montaña del Purgatorio, en el Polo Sur. Dante, que ha salido de la suciedad, de la tristeza y el horror del Infierno, dice *dolce color d'oriëntal zaffiro*. El verso impone esa lentitud a la voz. Hay que decir *oriëntal*:

> *dolce color d 'oriëntal zaffiro*
> *che s'accoglieva nel sereno aspetto*
> *del mezzo puro infino al primo giro.*

Quisiera demorarme sobre el curioso mecanismo de ese verso, salvo que la palabra "mecanismo" es demasiado dura para lo que quiero decir. Dante describe el cielo oriental, describe la aurora y compara el color de la aurora con el del zafiro. Y lo compara con un zafiro que se llama "zafiro oriental", zafiro del Oriente. En *dolce color d'orïental zaffiro* hay un juego de espejos, ya que el Oriente se explica por el color del zafiro y ese zafiro es un "zafiro oriental". Es decir, un zafiro que está cargado de la riqueza de la palabra "oriental"; está lleno, digamos, de *Las mil y una noches* que Dante no conoció pero que sin embargo ahí están.

Recordaré también el famoso verso final del canto V del *Infierno*: *e caddi come corpo morto cade*. ¿Por qué retumba la caída? La caída retumba por la repetición de la palabra "cae".

Toda la *Comedia* está llena de felicidades de ese tipo. Pero lo que la mantiene es el hecho de ser narrativa. Cuando yo era joven se despreciaba lo narrativo, se lo llamaba anécdota y se olvidaba que la poesía empezó siendo narrativa, que en las raíces de la poesía está la épica y la épica es el género poético primordial, narrativo. En la épica está el tiempo, en la épica hay un antes, un mientras y un después; todo eso está en la poesía.

Yo aconsejaría al lector el olvido de las discordias de los güelfos y gibelinos, el olvido de la escolástica, incluso el olvido de las alusiones mitológicas y de los versos de Virgilio que Dante repite, a veces mejorándolos, excelentes como son en latín. Conviene, por lo menos al principio, atenerse al relato. Creo que nadie puede dejar de hacerlo.

Entramos, pues, en el relato, y entramos de un modo casi mágico porque actualmente, cuando se cuenta algo sobrenatural, se trata de un escritor incrédulo que se dirige a lectores incrédulos y tiene que preparar lo sobrenatural. Dante no necesita eso: *Nel mezzo del cammin di nostra vita / mi ritrovai per una selva oscura*. Es decir, a los treinta y cinco años "me encontré en mitad de una selva oscura" que puede ser alegórica, pero en la cual creemos físicamente: a los treinta y cinco años, porque la Biblia aconseja la edad de setenta a los hombres prudentes. Se entiende que después todo es yermo, *bleak*, como se llama en inglés, todo es ya tristeza, zozobra. De modo que, cuando Dante escribe *nel mezzo del cammin di nostra vita*, no ejerce una vaga retórica: está diciéndonos exactamente la fecha de la visión, la de los treinta y cinco años.

No creo que Dante fuera un visionario. Una visión es breve. Es imposible una visión tan larga como la de la *Comedia*. La visión fue voluntaria: debemos abandonarnos a ella y leerla, con fe poética. Dijo Coleridge que la fe poética es una voluntaria suspensión de la incredulidad. Si asistimos a una representación de teatro sabemos que en el escenario hay hombres disfrazados que repiten las palabras de Shakespeare, de Ibsen o de Pirandello que les han puesto en la boca. Pero nosotros aceptamos que esos hombres no son disfrazados; que ese hombre disfrazado que monologa lentamente en las antesalas de la venganza es realmente el príncipe de Dinamarca, Hamlet; nos abandonamos. En el cinematógrafo es aún más curioso el procedimiento, porque estamos viendo no ya al disfrazado sino fotografías de disfrazados y sin embargo creemos en ellos mientras dura la proyección.

En el caso de Dante, todo es tan vívido que llegamos a suponer que creyó en su otro mundo, de igual modo como bien pudo creer en la geografía geocéntrica o en la astronomía geocéntrica y no en otras astronomías.

Conocemos profundamente a Dante por un hecho que fue señalado por Paul Groussac: porque la *Comedia* está escrita en primera persona. No es un mero artificio gramatical, no significa decir "vi" en lugar de "vieron" o de "fue". Significa algo más, significa que Dante es uno de los personajes de la *Comedia.* Según Groussac, fue un rasgo nuevo. Recordemos que, antes de Dante, San Agustín escribió sus *Confesiones.* Pero estas confesiones, precisamente por su retórica espléndida, no están tan cerca de nosotros como lo está Dante, ya que la espléndida retórica del africano se interpone entre lo que quiere decir y lo que nosotros oímos.

El hecho de una retórica que se interpone es desgraciadamente frecuente. La retórica debería ser un puente, un camino; a veces es una muralla, un obstáculo. Lo cual se observa en escritores tan distintos como Séneca, Quevedo, Milton o Lugones. En todos ellos las palabras se interponen entre ellos y nosotros.

A Dante lo conocemos de un modo más íntimo que sus contemporáneos. Casi diría que lo conocemos como lo conoció Virgilio, que fue un sueño suyo. Sin duda, más de lo que lo pudo conocer Beatriz Portinari; sin duda, más que nadie. Él se coloca ahí y está en el centro de la acción. Todas las cosas no sólo son vistas por él, sino que él toma parte. Esa parte no siempre está de acuerdo con lo que describe y es lo que suele olvidarse.

Vemos a Dante aterrado por el Infierno; tiene que estar aterrado no porque fuera cobarde sino porque es necesario que esté aterrado para que creamos en el Infierno. Dante está aterrado, siente miedo, opina sobre las cosas. Sabemos lo que opina no por lo que dice sino por lo poético, por la entonación, por la acentuación de su lenguaje.

Tenemos el otro personaje. En verdad, en la *Comedia* hay tres, pero ahora hablaré del segundo. Es Virgilio. Dante ha logrado que tengamos dos imágenes de Virgilio: una, la imagen que nos deja la *Eneida* o que nos dejan las *Geórgicas*; la otra, la imagen más íntima que nos deja la poesía, la piadosa poesía de Dante.

Uno de los temas de la literatura, como uno de los temas de la realidad, es la amistad. Yo diría que la amistad es nuestra pasión argentina. Hay muchas amistades en la literatura, que está tejida de amistades. Podemos evocar algunas. ¿Por qué no pensar en Quijote y Sancho, o en Alonso Quijano y Sancho ya que para Sancho "Alonso Quijano" es *Alonso Quijano* y sólo al fin llega a ser *Don Quijote*? ¿Por qué no pensar en Fierro y Cruz, en nuestros dos gauchos que se pierden en la frontera? ¿Por qué no pensar en el viejo tropero y en Fabio Cáceres? La amistad es un tema común, pero generalmente los escritores suelen recurrir al contraste de los dos amigos. He olvidado otros dos amigos ilustres, Kim y el lama, que también ofrecen el contraste.

En el caso de Dante, el procedimiento es más delicado. No es exactamente un contraste, aunque tenemos la actitud filial: Dante viene a ser un hijo de Virgilio y al mismo tiempo es superior a Virgilio porque se cree salvado. Cree que merecerá la gracia o que la ha merecido, ya que le ha sido dada la visión. En cambio, desde el comienzo del Infierno sabe que Virgilio es un alma perdida, un réprobo; cuando Virgilio le dice que no podrá acompañarlo más allá del Purgatorio, siente que el latino será para siempre un habitante del terrible *nobile castello* donde están las grandes sombras de los grandes muertos de la Antigüedad, los que por ignorancia invencible no alcanzaron la palabra de Cristo. En ese mismo momento, Dante dice: *Tu, duca; tu, signore; tu, maestro*... Para cubrir ese momento, Dante lo saluda con palabras magníficas y habla del largo estudio y del gran amor que le han hecho buscar su volumen y siempre se mantiene esa relación entre los dos. Esa figura esencialmente triste de Virgilio, que se sabe condenado a habitar para siempre en el *nobile castello* lleno de la ausencia de Dios... En cambio, a Dante le será permitido ver a Dios, le será permitido comprender el universo.

Tenemos, pues, esos dos personajes. Luego hay miles, centenares, una multitud de personajes de los que se ha dicho que son episódicos. Yo diría que son eternos.

Una novela contemporánea requiere quinientas o seiscientas páginas para hacernos conocer a alguien, si es que lo conocemos. A Dante le basta un solo momento. En ese momento el personaje está definido para siempre. Dante busca ese momento central inconscientemente. Yo he querido hacer lo mismo en muchos cuentos y he sido admirado por ese hallazgo, que es el hallazgo de Dante en la Edad Media, el de presentar un momento como cifra de una vida. En Dante tenemos esos personajes, cuya vida puede ser la de algunos tercetos y sin embargo esa vida es eterna. Viven en una palabra, en un acto, no se precisa más; son parte de un canto, pero esa parte es eterna. Siguen viviendo y renovándose en la memoria y en la imaginación de los hombres.

Dijo Carlyle que hay dos características de Dante. Desde luego hay más, pero dos son esenciales: la ternura y el rigor (salvo que la ternura y el rigor no se contraponen, no son opuestos). Por un lado, está la ternura humana de Dante, lo que Shakespeare llamaría *the milk of human kindness*, "la leche de la bondad humana". Por el otro lado está el saber que somos habitantes de un mundo riguroso, que hay un orden. Ese orden corresponde al Otro, al tercer interlocutor.

Recordemos dos ejemplos. Vamos a tomar el episodio más conocido del *Infierno*, el del canto V, el de Paolo y Francesca. No pretendo abreviar lo que Dante ha dicho; sería una irreverencia mía decir en otras palabras lo que él ha dicho para siempre en su italiano; quiero recordar simplemente las circunstancias.

Dante y Virgilio llegan al segundo círculo (si mal no recuerdo) y ahí ven el remolino de almas y sienten el hedor del pecado, el hedor del castigo. Hay circunstancias físicas desagradables. Por ejemplo Minos, que se enrosca la cola para significar a qué círculo tienen que bajar los condenados. Eso es deliberadamente feo porque se entiende que nada puede ser hermoso en el Infierno. Al llegar a ese círculo en el que están penando los lujuriosos, hay grandes nombres ilustres. Digo "grandes nombres" porque Dante, cuando empezó a escribir el canto, no había llegado aún a la perfección de su arte, al hecho de hacer que los personajes fueran algo más que sus nombres. Sin embargo, esto le sirvió para describir al *nobile castello*.

Vemos a los grandes poetas de la Antigüedad. Entre ellos está Homero, espada en mano. Cambian palabras que no es honesto repetir. Está el silencio, porque todo condice con ese terrible pudor de quienes están condenados al Limbo, de quienes no verán nunca el rostro de Dios. Cuando llegamos al canto V, Dante ha llegado a su gran descubrimiento: la posibilidad de un diálogo entre las almas de los muertos y el Dante que los sentirá y juzgará a su modo. No, no los juzgará: él sabe que no es el Juez, que el Juez es el Otro, un tercer interlocutor, la Divinidad.

Pues bien: ahí están Homero, Platón, otros grandes hombres ilustres. Pero Dante ve a dos que él no conoce, menos ilustres, y que pertenecen al mundo contemporáneo: Paolo y Francesca. Sabe cómo han muerto ambos adúlteros, los llama y ellos acuden. Dante nos dice: *Quali colombe dal disio chiamate*. Estamos ante dos réprobos y Dante los compara con dos palomas llamadas por el deseo, porque la sensualidad tiene que estar también en lo esencial de la escena. Se acercan a él y Francesca, que es la única que habla (Paolo no puede hacerlo), le agradece que los haya llamado y le dice estas palabras patéticas: *Se fosse amico il Re dell'universo / noi pregheremmo lui per la tua pace*, "si fuese amigo el Rey del universo (dice Rey del universo porque no puede decir Dios, ese nombre está vedado en el Infierno y en el Purgatorio), le rogaríamos por tu paz", ya que tú te apiadas de nuestros males.

Francesca cuenta su historia y la cuenta dos veces. La primera la cuenta de un modo reservado, pero insiste en que ella sigue estando enamorada de Paolo. El arrepentimiento está vedado en el Infierno; ella sabe que ha pecado y sigue fiel a su pecado, lo que le da una grandeza heroica. Sería terrible que se arrepintiera, que se quejara de lo ocurrido. Francesca sabe que el castigo es justo, lo acepta y sigue amando a Paolo.

Dante tiene una curiosidad. *Amor condusse noi ad una morte*: Paolo y Francesca han sido asesinados juntos. A Dante no le interesa el adulterio, no le interesa el modo como fueron descubiertos ni ajusticiados: le interesa algo más íntimo, y es saber cómo supieron que estaban enamorados, cómo se enamoraron, cómo llegó el tiempo de los dulces suspiros. Hace la pregunta.

Apartándome de lo que estoy diciendo, quiero recordar una estrofa, quizá la mejor estrofa de Leopoldo Lugones, inspirada sin duda en el canto V del *Infierno*. Es la primera cuarteta de "Alma venturosa", uno de los sonetos de *Las horas doradas*, de 1922:

Al promediar la tarde de aquel día,
cuando iba mi habitual adiós a darte,
fue una vaga congoja de dejarte
lo que me hizo saber que te quería.

Un poeta inferior hubiera dicho que el hombre siente una gran tristeza al despedirse de la mujer, y hubiera dicho que se veían raramente. En, cambio, aquí, "cuando iba mi habitual adiós a darte" es un verso torpe, pero eso no importa; porque decir "mi habitual adiós" expresa que se veían frecuentemente, y luego "fue una vaga congoja de dejarte / lo que me hizo saber que te quería".

El tema es esencialmente el mismo del canto V: dos personas que descubren que están enamoradas y que no lo sabían. Es lo que Dante quiere saber, y quiere que le cuente cómo ocurrió. Ella le refiere que leían un día, para deleitarse, sobre Lancelote y cómo lo aquejaba el amor. Estaban solos y no sospechaban nada. ¿Qué es lo que no sospechaban? No sospechaban que estaban enamorados. Y estaban leyendo una historia de *la matière de Bretagne*, uno de esos libros que imaginaron los britanos en Francia después de la invasión sajona. Esos libros que alimentaron la locura de Alonso Quijano y que revelaron su amor culpable a Paolo y Francesca. Pues bien: Francesca declara que a veces se ruborizaban, pero que hubo un momento, *quando leggemmo il disiato riso*, "cuando leímos la deseada sonrisa", en que fue besada por tal amante; este que no se separará nunca de mí, la boca me besó, *tutto tremante*.

Hay algo que no dice Dante, que se siente a lo largo de todo el episodio y que quizá le da su virtud. Con infinita piedad, Dante nos refiere el destino de los dos amantes y sentimos que él envidia ese destino. Paolo y Francesca están en el Infierno, él se salvará, pero ellos se han querido y él no ha logrado el amor de la mujer que ama, de Beatriz. En esto hay una jactancia también, y Dante tiene que sentirlo como algo terrible, porque él ya está ausente de ella. En cambio, esos dos réprobos están juntos, no pueden hablarse, giran en el negro remolino sin ninguna esperanza, ni siquiera nos dice Dante la esperanza de que los sufrimientos cesen, pero están juntos. Cuando ella habla, usa el *nosotros*: habla por los dos, otra forma de estar juntos. Están juntos para la eternidad, comparten el Infierno y eso para Dante tiene que haber sido una suerte de Paraíso.

Sabemos que está muy emocionado. Luego cae como un cuerpo muerto.

Cada uno se define para siempre en un solo instante de su vida, un momento en el que un hombre se encuentra para siempre consigo mismo. Se ha dicho que Dante es cruel con Francesca, al condenarla. Pero esto es ignorar al Tercer Personaje. El dictamen de Dios no siempre coincide con el sentimiento de Dante. Quienes no comprenden la *Comedia* dicen que Dante la escribió para vengarse de sus enemigos y premiar a sus amigos. Nada más falso. Nietzsche dijo falsísimamente que Dante es la hiena que versifica entre las tumbas. La hiena que versifica es una contradicción; por otra parte, Dante no se goza con el dolor. Sabe que hay pecados imperdonables, capitales. Para cada uno elige una persona que ha cometido ese pecado, pero que en todo lo demás puede ser admirable o adorable. Francesca y Paolo sólo son lujuriosos. No tienen otro pecado, pero uno basta para condenarlos.

La idea de Dios como indescifrable es un concepto que ya encontramos en otro de los libros esenciales de la humanidad. En el *Libro de Job*, ustedes recordarán cómo Job condena a Dios, cómo sus amigos lo justifican y cómo al fin Dios habla desde el torbellino y rechaza por igual a quienes lo justifican y a quienes lo acusan.

Dios está más allá de todo juicio humano y para ayudarnos a comprenderlo se sirve de dos ejemplos extraordinarios: el de la ballena y el del elefante. Busca estos monstruos para significar que no son menos monstruosos para nosotros que el Leviatán y el Behemot (cuyo nombre es plural y significa muchos animales en hebreo). Dios está más allá de todos los juicios humanos y así lo declara Él mismo en el *Libro de Job*. Y los hombres se humillan ante Él porque se han atrevido a juzgarlo, a justificarlo. No lo precisa. Dios está, como diría Nietzsche, más allá del bien y del mal. Es otra categoría.

Si Dante hubiera coincidido siempre con el Dios que imagina, se vería que es un Dios falso, simplemente una réplica de Dante. En cambio, Dante tiene que aceptar ese Dios, como tiene que aceptar que Beatriz no lo haya querido, que Florencia es infame, como tendrá que aceptar su destierro y su muerte en Ravena. Tiene que aceptar el mal del mundo al mismo tiempo que tiene que adorar a ese Dios que no entiende.

Hay un personaje que falta en la *Comedia* y que no podía estar porque hubiera sido demasiado humano. Ese personaje es Jesús. No aparece en la *Comedia* como aparece en los Evangelios: el humano Jesús de los Evangelios no puede ser la Segunda Persona de la Trinidad que la *Comedia* exige.

Quiero llegar, por fin, al segundo episodio, que es para mí el más alto de la *Comedia*. Se encuentra en el canto XXVI. Es el episodio de Ulises. Yo escribí una vez un artículo titulado "El enigma de Ulises". Lo publiqué, lo perdí después y ahora voy a tratar de reconstruirlo. Creo que es el más enigmático de los episodios de la *Comedia* y quizá el más intenso, salvo que es muy difícil, tratándose de cumbres, saber cuál es la más alta y la *Comedia* está hecha de cumbres.

Si he elegido la *Comedia* para esta primera conferencia es porque soy un hombre de letras y creo que el ápice de la literatura y de las literaturas es la *Comedia*. Eso no implica que coincida con su teología ni que esté de acuerdo con sus mitologías. Tenemos la mitología cristiana y la pagana barajadas. No se trata de eso. Se trata de que ningún libro me ha deparado emociones estéticas tan intensas. Y yo soy un lector hedónico, lo repito; busco emoción en los libros.

La *Comedia* es un libro que todos debemos leer. No hacerlo es privarnos del mejor don que la literatura puede darnos, es entregarnos a un extraño ascetismo. ¿Por qué negarnos la felicidad de leer la *Comedia*? Además, no se trata de una lectura difícil. Es difícil lo que está detrás de la lectura: las opiniones, las discusiones; pero el libro es en sí un libro cristalino. Y está el personaje central, Dante, que es quizá el personaje más vívido de la literatura y están los otros personajes. Pero vuelvo al episodio de Ulises.

Llegan a una hoya, creo que es la octava, la de los embaucadores. Hay, en principio, un apóstrofe contra Venecia, de la que se dice que bate sus alas en el cielo y en la tierra y que su nombre se dilata en el infierno. Después ven desde arriba los muchos fuegos y adentro de los fuegos, de las llamas, las almas ocultas de los embaucadores: ocultas, porque procedieron ocultando. Las llamas se mueven y Dante está por caerse. Lo sostiene Virgilio, la palabra de Virgilio. Se habla de quienes están dentro de esas llamas y Virgilio menciona dos altos nombres: el de Ulises y el de Diomedes. Están ahí porque fraguaron juntos la estratagema del caballo de Troya que permitió a los griegos entrar en la ciudad sitiada.

Ahí están Ulises y Diomedes, y Dante quiere conocerlos. Le dice a Virgilio su deseo de hablar con estas dos ilustres sombras antiguas, con esos claros y grandes héroes antiguos. Virgilio aprueba su deseo pero le pide que lo deje hablar a él, ya que se trata de dos griegos soberbios. Es mejor que Dante no hable. Esto ha sido explicado de diversos modos. Torcuato Tasso creía que Virgilio quiso hacerse pasar por Homero. La sospecha es del todo absurda e indigna de Virgilio porque Virgilio cantó a Ulises y a Diomedes y si Dante los conoció fue porque Virgilio se los hizo conocer. Podemos olvidar las hipótesis de que Dante hubiera sido despreciado por ser descendiente de Eneas o por ser un bárbaro, despreciable para los griegos. Virgilio, Diomedes y Ulises son un sueño de Dante. Dante está soñándolos, pero los sueña con tal intensidad, de un modo tan vívido, que puede pensar que esos sueños (que no tienen otra voz que la que les da, que no tienen otra forma que la que él les presta) pueden despreciarlo, a él que no es nadie, que no ha escrito aún su *Comedia.*

Dante ha entrado en el juego, como nosotros entramos: Dante también está embaucado por la *Comedia.* Piensa: éstos son claros héroes de la Antigüedad y yo no soy nadie, un pobre hombre. ¿Por qué van a hacer caso de lo que yo les diga? Entonces Virgilio les pide que cuenten cómo murieron y habla la voz del invisible Ulises. Ulises no tiene rostro, está dentro de la llama.

Aquí llegamos a lo prodigioso, a una leyenda creada por Dante, una leyenda superior a cuanto encierran la *Odisea* y la *Eneida,* o a cuanto encerrará ese otro libro en que aparece Ulises y que se llama *Sindibad del Mar* (Simbad el Marino), de *Las mil y una noches.*

La leyenda le fue sugerida a Dante por varios hechos. Tenemos, ante todo, la creencia de que la ciudad de Lisboa había sido fundada por Ulises y la creencia en las Islas Bienaventuradas en el Atlántico. Los celtas creían haber poblado el Atlántico de países fantásticos: por ejemplo, una isla surcada por un río que cruza el firmamento y que está lleno de peces y de naves que no se vuelcan sobre la tierra; por ejemplo, de una isla giratoria de fuego; por ejemplo, de una isla en la que galgos de bronce persiguen a ciervos de plata. De todo esto debe de haber tenido alguna noticia Dante; lo importante es qué hizo con estas leyendas. Originó algo esencialmente noble.

Ulises deja a Penélope y llama a sus compañeros y les dice que aunque son gente vieja y cansada, han atravesado con él miles de peligros; les propone una empresa noble, la empresa de cruzar las Columnas de Hércules y de cruzar el mar, de conocer el hemisferio austral, que, como se creía entonces, era un hemisferio de agua; no se sabía que hubiera nadie allí. Les dice que son hombres, que no son bestias; que han nacido para el coraje, para el conocimiento; que han nacido para conocer y para comprender. Ellos lo siguen y "hacen alas de sus remos"...

Es curioso que esta metáfora se encuentre también en la *Odisea*, que Dante no pudo conocer. Entonces navegan y dejan atrás a Ceuta y Sevilla, entran por el alto mar abierto y doblan hacia la izquierda. Hacia la izquierda, "sobre la izquierda", significa el mal en la *Comedia*. Para ascender por el Purgatorio se va por la derecha; para descender por el Infierno, por la izquierda. Es decir, el lado "siniestro" es doble; dos palabras con lo mismo. Luego se nos dice: "en la noche, ve todas las estrellas del otro hemisferio" —nuestro hemisferio, el del Sur, cargado de estrellas. (Un gran poeta irlandés, Yeats, habla del *starladen sky*, del "cielo cargado de estrellas". Eso es falso en el hemisferio del Norte, donde hay pocas estrellas comparadas con las del nuestro.)

Navegan durante cinco meses y luego, al fin, ven tierra. Lo que ven es una montaña parda por la distancia, una montaña más alta que ninguna de las que habían visto. Ulises dice que la alegría se cambió en llanto, porque de la tierra sopla un torbellino y la nave se hunde. Esa montaña es la del Purgatorio, según se ve en otro canto. Dante cree que el Purgatorio (Dante simula creer para fines poéticos) es antípoda de la ciudad de Jerusalén.

Bueno, llegamos a este momento terrible y preguntamos por qué ha sido castigado Ulises. Evidentemente no lo fue por la treta del caballo, puesto que el momento culminante de su vida, el que se refiere a Dante y el que se refiere a nosotros, es otro: es esa empresa generosa, denodada, de querer conocer lo vedado, lo imposible. Nos preguntamos por qué tiene tanta fuerza este canto. Antes de contestar, querría recordar un hecho que no ha sido señalado hasta ahora, que yo sepa.

Es el de otro gran libro, un gran poema de nuestro tiempo, el *Moby Dick* de Herman Melville, que ciertamente conoció la *Comedia* en la traducción de Longfellow. Tenemos la empresa insensata del mutilado capitán Ahab, que quiere vengarse de la ballena blanca. Al fin la encuentra y la ballena lo hunde, y la gran novela concuerda exactamente con el fin del canto de Dante: el mar se cierra sobre ellos. Melville tuvo que recordar la *Comedia* en ese punto, aunque prefiero pensar que la leyó, que la asimiló de tal modo que pudo olvidarla literalmente; que la *Comedia* debió ser parte de él y que luego redescubrió lo que había leído hacía ya muchos años, pero la historia es la misma. Salvo que Ahab no está movido por ímpetu noble sino por deseo de venganza. En cambio, Ulises obra como el más alto de los hombres. Ulises, además, invoca una razón justa, que está relacionada con la inteligencia, y es castigado.

¿A qué debe su carga trágica este episodio? Creo que hay una explicación, la única valedera, y es ésta: Dante sintió que Ulises, de algún modo, era él. No sé si lo sintió de un modo consciente y poco importa. En algún terceto de la *Comedia* dice que a nadie le está permitido saber cuáles son los juicios de la Providencia. No podemos adelantarnos al juicio de la Providencia, nadie puede saber quién será condenado y quién salvado. Pero él había osado adelantarse, por modo poético, a ese juicio. Nos muestra condenados y nos muestra elegidos. Tenía que saber que al hacer eso corría peligro; no podía ignorar que estaba anticipándose a la indescifrable providencia de Dios.

Por eso el personaje de Ulises tiene la fuerza que tiene, porque Ulises es un espejo de Dante, porque Dante sintió que acaso él merecería ese castigo. Es verdad que él había escrito el poema, pero por sí o por no estaba infringiendo las misteriosas leyes de la noche, de Dios, de la Divinidad.

He llegado al fin. Quiero solamente insistir sobre el hecho de que nadie tiene derecho a privarse de esa felicidad, la *Comedia*, de leerla de un modo ingenuo. Después vendrán los comentarios, el deseo de saber qué significa cada alusión mitológica, ver cómo Dante tomó un gran verso de Virgilio y acaso lo mejoró traduciéndolo. Al principio debemos leer el libro con fe de niño, abandonarnos a él; después nos acompañará hasta el fin. A mí me ha acompañado durante tantos años, y sé que apenas lo abra mañana encontraré cosas que no he encontrado hasta ahora. Sé que ese libro irá más allá de mi vigilia y de nuestras vigilias.

LA PESADILLA

Los sueños son el género; la pesadilla, la especie. Hablaré de los sueños y, después, de las pesadillas.

Estuve releyendo estos días libros de psicología. Me sentí singularmente defraudado. En todos ellos se hablaba de los instrumentos o de los temas de los sueños (voy a poder justificar esta palabra más adelante) y no se hablaba, lo que yo hubiera deseado, sobre lo asombroso, lo extraño del hecho de soñar.

Así, en un libro de psicología que aprecio mucho, *The Mind of Man,* de Gustav Spiller, se decía que los sueños corresponden al plano más bajo de la actividad mental —yo tengo para mí que es un error— y se hablaba de las incoherencias, de lo inconexo de las fábulas de los sueños. Quiero recordar a Groussac y su admirable estudio (ojalá pudiera recordarlo y repetirlo aquí) "Entre sueños". Groussac, al final de ese estudio que está en *El viaje intelectual,* creo que en el segundo volumen, dice que es asombroso el hecho de que cada mañana nos despertemos cuerdos —o relativamente cuerdos, digamos— después de haber pasado por esa zona de sombras, por esos laberintos de sueños.

El examen de los sueños ofrece una dificultad especial. No podemos examinar los sueños directamente. Podemos hablar de la memoria de los sueños. Y posiblemente la memoria de los sueños no se corresponda directamente con los sueños. Un gran escritor del siglo XVIII, Sir Thomas Browne, creía que nuestra memoria de los sueños es más pobre que la espléndida realidad. Otros, en cambio, creen que mejoramos los sueños: si pensamos que el sueño es una obra de ficción (yo creo que lo es) posiblemente sigamos fabulando en el momento de despertarnos y cuando, después, los contamos. Recuerdo ahora el libro de Dunne, *An Experiment with Time.* No estoy de acuerdo con su teoría pero es tan hermosa que merece ser recordada

Pero antes, para simplificarla (voy de un libro a otro, mis memorias son superiores a mis pensamientos) quiero recordar el gran libro de Boecio *De consolatione philosophiae,* que Dante sin duda leyó o releyó, como leyó o releyó toda la literatura de la Edad Media. Boecio, llamado el *último romano,* el senador Boecio, imagina un espectador de una carrera de caballos.

El espectador está en el hipódromo y ve, desde su palco, los caballos y la partida, las vicisitudes de la carrera, la llegada de uno de los caballos a la meta, todo sucesivamente. Pero Boecio imagina otro espectador. Ese otro espectador es espectador del espectador y espectador de la carrera: es, previsiblemente, Dios. Dios ve toda la carrera, ve en un solo instante eterno, en su instantánea eternidad, la partida de los caballos, las vicisitudes, la llegada. Todo lo ve de un solo vistazo y de igual modo ve toda la historia universal. Así Boecio salva las dos nociones: la idea del libre albedrío y la idea de la Providencia. De igual modo que el espectador ve toda la carrera y no influye en ella (salvo que la ve sucesivamente), Dios ve toda la carrera, desde la cuna hasta la sepultura. No influye en lo que hacemos, nosotros obramos libremente, pero Dios ya sabe —Dios ya sabe en este momento, digamos, nuestro destino final. Dios ve así la historia universal, lo que sucede a la historia universal; ve todo eso en un solo espléndido, vertiginoso instante que es la eternidad.

Dunne es un escritor inglés de este siglo. No conozco título más interesante que el de su libro, *Un experimento con el tiempo.* En él imagina que cada uno de nosotros posee una suerte de modesta eternidad personal: a esa modesta eternidad la poseemos cada noche. Esta noche dormiremos, esta noche soñaremos que es miércoles. Y soñaremos con el miércoles y con el día siguiente, con el jueves, quizá con el viernes, quizá con el martes... A cada hombre le está dado, con el sueño, una pequeña eternidad personal que le permite ver su pasado cercano y su porvenir cercano.

Todo esto el soñador lo ve de un solo vistazo, de igual modo que Dios, desde su vasta eternidad, ve todo el proceso cósmico. ¿Qué sucede al despertar? Sucede que, como estamos acostumbrados a la vida sucesiva, damos forma narrativa a nuestro sueño, pero nuestro sueño ha sido múltiple y ha sido simultáneo.

Veamos un ejemplo muy sencillo. Vamos a suponer que yo sueño con un hombre, simplemente la imagen de un hombre (se trata de un sueño muy pobre) y luego, inmediatamente, sueño la imagen de un árbol. Al despertarme, puedo dar a ese sueño tan simple una complejidad que no le pertenece: puedo pensar que he soñado en un hombre que se convierte en árbol, que era un árbol. Modifico los hechos, ya estoy fabulando.

No sabemos exactamente qué sucede en los sueños: no es imposible que durante los sueños estemos en el cielo, estemos en el infierno, quizá seamos alguien, alguien que es lo que Shakespeare llamó *the thing I am*, "la cosa que soy", quizá seamos nosotros, quizá seamos la Divinidad. Esto se olvida al despertar. Sólo podemos examinar de los sueños su memoria, su pobre memoria.

He leído también el libro de Frazer, un escritor, desde luego, sumamente ingenioso, pero también muy crédulo, ya que parece aceptar todo cuanto le cuentan los viajeros. Según Frazer, los salvajes no distinguen entre la vigilia y el sueño. Para ellos, los sueños son un episodio de la vigilia. Así, según Frazer, o según los viajeros que leyó Frazer, un salvaje sueña que sale por el bosque y que mata a un león; cuando se despierta, piensa que su alma ha abandonado su cuerpo y que ha matado a un león en sueños. O, si queremos complicar un poco más las cosas, podemos suponer que ha matado al sueño de un león. Todo esto es posible, y, desde luego, esta idea de los salvajes coincide con la idea de los niños que no distinguen muy bien entre la vigilia y el sueño.

Referiré un recuerdo personal. Un sobrino mío, tendría cinco o seis años entonces —mis fechas son bastante falibles—, me contaba sus sueños cada mañana. Recuerdo que una mañana (él estaba sentado en el suelo) le pregunté qué había soñado. Dócilmente, sabiendo que yo tenía ese *hobby*, me dijo: "Anoche soñé que estaba perdido en el bosque, tenía miedo, pero llegué a un claro y había una casa blanca, de madera, con una escalera que daba toda la vuelta y con escalones como un corredor y además una puerta, por esa puerta saliste vos". Se interrumpió bruscamente y agregó: "Decime, ¿qué estabas haciendo en esa casita?".

Todo corría para él en un solo plano, la vigilia y el sueño. Lo que nos lleva a otra hipótesis, a la hipótesis de los místicos, la hipótesis de los metafísicos, la hipótesis contraria que, sin embargo, se confunde con ella.

Para el salvaje o para el niño los sueños son un episodio de la vigilia, para los poetas y los místicos no es imposible que toda la vigilia sea un sueño. Esto lo dice, de modo seco y lacónico, Calderón: la vida es sueño. Y lo dice, ya con una imagen, Shakespeare: "estamos hechos de la misma madera que nuestros sueños"; y, espléndidamente, lo dice el poeta austríaco Walter von der Vogelweide, quien se pregunta (lo diré en mi mal alemán primero y luego en mi mejor español): *Ist es mein Leben getraumt oder ist es wahr?*, "¿He soñado mi vida, o fue un sueño?" No está seguro. Lo que nos lleva, desde luego, al solipsismo; a la sospecha de que sólo hay un soñador y ese soñador es cada uno de nosotros. Ese soñador —tratándose de mí—, en este momento está soñándolos a ustedes; está soñando esta sala y esta conferencia. Hay un solo soñador; ese soñador sueña todo el proceso cósmico, sueña toda la historia universal anterior, sueña incluso su niñez, su mocedad. Todo esto puede no haber ocurrido: en ese momento empieza a existir, empieza a soñar y es cada uno de nosotros, *no nosotros, es cada uno*. En este momento yo estoy soñando que estoy pronunciando una conferencia en la calle Charcas, que estoy buscando los temas —y quizá no dando con ellos—, estoy soñando con ustedes, pero no es verdad. Cada uno de ustedes está soñando conmigo y con los otros.

Tenemos esas dos imaginaciones: la de considerar que los sueños son parte de la vigilia, y la otra, la espléndida, la de los poetas, la de considerar que toda la vigilia es un sueño. No hay diferencia entre las dos materias. La idea llega al artículo de Groussac: no hay diferencia en nuestra actividad mental. Podemos estar despiertos, podemos dormir y soñar y nuestra actividad mental es la misma. Y cita, precisamente, aquella frase de Shakespeare: "estamos hechos de la misma madera que nuestros sueños".

Hay otro tema que no puede eludirse: los sueños proféticos. Es propia de una mentalidad avanzada la idea de los sueños que corresponden a la realidad, ya que hoy distinguimos los dos planos.

Hay un pasaje en la *Odisea* en el que se habla de dos puertas, la de cuerno y la de marfil. Por la de marfil llegan a los hombres los sueños falsos y por la de cuerno, los sueños verdaderos o proféticos. Y hay un pasaje en la *Eneida* (un pasaje que ha provocado innumerables comentarios): en el libro noveno, o en el undécimo, no estoy seguro, Eneas desciende a los Campos Elíseos, más allá de las Columnas de Hércules: conversa con las grandes sombras de Aquiles, de Tiresias; ve la sombra de su madre, quiere abrazarla pero no puede porque está hecha de sombra; y ve, además, la futura grandeza de la ciudad que él fundará. Ve a Rómulo, a Remo, el campo y, en ese campo, ve al futuro Foro Romano, la futura grandeza de Roma, la grandeza de Augusto, ve toda la grandeza imperial. Y después de haber visto todo eso, después de haber conversado con sus contemporáneos, que son gente futura para Eneas, Eneas vuelve a la tierra. Entonces ocurre lo curioso, lo que no ha sido bien explicado, salvo por un comentador anónimo que creo que ha dado con la verdad. Eneas vuelve por la puerta de marfil y no por la de cuerno. ¿Por qué? El comentador nos dice por qué: porque realmente no estamos en la realidad. Para Virgilio, el mundo verdadero era posiblemente el mundo platónico, el mundo de los arquetipos. Eneas pasa por la puerta de marfil porque entra en el mundo de los sueños —es decir, en lo que llamamos vigilia.

Bueno, todo esto puede ser.

Ahora llegamos a la especie, a la pesadilla. No será inútil recordar los nombres de la pesadilla.

El nombre español no es demasiado venturoso: el diminutivo parece quitarle fuerza. En otras lenguas los nombres son más fuertes. En griego la palabra es *efialtes*: Efialtes es el demonio que inspira la pesadilla. En latín tenemos el *incubus*. El íncubo es el demonio que oprime al durmiente y le inspira la pesadilla. En alemán tenemos una palabra muy curiosa: *Alp*, que vendría a significar el elfo y la opresión del elfo, la misma idea de un demonio que inspira la pesadilla. Y hay un cuadro, un cuadro que De Quincey, uno de los grandes soñadores de pesadillas de la literatura, vio. Un cuadro de Fussele o Füssli (era su verdadero nombre, pintor suizo del siglo XVIII) que se llama *The Nightmare*, La pesadilla. Una muchacha está acostada. Se despierta y se aterra porque ve que sobre su vientre se ha acostado un monstruo que es pequeño, negro y maligno. Ese monstruo es la pesadilla. Cuando Fussli pintó ese cuadro estaba pensando en la palabra *Alp*, en la opresión del elfo.

Llegamos ahora a la palabra más sabia y ambigua, el nombre inglés de la pesadilla: *the nightmare*, que significa para nosotros "la yegua de la noche". Shakespeare la entendió así. Hay un verso suyo que dice, *I met the night mare*, "me encontré con la yegua de la noche". Se ve que la concibe como una yegua. Hay otro poema que ya dice deliberadamente *the nightmare and her nine foals*, "la pesadilla y sus nueve potrillos", donde la ve como una yegua también.

Pero según los etimólogos la raíz es distinta. La raíz sería *niht mare o niht maere*, el demonio de la noche. El doctor Johnson, en su famoso diccionario, dice que esto corresponde a la mitología nórdica —a la mitología sajona, diríamos nosotros—, que ve a la pesadilla como producida por un demonio; lo cual haría juego, o sería una traducción, quizá, del *efialtes* griego o del *incubus* latino.

Hay otra interpretación que puede servirnos y que haría que esa palabra inglesa *nightmare* estuviese relacionada con *Märchen*, en alemán. *Märchen* quiere decir fábula, cuento de hadas, ficción; luego, *nightmare* sería la ficción de la noche. Ahora bien, el hecho de concebir *nightmare* como "la yegua de la noche" (hay algo de terrible en lo de "yegua de la noche"), fue como un don para Víctor Hugo. Hugo dominaba el inglés y escribió un libro demasiado olvidado sobre Shakespeare. En uno de sus poemas, que está en *Les contemplations*, creo, habla de *le cheval noir de la nuit*, "el caballo negro de la noche", la pesadilla. Sin duda estaba pensando en la palabra inglesa *nightmare*.

Ya que hemos visto estas diversas etimologías, tenemos en francés la palabra *cauchemar*, vinculada, sin duda, con la *nightmare* del inglés. En todas ellas hay una idea (voy a volver sobre ellas) de origen demoníaco, la idea de un demonio que causa la pesadilla. Creo que no se trata simplemente de una superstición: creo que puede haber —y estoy hablando con toda ingenuidad y toda sinceridad— algo verdadero en este concepto.

Entremos en la pesadilla, en las pesadillas. Las mías son siempre las mismas. Yo diría que tengo dos pesadillas que pueden llegar a confundirse. Tengo la pesadilla del laberinto y esto se debe, en parte, a un grabado en acero que vi en un libro francés cuando era chico. En ese grabado estaban las siete maravillas del mundo y entre ellas el laberinto de Creta. El laberinto era un gran anfiteatro, un anfiteatro muy alto (y esto se veía porque era más alto que los cipreses y que los hombres a su alrededor). En ese edificio cerrado, ominosamente cerrado, había grietas. Yo creía (o creo ahora haber creído) cuando era chico, que si tuviera una lupa lo suficientemente fuerte podría ver, mirar por una de las grietas del grabado, al Minotauro en el terrible centro del laberinto.

Mi otra pesadilla es la del espejo. No son distintas, ya que bastan dos espejos opuestos para construir un laberinto. Recuerdo haber visto en la casa de Dora de Alvear, en Belgrano, una habitación circular cuyas paredes y puertas eran de espejo, de modo que quien entraba en esa habitación estaba en el centro de un laberinto realmente infinito.

Siempre sueño con laberintos o con espejos. En el sueño del espejo aparece otra visión, otro terror de mis noches, que es la idea de las máscaras. Siempre las máscaras me dieron miedo. Sin duda sentí en la infancia que si alguien usaba una máscara estaba ocultando algo horrible. A veces (éstas son mis pesadillas más terribles) me veo reflejado en un espejo, pero me veo reflejado con una máscara. Tengo miedo de arrancar la máscara porque tengo miedo de ver mi verdadero rostro, que imagino atroz. Ahí puede estar la lepra o el mal o algo más terrible que cualquier imaginación mía.

Un rasgo curioso en mis pesadillas, no sé si ustedes lo comparten conmigo, es que tienen una topografía exacta. Yo, por ejemplo, siempre sueño con esquinas determinadas de Buenos Aires. Tengo la esquina de Laprida y Arenales o la de Balcarce y Chile. Sé exactamente dónde estoy y sé que debo dirigirme a algún lugar lejano. Estos lugares en el sueño tienen una topografía precisa pero son completamente distintos. Pueden ser desfiladeros, pueden ser ciénagas, pueden ser junglas, eso no importa: yo sé que estoy exactamente en tal esquina de Buenos Aires. Trato de encontrar mi camino.

Como quiera que sea, en las pesadillas lo importante no son las imágenes. Lo importante, como Coleridge —decididamente estoy citando a los poetas— descubrió, es la impresión que producen los sueños. Las imágenes son lo de menos, son efectos. Ya dije al principio que había leído muchos tratados de psicología en los que no encontré textos de poetas, que son singularmente iluminativos.

Veamos uno de Petronio. Una línea de Petronio citada por Addison. Dice que el alma, cuando está libre de la carga del cuerpo, juega. "El alma, sin el cuerpo, juega." Por su parte, Góngora, en un soneto, expresa con exactitud la idea de que los sueños y la pesadilla, desde luego, son ficciones, son creaciones literarias:

El sueño, autor de representaciones,
en su teatro sobre el viento armado
sombras suele vestir de bulto bello.

El sueño es una representación. La idea la retomó Addison a principios del siglo XVIII en un excelente artículo publicado en la revista *The Spectator.*

He citado a Thomas Browne. Dice que los sueños nos dan una idea de la excelencia del alma, ya que el alma está libre del cuerpo y da en jugar y soñar. Cree que el alma goza de libertad. Y Addison dice que, efectivamente, el alma, cuando está libre de la traba del cuerpo, imagina, y puede imaginar con una facilidad que no suele tener en la vigilia. Agrega que de todas las operaciones del alma (de la mente, diríamos ahora, ahora no usamos la palabra alma), la más difícil es la invención. Sin embargo, en el sueño inventamos de un modo tan rápido que equivocamos nuestro pensamiento con lo que estamos inventando. Soñamos leer un libro y la verdad es que estamos inventando cada una de las palabras del libro, pero no nos damos cuenta y lo tomamos por ajeno. He notado en muchos sueños ese trabajo previo, digamos, ese trabajo de preparación de las cosas.

Recuerdo cierta pesadilla que tuve. Ocurrió, lo sé, en la calle Serrano, creo que en Serrano y Soler, salvo que no parecía Serrano y Soler, el paisaje era muy distinto: pero *yo sabía* que era en la vieja calle Serrano, de Palermo. Me encontraba con un amigo, un amigo que ignoro: lo veía y estaba muy cambiado. Yo nunca había visto su cara pero sabía que su cara no podía ser ésa. Estaba muy cambiado, muy triste. Su rostro estaba cruzado por la pesadumbre, por la enfermedad, quizá por la culpa. Tenía la mano derecha dentro del saco (esto es importante para el sueño). No podía verle la mano, que ocultaba del lado del corazón. Entonces lo abracé, sentí que necesitaba que lo ayudara: "Pero, mi pobre Fulano, ¿qué te ha pasado? ¡Qué cambiado estás!". Me respondió: "Sí, estoy muy cambiado". Lentamente fue sacando la mano. Pude ver que era la garra de un pájaro.

Lo extraño es que desde el principio el hombre tenía la mano escondida. Sin saberlo, yo había preparado esa invención: que el hombre tuviera una garra de pájaro y que viera lo terrible del cambio, lo terrible de su desdicha, ya que estaba convirtiéndose en un pájaro. También ocurre en los sueños: nos preguntan algo y no sabemos qué contestar, nos dan la respuesta y quedamos atónitos. La contestación puede ser absurda, pero es exacta en el sueño. Todo lo habíamos preparado. Llego a la conclusión, ignoro si es científica, de que los sueños son la actividad estética más antigua.

Sabemos que los animales sueñan. Hay versos latinos en los que se habla del lebrel que ladra tras la liebre que persigue en sueños. Tendríamos en los sueños, pues, la más antigua de las actividades estéticas; muy curiosa porque es de orden dramático. Quiero agregar lo que dice Addison (confirmando, sin saberlo, a Góngora) sobre el sueño, autor de representaciones. Addison observa que en el sueño somos el teatro, el auditorio, los actores, el argumento, las palabras que oímos. Todo lo hacemos de modo inconsciente y todo tiene una vividez que no suele tener en la realidad. Hay personas que tienen sueños débiles, inseguros (al menos, así me lo dicen). Mis sueños son muy vívidos.

Volvamos a Coleridge. Dice que no importa lo que soñamos, que el sueño busca explicaciones. Toma un ejemplo: aparece un león aquí y todos sentimos miedo: el miedo ha sido causado por la imagen del león. O bien: estoy acostado, me despierto, veo que un animal está sentado encima de mí, y siento miedo. Pero en el sueño puede ocurrir lo contrario. Podemos sentir la opresión y ésta busca una explicación. Entonces yo, absurdamente, pero vívidamente, sueño que una esfinge se me ha acostado encima. La esfinge no es la causa del terror, es una explicación de la opresión sentida. Coleridge agrega que personas a las que se ha asustado con un falso fantasma se han vuelto locas. En cambio, una persona que sueña con un fantasma, se despierta y al cabo de algunos minutos, o algunos segundos, puede recuperar la tranquilidad.

Yo he tenido —y tengo— muchas pesadillas. A la más terrible, la que me pareció la más terrible, la usé para un soneto. Fue así: yo estaba en mi habitación; amanecía (posiblemente ésa era la hora en el sueño), y al pie de la cama estaba un rey, un rey muy antiguo, y yo sabía en el sueño que ese rey era un rey del Norte, de Noruega. No me miraba: fijaba su mirada ciega en el cielo raso. Yo sabía que era un rey muy antiguo porque su cara era imposible ahora. Entonces sentí el terror de esa presencia. Veía al rey, veía su espada, veía su perro. Al cabo, desperté. Pero seguí viendo al rey durante un rato, porque me había impresionado. Referido, mi sueño es nada; soñado, fue terrible.

Quiero referirles una pesadilla que en estos días me contó Susana Bombal. No sé si contada tendrá efecto; posiblemente, no. Ella soñó que estaba en una habitación abovedada, la parte superior en tinieblas. De la tiniebla caía una tela negra deshilachada. Ella tenía en la mano unas tijeras grandes, algo incómodas. Tenía que cortar las hilachas que pendían de la tela y que eran muchas. Lo que ella veía abarcaría un metro y medio de ancho y un metro y medio de largo, y luego se perdía en las tinieblas superiores. Cortaba y sabía que nunca llegaría al fin. Y tuvo la sensación de horror que es la pesadilla, porque la pesadilla es, ante todo, la sensación del horror.

He contado dos pesadillas verdaderas y ahora voy a contar dos pesadillas de la literatura, que posiblemente fueron verdaderas también. En la conferencia anterior hablé de Dante, me referí al *nobile castello* del Infierno. Refiere Dante cómo él, guiado por Virgilio, llega al primer círculo y ve que Virgilio palidece. Piensa: si Virgilio palidece al entrar al Infierno, que es su morada eterna, ¿cómo no he yo de sentir miedo? Se lo dice a Virgilio, que está aterrado. Pero Virgilio lo urge: "Yo iré delante". Entonces llegan, y llegan inesperadamente, porque se oyen, además, infinitos ayes; pero ayes que no son de dolor físico, son ayes que significan algo más grave.

Llegan a un noble castillo, a un *nobile castello*. Está ceñido por siete murallas que pueden ser las siete artes liberales del *trivium* y del *quadrivium* o las siete virtudes; no importa. Posiblemente, Dante sintió que la cifra era mágica. Bastaba con esa cifra que tendría, sin duda, muchas justificaciones. Se habla asimismo de un arroyo que desaparece y de un fresco prado, que también desaparece. Cuando se acercan, lo que ven es esmalte. Ven, no el pasto, que es una cosa viva, sino una cosa muerta. Avanzan hacia ellos cuatro sombras, que son las sombras de los grandes poetas de la Antigüedad. Ahí está Homero, espada en mano; ahí está Ovidio, está Lucano, está Horacio. Virgilio le dice que salude a Homero, a quien Dante tanto reverenció y nunca leyó. Y le dice: *Onorate l'altissimo poeta.* Homero avanza, espada en mano, y admite a Dante como el sexto en su compañía. Dante, que no ha escrito todavía la *Comedia*, porque la está escribiendo en ese momento, se sabe capaz de escribirla.

Después le dicen cosas que no conviene repetir. Podemos pensar en un pudor del florentino, pero creo que hay una razón más honda. Habla de quienes habitan el noble castillo: allí están las grandes sombras de los paganos, de los musulmanes también: todos hablan lenta y suavemente, tienen rostros de gran autoridad, pero están privados de Dios. Ahí está la ausencia de Dios, ellos saben que están condenados a ese eterno castillo, a ese castillo eterno y decoroso, pero terrible.

Está Aristóteles, el maestro de quienes saben. Están los filósofos presocráticos, está Platón, está también, solo y aparte, el gran sultán Saladino. Están todos aquellos grandes paganos que no pudieron ser salvados porque les faltaba el bautismo, que no pudieron ser salvados por Cristo, de quien Virgilio habla pero a quien no puede nombrar en el Infierno: lo llama un poderoso. Podríamos pensar que Dante no había descubierto aún su talento dramático, no sabía aún que podía hacer hablar a sus personajes. Podríamos lamentar que Dante no nos repita las grandes palabras, sin duda dignas, que Homero, esa gran sombra, le dijo con la espada en la mano. Pero también podemos sentir que Dante comprendió que era mejor que todo fuera silencioso, que todo fuera terrible en el castillo. Hablan con las grandes sombras. Dante las enumera: habla de Séneca, de Platón, de Aristóteles, de Saladino, de Averroes. Los menciona y no hemos oído una sola palabra. Es mejor que así sea.

Yo diría que si pensamos en el Infierno, el infierno no es una pesadilla; es simplemente una cámara de tortura. Ocurren cosas atroces, pero no hay el ambiente de pesadilla que hay en el "noble castillo". Eso lo ofrece Dante, quizá por primera vez en la literatura.

Hay otro ejemplo, que fue elogiado por De Quincey. Está en el libro segundo de *The Prelude*, de Wordsworth. Dice Wordsworth que estaba preocupado —esta preocupación es rara, si pensamos que escribía a principios del siglo XIX— por el peligro que corrían las artes y las ciencias, que estaban a merced de un cataclismo cósmico cualquiera. En aquel tiempo no se pensaba en esos cataclismos; ahora podemos pensar que toda la obra de la humanidad, la humanidad misma, puede ser destruida en cualquier momento. Pensamos en la bomba atómica. Bien; Wordsworth cuenta que conversó con un amigo. Pensó: ¡qué horror, qué horror pensar que las grandes obras de la humanidad, que las ciencias, que las artes estén a merced de un cataclismo cósmico cualquiera! El amigo le confiesa que también él ha sentido ese temor. Y Wordsworth le dice: he soñado eso...

Y ahora viene el sueño que me parece la perfección de la pesadilla, porque ahí están los dos elementos de la pesadilla: episodios de malestares físicos, de una persecución, y el elemento del horror, de lo sobrenatural. Wordsworth nos dice que estaba en una gruta frente al mar, que era la hora del mediodía, que estaba leyendo en el *Quijote*, uno de sus libros preferidos, las aventuras del caballero andante que Cervantes historia. No lo menciona directamente, pero ya sabemos de quién se trata. Agrega: "Dejé el libro, me puse a pensar; pensé, precisamente, en el tema de las ciencias y las artes y luego llegó la hora". La poderosa hora del mediodía, del bochorno del mediodía, en que Wordsworth, sentado en su gruta frente al mar (alrededor están la playa, las arenas amarillas), recuerda: "El sueño se apoderó de mí y entré en el sueño".

Se ha quedado dormido en la gruta, frente al mar, entre las arenas doradas de la playa. En el sueño lo cerca la arena, un Sahara de arena negra. No hay agua, no hay mar. Está en el centro del desierto —en el desierto se está siempre en el centro— y está horrorizado pensando qué puede hacer para huir del desierto, cuando ve que a su lado hay alguien. Extrañamente, es un árabe de la tribu de los beduinos, que cabalga sobre un camello y tiene en la mano derecha una lanza. Bajo el brazo izquierdo tiene una piedra; y en la mano un caracol. El árabe le dice que su misión es salvar las artes y las ciencias y le acerca el caracol al oído; el caracol es de extraordinaria belleza. Wordsworth ("en un idioma que yo no conocía pero que entendí") nos dice que oyó la profecía: una suerte de oda apasionada, profetizando que la Tierra estaba a punto de ser destruida por el diluvio que la ira de Dios envía. El árabe le dice que es verdad, que el diluvio se acerca, pero que él tiene una misión: salvar el arte y las ciencias. Le muestra la piedra. Y la piedra es, curiosamente, la *Geometría* de Euclides, sin dejar de ser una piedra. Luego le acerca el caracol, y el caracol es también un libro: es el que le ha dicho esas cosas terribles. El caracol es, además, toda la poesía del mundo, incluso, ¿por qué no?, el poema de Wordsworth. El beduino le dice: "Tengo que salvar estas dos cosas, la piedra y el caracol, ambos libros". Vuelve hacia atrás la cara y hay un momento en que ve Wordsworth que el rostro del beduino cambia, se llena de horror. Él también mira hacia atrás y ve una gran luz, una luz que ya ha inundado la mitad del desierto. Es la de las aguas del diluvio que va a destruir la Tierra. El beduino se aleja y Wordsworth ve que el beduino también es Don Quijote y el camello también es Rocinante, y que de igual modo que la piedra es un libro y el caracol un libro, el beduino es Don Quijote y no es ninguna de las dos cosas y las dos cosas a un tiempo. Esta dualidad corresponde al horror del sueño. Wordsworth, en ese momento, despierta en un grito de terror, porque las aguas ya lo alcanzan.

Creo que esta pesadilla es una de las más hermosas de la literatura.

Podemos derivar dos conclusiones, al menos durante el transcurso de esta noche; ya después cambiará nuestra opinión. La primera es que los sueños son una obra estética, quizá la expresión estética más antigua. Toma una forma extrañamente dramática, ya que somos, como dijo Addison, el teatro, el espectador, los actores, la fábula. La segunda se refiere al horror de la pesadilla. Nuestra vigilia abunda en momentos terribles: todos sabemos que hay momentos en que nos abruma la realidad. Ha muerto una persona querida, una persona querida nos ha dejado, son tantos los motivos de tristeza, de desesperación... Sin embargo, esos motivos no se parecen a la pesadilla; la pesadilla tiene un horror peculiar y ese horror peculiar puede expresarse mediante cualquier fábula. Puede expresarse mediante el beduino que también es Don Quijote en Wordsworth; mediante las tijeras y las hilachas, mediante mi sueño del rey, mediante las pesadillas famosas de Poe. Pero hay algo: es el *sabor* de la pesadilla. En los tratados que he consultado no se habla de ese horror.

Aquí tendríamos la posibilidad de una interpretación teológica, lo que vendría a estar de acuerdo con la etimología. Tomo cualquiera de las palabras: digamos, *incubus*, latina, o *nightmare*, sajona, o *Alp*, alemana. Todas sugieren algo sobrenatural. Pues bien. ¿Y si las pesadillas fueran estrictamente sobrenaturales? ¿Si las pesadillas fueran grietas del infierno? ¿Si en las pesadillas estuviéramos literalmente en el infierno? ¿Por qué no? Todo es tan raro que aun eso es posible.

LAS MIL Y UNA NOCHES

Un acontecimiento capital de la historia de las naciones occidentales es el descubrimiento del Oriente. Sería más exacto hablar de una conciencia del Oriente, continua, comparable a la presencia de Persia en la historia griega. Además de esa conciencia del Oriente —algo vasto, inmóvil, magnífico, incomprensible— hay altos momentos y voy a enumerar algunos. Lo que me parece conveniente, si queremos entrar en este tema que yo quiero tanto, que he querido desde la infancia, el tema del *Libro de las mil y una noches*, o, como se llamó en la versión inglesa —la primera que leí— *The Arabian Nights*: Noches árabes. No sin misterio también, aunque el título es menos bello que el de *Libro de las mil y una noches*.

Voy a enumerar algunos hechos: los nueve libros de Herodoto y en ellos la revelación de Egipto, el lejano Egipto. Digo "el lejano" porque el espacio se mide por el tiempo y las navegaciones eran azarosas. Para los griegos, el mundo egipcio era mayor, y lo sentían misterioso.

Examinaremos después las palabras Oriente y Occidente, que no podemos definir y que son verdaderas. Pasa con ellas lo que decía San Agustín que pasa con el tiempo: "¿Qué es el tiempo? Si no me lo preguntan, lo sé; si me lo preguntan, lo ignoro". ¿Qué son el Oriente y el Occidente? Si me lo preguntan, lo ignoro. Busquemos una aproximación.

Veamos los encuentros, las guerras y las campañas de Alejandro. Alejandro, que conquista la Persia, que conquista la India y que muere finalmente en Babilonia, según se sabe. Fue éste el primer vasto encuentro con el Oriente, un encuentro que afectó tanto a Alejandro, que dejó de ser griego y se hizo parcialmente persa. Los persas, ahora lo han incorporado a su historia. A Alejandro, que dormía con la *Ilíada* y con la espada debajo de la almohada. Volveremos a él más adelante, pero ya que mencionamos el nombre de Alejandro, quiero referirles una leyenda que, bien lo sé, será de interés para ustedes.

Alejandro no muere en Babilonia a los treinta y tres años. Se aparta de un ejército y vaga por desiertos y selvas y luego ve una claridad. Esa claridad es la de una fogata.

La rodean guerreros de tez amarilla y ojos oblicuos. No lo conocen, lo acogen. Como esencialmente es un soldado, participa de batallas en una geografía del todo ignorada por él. Es un soldado: no le importan las causas y está listo a morir. Pasan los años, él se ha olvidado de tantas cosas y llega un día en que se paga a la tropa y entre las monedas hay una que lo inquieta. La tiene en la palma de la mano y dice: "Eres un hombre viejo; ésta es la medalla que hice acuñar para la victoria de Arbela cuando yo era Alejandro de Macedonia". Recobra en ese momento su pasado y vuelve a ser un mercenario tártaro o chino o lo que fuere.

Esta memorable invención pertenece al poeta inglés Robert Graves. A Alejandro le había sido predicho el dominio del Oriente y el Occidente. En los países del Islam se lo celebra aún bajo el nombre de Alejandro Bicorne, porque dispone de los dos cuernos del Oriente y del Occidente.

Veamos otro ejemplo de ese largo diálogo entre el Oriente y el Occidente, ese diálogo no pocas veces trágico. Pensamos en el joven Virgilio que está palpando una seda estampada, de un país remoto. El país de los chinos, del cual él sólo sabe que es lejano y pacífico, muy numeroso, que abarca los últimos confines del Oriente. Virgilio recordará esa seda en las *Geórgicas*, esa seda inconsútil, con imágenes de templos, emperadores, ríos, puentes, lagos distintos de los que conocía.

Otra revelación del Oriente es la de aquel libro admirable, la *Historia natural* de Plinio. Ahí se habla de los chinos y se menciona a Bactriana, Persia, se habla de la India, del rey Poro. Hay un verso de Juvenal, que yo habré leído hará más de cuarenta años y que, de pronto, me viene a la memoria. Para hablar de un lugar lejano, Juvenal dice: *ultra Auroram et Gangem*, "más allá de la aurora y del Ganges". En esas cuatro palabras está el Oriente para nosotros. Quién sabe si Juvenal lo sintió como lo sentimos nosotros. Creo que sí. Siempre el Oriente habrá ejercido fascinación sobre los hombres del Occidente.

Prosigamos con la historia y llegaremos a un curioso regalo. Posiblemente no ocurrió nunca. Se trata también de una leyenda. Harun al-Raschid, Aarón el Ortodoxo, envía a su colega Carlomagno un elefante. Acaso era imposible enviar un elefante desde Bagdad hasta Francia, pero eso no importa. Nada nos cuesta creer en ese elefante. Ese elefante es un monstruo. Recordemos que la palabra monstruo no significa algo horrible. Lope de Vega fue llamado "Monstruo de la Naturaleza" por Cervantes. Ese elefante tiene que haber sido algo muy extraño para los francos y para el rey germánico Carlomagno. (Es triste pensar que Carlomagno no pudo haber leído la *Chanson de Roland*, ya que hablaría algún dialecto germánico.)

Le envían un elefante y esa palabra, "elefante", nos recuerda que Roland hace sonar el "olifán", la trompeta de marfil que se llamó así, precisamente, porque procede del colmillo del elefante. Y ya que estamos hablando de etimologías, recordemos que la palabra española "alfil" significa "el elefante" en árabe y tiene el mismo origen que "marfil". En piezas de ajedrez orientales yo he visto un elefante con un castillo y un hombrecito. Esa pieza no era la torre, como podría pensarse por el castillo, sino el alfil, el elefante.

En las Cruzadas los guerreros vuelven y traen memorias: traen memorias de leones, por ejemplo. Tenemos el famoso cruzado *Richard the Lion-Hearted*, Ricardo Corazón de León. El león que ingresa en la heráldica es un animal del Oriente. Esta lista no puede ser infinita, pero recordemos a Marco Polo, cuyo libro es una revelación del Oriente (durante mucho tiempo fue la mayor revelación), aquel libro que dictó a un compañero de cárcel, después de una batalla en que los venecianos fueron vencidos por los genoveses. Ahí está la historia del Oriente y ahí precisamente se habla de Kublai Khan, que reaparecerá en cierto poema de Coleridge.

En el siglo XV se recogen en Alejandría, la ciudad de Alejandro Bicorne, una serie de fábulas. Esas fábulas tienen una historia extraña, según se supone. Fueron habladas al principio en la India, luego en Persia, luego en el Asia Menor y, finalmente, ya escritas en árabe, se compilan en El Cairo. Es el *Libro de las mil y una noches*.

Quiero detenerme en el título. Es uno de los más hermosos del mundo, tan hermoso, creo, como aquel otro que cité la otra vez, y tan distinto: *Un experimento con el tiempo*.

En éste hay otra belleza. Creo que reside en el hecho de que para nosotros la palabra "mil" sea casi sinónima de "infinito". Decir mil noches es decir infinitas noches, las muchas noches, las innumerables noches. Decir "mil y una noches" es agregar una al infinito. Recordemos una curiosa expresión inglesa. A veces, en vez de decir "para siempre", *for ever*, se dice *for ever and a day*, "para siempre y un día". Se agrega un día a la palabra "siempre". Lo cual recuerda el epigrama de Heine a una mujer: "Te amaré eternamente y aún después".

La idea de infinito es consustancial con *Las mil y una noches*.

En 1704 se publica la primera versión europea, el primero de los seis volúmenes del orientalista francés Antoine Galland. Con el movimiento romántico, el Oriente entra plenamente en la conciencia de Europa. Básteme mencionar dos nombres, dos altos nombres. El de Byron, más alto por su imagen que por su obra, y el de Hugo, alto de todos modos. Vienen otras versiones y ocurre luego otra revelación del Oriente: es la operada hacia mil ochocientos noventa y tantos por Kipling: "Si has oído el llamado del Oriente, ya no oirás otra cosa".

Volvamos al momento en que se traducen por primera vez *Las mil y una noches*. Es un acontecimiento capital para todas las literaturas de Europa. Estamos en 1704, en Francia. Esa Francia es la del Gran Siglo, es la Francia en que la literatura está legislada por Boileau, quien muere en 1711 y no sospecha que toda su retórica ya está siendo amenazada por esa espléndida invasión oriental.

Pensemos en la retórica de Boileau, hecha de precauciones, de prohibiciones, pensemos en el culto de la razón, pensemos en aquella hermosa frase de Fenelon: "De las operaciones del espíritu, la menos frecuente es la razón". Pues bien, Boileau quiere fundar la poesía en la razón.

Estamos conversando en un ilustre dialecto del latín que se llama lengua castellana y ello es también un episodio de esa nostalgia, de ese comercio amoroso y a veces belicoso del Oriente y del Occidente, ya que América fue descubierta por el deseo de llegar a las Indias. Llamamos *indios* a la gente de Moctezuma, de Atahualpa, de Catriel, precisamente por ese error, porque los españoles creyeron haber llegado a las Indias. Esta mínima conferencia mía también es parte de ese diálogo del Oriente y del Occidente.

En cuanto a la palabra Occidente, sabemos el origen que tiene, pero ello no importa. Cabría decir que la cultura occidental es impura en el sentido de que sólo es a medias occidental. Hay dos naciones esenciales para nuestra cultura. Esas dos naciones son Grecia (ya que Roma es una extensión helenística) e Israel, un país oriental. Ambas se juntan en la que llamamos cultura occidental. Al hablar de las revelaciones del Oriente, debía haber recordado esa revelación continua que es la Sagrada Escritura. El hecho es recíproco, ya que el Occidente influye en el Oriente. Hay un libro de un escritor francés que se titula *El descubrimiento de Europa por los chinos* y es un hecho real, que tiene que haber ocurrido también.

El Oriente es el lugar en que sale el sol. Hay una hermosa palabra alemana que quiero recordar: *Morgenland* —para el Oriente—, "tierra de la mañana". Para el Occidente, *Abendland*, "tierra de la tarde". Ustedes recordarán *Der Untergang des Abendlandes* de Spengler, es decir, "la ida hacia abajo de la tierra de la tarde", o, como se traduce de un modo más prosaico, *La decadencia de Occidente*. Creo que no debemos renunciar a la palabra Oriente, una palabra tan hermosa, ya que en ella está, por una feliz casualidad, el oro. En la palabra Oriente sentimos la palabra oro, ya que cuando amanece se ve el cielo de oro. Vuelvo a recordar el verso ilustre de Dante, *dolce color d'orïental zaffiro*. Es que la palabra oriental tiene los dos sentidos: el zafiro oriental, el que procede del Oriente, y es también el oro de la mañana, el oro de aquella primera mañana en el Purgatorio.

¿Qué es el Oriente? Si lo definimos de un modo geográfico nos encontramos con algo bastante curioso, y es que parte del Oriente sería el Occidente o lo que para los griegos y romanos fue el Occidente, ya que se entiende que el Norte de África es el Oriente. Desde luego, Egipto es el Oriente también, y las tierras de Israel, el Asia Menor y Bactriana, Persia, la India, todos esos países que se extienden más allá y que tienen poco en común entre ellos. Así, por ejemplo, Tartaria, la China, el Japón, todo eso es el Oriente para nosotros. Al decir Oriente creo que todos pensamos, en principio, en el Oriente islámico, y por extensión en el Oriente del norte de la India.

Tal es el primer sentido que tiene para nosotros y ello es obra de *Las mil y una noches*. Hay algo que sentimos como el Oriente, que yo no he sentido en Israel y que he sentido en Granada y en Córdoba. He sentido la presencia del Oriente, y eso no sé si puede definirse; pero no sé si vale la pena definir algo que todos sentimos íntimamente. Las connotaciones de esa palabra se las debemos al *Libro de las mil y una noches*. Es lo que primero pensamos; sólo después podemos pensar en Marco Polo o en las leyendas del Preste Juan, en aquellos ríos de arena con peces de oro. En primer término pensamos en el Islam.

Veamos la historia de ese libro; luego, las traducciones. El origen del libro está oculto. Podríamos pensar en las catedrales malamente llamadas góticas, que son obras de generaciones de hombres. Pero hay una diferencia esencial, y es que los artesanos, los artífices de las catedrales, sabían bien lo que hacían. En cambio, *Las mil y una noches* surgen de modo misterioso. Son obra de miles de autores y ninguno pensó que estaba edificando un libro ilustre, uno de los libros más ilustres de todas las literaturas, más apreciados en el Occidente que en el Oriente, según me dicen.

Ahora, una noticia curiosa que transcribe el barón de Hammer Purgstall, un orientalista citado con admiración por Lane y por Burton, los dos traductores ingleses más famosos de *Las mil y una noches*. Habla de ciertos hombres que él llama *confabulatores nocturni*: hombres de la noche que refieren cuentos, hombres cuya profesión es contar cuentos durante la noche. Cita un antiguo texto persa que informa que el primero que oyó recitar cuentos, que reunió hombres de la noche para contar cuentos que distrajeran su insomnio fue Alejandro de Macedonia. Esos cuentos tienen que haber sido fábulas. Sospecho que el encanto de las fábulas no está en la moraleja. Lo que encantó a Esopo o a los fabulistas hindúes fue imaginar animales que fueran como hombrecitos, con sus comedias y sus tragedias. La idea del propósito moral fue agregada al fin: lo importante era el hecho de que el lobo hablara con el cordero y el buey con el asno o el león con un ruiseñor.

Tenemos a Alejandro de Macedonia oyendo cuentos contados por esos anónimos hombres de la noche cuya profesión es referir cuentos, y esto perduró durante mucho tiempo. Lane, en su libro *Account of the Manners and Costumes of the modern Egyptians*, “Modales y costumbres de los actuales egipcios", cuenta que hacia 1850 eran muy comunes los narradores de cuentos en El Cairo. Que había unos cincuenta y que con frecuencia narraban las historias de *Las mil y una noches.*

Tenemos una serie de cuentos. La serie de la India, donde se forma el núcleo central, según Burton y según Cansinos Assens, autor de una admirable versión española, pasa a Persia; en Persia los modifican, los enriquecen y los arabizan; llegan finalmente a Egipto. Esto ocurre a fines del siglo XV. A fines del siglo XV se hace la primera compilación y esa compilación procedía de otra, persa según parece: *Hazar afsana,* "Los mil cuentos".

¿Por qué primero mil y después mil y una? Creo que hay dos razones. Una, supersticiosa (la superstición es importante en este caso), según la cual las cifras pares son de mal agüero. Entonces se buscó una cifra impar y felizmente se agregó "y una". Si hubieran puesto novecientas noventa y nueve noches, sentiríamos que falta una noche; en cambio, así, sentimos que nos dan algo infinito y que nos agregan todavía una yapa, una noche. El texto es leído por el orientalista francés Galland, quien lo traduce. Veamos en qué consiste y de qué modo está el Oriente en ese texto. Está, ante todo, porque al leerlo nos sentimos en un país lejano.

Es sabido que la cronología, que la historia existen; pero son ante todo averiguaciones occidentales. No hay historias de la literatura persa o historias de la filosofía indostánica; tampoco hay historias chinas de la literatura china, porque a la gente no le interesa la sucesión de los hechos. Se piensa que la literatura y la poesía son procesos eternos. Creo que, en lo esencial, tienen razón. Creo, por ejemplo, que el título *Libro de las mil y una noches* (o, como quiere Burton, *Book of the Thousand Nights and a Night,* "Libro de las mil noches y una noche") sería un hermoso título si lo hubieran inventado esta mañana. Si lo hiciéramos ahora pensaríamos qué lindo título; y es lindo pues no sólo es hermoso (como hermoso es *Los crepúsculos del jardín,* de Lugones) sino que da ganas de leer el libro.

Uno tiene ganas de perderse en *Las mil y una noches*; uno sabe que entrando en ese libro puede olvidarse de su pobre destino humano, uno puede entrar en un mundo, y ese mundo está hecho de unas cuantas figuras arquetípicas y también de individuos.

En el título de *Las mil y una noches* hay algo muy importante: la sugestión de un libro infinito. Virtualmente, lo es. Los árabes dicen que nadie puede leer *Las mil y una noches* hasta el fin. No por razones de tedio: se siente que el libro es infinito.

Tengo en casa los diecisiete volúmenes de la versión de Burton. Sé que nunca los habré leído todos pero sé que ahí están las noches esperándome; que mi vida puede ser desdichada pero ahí estarán los diecisiete volúmenes; ahí estará esa especie de eternidad de *Las mil y una noches* del Oriente.

¿Y cómo definir al Oriente, no el Oriente real, que no existe? Yo diría que las nociones de Oriente y Occidente son generalizaciones pero que ningún individuo se siente oriental. Supongo que un hombre se siente persa, se siente hindú, se siente malayo, pero no oriental. Del mismo modo, nadie se siente latinoamericano: nos sentimos argentinos, chilenos, orientales (uruguayos). No importa, el concepto no existe. ¿Cuál es su base? Es ante todo la de un mundo de extremos en el cual las personas son o muy desdichadas o muy felices, muy ricas o muy pobres. Un mundo de reyes, de reyes que no tienen por qué explicar lo que hacen. De reyes que son, digamos, irresponsables como dioses.

Hay, además, la noción de tesoros escondidos. Cualquier hombre puede descubrirlos. Y la noción de la magia, muy importante. ¿Qué es la magia? La magia es una causalidad distinta. Es suponer que, además de las relaciones causales que conocemos, hay otra relación causal. Esa relación puede deberse a accidentes, a un anillo, a una lámpara. Frotamos un anillo, una lámpara, y aparece el genio. Ese genio es un esclavo que también es omnipotente, que juntará nuestra voluntad. Puede ocurrir en cualquier momento.

Recordemos la historia del pescador y del genio. El pescador tiene cuatro hijos, es pobre. Todas las mañanas echa su red al borde de un mar. Ya la expresión *Un mar* es una expresión mágica, que nos sitúa en un mundo de geografía indefinida. El pescador no se acerca al mar, se acerca a *Un mar* y arroja su red. Una mañana la arroja y la saca tres veces: saca un asno muerto, saca cacharros rotos, saca, en fin, cosas inútiles. La arroja por cuarta vez (cada vez recita un poema) y la red está muy pesada. Espera que esté llena de peces y lo que saca es una jarra de cobre amarillo, sellado con el sello de Solimán (Salomón). Abre la jarra y sale un humo espeso. Piensa que podrá vender la jarra a los quincalleros, pero el humo llega hasta el cielo, se condensa y toma la figura de un genio.

¿Qué son esos genios? Pertenecen a una creación preadamita, anterior a Adán, inferior a los hombres, pero pueden ser gigantescos. Según los musulmanes, habitan todo el espacio y son invisibles e impalpables.

El genio dice: "Alabado sea Dios y Salomón su Apóstol". El pescador le pregunta por qué habla de Salomón, que murió hace tanto tiempo: ahora su apóstol es Mahoma. Le pregunta, también, por qué estaba encerrado en la jarra. El otro le dice que fue uno de los genios que se rebelaron contra Solimán y que Solimán lo encerró en la jarra, la selló y la tiró al fondo del mar. Pasaron cuatrocientos años y el genio juró que a quien lo liberase le daría todo el oro del mundo, pero nada ocurrió. Juró que a quien lo liberase le enseñaría el canto de los pájaros. Pasan los siglos y las promesas se multiplican. Al fin llega un momento en el que jura que dará muerte a quien lo libere. "Ahora tengo que cumplir mi juramento. Prepárate a morir, ¡oh mi salvador!" Ese rasgo de ira hace extrañamente humano al genio y quizá querible.

El pescador está aterrado; finge descreer de la historia y dice: "Lo que me has contado no es cierto. ¿Cómo tú, cuya cabeza toca el cielo y cuyos pies tocan la tierra, puedes haber cabido en este pequeño recipiente?". El genio contesta: "Hombre de poca fe, vas a ver". Se reduce, entra en la jarra y el pescador la cierra y lo amenaza.

La historia sigue y llega un momento en que el protagonista no es un pescador sino un rey, luego el rey de las Islas Negras y al fin todo se junta. El hecho es típico de *Las mil y una noches*. Podemos pensar en aquellas esferas chinas donde hay otras esferas o en las muñecas rusas. Algo parecido encontramos en el *Quijote*, pero no llevado al extremo de *Las mil y una noches*. Además todo esto está dentro de un vasto relato central que ustedes conocen: el del sultán que ha sido engañado por su mujer y que para evitar que el engaño se repita resuelve desposarse cada noche y hacer matar a la mujer a la mañana siguiente. Hasta que Shahrazada resuelve salvar a las otras y lo va reteniendo con cuentos que quedan inconclusos. Sobre los dos pasan mil y una noches y ella le muestra un hijo.

Con cuentos que están dentro de cuentos se produce un efecto curioso, casi infinito, con una suerte de vértigo. Esto ha sido imitado por escritores muy posteriores. Así, los libros de *Alicia* de Lewis Carroll, o la novela *Sylvia and Bruno*, donde hay sueños adentro de sueños que se ramifican y multiplican.

El tema de los sueños es uno de los preferidos de *Las mil y una noches*. Admirable es la historia de los dos que soñaron. Un habitante de El Cairo sueña que una voz le ordena en sueños que vaya a la ciudad de Isfaján, en Persia, donde lo aguarda un tesoro. Afronta el largo y peligroso viaje y en Isfaján, agotado, se tiende en el patio de una mezquita a descansar. Sin saberlo, está entre ladrones. Los arrestan a todos y el cadí le pregunta por qué ha llegado hasta la ciudad. El egipcio se lo cuenta. El cadí se ríe hasta mostrar las muelas y le dice: "Hombre desatinado y crédulo, tres veces he soñado con una casa en El Cairo en cuyo fondo hay un jardín y en el jardín un reloj de sol y luego una fuente y una higuera y bajo la fuente está un tesoro. Jamás he dado el menor crédito a esa mentira. Que no te vuelva a ver por Isfaján. Toma esta moneda y vete". El otro se vuelve a El Cairo: ha reconocido en el sueño del cadí su propia casa. Cava bajo la fuente y encuentra el tesoro.

En *Las mil y una noches* hay ecos del Occidente. Nos encontramos con las aventuras de Ulises, salvo que Ulises se llama Simbad el Marino. Las aventuras son a veces las mismas (ahí está Polifemo). Para erigir el palacio de *Las mil y una noches* se han necesitado generaciones de hombres y esos hombres son nuestros bienhechores, ya que nos han legado ese libro inagotable, ese libro capaz de tantas metamorfosis. Digo tantas metamorfosis porque el primer texto, el de Galland, es bastante sencillo y es quizá el de mayor encanto de todos, el que no exige ningún esfuerzo del lector; sin ese primer texto, como muy bien dice el capitán Burton, no se hubieran cumplido las versiones ulteriores.

Galland, pues, publica el primer volumen en 1704. Se produce una suerte de escándalo, pero al mismo tiempo de encanto para la razonable Francia de Luis XIV. Cuando se habla del movimiento romántico se piensa en fechas muy posteriores. Podríamos decir que el movimiento romántico empieza en aquel instante en que alguien, en Normandía o en París, lee *Las mil y una noches*. Está saliendo del mundo legislado por Boileau, está entrando en el mundo de la libertad romántica.

Vendrán luego otros hechos. El descubrimiento francés de la novela picaresca por Lessage; las baladas escocesas e inglesas publicadas por Percy hacia 1750. Y, hacia 1798, el movimiento romántico empieza en Inglaterra con Coleridge, que sueña con Kublai Khan, el protector de Marco Polo. Vemos así lo admirable que es el mundo y lo entreveradas que están las cosas.

Vienen las otras traducciones. La de Lane está acompañada por una enciclopedia de las costumbres de los musulmanes. La traducción antropológica y obscena de Burton está redactada en un curioso inglés parcialmente del siglo XIV, un inglés lleno de arcaísmos y neologismos, un inglés no desposeído de belleza pero que a veces es de difícil lectura. Luego la versión licenciosa, en ambos sentidos de la palabra, del doctor Mardrus, y una versión alemana literal pero sin ningún encanto literario, de Littmann. Ahora, felizmente, tenemos la versión castellana de quien fue mi maestro Rafael Cansinos Assens. El libro ha sido publicado en México; es, quizá, la mejor de todas las versiones; también está acompañada de notas.

Hay un cuento que es el más famoso de *Las mil y una noches* y que no se lo halla en las versiones originales. Es la historia de "Aladino y la lámpara maravillosa". Aparece en la versión de Galland y Burton buscó en vano el texto árabe o persa. Hubo quien sospechó que Galland había falsificado la narración. Creo que la palabra "falsificar" es injusta y maligna. Galland tenía tanto derecho a inventar un cuento como lo tenían aquellos *confabulatores nocturni.* ¿Por qué no suponer que después de haber traducido tantos cuentos, quiso inventar uno y lo hizo?

La historia no queda detenida en el cuento de Galland. En su autobiografía De Quincey dice que para él había en *Las mil y una noches* un cuento superior a los demás y que ese cuento, incomparablemente superior, era la historia de Aladino. Habla del mago del Mogreb que llega a la China porque sabe que ahí está la única persona capaz de exhumar la lámpara maravillosa. Galland nos dice que el mago era un astrólogo y que los astros le revelaron que tenía que ir a China en busca del muchacho. De Quincey, que tiene una admirable memoria inventiva, recordaba un hecho del todo distinto. Según él, el mago había aplicado el oído a la tierra y había oído las innumerables pisadas de los hombres. Y había distinguido, entre esas pisadas, las del chico predestinado a exhumar la lámpara. Esto, dice De Quincey que lo llevó a la idea de que el mundo está hecho de correspondencias, está lleno de espejos mágicos y que en las cosas pequeñas está la cifra de las mayores. El hecho de que el mago mogrebí aplicara el oído a la tierra y descifrara los pasos de Aladino no se halla en ninguno de los textos. Es una invención que los sueños o la memoria dieron a De Quincey. *Las mil y una noches* no han muerto. El infinito tiempo de *Las mil y una noches* prosigue su camino. A principios del siglo XVIII se traduce el libro; a principios del XIX o fines del XVIII De Quincey lo recuerda de otro modo. Las Noches tendrán otros traductores y cada traductor dará una versión distinta del libro. Casi podríamos hablar de muchos libros titulados *Las mil y una noches*. Dos en francés, redactados por Galland y Mardrus; tres en inglés, redactados por Burton, Lane y Paine; tres en alemán, redactados por Henning, Littmann y Weil; uno en castellano, de Cansinos Assens. Cada uno de esos libros es distinto, porque *Las mil y una noches* siguen creciendo, o recreándose. En el admirable Stevenson y en sus admirables *Nuevas mil y una noches (New Arabian Nights)* se retoma el tema del príncipe disfrazado que recorre la ciudad, acompañado de su visir, y a quien le ocurren curiosas aventuras. Pero Stevenson inventó un príncipe, Floricel de Bohemia, y su edecán, el coronel Geraldine, y los hizo recorrer Londres. Pero no el Londres real sino un Londres parecido a Bagdad; no al Bagdad de la realidad, sino al Bagdad de *Las mil y una noches*.

Hay otro autor cuya obra debemos agradecer todos: Chesterton, heredero de Stevenson. El Londres fantástico en el que ocurren las aventuras del padre Brown y del Hombre que fue Jueves no existiría si él no hubiese leído a Stevenson. Y Stevenson no hubiera escrito sus *Nuevas mil y una noches* si no hubiese leído *Las mil y una noches*. *Las mil y una noches* no son algo que ha muerto. Es un libro tan vasto que no es necesario haberlo leído, ya que es parte previa de nuestra memoria y es parte de esta noche también.

EL BUDISMO

El tema de hoy será el budismo. No entraré en esa larga historia que empezó hace dos mil quinientos años en Benarés, cuando un príncipe de Nepal —Siddharta o Gautama—, que había llegado a ser el Buddha, hizo girar la rueda de la ley, proclamó las cuatro nobles verdades y el óctuple sendero. Hablaré de lo esencial de esa religión, la más difundida del mundo. Los elementos del budismo se han conservado desde el siglo V antes de Cristo: es decir, desde la época de Heráclito, de Pitágoras, de Zenón, hasta nuestro tiempo, cuando el doctor Suzuki la expone en el Japón. Los elementos son los mismos. La religión ahora está incrustada de mitología, de astronomía, de extrañas creencias, de magia, pero ya que el tema es complejo, me limitaré a lo que tienen en común las diversas sectas. Éstas pueden corresponder al Hinayana o el pequeño vehículo. Consideremos ante todo la longevidad del budismo.

Esa longevidad puede explicarse por razones históricas, pero tales razones son fortuitas o, mejor dicho, son discutibles, falibles. Creo que hay dos causas fundamentales. La primera es la tolerancia del budismo. Esa extraña tolerancia no corresponde, como en el caso de otras religiones, a distintas épocas: el budismo siempre fue tolerante.

No ha recurrido nunca al hierro o al fuego, nunca ha pensado que el hierro o el fuego fueran persuasivos. Cuando Asoka, emperador de la India, se hizo budista, no trató de imponer a nadie su nueva religión. Un buen budista puede ser luterano, o metodista, o presbiteriano, o calvinista, o sintoísta, o taoísta, o católico, puede ser prosélito del Islam o de la religión judía, con toda libertad. En cambio, no le está permitido a un cristiano, a un judío, a un musulmán, ser budista.

La tolerancia del budismo no es una debilidad, sino que pertenece a su índole misma. El budismo fue, ante todo, lo que podemos llamar una yoga. ¿Qué es la palabra yoga? Es la misma palabra que usamos cuando decimos yugo y que tiene su origen en el latín *iugum*. Un yugo, una disciplina que el hombre se impone. Luego, si comprendemos lo que el Buddha predicó en aquel primer sermón del Parque de las Gacelas de Benarés hace dos mil quinientos años, habremos comprendido el budismo. Salvo que no se trata de comprender, se trata de sentirlo de un modo hondo, de sentirlo en cuerpo y alma; salvo, también, que el budismo no admite la realidad del cuerpo ni del alma. Trataré de exponerlo.

Además, hay otra razón. El budismo exige mucho de nuestra fe. Es natural, ya que toda religión es un acto de fe. Así como la patria es un acto de fe. ¿Qué es, me he preguntado muchas veces, ser argentino? Ser argentino es sentir que somos argentinos. ¿Qué es ser budista? Ser budista es, no comprender, porque eso puede cumplirse en pocos minutos, *sentir* las cuatro nobles verdades y el óctuple camino. No entraremos en los vericuetos del óctuple camino, pues esa cifra obedece al hábito hindú de dividir y subdividir, pero sí en las cuatro nobles verdades.

Hay, además, la leyenda del Buddha. Podemos descreer de esa leyenda. Tengo un amigo japonés, budista zen, con el cual he mantenido largas y amistosas discusiones. Yo le decía que creía en la verdad histórica del Buddha. Creía, y creo, que hace dos mil quinientos años hubo un príncipe del Nepal llamado Siddharta o Gautama que llegó a ser el Buddha, es decir, el Despierto, el Lúcido —a diferencia de nosotros que estamos dormidos o que estamos soñando ese largo sueño que es la vida. Recuerdo una frase de Joyce: "La historia es una pesadilla de la que quiero despertarme". Pues bien, Siddharta, a la edad de treinta años, llegó a despertarse y a ser el Buddha.

Con aquel amigo que era budista (yo no estoy seguro de ser cristiano y estoy seguro de no ser budista) yo discutía y le decía: "¿Por qué no creer en el príncipe Siddharta, que nació en Kapilovastu quinientos años antes de la era cristiana?". Él me respondía: "Porque no tiene ninguna importancia; lo importante es creer en la Doctrina". Agregó, creo que con más ingenio que verdad, que creer en la existencia histórica del Buddha o interesarse en ella sería algo así como confundir el estudio de las matemáticas con la biografía de Pitágoras o Newton. Uno de los temas de meditación que tienen los monjes en los monasterios de la China y el Japón, es dudar de la existencia del Buddha. Es una de las dudas que deben imponerse para llegar a la verdad.

Las otras religiones exigen mucho de nuestra credulidad. Si somos cristianos, debemos creer que una de las tres personas de la Divinidad condescendió a ser hombre y fue crucificado en Judea. Si somos musulmanes tenemos que creer que no hay otro dios que Dios y que Muhammad es su apóstol. Podemos ser buenos budistas y negar que el Buddha existió. O, mejor dicho, podemos pensar, debemos pensar que no es importante nuestra creencia en lo histórico: lo importante es creer en la Doctrina. Sin embargo, la leyenda del Buddha es tan hermosa que no podemos dejar de referirla.

Los franceses se han dedicado con especial atención al estudio de la leyenda del Buddha. Su argumento es éste: la biografía del Buddha es lo que le ocurrió a un solo hombre en un breve período del tiempo. Puede haber sido de este modo o de tal otro. En cambio, la leyenda del Buddha ha iluminado y sigue iluminando a millones de hombres. La leyenda es la que ha inspirado tantas hermosas pinturas, esculturas y poemas. El budismo, además de ser una religión, es una mitología, una cosmología, un sistema metafísico, o, mejor dicho, una serie de sistemas metafísicos, que no se entienden y que discuten entre sí.

La leyenda del Buddha es iluminativa y su creencia no se impone. En el Japón se insiste en la no historicidad del Buddha. Pero sí en la Doctrina. La leyenda empieza en el cielo. En el cielo hay alguien que durante siglos y siglos, podemos decir literalmente, durante un número infinito de siglos, ha ido perfeccionándose hasta comprender que en la próxima encarnación será el Buddha.

Elige el continente en que ha de nacer. Según la cosmogonía budista el mundo está dividido en cuatro continentes triangulares y en el centro hay una montaña de oro: el monte Meru. Nacerá en el que corresponde a la India. Elige el siglo en que nacerá; elige la casta, elige la madre. Ahora, la parte terrenal de la leyenda. Hay una reina, Maya. Maya significa *ilusión*. La reina tiene un sueño que corre el albur de parecernos extravagante pero no lo es para los hindúes.

Casada con el rey Suddhodana, soñó que un elefante blanco de seis colmillos, que erraba en las montañas del oro, entró en su costado izquierdo sin causarle dolor. Se despierta; el rey convoca a sus astrólogos y éstos le explican que la reina dará a luz un hijo que podrá ser el emperador del mundo o que podrá ser el Buddha, el Despierto, el Lúcido, el ser destinado a salvar a todos los hombres. Previsiblemente, el rey elige el primer destino: quiere que su hijo sea el emperador del mundo.

Volvamos al detalle del elefante blanco de seis colmillos. Oldemberg hace notar que el elefante de la India es animal doméstico y cotidiano. El color blanco es siempre símbolo de inocencia. ¿Por qué seis colmillos? Tenemos que recordar (habrá que recurrir a la historia alguna vez) que el número seis, que para nosotros es arbitrario y de algún modo incómodo (ya que preferimos el tres o el siete), no lo es en la India, donde se cree que hay seis dimensiones en el espacio: arriba, abajo, atrás, adelante, derecha, izquierda. Un elefante blanco de seis colmillos no es extravagante para los hindúes.

El rey convoca a los magos y la reina da a luz sin dolor. Una higuera inclina sus ramas para ayudarla. El hijo nace de pie y al nacer da cuatro pasos: al Norte, al Sur, al Este y al Oeste, y dice con voz de león: "Soy el incomparable; éste será mi último nacimiento". Los hindúes creen en un número infinito de nacimientos anteriores. El príncipe crece, es el mejor arquero, es el mejor jinete, el mejor nadador, el mejor atleta, el mejor calígrafo, confuta a todos los doctores (aquí podemos pensar en Cristo y los doctores). A los dieciséis años se casa.

El padre sabe —los astrólogos se lo han dicho— que su hijo corre el peligro de ser el Buddha, el hombre que salva a todos los demás si conoce cuatro hechos que son: la vejez, la enfermedad, la muerte y el ascetismo. Recluye a su hijo en un palacio, le suministra un harén, no diré la cifra de mujeres porque corresponde a una exageración hindú evidente. Pero, por qué no decirlo: eran ochenta y cuatro mil.

El príncipe vive una vida feliz; ignora que hay sufrimiento en el mundo, ya que le ocultan la vejez, la enfermedad y la muerte. El día predestinado sale en su carroza por una de las cuatro puertas del palacio rectangular. Digamos, por la puerta del Norte. Recorre un trecho y ve un ser distinto de todos los que ha visto. Está encorvado, arrugado, no tiene pelo. Apenas puede caminar, apoyándose en un bastón. Pregunta quién es ese hombre, si es que es un hombre. El cochero le contesta que es un anciano y que todos seremos ese hombre si seguimos viviendo.

El príncipe vuelve al palacio, perturbado. Al cabo de seis días vuelve a salir, por la puerta del Sur. Ve en una zanja a un hombre aún más extraño, con la blancura de la lepra y el rostro demacrado. Pregunta quién es ese hombre, si es que es un hombre. Es un enfermo, le contesta el cochero; todos seremos ese hombre si seguimos viviendo.

El príncipe, ya muy inquieto, vuelve al palacio. Seis días más tarde sale nuevamente y ve a un hombre que parece dormido, pero cuyo color no es el de esta vida. A ese hombre lo llevan otros. Pregunta quién es. El cochero le dice que es un muerto y que todos seremos ese muerto si vivimos lo suficiente.

El príncipe está desolado. Tres horribles verdades le han sido reveladas: la verdad de la vejez, la verdad de la enfermedad, la verdad de la muerte. Sale una cuarta vez. Ve a un hombre casi desnudo, cuyo rostro está lleno de serenidad. Pregunta quién es. Le dicen que es un asceta, un hombre que ha renunciado a todo y que ha logrado la beatitud.

El príncipe resuelve abandonar todo; él, que ha llevado una vida tan rica. El budismo cree que el ascetismo puede convenir, pero después de haber probado la vida. No se cree que nadie deba empezar negándose nada. Hay que apurar la vida hasta las heces y luego desengañarse de ella; pero no sin conocimiento de ella.

El príncipe resuelve ser el Buddha. En ese momento le traen una noticia: su mujer, Jasodhara, ha dado a luz un hijo. Exclama: "Un vínculo ha sido forjado". Es el hijo que lo ata a la vida. Por eso le dan el nombre de Vínculo. Siddharta está en su harén, mira a esas mujeres que son jóvenes y bellas y las ve ancianas horribles, leprosas. Va al aposento de su mujer. Está durmiendo. Tiene al niño en los brazos.

Está por besarla, pero comprende que si la besa no podrá desprenderse de ella, y se va.

Busca maestros. Aquí tenemos una parte de la biografía que puede no ser legendaria. ¿Por qué mostrarlo discípulo de maestros que después abandonará? Los maestros le enseñan el ascetismo, que él ejerce durante mucho tiempo. Al final está tirado en medio del campo, su cuerpo está inmóvil y los dioses que lo ven desde los treinta y tres cielos, piensan que ha muerto. Uno de ellos, el más sabio, dice: "No, no ha muerto; será el Buddha". El príncipe se despierta, corre a un arroyo que está cerca, toma un poco de alimento y se sienta bajo la higuera sagrada: el árbol de la ley, podríamos decir.

Sigue un entreacto mágico, que tiene su correspondencia con los Evangelios: es la lucha con el demonio. El demonio se llama Mara. Ya hemos visto esa palabra, *nightmare*, demonio de la noche. El demonio siente que domina el mundo pero que ahora corre peligro y sale de su palacio. Se han roto las cuerdas de sus instrumentos de música, el agua se ha secado en las cisternas. Apresta sus ejércitos, monta en el elefante que tiene no sé cuántas millas de altura, multiplica sus brazos, multiplica sus armas y ataca al príncipe. El príncipe está sentado al atardecer bajo el árbol del conocimiento, ese árbol que ha nacido al mismo tiempo que él.

El demonio y sus huestes de tigres, leones, camellos, elefantes y guerreros monstruosos le arrojan flechas. Cuando llegan a él, son flores. Le arrojan montañas de fuego, que forman un dosel sobre su cabeza. El príncipe medita inmóvil, con los brazos cruzados. Quizá no sepa que lo están atacando. Piensa en la vida; está llegando al nirvana, a la salvación. Antes de la caída del sol, el demonio ha sido derrotado. Sigue una larga noche de meditación; al cabo de esa noche, Siddharta ya no es Siddharta. Es el Buddha: ha llegado al nirvana.

Resuelve predicar la ley. Se levanta, ya se ha salvado, quiere salvar a los demás. Predica su primer sermón en el Parque de las Gacelas de Benarés. Luego otro sermón, el del fuego, en el que dice que todo está ardiendo: almas, cuerpos, cosas están en fuego. Más o menos por aquella fecha, Heráclito de Éfeso decía que todo es fuego.

Su ley no es la del ascetismo, ya que para el Buddha el ascetismo es un error. El hombre no debe abandonarse a la vida carnal porque la vida carnal es baja, innoble, bochornosa y dolorosa; tampoco al ascetismo, que también es innoble y doloroso. Predica una vía media —para seguir la terminología teológica—, ya ha alcanzado el nirvana y vive cuarenta y tantos años, que dedica a la prédica. Podría haber sido inmortal pero elige el momento de su muerte, cuando ya tiene muchos discípulos.

Muere en casa de un herrero. Sus discípulos lo rodean. Están desesperados. ¿Qué van a hacer sin él? Les dice que él no existe, que es un hombre como ellos, tan irreal y tan mortal como ellos, pero que les deja su Ley. Aquí tenemos una gran diferencia con Cristo. Creo que Jesús les dice a sus discípulos que si dos están reunidos, él será el tercero. En cambio, el Buddha les dice: les dejo mi Ley. Es decir, ha puesto en movimiento la rueda de la ley en el primer sermón. Luego vendrá la historia del budismo. Son muchos los hechos: el lamaísmo, el budismo mágico, el Mahayana o gran vehículo, que sigue al Hinayana o pequeño vehículo, el budismo zen del Japón.

Yo tengo para mí que si hay dos budismos que se parecen, que son casi idénticos, son el que predicó el Buddha y lo que se enseña ahora en la China y el Japón, el budismo zen. Lo demás son incrustaciones mitológicas, fábulas. Algunas de esas fábulas son interesantes. Se sabe que el Buddha podía ejercer milagros, pero al igual que a Jesucristo, le desagradaban los milagros, le desagradaba ejercerlos. Le parecía una ostentación vulgar. Hay una historia que contaré: la del bol de sándalo.

Un mercader, en una ciudad de la India, hace tallar un pedazo de sándalo en forma de bol. Lo pone en lo alto de una serie de cañas de bambú, una especie de altísimo palo enjabonado. Dice que dará el bol de sándalo a quien pueda alcanzarlo. Hay maestros heréticos que lo intentan en vano. Quieren sobornar al mercader para que diga que lo han alcanzado. El mercader se niega y llega un discípulo menor del Buddha. Su nombre no se menciona, fuera de ese episodio. El discípulo se eleva por el aire, vuela seis veces alrededor del bol, lo recoge y se lo entrega al mercader. Cuando el Buddha oye la historia lo hace expulsar de la orden, por haber realizado algo tan baladí.

Pero también el Buddha hizo milagros. Por ejemplo éste, un milagro de cortesía. El Buddha tiene que atravesar un desierto a la hora del mediodía. Los dioses, desde sus treinta y tres cielos, le arrojan una sombrilla cada uno. El Buddha, que no quiere desairar a ninguno de los dioses, se multiplica en treinta y tres Buddhas, de modo que cada uno de los dioses ve, desde arriba, un Buddha protegido por la sombrilla que le ha arrojado.

Entre los hechos del Buddha hay uno iluminativo: la parábola de la flecha. Un hombre ha sido herido en batalla y no quiere que le saquen la flecha. Antes quiere saber el nombre del arquero, a qué casta pertenecía, el material de la flecha, en qué lugar estaba el arquero, qué longitud tiene la flecha. Mientras están discutiendo estas cuestiones, se muere. "En cambio —dice el Buddha—, yo enseño a arrancar la flecha." ¿Qué es la flecha? Es el universo. La flecha es la idea del yo, de todo lo que llevamos clavado. El Buddha dice que no debemos perder tiempo en cuestiones inútiles. Por ejemplo: ¿es finito o infinito el universo? ¿El Buddha vivirá después del nirvana o no? Todo eso es inútil, lo importante es que nos arranquemos la flecha. Se trata de un exorcismo, de una ley de salvación.

Dice el Buddha: "Así como el vasto océano tiene un solo sabor, el sabor de la sal, el sabor de la ley es el sabor de la salvación". La ley que él enseña es vasta como el mar pero tiene un solo sabor: el sabor de la salvación. Desde luego, los continuadores se han perdido (o han encontrado tal vez mucho) en disquisiciones metafísicas. El fin del budismo no es ése. Un budista puede profesar cualquier religión, siempre que siga esa ley. Lo que importa es la salvación y las cuatro nobles verdades: el sufrimiento, el origen del sufrimiento, la curación del sufrimiento y el medio para llegar a la curación. Al final está el nirvana. El orden de las verdades no importa. Se ha dicho que corresponden a una antigua tradición médica en que se trata del mal, del diagnóstico, del tratamiento y de la cura. La cura, en este caso, es el nirvana.

Ahora llegamos a lo difícil. A lo que nuestras mentes occidentales tienden a rechazar. La transmigración, que para nosotros es un concepto ante todo poético. Lo que transmigra no es el alma, porque el budismo niega la existencia del alma, sino el karma, que es una suerte de organismo mental, que transmigra infinitas veces. En el Occidente esa idea está vinculada a varios pensadores, sobre todo a Pitágoras. Pitágoras reconoció el escudo con el que se había batido en la guerra de Troya, cuando él tenía otro nombre. En el décimo libro de *La República* de Platón está el sueño de Er. Ese soldado ve las almas que antes de beber en el río del Olvido eligen su destino. Agamenón elige ser un águila, Orfeo un cisne y Ulises —que alguna vez se llamó Nadie— elige ser el más modesto y el más desconocido de los hombres.

Hay un pasaje de Empédocles de Agrigento que recuerda sus vidas anteriores: "Yo fui doncella, yo fui una rama, yo fui un ciervo y fui un mudo pez que surge del mar". César atribuye esa doctrina a los druidas. El poeta celta Taliesi dice que no hay una forma en el universo que no haya sido la suya: "He sido un jefe en la batalla, he sido una espada en la mano, he sido un puente que atraviesa sesenta ríos, estuve hechizado en la espuma del agua, he sido una estrella, he sido una luz, he sido un árbol, he sido una palabra en un libro, he sido un libro en el principio". Hay un poema de Darío, tal vez el más hermoso de los suyos, que empieza así: "Yo fui un soldado que durmió en el lecho / de Cleopatra la reina...".

La transmigración ha sido un gran tema de la literatura. La encontramos también entre los místicos. Plotino dice que pasar de una vida a otra es como dormir en distintos lechos y en distintas habitaciones. Creo que todos hemos tenido alguna vez la sensación de haber vivido un momento parecido en vidas anteriores. En un hermoso poema de Dante Gabriel Rossetti, "Sudden light", se lee: *I have been here before*, "Yo estuve aquí". Se dirige a una mujer que ha poseído o que va a poseer y le dice: "Tú ya has sido mía y has sido mía un número infinito de veces y seguirás siendo mía infinitamente". Esto nos lleva a la doctrina de los ciclos, que está tan cerca del budismo, y que San Agustín refutó en *La Ciudad de Dios*.

Porque a los estoicos y a los pitagóricos les había llegado la noticia de la doctrina hindú: que el universo consta de un número infinito de ciclos que se miden por calpas. La calpa trasciende la imaginación de los hombres. Imaginemos una pared de hierro. Tiene dieciséis millas de alto y cada seiscientos años un ángel la roza. La roza con una tela finísima de Benarés. Cuando la tela haya gastado la muralla que tiene dieciséis millas de alto, habrá pasado el primer día de una de las calpas y los dioses también duran lo que duran las calpas y después mueren.

La historia del universo está dividida en ciclos y en esos ciclos hay largos eclipses en los que no hay nada o en los que sólo quedan las palabras del Veda. Esas palabras son arquetipos que sirven para crear las cosas. La divinidad Brahma muere también y renace. Hay un momento bastante patético en el que Brahma se encuentra en su palacio. Ha renacido después de una de esas calpas, después de uno de esos eclipses. Recorre las habitaciones, que están vacías. Piensa en otros dioses. Los otros dioses surgen a su mandato; y creen que el Brahma los ha creado porque estaban ahí antes.

Detengámonos en esta visión de la historia del universo. En el budismo no hay un Dios; o puede haber un Dios pero no es lo esencial. Lo esencial es que creamos que nuestro destino ha sido prefijado por nuestro karma o karman. Si me ha tocado nacer en Buenos Aires en 1899, si me ha tocado ser ciego, si me ha tocado estar pronunciando esta noche esta conferencia ante ustedes, todo esto es obra de mi vida anterior. No hay un solo hecho de mi vida que no haya sido prefijado por mi vida anterior. Eso es lo que se llama el karma. El karma, ya lo he dicho, viene a ser una estructura mental, una finísima estructura mental.

Estamos tejiendo y entretejiendo en cada momento de nuestra vida. Es que tejen, no sólo nuestras voliciones, nuestros actos, nuestros semisueños, nuestro dormir, nuestra semivigilia: perpetuamente estamos tejiendo esa cosa. Cuando morimos, nace otro ser que hereda nuestro karma.

Deussen, discípulo de Schopenhauer, que quiso tanto al budismo, cuenta que se encontró en la India con un mendigo ciego y se compadeció de él. El mendigo le dijo: "Si yo he nacido ciego, ello se debe a las culpas cometidas en mi vida anterior; es justo que yo sea ciego". La gente acepta el dolor. Gandhi se opone a la fundación de hospitales diciendo que los hospitales y las obras de beneficencia simplemente atrasan el pago de una deuda, que no hay que ayudar a los demás: si los demás sufren deben sufrir puesto que es una culpa que tienen que pagar y si yo los ayudo estoy demorando que paguen esa deuda.

El karma es una ley cruel, pero tiene una curiosa consecuencia matemática: si mi vida actual está determinada por mi vida anterior, esa vida anterior estuvo determinada por otra; y ésa, por otra, y así sin fin. Es decir: la letra z estuvo determinada por la y, la y por la x, la x por la v, la v por la u, salvo que ese alfabeto tiene fin pero no tiene principio. Los budistas y los hindúes, en general, creen en un infinito actual; creen que para llegar a este momento ha pasado ya un tiempo infinito, y al decir infinito no quiero decir indefinido, innumerable, quiero decir estrictamente infinito.

De los seis destinos que están permitidos a los hombres (alguien puede ser un demonio, puede ser una planta, puede ser un animal), el más difícil es el de ser hombre, y debemos aprovecharlo para salvarnos.

El Buddha imagina en el fondo del mar una tortuga y una ajorca que flota. Cada seiscientos años, la tortuga saca la cabeza y sería muy raro que la cabeza calzara en la ajorca. Pues bien, dice el Buddha, "tan raro como el hecho de que suceda eso con la tortuga y la ajorca es el hecho de que seamos hombres. Debemos aprovechar el ser hombres para llegar al nirvana".

¿Cuál es la causa del sufrimiento, la causa de la vida, ya que negamos el concepto de un Dios, ya que no hay un dios personal que cree el universo? Ese concepto es lo que Buddha llama la zen. La palabra zen puede parecernos extraña, pero vamos a compararla con otras palabras que conocemos.

Pensemos por ejemplo en la Voluntad de Schopenhauer. Schopenhauer concibe *Die Welt als Wille und Vorstellung*, El mundo como voluntad y representación. Hay una voluntad que se encarna en cada uno de nosotros y produce esa representación que es el mundo. Eso lo encontramos en otros filósofos con un nombre distinto. Bergson habla del *élan vital*, del ímpetu vital; Bernard Shaw, de *the life force*, la fuerza vital, que es lo mismo. Pero hay una diferencia: para Bergson y para Shaw el *élan vital* son fuerzas que deben imponerse, debemos seguir soñando el mundo, creando el mundo. Para Schopenhauer, para el sombrío Schopenhauer, y para el Buddha, el mundo es un sueño, debemos dejar de soñarlo y podemos llegar a ello mediante largos ejercicios. Tenemos al principio el sufrimiento, que viene a ser la zen. Y la zen produce la vida y la vida es, forzosamente, desdicha;

ya que ¿qué es vivir? Vivir es nacer, envejecer, enfermarse, morir, además de otros males, entre ellos uno muy patético, que para el Buddha es uno de los más patéticos: no estar con quienes queremos.

Tenemos que renunciar a la pasión. El suicidio no sirve porque es acto apasionado. El hombre que se suicida está siempre en el mundo de los sueños. Debemos llegar a comprender que el mundo es una aparición, un sueño, que la vida es sueño. Pero eso debemos sentirlo profundamente, llegar a ello a través de los ejercicios de meditación. En los monasterios budistas uno de los ejercicios es éste: el neófito tiene que vivir cada momento de su vida viviéndolo plenamente. Debe pensar: "ahora es el mediodía, ahora estoy atravesando el patio, ahora me encontraré con el superior", y al mismo tiempo debe pensar que el mediodía, el patio y el superior son irreales, son tan irreales como él y como sus pensamientos. Porque el budismo niega el yo.

Una de las desilusiones capitales es la del yo. El budismo concuerda así con Hume, con Schopenhauer y con nuestro Macedonio Fernández. No hay un sujeto, lo que hay es una serie de estados mentales. Si digo "yo pienso", estoy incurriendo en un error, porque supongo un sujeto constante y luego una obra de ese sujeto, que es el pensamiento. No es así. Habría que decir, apunta Hume, no "yo pienso", sino "se piensa", como se dice "llueve". Al decir llueve, no pensamos que la lluvia ejerce una acción; no, está sucediendo algo. De igual modo, como se dice hace calor, hace frío, llueve, debemos decir: se piensa, se sufre, y evitar el sujeto.

En los monasterios budistas los neófitos son sometidos a una disciplina muy dura. Pueden abandonar el monasterio en el momento que quieran. Ni siquiera —me dice María Kodama— se anotan los nombres. El neófito entra en el monasterio y lo someten a trabajos muy duros. Duerme y al cabo de un cuarto de hora lo despiertan; tiene que lavar, tiene que barrer; si se duerme lo castigan físicamente. Así, tiene que pensar todo el tiempo, no en sus culpas, sino en la irrealidad de todo. Tiene que hacer un continuo ejercicio de irrealidad.

Llegamos ahora al budismo zen y a Bodhidharma. Bodhidharma fue el primer misionero, en el siglo VI. Bodhidharma se traslada de la India a la China y se encuentra con un emperador que había fomentado el budismo y le enumera monasterios y santuarios y le informa del número de neófitos budistas. Bodhidharma le dice: "Todo eso pertenece al mundo de la ilusión; los monasterios y los monjes son tan irreales como tú y como yo". Después se va a meditar y se sienta contra una pared.

La doctrina llega al Japón y se ramifica en diversas sectas. La más famosa es la zen. En la zen se ha descubierto un procedimiento para llegar a la iluminación. Sólo sirve después de años de meditación. Se llega bruscamente; no se trata de una serie de silogismos. Uno debe intuir de pronto la verdad. El procedimiento se llama satori y consiste en un hecho brusco, que está más allá de la lógica.

Nosotros pensamos siempre en términos de sujeto, objeto, causa, efecto, lógico, ilógico, algo y su contrario; tenemos que rebasar esas categorías. Según los doctores de la zen, llegar a la verdad por una intuición brusca, mediante una respuesta ilógica. El neófito pregunta al maestro qué es el Buddha. El maestro le responde: "El ciprés es el huerto". Una contestación del todo ilógica que puede despertar la verdad. El neófito pregunta por qué Bodhidharma vino del Oeste. El maestro puede responder: "Tres libras de lino". Estas palabras no encierran un sentido alegórico; son una respuesta disparatada para despertar, de pronto, la intuición. Puede ser un golpe, también. El discípulo puede preguntar algo y el maestro puede contestar con un golpe. Hay una historia —desde luego tiene que ser legendaria— sobre Bodhidharma.

A Bodhidharma lo acompañaba un discípulo que le hacía preguntas y Bodhidharma nunca contestaba. El discípulo trataba de meditar y al cabo de un tiempo se cortó el brazo izquierdo y se presentó ante el maestro como una prueba de que quería ser su discípulo. Como una prueba de su intención se mutiló deliberadamente. El maestro, sin fijarse en el hecho, que al fin de todo era un hecho físico, un hecho ilusorio, le dijo: "¿Qué quieres?". El discípulo le respondió: "He estado buscando mi mente durante mucho tiempo y no la he encontrado". El maestro resumió: "No la has encontrado porque no existe". En ese momento el discípulo comprendió la verdad, comprendió que no existe el yo, comprendió que todo es irreal. Aquí tenemos, más o menos, lo esencial del budismo zen.

Es muy difícil exponer una religión, sobre todo una religión que uno no profesa. Creo que lo importante no es que vivamos el budismo como un juego de leyendas, sino como una disciplina; una disciplina que está a nuestro alcance y que no exige de nosotros el ascetismo. Tampoco nos permite abandonarnos a las licencias de la vida carnal. Lo que nos pide es la meditación, una meditación que no tiene que ser sobre nuestras culpas, sobre nuestra vida pasada.

Uno de los temas de meditación del budismo zen es pensar que nuestra vida pasada fue ilusoria. Si yo fuera un monje budista pensaría en este momento que he empezado a vivir ahora, que toda la vida anterior de Borges fue un sueño, que toda la historia universal fue un sueño. Mediante ejercicios de orden intelectual nos iremos liberando de la zen. Una vez que comprendamos que el yo no existe, no pensaremos que el yo puede ser feliz o que nuestro deber es hacerlo feliz. Llegaremos a un estado de calma. Eso no quiere decir que el nirvana equivalga a la sensación del pensamiento y una prueba de ello estaría en la leyenda del Buddha. El Buddha, bajo la higuera sagrada, llega al nirvana, y, sin embargo, sigue viviendo y predicando la ley durante muchos años.

¿Qué significa llegar al nirvana? Simplemente, que nuestros actos ya no arrojan sombras. Mientras estamos en este mundo estamos sujetos al karma. Cada uno de nuestros actos entreteje esa estructura mental que se llama karma. Cuando hemos llegado al nirvana nuestros actos ya no proyectan sombras, estamos libres. San Agustín dijo que cuando estamos salvados no tenemos por qué pensar en el mal o en el bien. Seguiremos obrando el bien, sin pensar en ello.

¿Qué es el nirvana? Buena parte de la atención que ha suscitado el budismo en el Occidente se debe a esta hermosa palabra. Parece imposible que la palabra nirvana no encierre algo precioso. ¿Qué es el nirvana, literalmente? Es extinción, apagamiento. Se ha conjeturado que cuando alguien alcanza el nirvana, se apaga. Pero cuando muere, hay gran nirvana, y entonces, la extinción. Contrariamente, un orientalista austriaco hace notar que el Buddha usaba la física de su época, y la idea de la extinción no era entonces la misma que ahora: porque se pensaba que una llama, al apagarse, no desaparecía. Se pensaba que la llama seguía viviendo, que perduraba en otro estado, y decir nirvana no significaba forzosamente la extinción. Puede significar que seguimos de otro modo. De un modo inconcebible para nosotros. En general, las metáforas de los místicos son metáforas nunciales, pero las de los budistas son distintas. Cuando se habla del nirvana no se habla del vino del nirvana o de la rosa del nirvana o del abrazo del nirvana. Se lo compara, más bien, con una isla. Con una isla firme en medio de las tormentas. Se lo compara con una alta torre; puede comparárselo con un jardín, también. Es algo que existe por su cuenta, más allá de nosotros.

Lo que he dicho hoy es fragmentario. Hubiera sido absurdo que yo expusiera una doctrina a la cual he dedicado tantos años —y de la que he entendido poco, realmente— con ánimo de mostrar una pieza de museo. Para mí el budismo no es una pieza de museo: es un camino de salvación. No para mí, pero para millones de hombres. Es la religión más difundida del mundo y creo haberla tratado con todo respeto, al exponerla esta noche.

LA POESÍA

El panteísta irlandés Escoto Erígena dijo que la Sagrada Escritura encierra un número infinito de sentidos y la comparó con el plumaje tornasolado del pavo real. Siglos después un cabalista español dijo que Dios hizo la Escritura para cada uno de los hombres de Israel y por consiguiente hay tantas Biblias como lectores de la Biblia. Lo cual puede admitirse si pensamos que es autor de la Biblia y del destino de cada uno de sus lectores. Cabe pensar que estas dos sentencias, la del plumaje tornasolado del pavo real de Escoto Erígena, y la de tantas Escrituras como lectores del cabalista español, son dos pruebas, de la imaginación celta la primera y de la imaginación oriental la segunda. Pero me atrevo a decir que son exactas, no sólo en lo referente a la Escritura sino en lo referente a cualquier libro digno de ser releído.

Emerson dijo que una biblioteca es un gabinete mágico en el que hay muchos espíritus hechizados. Despiertan cuando los llamamos; mientras no abrimos un libro, ese libro, literalmente, geométricamente, es un volumen, una cosa entre las cosas. Cuando lo abrimos, cuando el libro da con su lector, ocurre el hecho estético. Y aun para el mismo lector el mismo libro cambia, cabe agregar, ya que cambiamos, ya que somos (para volver a mi cita predilecta) el río de Heráclito, quien dijo que el hombre de ayer no es el hombre de hoy y el de hoy no será el de mañana. Cambiamos incesantemente y es dable afirmar que cada lectura de un libro, que cada relectura, cada recuerdo de esa relectura, renuevan el texto. También el texto es el cambiante río de Heráclito.

Esto puede llevarnos a la doctrina de Croce, que no sé si es la más profunda pero sí la menos perjudicial: la idea de que la literatura es expresión. Lo que nos lleva a la otra doctrina de Croce, que suele olvidarse: si la literatura es expresión, la literatura está hecha de palabras y el lenguaje es también un fenómeno estético. Esto es algo que nos cuesta admitir: el concepto de que el lenguaje es un hecho estético. Casi nadie profesa la doctrina de Croce y todos la aplican continuamente.

Decimos que el español es un idioma sonoro, que el inglés es un idioma de sonidos variados, que el latín tiene una dignidad singular a la que aspiran todos los idiomas que vinieron después: aplicamos a los idiomas categorías estéticas. Erróneamente, se supone que el lenguaje corresponde a la realidad, a esa cosa tan misteriosa que llamamos realidad. La verdad es que el lenguaje es otra cosa.

Pensemos en una cosa amarilla, resplandeciente, cambiante; esa cosa es, a veces, en el cielo, circular; otras veces tiene la forma de un arco, otras veces crece y decrece. Alguien —pero no sabremos nunca el nombre de ese alguien—, nuestro antepasado, nuestro común antepasado, le dio a esa cosa el nombre de *luna*, distinto en distintos idiomas y diversamente feliz. Yo diría que la voz griega *Selene* es demasiado compleja para la luna, que la voz inglesa *moon* tiene algo pausado, algo que obliga a la voz a la lentitud que conviene a la luna, que se parece a la luna, porque es casi circular, casi empieza con la misma letra con que termina. En cuanto a la palabra luna, esa hermosa palabra que hemos heredado del latín, esa hermosa palabra que es común al italiano, consta de dos sílabas, de dos piezas, lo cual, acaso, es demasiado. Tenemos *lua*, en portugués, que parece menos feliz; y *lune*, en francés, que tiene algo de misterioso.

Ya que estamos hablando en castellano, elijamos la palabra luna. Pensemos que alguien, alguna vez, inventó la palabra luna. Sin duda, la primera invención sería muy distinta. ¿Por qué no detenernos en el primer hombre que dijo la palabra luna con ese sonido o con otro?

Hay una metáfora que he tenido ocasión de citar más de una vez (perdónenme la monotonía, pero mi memoria es una vieja memoria de setenta y tantos años), aquella metáfora persa que dice que la luna es el espejo del tiempo. En la sentencia "espejo del tiempo" está la fragilidad de la luna y la eternidad también. Está esa contradicción de la luna, tan casi traslúcida, tan casi nada, pero cuya medida es la eternidad.

En alemán, la voz luna es masculina. Así Nietzsche pudo decir que la luna es un monje que mira envidiosamente a la tierra, o un gato, *Kater*, que pisa tapices de estrellas. También los géneros gramaticales influyen en la poesía. Decir luna o decir "espejo del tiempo" son dos hechos estéticos, salvo que la segunda es una obra de segundo grado, porque "espejo del tiempo" está hecha de dos unidades y "luna" nos da quizá aún más eficazmente la palabra, el concepto de la luna. Cada palabra es una obra poética.

Se supone que la prosa está más cerca de la realidad que la poesía. Entiendo que es un error. Hay un concepto que se atribuye al cuentista Horacio Quiroga, en el que dice que si un viento frío sopla del lado del río, hay que escribir simplemente: *un viento frío sopla del lado del río.* Quiroga, si es que dijo esto, parece haber olvidado que esa construcción es algo tan lejano de la realidad como el viento frío que sopla del lado del río. ¿Qué percepción tenemos? Sentimos el aire que se mueve, lo llamamos viento; sentimos que ese viento viene de cierto rumbo, del lado del río. Y con todo esto formamos algo tan complejo como un poema de Góngora o como una sentencia de Joyce. Volvamos a la frase "el viento que sopla del lado del río". Creamos un sujeto: *viento*; un verbo: que *sopla*; en una circunstancia real: *del lado del río*. Todo esto está lejos de la realidad; la realidad es algo más simple. Esa frase aparentemente prosaica, deliberadamente prosaica y común elegida por Quiroga es una frase complicada, es una estructura.

Tomemos el famoso verso de Carducci "el silencio verde de los campos". Podemos pensar que se trata de un error, que Carducci ha cambiado el sitio del epíteto; debió haber escrito "el silencio de los verdes campos". Astuta o retóricamente lo mudó y habló del verde silencio de los campos. Vayamos a la percepción de la realidad. ¿Qué es nuestra percepción? Sentimos varias cosas a un tiempo. (La palabra *cosa* es demasiado sustantiva, quizá.) Sentimos el campo, la vasta presencia del campo, sentimos el verdor y el silencio. Ya el hecho de que haya una palabra para *silencio* es una creación estética. Porque silencio se aplicó a personas, una persona está silenciosa o una campaña está silenciosa. Aplicar "silencio" a la circunstancia de que no haya ruido en el campo, ya es una operación estética, que sin duda fue audaz en su tiempo. Cuando Carducci dice "el silencio verde de los campos" está diciendo algo que está tan cerca y tan lejos de la realidad inmediata como si dijera "el silencio de los verdes campos".

Tenemos otro ejemplo famoso de hipálage, aquel insuperado verso de Virgilio *Ibant obscuri sola sub nocte per umbram*, "iban oscuros bajo la solitaria noche por la sombra". Dejemos el *per umbram* que redondea el verso y tomemos "iban oscuros [Eneas y la Sibila] bajo la solitaria noche" ("solitaria" tiene más fuerza en latín porque viene antes de *sub*). Podríamos pensar que se ha cambiado el lugar de las palabras, porque lo natural hubiera sido decir "iban solitarios bajo la oscura noche". Sin embargo, tratemos de recrear esa imagen, pensemos en Eneas y en la Sibila y veremos que está tan cerca de nuestra imagen decir "iban oscuros bajo la solitaria noche" como decir "iban solitarios bajo la oscura noche".

El lenguaje es una creación estética. Creo que no hay ninguna duda de ello, y una prueba es que cuando estudiamos un idioma, cuando estamos obligados a ver las palabras de cerca, las sentimos hermosas o no. Al estudiar un idioma, uno ve las palabras con lupa, piensa esta palabra es fea, ésta es linda, ésta es pesada. Ello no ocurre con la lengua materna, donde las palabras no nos parecen aisladas del discurso.

La poesía, dice Croce, es expresión si un verso es expresión, si cada una de las partes de que el verso está hecho, cada una de las palabras, es expresiva en sí misma. Ustedes dirán que es algo muy trillado, algo que todos saben. Pero no sé si lo sabemos; creo que lo sentimos por sabido porque es cierto. El hecho es que la poesía no son los libros en la biblioteca, no son los libros del gabinete mágico de Emerson.

La poesía es el encuentro del lector con el libro, el descubrimiento del libro. Hay otra experiencia estética que es el momento, muy extraño también, en el cual el poeta concibe la obra, en el cual va descubriendo o inventando la obra. Según se sabe, en latín las palabras "inventar" y "descubrir" son sinónimas. Todo esto está de acuerdo con la doctrina platónica, cuando dice que inventar, que descubrir, es recordar. Francis Bacon agrega que si aprender es recordar, ignorar es saber olvidar; ya todo está, sólo nos falta verlo.

Cuando yo escribo algo, tengo la sensación de que ese algo preexiste. Parto de un concepto general; sé más o menos el principio y el fin, y luego voy descubriendo las partes intermedias; pero no tengo la sensación de inventarlas, no tengo la sensación de que dependan de mi arbitrio; las cosas son así. Son así, pero están escondidas y mi deber de poeta es encontrarlas.

Bradley dijo que uno de los efectos de la poesía debe ser darnos la impresión, no de descubrir algo nuevo, sino de recordar algo olvidado. Cuando leemos un buen poema pensamos que también nosotros hubiéramos podido escribirlo; que ese poema preexistía en nosotros. Esto nos lleva a la definición platónica de la poesía: esa cosa liviana, alada y sagrada. Como definición es falible, ya que esa cosa liviana, alada y sagrada podría ser la música (salvo que la poesía es una forma de música). Platón ha hecho algo muy superior a definir la poesía: nos da un ejemplo de poesía. Podemos llegar al concepto de que la poesía es la experiencia estética: algo así como una revolución en la enseñanza de la poesía.

He sido profesor de literatura inglesa en la Facultad de Filosofía y Letras de la Universidad de Buenos Aires y he tratado de prescindir en lo posible de la historia de la literatura. Cuando mis estudiantes me pedían bibliografía yo les decía: "no importa la bibliografía; al fin de todo, Shakespeare no supo nada de bibliografía shakespiriana". Johnson no pudo prever los libros que se escribirían sobre él. "¿Por qué no estudian directamente los textos? Si estos textos les agradan, bien; y si no les agradan, déjenlos, ya que la idea de la lectura obligatoria es una idea absurda: tanto valdría hablar de felicidad obligatoria. Creo que la poesía es algo que se siente, y si ustedes no sienten la poesía, si no tienen sentimiento de belleza, si un relato no los lleva al deseo de saber qué ocurrió después, el autor no ha escrito para ustedes. Déjenlo de lado, que la literatura es bastante rica para ofrecerles algún autor digno de su atención, o indigno hoy de su atención y que leerán mañana."

Así he enseñado, ateniéndome al hecho estético, que no requiere ser definido. El hecho estético es algo tan evidente, tan inmediato, tan indefinible como el amor, el sabor de la fruta, el agua. Sentimos la poesía como sentimos la cercanía de una mujer, o como sentimos una montaña o una bahía. Si la sentimos inmediatamente, ¿a qué diluirla en otras palabras, que sin duda serán más débiles que nuestros sentimientos?

Hay personas que sienten escasamente la poesía; generalmente se dedican a enseñarla. Yo creo sentir la poesía y creo no haberla enseñado; no he enseñado el amor de tal texto, de tal otro: he enseñado a mis estudiantes a que quieran la literatura, a que vean en la literatura una forma de felicidad. Soy casi incapaz de pensamiento abstracto, ustedes habrán notado que estoy continuamente apoyándome en citas y recuerdos. Mejor que hablar abstractamente de poesía, que es una forma del tedio o de la haraganería, podríamos tomar dos textos en castellano y examinarlos.

Elijo dos textos muy conocidos porque ya he dicho que mi memoria es falible y prefiero un texto que ya está, que ya preexiste en la memoria de ustedes. Vamos a considerar aquel famoso soneto de Quevedo, escrito a la memoria de don Pedro Téllez Girón, duque de Osuna. Lo repetiré lentamente y luego volveremos a él, verso por verso:

Faltar pudo su patria al grande Osuna,
pero no a su defensa sus hazañas;
diéronle muerte y cárcel las Españas,
de quien él hizo esclava la Fortuna.

Lloraron sus invidias una a una
con las proprias naciones las extrañas;
su tumba son de Flandres las campañas;
y su epitafio la sangrienta Luna.

En sus exequias encendió al Vesubio
Parténope y Trinacria al Mongibelo;
el llanto militar creció en diluvio.

Dióle el mejor lugar Marte en su cielo;
la Mosa, el Rhin, el Tajo y el Danubio
murmuran con dolor su desconsuelo.

Lo primero que observo es que se trata de un alegato jurídico. El poeta quiere defender la memoria del duque de Osuna, que según él dice en otro poema "murió en prisión y muerto estuvo preso".

El poeta dice que España debe grandes servicios militares al duque y que le ha pagado con la cárcel. Estas razones carecen de todo valor, ya que no hay razón alguna para que un héroe no sea culpable o para que un héroe no sea castigado. Sin embargo,

Faltar pudo su patria al grande Osuna,
pero no a su defensa sus hazañas;
diéronle muerte y cárcel las Españas,
de quien él hizo esclava la Fortuna.

es un momento demagógico. Conste que no estoy hablando a favor ni en contra del soneto, estoy tratando de analizarlo.

Lloraron sus invidias una a una
con las proprias naciones las extrañas.

Estos dos versos no tienen mayor resonancia poética; fueron puestos por la necesidad de elaborar un soneto: están, además, las necesidades de la rima. Quevedo seguía la difícil forma del soneto italiano que exige cuatro rimas. Shakespeare siguió la más fácil del soneto isabelino, que exige dos. Agrega Quevedo:

su tumba son de Flandres las campañas,
y su epitafio la sangrienta Luna.

Aquí está lo esencial. Estos versos deben su riqueza a su ambigüedad. Recuerdo muchas discusiones sobre la interpretación de estos versos. ¿Qué significa "su tumba son de Flandres las campañas"? Podemos pensar en los campos de Flandres, en las campañas militares que libró el duque. "Y su epitafio la sangrienta Luna" es uno de los versos más memorables de la lengua española. ¿Qué significa? Pensamos en la luna sangrienta que figura en el Apocalipsis, pensamos en la luna debidamente roja sobre el campo de batalla, pero hay otro soneto de Quevedo, dedicado también al duque de Osuna, en el cual dice: "a las lunas de Tracia con sangriento / eclipse ya rubrica tu jornada". Quevedo habrá pensado, en principio, el pabellón otomano; la sangrienta luna habrá sido la medialuna roja. Creo que todos estaremos de acuerdo en no descartar ninguno de los sentidos; no vamos a decir que Quevedo se refirió a las jornadas militares, a la foja de servicios del duque o a la campaña de Flandres, o a la luna sangrienta sobre el campo de batalla, o a la bandera turca. Quevedo no dejó de percibir los diversos sentidos. Los versos son felices porque son ambiguos.

Luego:

En sus exequias encendió al Vesubio
Parténope y Trinacria al Mongibelo.

O sea que al Vesubio lo encendió Nápoles y Sicilia al Etna. Qué raro que haya puesto estos nombres antiguos que parecen alejar todo de los nombres tan ilustres de entonces. Y

el llanto militar creció en diluvio.

Aquí tenemos otra prueba de que una cosa es la poesía y otra el sentir racional; la imagen de los soldados que lloran hasta producir un diluvio es notoriamente absurda. No lo es el verso, que tiene sus leyes. El "llanto militar", sobre todo militar, es sorprendente. Militar es un adjetivo asombroso aplicado al llanto.

Luego:

Dióle el mejor lugar Marte en su cielo.

Tampoco, lógicamente, podemos justificarlo; no tiene sentido alguno pensar que Marte alojó al duque de Osuna junto a César. La frase existe por virtud del hipérbaton. Es la piedra de toque de la poesía: el verso existe más allá del sentido.

la Mosa, el Rhin, el Tajo y el Danubio
murmuran con dolor su desconsuelo.

Yo diría que estos versos que me han impresionado durante años son, sin embargo, esencialmente falsos. Quevedo se dejó arrastrar por la idea de un héroe llorado por la geografía de sus campañas y por ríos ilustres. Sentimos que sigue falsa; hubiera sido más verdadero decir la verdad, decir lo que dijo Wordsworth, por ejemplo, al cabo de aquel soneto en que ataca a Douglas por haber hecho talar una selva. Y dice, sí, que fue terrible lo que hizo Douglas con la selva, que había derribado una noble horda, "una fraternidad de árboles venerables", pero sin embargo, agrega, nosotros nos dolemos de males que a la naturaleza misma no le importan, ya que el río Tweed y las verdes praderas y las colinas y las montañas continúan. Sintió que podía lograrse un mejor efecto con la verdad. Diciendo la verdad nos duele que hayan talado esos hermosos árboles, pero a la naturaleza nada le importa. La naturaleza sabe (si es que existe un ente que se llame naturaleza) que puede renovarlos y el río sigue corriendo.

Es verdad que para Quevedo se trataba de las divinidades de los ríos. Quizá hubiera sido más poética la idea de que a los ríos de las guerras del duque no les importara la muerte del de Osuna. Pero Quevedo quería hacer una elegía, un poema sobre la muerte de un hombre. ¿Qué es la muerte de un hombre? Con él muere una cara que no se repetirá, según observó Plinio. Cada hombre tiene su cara única y con él mueren miles de circunstancias, miles de recuerdos. Recuerdos de infancia y rasgos humanos, demasiado humanos. Quevedo no parece sentir nada de esto. Había muerto en la cárcel su amigo, el duque de Osuna, y Quevedo escribe este soneto con frialdad; sentimos su esencial indiferencia. Lo escribe como un alegato contra el estado que condenó a prisión al duque. Parecería que no lo quiere a Osuna; en todo caso, no hace que lo queramos nosotros. Sin embargo, es uno de los grandes sonetos de nuestra lengua.

Pasemos a otro, de Enrique Banchs. Sería absurdo decir que Banchs es mejor poeta que Quevedo. Además, ¿qué significan esas comparaciones?

Consideremos este soneto de Banchs y en qué reside su agrado:

Hospitalario y fiel en su reflejo
donde a ser apariencia se acostumbra
el material vivir está el espejo
como un claro de luna en la penumbra.

Pompa le da en las noches la flotante
claridad de la lámpara y tristeza
la rosa que en el vaso agonizante
también en él inclina la cabeza.

Si hace doble al dolor también repite
las cosas que me son jardín del alma
y acaso espera que algún día habite

en la ilusión de su azulada calma
el Huésped que le deje reflejadas
frentes juntas y manos enlazadas.

Este soneto es muy curioso, porque el espejo no es el protagonista: hay un protagonista secreto que nos es revelado al fin. Ante todo tenemos el tema, tan poético: el espejo que duplica la apariencia de las cosas:

donde a ser apariencia se acostumbra
el material vivir...

Podemos recordar a Plotino. Quisieron hacerle un retrato y se negó: "Yo mismo soy una sombra, una sombra del arquetipo que está en el cielo. A qué hacer una sombra de esa sombra". Qué es el arte, pensaba Plotino, sino una apariencia de segundo grado. Si el hombre es deleznable, cómo puede ser adorable una imagen del hombre. Eso lo sintió Banchs; sintió la fantasmidad del espejo.

Realmente es terrible que haya espejos: siempre he sentido el terror de los espejos. Creo que Poe lo sintió también. Hay un trabajo suyo, uno de los menos conocidos, sobre el decorado de las habitaciones. Una de las condiciones que pone es que los espejos estén situados de modo que una persona sentada no se refleje. Esto nos informa de su temor de verse en el espejo. Lo vemos en su cuento William Wilson sobre el doble y en el cuento de *Arthur Gordon Pym.* Hay una tribu antártica, un hombre de esa tribu que ve por primera vez un espejo y cae horrorizado.

Nos hemos acostumbrado a los espejos, pero hay algo de temible en esa duplicación visual de la realidad. Volvamos al soneto de Banchs. "Hospitalario" ya le da un rasgo humano que es un lugar común. Sin embargo, nunca hemos pensado que los espejos son hospitalarios. Los espejos están recibiendo todo en silencio, con amable resignación:

Hospitalario y fiel en su reflejo
donde a ser apariencia se acostumbra
el material vivir está el espejo
como un claro de luna en la penumbra.

Vemos el espejo, también luminoso, y además lo compara con algo intangible como la luna. Sigue sintiendo lo mágico y lo extraño del espejo: "como un claro de luna en la penumbra".

Luego:

Pompa le da en las noches la flotante
claridad de la lámpara...

La "flotante claridad" quiere que las cosas no sean definidas; todo tiene que ser impreciso como el espejo, el espejo de la penumbra. Tiene que ocurrir en la tarde o en la noche. Y así:

... la flotante
claridad de la lámpara y tristeza
la rosa que en el vaso agonizante
también en él inclina la cabeza.

Para que todo no sea vago, tenemos ahora una rosa, una precisa rosa.

Si hace doble al dolor también repite
las cosas que me son jardín del alma
y acaso espera que algún día habite

en la ilusión de su azulada calma
el Huésped que le deje reflejadas
frentes juntas y manos enlazadas...

Aquí llegamos al tema del soneto, que no es el espejo sino el amor, el pudoroso amor. El espejo no espera ver reflejadas frentes juntas y manos enlazadas, es el poeta quien espera verlas. Pero una suerte de pudor lo lleva a decir todo eso de manera indirecta y esto está admirablemente preparado, ya que desde el principio tenemos "hospitalario y fiel", ya desde el principio el espejo no es el espejo de cristal o de metal. El espejo es un ser humano, es hospitalario y fiel y luego nos acostumbra a que veamos el mundo apariencial, un mundo apariencial que al final se identifica con el poeta. El poeta es el que quiere ver al Huésped, el amor.

Hay una diferencia esencial con el soneto de Quevedo, y es que sentimos de inmediato la vívida presencia de la poesía en aquellos dos versos

su tumba son de Flandres las campañas
y su epitafio la sangrienta Luna.

He hablado de los idiomas y de lo injusto que es comparar un idioma con otro; creo que hay un argumento que es suficiente y es que si pensamos en un verso, una estrofa española por ejemplo, si pensamos

quién hubiera tal ventura
sobre las aguas del mar
como hubo el conde Arnaldos
la mañana de San Juan

no importa que esa ventura fuera un barco, no importa el conde Arnaldos, sentimos que esos versos sólo pudieron haberse dicho en español. El sonido del francés no me agrada, creo que le falta la sonoridad de otros idiomas latinos, pero ¿cómo podría pensar mal de un idioma que ha permitido versos admirables como el de Hugo,

L'hydre-Univers tordant son corps écaillé d'astres

cómo censurar a un idioma sin el cual serían imposibles esos versos?

En cuanto al inglés, creo que tiene el defecto de haber perdido las vocales abiertas del inglés antiguo. Sin embargo, ello posibilitó a Shakespeare versos como

And shake the yoke of inauspicious stars
From this worldweary flesh

que malamente se traduce por "y sacudir de nuestra carne harta del mundo el yugo de las infaustas estrellas". En español no es nada; es todo, en inglés. Si tuviera que elegir un idioma (pero no hay ninguna razón para que no elija a todos), para mí ese idioma sería el alemán, que tiene la posibilidad de formar palabras compuestas (como el inglés y aún más) y que tiene vocales abiertas y una música tan admirable. En cuanto al italiano, basta la *Comedia.*

Nada tiene de extraño tanta belleza desparramada por diversos idiomas. Mi maestro, el gran poeta judeo-español Rafael Cansinos Assens, legó una plegaria al Señor en la que dice "Oh, Señor, que no haya tanta belleza"; y Browning: "Cuando nos sentimos más seguros ocurre algo, una puesta de sol, el final de un coro de Eurípides, y otra vez estamos perdidos".

La belleza está acechándonos. Si tuviéramos sensibilidad, la sentiríamos así en la poesía de todos los idiomas.

Yo debí estudiar más las literaturas orientales; sólo me asomé a ellas a través de traducciones. Pero he sentido el golpe, el impacto de la belleza. Por ejemplo, esa línea del persa Jafez: "vuelo, mi polvo será lo que soy". Está en ella toda la doctrina de la transmigración: "mi polvo será lo que soy", renaceré otra vez, otra vez, en otro siglo, seré Jafez, el poeta. Todo esto dado en unas pocas palabras que he leído en inglés, pero no pueden ser muy distintas del persa.

Mi polvo será lo que soy es demasiado sencillo para haber sido cambiado.

Creo que es un error estudiar la literatura históricamente, aunque quizá para nosotros, sin excluirme, no pueda ser de otro modo. Hay un libro de un hombre que para mí fue un excelente poeta y un mal crítico, Marcelino Menéndez y Pelayo, que se titula *Las cien mejores poesías castellanas.* Encontramos ahí: "Ande yo caliente, y ríase la gente". Si ésa es una de las mejores poesías castellanas, nos preguntamos cómo serán las no mejores. Pero en el mismo libro encontramos los versos de Quevedo que he citado y la "Epístola" del Anónimo Sevillano y tantas otras poesías admirables. Desgraciadamente no hay ninguna de Menéndez y Pelayo, que se excluyó de su antología.

La belleza está en todas partes, quizá en cada momento de nuestra vida. Mi amigo Roy Bartholomew, que vivió algunos años en Persia y tradujo directamente del farsí a Omar Jaiam, me dijo lo que yo ya sospechaba: que en el Oriente, en general, no se estudian históricamente la literatura ni la filosofía. De ahí el asombro de Deussen y Max Müller, que no pudieron fijar la cronología de los autores. Se estudia la historia de la filosofía como diciendo Aristóteles discute con Bergson, Platón con Hume, todo simultáneamente.

Concluiré citando tres plegarias de marineros fenicios. Cuando la nave estaba a punto de hundirse —estamos en el primer siglo de nuestra era—, rezaban alguna de esas tres. Dice una de ellas:

Madre de Cartago, devuelvo el remo.

Madre de Cartago es la ciudad de Tiro, de donde procedía Dido. Y luego, "devuelvo el remo". Hay aquí algo extraordinario: el fenicio que sólo concibe la vida como remero. Ha cumplido su vida y devuelve el remo para que otros sigan remando.

Otra de las plegarias, más patética aún:

Duermo, luego vuelvo a remar.

El hombre no concibe otro destino; y asoma la idea del tiempo cíclico.

Por último, esta que es harto conmovedora y que es distinta de las otras porque no implica la aceptación del destino; es el hecho desesperado de un hombre que va a morir, que va a ser juzgado por terribles divinidades y dice:

Dioses, no me juzguéis como un dios
sino como un hombre
a quien ha destrozado el mar.

En estas tres plegarias sentimos inmediatamente, o yo siento inmediatamente, la presencia de la poesía. En ellas está el hecho estético, no en bibliotecas ni en bibliografías ni en estudios sobre familias de manuscritos ni en volúmenes cerrados.

He leído esas tres plegarias de marineros fenicios en el cuento de Kipling "The Manner of Men", un cuento sobre San Pablo. ¿Son auténticas, como malamente se diría, o las escribió Kipling, el gran poeta? Después de formularme la pregunta sentí vergüenza, porque ¿qué importancia puede tener elegir? Veamos las dos posibilidades, los dos cuernos del dilema.

En el primer caso, se trata de plegarias de marineros fenicios, gente de mar, que sólo concebían la vida en el mar. Del fenicio, digamos, pasaron al griego; del griego al latín, del latín al inglés. Kipling las reescribió.

En el segundo, un gran poeta, Rudyard Kipling, se imagina a los marineros fenicios; de algún modo, está cerca de ellos; de algún modo, es ellos. Concibe la vida como la vida del mar y lleva puesta en su boca esas plegarias. Todo ocurrió en el pasado: los anónimos marineros fenicios han muerto, Kipling ha muerto. ¿Qué importa cuál de esos fantasmas escribió o pensó los versos?

Una curiosa metáfora de un poeta hindú, que no sé si puedo apreciar del todo, dice: "El Himalaya, esas altas montañas del Himalaya [cuyas cumbres son, según Kipling, las rodillas de otras montañas], el Himalaya es la risa de Shiva". Las altas montañas son la risa de un dios, de un dios terrible. La metáfora es, en todo caso, asombrosa.

Tengo para mí que la belleza es una sensación física, algo que sentimos con todo el cuerpo. No es el resultado de un juicio, no llegamos a ella por medio de reglas; sentimos la belleza o no la sentimos.

Voy a concluir con un alto verso del poeta que en el siglo XVII tomó el nombre extrañamente poético, real, de Angelus Silesius. Viene a ser el resumen de todo cuanto he dicho esta noche, salvo que yo lo he dicho por medio de razonamientos o de simulados razonamientos: lo diré primero en español y después en alemán, para que lo oigan ustedes:

La rosa sin porqué florece porque florece.

Die Rose ist ohne warum; sie blühet weil sie blühet.

LA CÁBALA

Las diversas y a veces contradictorias doctrinas que llevan el nombre de la cábala proceden de un concepto del todo ajeno a nuestra mente occidental, el de un libro sagrado. Se dirá que tenemos un concepto análogo: el de un libro clásico. Creo que me será fácil demostrar, con ayuda de Oswald Spengler y su libro *Der Untergang des Abendlandes, La decadencia de Occidente*, que ambos conceptos son distintos.

Tomemos la palabra *clásico*. ¿Qué significa etimológicamente? Clásico tiene su etimología en *classis*: "fragata", "escuadra". Un libro clásico es un libro ordenado, como todo tiene que estarlo a bordo; *shipshape*, como se dice en inglés. Además de ese sentido relativamente modesto, un libro clásico es un libro eminente en su género. Así decimos que el *Quijote*, que la *Comedia*, que *Fausto* son libros clásicos.

Aunque el culto de esos libros ha sido llevado a un extremo acaso excesivo, el concepto es distinto. Los griegos consideraban obras clásicas a la *Ilíada* y a la *Odisea*; Alejandro, según informa Plutarco, tenía siempre, debajo de su almohada, la *Ilíada* y su espada, los dos símbolos de su destino de guerrero. Sin embargo, a ningún griego se le ocurrió que la *Ilíada* fuese perfecta palabra por palabra. En Alejandría, los bibliotecarios se congregaron para estudiar la *Ilíada* y en el curso de ese estudio inventaron los tan necesarios (y a veces, ahora, desgraciadamente olvidados) signos de puntuación. La *Ilíada* era un libro eminente; se lo consideraba el ápice de la poesía, pero no se creía que cada palabra, que cada hexámetro fueran inevitablemente admirables. Ello corresponde a otro concepto.

Dijo Horacio: "A veces, el buen Homero se queda dormido". Nadie diría que, a veces, el buen Espíritu Santo se queda dormido.

A pesar de la musa (el concepto de la musa es bastante vago) algún traductor inglés ha creído que cuando Homero dice: "Un hombre iracundo, tal es mi tema", *"An angry man, this is my subject"*, no se veía al libro como admirable letra por letra: se lo veía como cambiable y se lo estudiaba históricamente; se estudiaban y se estudian esas obras de un modo histórico; se las sitúa dentro de un contexto. El concepto de un libro sagrado es del todo distinto.

Ahora pensamos que un libro es un instrumento para justificar, defender, combatir, exponer o historiar una doctrina. En la Antigüedad se pensaba que un libro es un sucedáneo de la palabra oral: sólo se lo veía así. Recordemos el pasaje de Platón donde dice que los libros son como las estatuas; parecen seres vivos pero cuando se les pregunta algo, no saben contestar. Para obviar esa dificultad inventó el diálogo platónico, que explora todas las posibilidades de un tema.

Tenemos también la carta, muy linda y muy curiosa, que Alejandro de Macedonia le envía, según Plutarco, a Aristóteles. Éste acaba de publicar su *Metafísica*, es decir, de mandar hacer varias copias. Alejandro lo censura, diciéndole que ahora todos podrían saber lo que antes sabían los elegidos. Aristóteles le responde defendiéndose, sin duda con sinceridad: "Mi tratado ha sido publicado y no publicado". No se pensaba que un libro expusiera totalmente un tema, se lo tenía como una suerte de guía para acompañar a una enseñanza oral.

Heráclito y Platón censuraron, por distintas razones, la obra de Homero. Esos libros eran venerados pero no se los consideraba sagrados. El concepto es específicamente oriental.

Pitágoras no dejó una línea escrita. Se conjetura que no quería atarse a un texto. Quería que su pensamiento siguiera viviendo y ramificándose, en la mente de sus discípulos, después de su muerte. De ahí proviene el *magister dixit*, que siempre se emplea mal. *Magister dixit* no quiere decir "el maestro lo ha dicho", y queda cerrada la discusión. Un pitagórico proclamaba una doctrina que quizá no estaba en la tradición de Pitágoras, por ejemplo la doctrina del tiempo cíclico. Si lo atajaban "eso no está en la tradición", respondía *magister dixit*, lo que le permitía innovar. Pitágoras había pensado que los libros atan, o, para decirlo en palabras de la Escritura, que la letra mata y el espíritu vivifica.

Señala Spengler en el capítulo de *Der Untergang des Abendlandes* consagrado a la cultura mágica que el prototipo de libro mágico es el Corán. Para los ulemas, para los doctores de la ley musulmanes, el Corán no es un libro como los demás. Es un libro (esto es increíble pero es así) anterior a la lengua árabe; no se lo puede estudiar ni histórica ni filológicamente pues es anterior a los árabes, anterior a la lengua en que está y anterior al universo. Ni siquiera se admite que el Corán sea obra de Dios; es algo más íntimo y misterioso. Para los musulmanes ortodoxos el Corán es un atributo de Dios, como Su ira, Su misericordia o Su justicia. En el mismo Corán se habla de un libro misterioso, la madre del libro, que es el arquetipo celestial del Corán, que está en el cielo y que veneran los ángeles.

Tal la noción de un libro sagrado, del todo distinta de la noción de un libro clásico. En un libro sagrado son sagradas no sólo sus palabras sino las letras con que fueron escritas. Ese concepto lo aplicaron los cabalistas al estudio de la Escritura. Sospecho que el *modus operandi* de los cabalistas fue debido al deseo de incorporar pensamientos gnósticos a la mística judía, para justificarse con la Escritura, para ser ortodoxos. En todo caso, podemos ver muy ligeramente (yo casi no tengo derecho a hablar de esto) cuál es o cuál fue el *modus operandi* de los cabalistas, que empezaron aplicando su extraña ciencia en el sur de Francia, en el norte de España —en Cataluña—, y luego en Italia, en Alemania y un poco en todas partes. También llegaron a Israel, aunque no procedieron de allí; procedían, más bien, de pensadores gnósticos y cátaros.

La idea es ésta: el Pentateuco, la Torá, es un libro sagrado. Una inteligencia infinita ha condescendido a la tarea humana de redactar un libro. El Espíritu Santo ha condescendido a la literatura, lo cual es tan increíble como suponer que Dios condescendió a ser hombre. Pero aquí condescendió de modo más íntimo: el Espíritu Santo condescendió a la literatura y escribió un libro. En ese libro, nada puede scr casual. En toda escritura humana hay algo casual.

Es conocida la veneración supersticiosa con que se rodea al *Quijote*, a *Macbeth* o a la *Chanson de Roland*, como a tantos otros libros, generalmente uno en cada país, salvo en Francia, cuya literatura es tan rica que admite, por lo menos, dos tradiciones clásicas; pero no entraré en ello.

Pues bien; si a un cervantista se le ocurriera decir: el *Quijote* empieza con dos palabras monosilábicas terminadas en *n*: *(en* y *un)*, y sigue con una de cinco letras *(lugar)*, con dos de dos letras *(de la)*, con una de cinco o de seis *(Mancha)*, y luego se le ocurriera derivar conclusiones de eso, inmediatamente se pensaría que está loco. La Biblia ha sido estudiada de ese modo.

Se dice, por ejemplo, que empieza con la letra *bet*, inicial de *Breshit*. ¿Por qué dice "en el principio, creó dioses los cielos y la tierra", el verbo en singular y el sujeto en plural? ¿Por qué empieza con la *bet*? Porque esa letra inicial, en hebreo, debe decir lo mismo que *b* —la inicial de *bendición*— en español, y el texto no podía empezar con una letra que correspondiera a una maldición; tenía que empezar con una bendición. *Bet*: inicial hebrea de *brajá*, que significa *bendición*.

Hay otra circunstancia, muy curiosa, que tiene que haber influido en la cábala: Dios, cuyas palabras fueron el instrumento de su obra (según dice el gran escritor Saavedra Fajardo), crea el mundo mediante palabras; Dios dice que la luz sea y la luz fue. De ahí se llegó a la conclusión de que el mundo fue creado por la palabra *luz* o por la entonación con que Dios dijo la palabra *luz*. Si hubiera dicho otra palabra y con otra entonación, el resultado no habría sido la luz, habría sido otro.

Llegamos a algo tan increíble como lo dicho hasta ahora. A algo que tiene que chocar a nuestra mente occidental (que choca a la mía), pero que es mi deber referir. Cuando pensamos en las palabras, pensamos históricamente que las palabras fueron en un principio sonido y que luego llegaron a ser letras. En cambio, en la cábala (que quiere decir *recepción*, *tradición*) se supone que las letras son anteriores; que las letras fueron los instrumentos de Dios, no las palabras significadas por las letras. Es como si se pensara que la escritura, contra toda experiencia, fue anterior a la dicción de las palabras. En tal caso, nada es casual en la Escritura: todo tiene que ser determinado. Por ejemplo, el número de las letras de cada versículo.

Luego se inventan equivalencias entre las letras. Se trata a la Escritura como si fuera una escritura cifrada, criptográfica, y se inventan diversas leyes para leerla. Se puede tomar cada letra de la Escritura y ver que esa letra es inicial de otra palabra y leer esa otra palabra significada. Así, para cada una de las letras del texto.

También pueden formarse dos alfabetos: uno, digamos, de la *a* a la *l* y otro de la *m* a la *z*, o lo que fueran en letras hebreas; se considera que las letras de arriba equivalen a las de abajo. Luego se puede leer el texto (para usar la palabra griega) *boustróphedon*: es decir, de derecha a izquierda, luego de izquierda a derecha, luego de derecha a izquierda. También cabe atribuir a las letras un valor numérico. Todo esto forma una criptografía, puede ser descifrado y los resultados son atendibles, ya que tienen que haber sido previstos por la inteligencia de Dios, que es infinita. Se llega así, mediante esa criptografía, mediante ese trabajo que recuerda el del "Escarabajo de oro" de Poe, a la Doctrina.

Sospecho que la doctrina fue anterior al *modus operandi*. Sospecho que ocurre con la cábala lo que ocurre con la filosofía de Spinoza: el orden geométrico fue posterior. Sospecho que los cabalistas fueron influidos por los gnósticos y que, para que todo entroncara con la tradición hebrea, buscaron ese extraño modo de descifrar letras.

El curioso *modus operandi* de los cabalistas está basado en una premisa lógica: la idea de que la Escritura es un texto absoluto, y en un texto absoluto nada puede ser obra del azar.

No hay textos absolutos; en todo caso los textos humanos no lo son. En la prosa se atiende más al sentido de las palabras; en el verso, al sonido. En un texto redactado por una inteligencia infinita, en un texto redactado por el Espíritu Santo, ¿cómo suponer un desfallecimiento, una grieta? Todo tiene que ser fatal. De esa fatalidad los cabalistas dedujeron su sistema.

Si la Sagrada Escritura no es una escritura infinita, ¿en qué se diferencia de tantas escrituras humanas, en qué difiere el Libro de los Reyes de un libro de historia, en qué el Cantar de los Cantares de un poema? Hay que suponer que todos tienen infinitos sentidos. Escoto Erígena dijo que la Biblia tiene infinitos sentidos, como el plumaje tornasolado de un pavo real.

Otra idea es que hay cuatro sentidos en la Escritura. El sistema podría enunciarse así: en el principio hay un Ser análogo al Dios de Spinoza, salvo que el Dios de Spinoza es infinitamente rico; en cambio, el *En soph* vendría a ser para nosotros infinitamente pobre. Se trata de un Ser primordial y de ese Ser no podemos decir que existe, pues si decimos que existe entonces también existen las estrellas, los hombres existen, las hormigas. ¿Cómo pueden participar de esa misma categoría? No, ese Ser primordial no existe. Tampoco podemos decir que piensa, porque pensar es un proceso lógico, se pasa de una premisa a una conclusión. Tampoco podemos decir que quiere, porque querer una cosa es sentir que nos falta. Tampoco, que obra. El *En soph* no obra, porque obrar es proponerse un fin y ejecutarlo. Además, si *En soph* es infinito (diversos cabalistas lo comparan con el mar, que es un símbolo del infinito), ¿cómo puede querer *otra cosa*? Y ¿qué otra cosa podría crear sino otro Ser infinito que se confundiría con él? Ya que desdichadamente es necesaria la creación del mundo, tenemos diez emanaciones, las *Sephiroth* que surgen de Él, pero que no son posteriores a Él.

La idea del Ser eterno que siempre ha tenido esas diez emanaciones es de difícil comprensión. Esas diez emanaciones emanan una de otra. El texto nos dice que corresponden a los dedos de la mano. La primera emanación se llama la Corona y es comparable a un rayo de luz que surge del *En soph*, un rayo de luz que no lo disminuye, un ser ilimitado al que no se puede disminuir. De la Corona surge otra emanación, de ésa, otra, de ésa, otra, y así hasta completar diez. Cada emanación es tripartita. Una de las tres partes es aquella por la cual se comunica con el Ser Superior; otra, la central, es la esencial; otra, la que le sirve para comunicarse con la emanación inferior.

Las diez emanaciones forman un hombre que se llama el Adam Kadmon, el Hombre Arquetipo. Ese hombre está en el cielo y nosotros somos su reflejo. Ese hombre, de esas diez emanaciones, emana un mundo, emana otro, hasta cuatro. El tercero es nuestro mundo material y el cuarto es el mundo infernal. Todos están incluidos en el Adam Kadmon, que comprende al hombre y su microcosmo: todas las cosas.

No se trata de una pieza de museo de la historia de la filosofía; creo que este sistema tiene una aplicación: puede servirnos para pensar, para tratar de comprender el universo. Los gnósticos fueron anteriores a los cabalistas en muchos siglos; tienen un sistema parecido, que postula un Dios indeterminado. De ese Dios que se llama Pleroma (la Plenitud) emana otro Dios (estoy siguiendo la versión perversa de Ireneo), y de ese Dios emana otra emanación, y de esa emanación otra, y de ésa, otra, y cada una de ellas constituye un cielo (hay una torre de emanaciones). Llegamos al número trescientos sesenta y cinco, porque la astrología anda entreverada. Cuando llegamos a la última emanación, aquella en que la parte de Divinidad tiende a cero, nos encontramos con el Dios que se llama Jehová y que crea este mundo.

¿Por qué crea este mundo tan lleno de errores, tan lleno de horror, tan lleno de pecados, tan lleno de dolor físico, tan lleno de sentimiento de culpa, tan lleno de crímenes? Porque la Divinidad ha ido disminuyéndose y al llegar a Jehová crea este mundo falible.

Tenemos el mismo mecanismo en las diez *Sephiroth* y en los cuatro mundos que va creando. Esas diez emanaciones, a medida que se alejan del *En soph*, de lo ilimitado, de lo oculto, *de los ocultos* —como lo llaman en su lenguaje figurado los cabalistas—, van perdiendo fuerza, hasta llegar a la que crea este mundo, este mundo en el que estamos nosotros, tan llenos de errores, tan expuestos a la desdicha, tan momentáneos en la dicha. No es una idea absurda; estamos enfrentados con un problema eterno que es el problema del mal, tratado espléndidamente en el Libro de Job, que, según Froude, es la obra mayor de todas las literaturas.

Ustedes recordarán la historia de Job. El hombre justo perseguido, el hombre que quiere justificarse ante Dios, el hombre condenado por sus amigos, el hombre que cree haberse justificado y al final Dios le habla desde el torbellino. Le dice que Él está más allá de las medidas humanas. Toma dos curiosos ejemplos, el elefante y la ballena, y dice que Él los ha creado. Debemos sentir, observa Max Brod, que el elefante, *Behemoth* ("los animales"), es tan grande que tiene nombre en plural, y luego *Leviatán* puede ser dos monstruos, la ballena o el cocodrilo. Dice que Él es tan incomprensible como esos monstruos y no puede ser medido por los hombres.

A lo mismo llega Spinoza, cuando dice que dar atributos humanos a Dios es como si un triángulo dijera que Dios es eminentemente triangular. Decir que Dios es justo, misericordioso, es tan antropomórfico como afirmar que Dios tiene cara, ojos o manos.

Tenemos, pues, una Divinidad superior y tenemos otras emanaciones inferiores. Emanaciones parece la palabra más inofensiva para que Dios no tenga la culpa; para que la culpa sea, como dijo Schopenhauer, no del rey sino de sus ministros, y para que esas emanaciones produzcan este mundo.

Se han intentado algunas defensas del mal. Para empezar, la defensa clásica de los teólogos, que declara que el mal es negativo y que decir "el mal" es decir simplemente ausencia del bien; lo cual, para todo hombre sensible, es evidentemente falso. Un dolor físico cualquiera es tan vívido o más vívido que cualquier placer. La desdicha no es la ausencia de dicha, es algo positivo; cuando somos desdichados lo sentimos como una desdicha.

Hay un argumento, muy elegante pero muy falso, de Leibniz, para defender la existencia del mal. Imaginemos dos bibliotecas. La primera está hecha de mil ejemplares de la *Eneida*, que se supone un libro perfecto y que acaso lo es. La otra contiene mil libros de valor heterogéneo y uno de ellos es la *Eneida*. ¿Cuál de las dos es superior? Evidentemente, la segunda. Leibniz llega a la conclusión de que el mal es necesario para la variedad del mundo.

Otro ejemplo que suele tomarse es el de un cuadro, un cuadro hermoso, digamos de Rembrandt. En la tela hay lugares oscuros que pueden corresponder al mal. Leibniz parece olvidar, cuando toma el ejemplo de las telas o el de los libros, que una cosa es que *haya* malos libros en una biblioteca y otra es ser esos libros. Si nosotros *somos* alguno de esos libros estamos condenados al infierno.

No todos tienen el éxtasis —y no sé si siempre lo tuvo— de Kierkegaard, quien dijo que si había una sola alma en el infierno, necesaria para la variedad del mundo, y esa alma fuera la suya, cantaría desde el fondo del infierno la alabanza del Todopoderoso.

No sé si es fácil sentirse así; no sé si después de algunos minutos de infierno Kierkegaard hubiera seguido pensando igual. Pero la idea, como ustedes ven, se refiere a un problema esencial, el de la existencia del mal, que los gnósticos y los cabalistas resuelven del mismo modo.

Lo resuelven diciendo que el universo es obra de una Divinidad deficiente, cuya fracción de divinidad tiende a cero. Es decir, de un Dios que no es *el* Dios. De un Dios que desciende lejanamente de Dios. No sé si nuestra mente puede trabajar con palabras tan vastas y vagas como Dios, como Divinidad, o con la doctrina de Basílides de las trescientas sesenta y cinco emanaciones de los gnósticos. Sin embargo, podemos aceptar la idea de una divinidad deficiente, de una divinidad que tiene que amasar este mundo con material adverso. Llegaríamos así a Bernard Shaw, quien dijo *God is in the making*, "Dios está haciéndose". Dios es algo que no pertenece al pasado, que quizá no pertenezca al presente: es la Eternidad. Dios es algo que puede ser futuro: si nosotros somos magnánimos, incluso si somos inteligentes, si somos lúcidos, estaremos ayudando a construir a Dios.

En *El fuego imperecedero* de Wells el argumento sigue el del Libro de Job y su héroe se le parece. El personaje, cuando está bajo la anestesia, sueña que entra en un laboratorio. La instalación es pobre y allí trabaja un hombre viejo. El hombre viejo es Dios; se muestra bastante irritado. "Estoy haciendo lo que puedo —le dice—, pero realmente tengo que luchar con un material muy difícil." El mal sería el material intratable por Dios y el bien sería la bondad. Pero el bien, a la larga, estaría destinado a triunfar y está triunfando. No sé si creemos en el progreso; yo creo que sí, al menos en la forma de la espiral de Goethe: vamos y volvemos, pero en suma estamos mejorando. ¿Cómo podemos hablar así en esta época de tantas crueldades? Sin embargo, ahora se toman prisioneros y se los envía a la cárcel, posiblemente a campos de concentración; pero se toman enemigos. En tiempos de Alejandro de Macedonia lo natural parecía que un ejército victorioso matara a todos los vencidos y que una ciudad vencida fuese arrasada. Quizá intelectualmente estemos mejorando también. Una prueba de ello sería este hecho tan humilde de que nos interese lo que pensaron los cabalistas. Tenemos una inteligencia abierta y estamos listos a estudiar no sólo la inteligencia de otros sino la estupidez de otros, las supersticiones de otros. La cábala no sólo no es una pieza de museo, sino una suerte de metáfora del pensamiento.

Querría hablar ahora de uno de los mitos, de una de las leyendas más curiosas de la cábala. La del golem, que inspiró la famosa novela de Meyrink que me inspiró un poema. Dios toma un terrón de tierra (Adán quiere decir tierra roja), le insufla vida y crea a Adán, que para los cabalistas sería el primer golem. Ha sido creado por la palabra divina, por un soplo de vida; y como en la cábala se dice que el nombre de Dios es todo el Pentateuco, salvo que están barajadas las letras, así, si alguien poseyere el nombre de Dios o si alguien llegara al *Tetragrámaton* —el nombre de cuatro letras de Dios— y supiera pronunciarlo correctamente, podría crear un mundo y podría crear un golem también, un hombre.

Las leyendas del golem han sido hermosamente aprovechadas por Gershom Scholem en su libro *El simbolismo de la cábala*, que acabo de leer. Creo que es el libro más claro sobre el tema, porque he comprobado que es casi inútil buscar las fuentes originales. He leído la hermosa y creo que justa traducción (yo no sé hebreo, desde luego) del *Sefer Ietzirá* o *Libro de la Creación* que ha hecho León Dujovne. He leído una versión del *Zohar* o *Libro del esplendor*. Pero esos libros no fueron escritos para enseñar la cábala, sino para insinuarla; para que un estudiante de la cábala pueda leerlos y sentirse fortalecido por ellos. No dicen toda la verdad: como los tratados publicados y no publicados de Aristóteles.

Volvamos al golem. Se supone que si un rabino aprende o llega a descubrir el secreto nombre de Dios y lo pronuncia sobre una figura humana hecha de arcilla, ésta se anima y se llama golem. En una de las versiones de la leyenda, se inscribe en la frente del golem la palabra EMET, que significa verdad. El golem crece. Hay un momento en que es tan alto que su dueño no puede alcanzarlo. Le pide que le ate los zapatos. El golem se inclina y el rabino sopla y logra borrarle el aleph o primera letra de EMET. Queda MET, muerte. El golem se transforma en polvo. En otra leyenda un rabino o unos rabinos, unos magos, crean un golem y se lo mandan a otro maestro, que es capaz de hacerlo pero que está más allá de esas vanidades. El rabino le habla y el golem no le contesta porque le están negadas las facultades de hablar y concebir. El rabino sentencia: "Eres un artificio de los magos; vuelve a tu polvo". El golem cae deshecho.

Por último, otra leyenda narrada por Scholem. Muchos discípulos (un solo hombre no puede estudiar y comprender el *Libro de la Creación*) logran crear un golem. Nace con un puñal en las manos y les pide a sus creadores que lo maten "porque si yo vivo puedo ser adorado como un ídolo". Para Israel, como para el protestantismo, la idolatría es uno de los máximos pecados. Matan al golem.

He referido algunas leyendas pero quiero volver a lo primero, a esa doctrina que me parece atendible. En cada uno de nosotros hay una partícula de divinidad. Este mundo, evidentemente, no puede ser la obra de un Dios todopoderoso y justo, pero depende de nosotros. Tal es la enseñanza que nos deja la cábala, más allá de ser una curiosidad que estudian historiadores o gramáticos. Como el gran poema de Hugo "Ce que dit la bouche d'ombre", la cábala enseñó la doctrina que los griegos llamaron *apokatástasis*, según la cual todas las criaturas, incluso Caín y el Demonio, volverán, al cabo de largas transmigraciones, a confundirse con la divinidad de la que alguna vez emergieron.

LA CEGUERA

En el decurso de mis muchas, de mis demasiadas conferencias, he observado que se prefiere lo personal a lo general, lo concreto a lo abstracto. Por consiguiente, empezaré refiriéndome a mi modesta ceguera personal. Modesta, en primer término, porque es ceguera total de un ojo, parcial del otro. Todavía puedo descifrar algunos colores, todavía puedo descifrar el verde y el azul. Hay un color que no me ha sido infiel, el color amarillo. Recuerdo que de chico (si mi hermana está aquí lo recordará también) me demoraba ante unas jaulas del jardín zoológico de Palermo y eran precisamente la jaula del tigre y la del leopardo. Me demoraba ante el oro y el negro del tigre; aún ahora, el amarillo sigue acompañándome. He escrito un poema que se titula "El oro de los tigres" en que me refiero a esa amistad.

Quiero pasar a un hecho que suele ignorarse y que no sé si es de aplicación general. La gente se imagina al ciego encerrado en un mundo negro. Hay un verso de Shakespeare que justificaría esa opinión: *Looking on darkness which the blind do see,* "mirando la oscuridad que ven los ciegos". Si entendemos negrura por oscuridad, el verso de Shakespeare es falso.

Uno de los colores que los ciegos (o en todo caso este ciego) extrañan es el negro; otro, el rojo. "Le rouge et le noir" son los colores que nos faltan. A mí, que tenía la costumbre de dormir en plena oscuridad, me molestó durante mucho tiempo tener que dormir en este mundo de neblina, de neblina verdosa o azulada y vagamente luminosa que es el mundo del ciego. Hubiera querido reclinarme en la oscuridad, apoyarme en la oscuridad. Al rojo lo veo como un vago marrón. El mundo del ciego no es la noche que la gente supone. En todo caso estoy hablando en mi nombre y en nombre de mi padre y de mi abuela, que murieron ciegos; ciegos, sonrientes y valerosos, como yo también espero morir. Se heredan muchas cosas (la ceguera, por ejemplo), pero no se hereda el valor. Sé que fueron valientes.

El ciego vive en un mundo bastante incómodo, un mundo indefinido, del cual emerge algún color: para mí, todavía el amarillo, todavía el azul (salvo que el azul puede ser verde), todavía el verde (salvo que el verde puede ser azul). El blanco ha desaparecido o se confunde con cl gris. En cuanto al rojo, ha desaparecido del todo, pero espero alguna vez (estoy siguiendo un tratamiento) mejorar y poder ver ese gran color, ese color que resplandece en la poesía y que tiene tan lindos nombres en muchos idiomas. Pensemos en *scharlach*, en alemán, en *scarlet*, en inglés, *escarlata*, en español, *écarlate*, en francés. Palabras que parecen dignas de ese gran color. En cambio, "amarillo" suena débil en español; *yellow* en inglés, que se parece tanto a amarillo; creo que en español antiguo era *amariello*.

Yo vivo en ese mundo de colores y quiero contar, ante todo, que si he hablado de mi modesta ceguera personal, lo hice porque no es esa ceguera perfecta en que piensa la gente; y en segundo lugar porque se trata de mí. Mi caso no es especialmente dramático. Es dramático el caso de aquellos que pierden bruscamente la vista: se trata de una fulminación, de un eclipse, pero en el caso mío, ese lento crepúsculo empezó (esa lenta pérdida de la vista) cuando empecé a ver. Se ha extendido desde 1899 sin momentos dramáticos, un lento crepúsculo que duró más de medio siglo.

Para los propósitos de esta conferencia debo buscar un momento patético. Digamos, aquel en que supe que ya había perdido mi vista, mi vista de lector y de escritor. Por qué no fijar la fecha, tan digna de recordación, de 1955. No me refiero a las épicas lluvias de septiembre; me refiero a una circunstancia personal.

He recibido en mi vida muchos inmerecidos honores, pero hay uno que me alegró más que ningún otro: la dirección de la Biblioteca Nacional. Por razones menos literarias que políticas, fui designado por el gobierno de la Revolución Libertadora.

Me vi nombrado director de la Biblioteca y volví a aquella casa de la calle México del barrio Monserrat, en el Sur, de la que tenía tantos recuerdos. Jamás había soñado con la posibilidad de ser director de la Biblioteca. Yo tenía recuerdos de otro orden. Iba con mi padre, de noche. Mi padre, que era profesor de psicología, pedía algún libro de Bergson o de William James, que eran sus autores preferidos, o de Gustav Spiller. Yo, demasiado tímido para pedir un libro, buscaba algún volumen de la *Enciclopaedia Britannica* o de las enciclopedias alemanas de Brockhaus o de Meyer. Tomaba un volumen al azar, lo sacaba de los anaqueles laterales, y leía.

Recuerdo una noche en que me vi recompensado porque leí tres artículos: sobre los druidas, sobre los drusos y sobre Dryden, un regalo de las letras *dr*. Otras noches fui menos afortunado. Yo sabía, además, que en esa casa estaba Groussac; hubiera podido conocerlo personalmente, pero yo era entonces, puedo decirlo, muy tímido: casi tan tímido como soy ahora. Entonces creía que la timidez era muy importante y ahora sé que la timidez es uno de los males que uno tiene que tratar de sobrellevar, y que realmente ser muy tímido no es importante, como tantas otras cosas a las que uno les otorga importancia exagerada. Recibí el nombramiento a fines de 1955; me hice cargo, pregunté el número de volúmenes, me dijeron que era un millón. Averigüé después que eran novecientos mil, una cifra más que suficiente. (Quizá novecientos mil parezca más que un millón: *novecientos mil*; en cambio, un millón se agota en seguida.)

Poco a poco fui comprendiendo la extraña ironía de los hechos. Yo siempre me había imaginado el Paraíso bajo la especie de una biblioteca. Otras personas piensan en un jardín, otras pueden pensar en un palacio. Ahí estaba yo. Era, de algún modo, el centro de novecientos mil volúmenes en diversos idiomas. Comprobé que apenas podía descifrar las carátulas y los lomos. Entonces escribí el "Poema de los dones", que empieza: "Nadie rebaje a lágrima o reproche / Esta declaración de la maestría / De Dios que con magnífica ironía / Me dio a la vez los libros y la noche". Esos dos dones que se contradicen: los muchos libros y la noche, la incapacidad de leerlos.

Imaginé autor del poema a Groussac, porque Groussac fue también director de la Biblioteca y también ciego. Groussac fue más valiente que yo; guardó silencio. Pero pensé que, sin duda, había instantes en que nuestras vidas coincidían, ya que los dos habíamos llegado a la ceguera y los dos amábamos los libros. Él había honrado a la literatura con libros muy superiores a los míos. Pero, en fin, los dos éramos hombres de letras y recorríamos la Biblioteca de libros vedados. Casi podríamos decir, para nuestros ojos oscuros, de libros en blanco, de libros sin letras. Escribí sobre la ironía de Dios y al fin me pregunté cuál de los dos había escrito ese poema de un yo plural y de una sola sombra.

Ignoraba entonces que hubo otro director de la Biblioteca, José Mármol, que también fue ciego. Aquí aparece el número tres, que cierra las cosas. Dos es una mera coincidencia; tres, una confirmación. Una confirmación de orden ternario, una confirmación divina o teológica. Mármol fue director de la Biblioteca cuando ésta estaba en la calle Venezuela.

Ahora es costumbre hablar mal de Mármol o no hablar de él. Pero debemos recordar que cuando decimos "el tiempo de Rosas" no pensamos en el admirable libro de Ramos Mejía *Rosas y su tiempo*; pensamos en el tiempo de Rosas que describe esa admirablemente chismosa novela *Amalia*, de José Mármol. Haber legado la imagen de una época a un país no es escasa gloria; ojalá yo pudiera contar con una parecida. La verdad es que siempre, cuando decimos "el tiempo de Rosas", estamos pensando en los mazorqueros que describió Mármol, en las tertulias de Palermo, estamos pensando en las conversaciones de uno de los ministros del tirano y de Soler.

Tenemos, pues, tres personas que recibieron igual destino. Y la alegría de volver al barrio de Monserrat, en el Sur. Para todos los porteños el Sur es, de un modo secreto, el centro secreto de Buenos Aires. No el otro centro, un poco ostentoso, que mostramos a los turistas (en aquellos tiempos no existía esa publicidad que se llama Barrio de San Telmo). El Sur vendría a ser el modesto centro secreto de Buenos Aires.

Si yo pienso en Buenos Aires, pienso en el Buenos Aires que conocí cuando era chico: de casas bajas, de patios, de zaguanes, de aljibes con una tortuga, de ventanas de reja, y ese Buenos Aires antes era todo Buenos Aires. Ahora sólo se conserva en el barrio Sur; de modo que sentí que volvía al barrio de mis mayores. Cuando comprobé que ahí estaban los libros, que tenía que preguntar a mis amigos el nombre de ellos, recordé una frase de Rudolf Steiner en su libro sobre antroposofía (que fue el nombre que dio a la teosofía). Dijo que cuando algo concluye, debemos pensar que algo comienza. El consejo es saludable, pero es de difícil ejecución, ya que sabemos lo que perdemos, no lo que ganaremos. Tenemos una imagen muy precisa, una imagen a veces desgarrada de lo que hemos perdido, pero ignoramos qué lo puede reemplazar, o suceder.

Tomé una decisión. Me dije: ya que he perdido el querido mundo de las apariencias, debo crear otra cosa: debo crear el futuro, lo que sucede al mundo visible que, de hecho, he perdido. Recordé unos libros que estaban en casa. Yo era profesor de literatura inglesa en nuestra Universidad. ¿Qué podía hacer para enseñar esa casi infinita literatura, esa literatura que sin duda excede el término de la vida de un hombre o de las generaciones? ¿Qué podía hacer en cuatro meses argentinos de fechas patrias y de huelgas?

Hice lo que pude para enseñar el amor a esa literatura y me abstuve, en lo posible, de fechas y de nombres. Vinieron a verme unas alumnas que habían dado examen y lo habían aprobado. (Todas las alumnas pasaban conmigo, siempre traté de no aplazar a nadie; en diez años aplacé a tres alumnos que insistieron en ser aplazados.) A las niñas (serían nueve o diez) les dije: "Tengo una idea, ahora que ustedes han pasado y que yo he cumplido con mi deber de profesor. ¿No sería interesante que emprendiéramos el estudio de un idioma y de una literatura que apenas conocemos?". Me preguntaron cuál era ese idioma y cuál esa literatura. "Bueno, naturalmente el idioma inglés y la literatura inglesa. Vamos a empezar a estudiarlos, ahora que estamos libres de la frivolidad de los exámenes; vamos a empezar por los orígenes."

Recordé que en casa había dos libros que pude recuperar porque los había puesto en el estante más alto, pensando que no iba a precisarlos nunca. Eran el *Anglo-Saxon Reader* de Sweet y la *Crónica anglosajona.* Los dos tenían glosario. Y nos reunimos una mañana en la Biblioteca Nacional.

Pensé: he perdido el mundo visible pero ahora voy a recuperar otro, el mundo de mis lejanos mayores, aquellas tribus, aquellos hombres que atravesaron a remo los tempestuosos mares del Norte y que desde Dinamarca, desde Alemania y desde los Países Bajos conquistaron a Inglaterra; que se llama Inglaterra por ellos, ya que "Engaland", tierra de los anglos, antes se llamaba "tierra de los britanos", que eran celtas.

Era un sábado por la mañana, nos reunimos en el despacho de Groussac, y empezamos a leer. Hubo una circunstancia que nos alegró y que nos mortificó pero que al mismo tiempo nos llenó de cierta vanidad. Fue el hecho de que los sajones, como los escandinavos, usaban dos letras rúnicas para significar los dos sonidos de la *th*, el de *thing* y el de *the*. Eso confería a la página un aire misterioso. Las hice dibujar en un pizarrón.

Bien: nos encontramos con un idioma que nos pareció distinto del inglés, parecido al alemán. Ocurrió lo que siempre ocurre cuando se estudia un idioma. Cada una de las palabras resalta como si estuviera grabada, como si fuera un talismán. Por eso los versos en un idioma extranjero tienen un prestigio que no tienen en el idioma propio, porque se oye, porque se ve cada una de las palabras: pensamos en la belleza, en la fuerza, o simplemente en lo extraño de ellas. Tuvimos buena suerte esa mañana. Descubrimos la frase "Julio César fue de los romanos el primero que buscó a Inglaterra". Encontrarnos con los romanos en un texto del Norte, nos conmovió. Recuerden ustedes que no sabíamos nada del idioma, que lo leíamos con lupa, que cada palabra era una suerte de talismán que recobrábamos. Encontramos dos palabras. Con esas dos palabras estuvimos casi ebrios; es verdad que yo era viejo y ellas eran jóvenes (parece que son épocas aptas para la embriaguez). Yo pensaba: "estoy volviendo al idioma que hablaban mis mayores hace cincuenta generaciones; estoy volviendo a ese idioma, estoy recuperándolo. No es la primera vez que lo uso; cuando yo tenía otros nombres, yo hablé este idioma". Esas dos palabras fueron el nombre de Londres, *Lundenburh*, *Londresburgo*, y el nombre de Roma, que nos emocionó más aún, por pensar en la luz de Roma que había caído sobre esas islas boreales perdidas, la *Romeburh*, la *Romaburgo*. Creo que salimos a la calle gritando *Lundenburh, Romeburh*...

Así empezó el estudio del anglosajón, al que me llevó la ceguera. Y ahora tengo la memoria llena de versos elegíacos, épicos, anglosajones.

Había reemplazado el mundo visible por el mundo auditivo del idioma anglosajón. Después pasé a ese otro mundo, más rico y posterior, de la literatura escandinava: pasé a las eddas y a las sagas. Luego escribí *Antiguas literaturas germánicas*, escribí muchos poemas basados en esos temas y sobre todo gocé de esas literaturas. Y ahora tengo en preparación un libro sobre literatura escandinava.

No permití que la ceguera me acobardara. Además mi editor me dio una excelente noticia: me dijo que si yo le entregaba treinta poemas por año, él podía publicar un libro. Treinta poemas significan una disciplina, sobre todo cuando uno tiene que dictar cada línea; pero, al mismo tiempo, la suficiente libertad, ya que es imposible que en un año no le ocurran a uno treinta ocasiones de poesía. La ceguera no ha sido para mí una desdicha total, no se la debe ver de un modo patético. Debe verse como un modo de vida: es uno de los estilos de vida de los hombres.

Ser ciego tiene sus ventajas. Yo le debo a la sombra algunos dones: le debo el anglosajón, mi escaso conocimiento del islandés, el goce de tantas líneas, de tantos versos, de tantos poemas, y de haber escrito otro libro, titulado con cierta falsedad, con cierta jactancia, *Elogio de la sombra.*

Quiero hablar ahora de otros casos, de casos ilustres. Vamos a empezar por ese muy evidente ejemplo de la amistad, de la poesía, de la ceguera; por quien ha sido considerado el más alto de los poetas: Homero. (Sabemos de otro poeta griego ciego, Tamiris, cuya obra se ha perdido, y lo sabemos principalmente por una referencia de Milton, otro ilustre ciego. Tamiris fue vencido en un certamen por las musas, quienes rompieron su lira y le quitaron la vista.)

Existe una hipótesis muy curiosa, que no creo que sea histórica, pero que es intelectualmente agradable, de Oscar Wilde. En general, los escritores tratan de que lo que dicen parezca profundo; Wilde era un hombre profundo que trataba de parecer frívolo. Sin embargo, quería que lo imagináramos como un conversador, quería que pensáramos en él como Platón pensaba de la poesía, "esa cosa liviana, alada y sagrada". Pues bien, esa cosa liviana, alada y sagrada que fue Oscar Wilde, dijo que la Antigüedad había representado a Homero como un poeta ciego, y que había procedido deliberadamente.

No sabemos si Homero existió. El hecho de que siete ciudades se disputaran su nombre basta para hacernos dudar de su historicidad. Quizá no hubo un Homero, hubo muchos griegos que ocultamos bajo el nombre de Homero. Las tradiciones son unánimes en mostrarnos un poeta ciego; sin embargo, la poesía de Homero es visual, muchas veces espléndidamente visual; como lo fue, en menor grado desde luego, la poesía de Oscar Wilde.

Wilde se dio cuenta de que su poesía era demasiado visual y quiso curarse de ese defecto: quiso hacer poesía que fuera también auditiva, musical, digamos como la poesía de Tennyson o de Verlaine, a quienes él quería y admiraba tanto. Wilde se dijo: "Los griegos sostuvieron que

Homero era ciego para significar que la poesía no debe ser visual, que su deber es ser auditiva". De ahí el *de la musique avant toute chose* de Verlaine, de ahí el simbolismo contemporáneo de Wilde.

Podemos pensar que Homero no existió pero que a los griegos les gustaba imaginarlo ciego para insistir en el hecho de que la poesía es ante todo música, que la poesía es ante todo la lira, y que lo visual puede existir o no existir en un poeta. Yo sé de grandes poetas visuales y sé de grandes poetas que no son visuales: poetas intelectuales, mentales, no hay por qué mencionar nombres.

Pasemos al ejemplo de Milton. La ceguera de Milton fue voluntaria. Supo desde el principio que iba a ser un gran poeta. Esto le ocurrió a otros poetas. Coleridge y De Quincey, antes de haber escrito una sola línea, sabían que su destino sería literario; yo también, si es que puedo mencionarme. Siempre he sentido que mi destino era, ante todo, un destino literario; es decir, que me sucederían muchas cosas malas y algunas cosas buenas, pero siempre supe que todo eso, a la larga, se convertiría en palabras, sobre todo las cosas malas, ya que la felicidad no necesita ser transmutada: la felicidad es su propio fin.

Volvamos a Milton. Gastó su vista escribiendo folletos en defensa de la ejecución del rey por el Parlamento. Dice Milton que la perdió voluntariamente, defendiendo la libertad; habla de esa noble tarea y no se queja de estar ciego: piensa que ha sacrificado su vista voluntariamente y recuerda su primer deseo, el de ser un poeta. Se ha descubierto en la Universidad de Cambridge un manuscrito en el cual hay muchos temas que Milton se había propuesto, cuando era joven, para la ejecución de un gran poema.

"Quiero legar algo a las generaciones venideras que éstas no dejen caer fácilmente", declara. Ya había anotado unos diez o quince temas, entre ellos uno que escribió sin saber que lo hacía de modo profético. Ese tema era Sansón. Él no sabía por entonces que su destino sería de algún modo el de Sansón, y que Sansón, así como profetizó a Cristo en el Antiguo Testamento, lo profetizó a él con más precisión. Una vez que se supo ciego, emprendió dos obras históricas: una *Historia de Moscovia* y una *Historia de Inglaterra*, que quedaron inconclusas. Y luego el largo poema *El Paraíso perdido*. Buscó un tema que pudiera interesar a todos los hombres y no solamente a los ingleses. Ese tema fue Adán, nuestro padre común.

Pasaba buena parte de su tiempo solo, componía versos y su memoria se había acrecentado. Podía tener cuarenta o cincuenta endecasílabos blancos en la memoria y luego los dictaba a quienes venían a visitarlo. Así compuso el poema. Recordó y pensó en el destino de Sansón, tan parecido al suyo, porque ya Cromwell había muerto y había llegado la hora de la Restauración. Milton fue perseguido y pudo ser condenado a muerte por haber justificado la ejecución del rey. Pero Carlos II, hijo de Carlos I "El Ejecutado", cuando le trajeron la lista de los condenados a muerte, tomó la pluma y dijo, no sin nobleza: "Hay algo en mi mano derecha que se niega a firmar una sentencia de muerte". Milton se salvó, y muchos otros con él.

Escribió entonces el *Samson Agonistes.* Quiso hacer una tragedia griega. La acción ocurre en un día, el último día de Sansón, y Milton pensó en el parecido de los destinos, ya que él, como Sansón, había sido el hombre fuerte finalmente vencido. Estaba ciego. Y escribió aquellos versos que siempre, según Landor, suelen puntuarse mal, y que realmente tendrían que ser: *Eyeless, in Gaza, at the mill, with the slaves,* "Ciego, en Gaza (Gaza es una ciudad filistea, una ciudad enemiga), en la noria, con los esclavos". Es como si las desdichas fueran acumulándose sobre Sansón.

Milton tiene un soneto en el que habla de su ceguera. Hay una línea que se ve que está escrita por un ciego. Cuando tiene que describir el mundo, dice: *In this dark world and wide*, "En este mundo oscuro y ancho", que es precisamente el mundo de los ciegos cuando están solos, porque caminan buscando apoyo con las manos extendidas. Aquí tenemos un ejemplo (mucho más importante que el mío) de un hombre que se sobrepone a la ceguera y que ejecuta su obra: *El Paraíso perdido, El Paraíso recuperado, Samson Agonistes,* los mejores sonetos que escribió, parte de la *Historia de Inglaterra,* desde los orígenes hasta la conquista normanda. Todo lo ejecuta siendo ciego y teniendo que dictarlo a gente casual.

El bostoniano y aristocrático Prescott fue ayudado por su mujer. Un accidente, cuando era estudiante de Harvard, le hizo perder un ojo y quedar casi ciego del otro. Decidió que su vida estaría dedicada a la literatura. Estudió, aprendió las literaturas de Inglaterra, Francia, Italia, España. La España imperial le hizo dar con su mundo, el que convenía a su rígido rechazo de los días republicanos. De erudito se convirtió en escritor, y a su mujer, que le leía, le dictó las historias de la conquista de México y del Perú, del reinado de los Reyes Católicos y de Felipe II. Fue una tarea feliz, casi impecable, que le demandó más de veinte años.

Hay dos ejemplos que están más cerca de nosotros. Uno ya lo he mencionado, el de Groussac. Groussac ha sido olvidado con injusticia. La gente lo ve ahora como un francés intruso en este país. Se dice que su obra histórica ha caducado, que ahora se dispone de mejor documentación. Pero se olvida que Groussac, como todo escritor, escribió dos obras: una, el tema que se propuso; otra, la manera en que lo ejecutó. Aparte de dejarnos su obra histórica y crítica, Groussac renovó la prosa española. Alfonso Reyes, el mejor prosista de lengua española en cualquier época, me dijo: "Groussac me ha enseñado cómo debe escribirse el español". Groussac se sobrepuso a su ceguera y dejó algunas de las mejores páginas en prosa que se han escrito en nuestro país. Siempre me place recordarlo.

Recordemos otro ejemplo más famoso que el de Groussac. En James Joyce se da también una obra doble. Tenemos esas dos vastas y por qué no decirlo ilegibles novelas que son *Ulises* y *Finnegans Wake*. Pero es la mitad de su obra (que incluye bellos poemas y el admirable *Retrato del artista adolescente*). La otra mitad y quizá la más rescatable, como se dice ahora, es el hecho de que tomó el casi infinito idioma inglés. Ese idioma que estadísticamente supera a todos los demás y que ofrece tantas posibilidades para el escritor, sobre todo de verbos muy concretos, no fue bastante para él. Joyce, el irlandés, recordó que Dublín había sido fundado por los vikingos daneses. Estudió noruego, le escribió una carta en noruego a Ibsen, y luego estudió griego, latín... Supo todos los idiomas y escribió en un idioma inventado por él, un idioma que es difícilmente comprensible pero que se distingue por una música extraña. Joyce trajo una música nueva al inglés. Y dijo valerosamente (y mendazmente) que "de todas las cosas que me han sucedido creo que la menos importante es la de haberme quedado ciego". Ha dejado parte de su vasta obra ejecutada en la sombra: puliendo las frases en su memoria, trabajando a veces una sola frase durante todo un día y luego escribiéndola y corrigiéndola. Todo en medio de la ceguera o de períodos de ceguera. Análogamente, la impotencia de Boileau, de Swift, de Kant, de Ruskin y de George Moore fue un melancólico instrumento para la buena ejecución de su obra; lo mismo cabe afirmar de la perversión, cuyos beneficiarios, ahora, se encargan de que nadie ignore sus nombres. Demócrito de Abdera se arrancó los ojos en un jardín para que el espectáculo de la realidad exterior no lo distrajera; Orígenes se castró.

He enumerado suficientes ejemplos; algunos tan ilustres que me da vergüenza haber hablado de mi caso personal; salvo por el hecho de que la gente siempre espera confidencias y yo no tengo por qué negarle las mías. Aunque, desde luego, parece absurdo poner mi nombre junto a los nombres que he tenido ocasión de recordar.

He dicho que la ceguera es un modo de vida, un modo de vida que no es enteramente desdichado. Recordemos aquellos versos del mayor poeta español, fray Luis de León:

Vivir quiero conmigo,
gozar quiero del bien que debo al cielo,
a solas sin testigo,
libre de amor, de celo,
de odio, de esperanza, de recelo.

Edgar Allan Poe sabía de memoria esta estrofa.

Para mí, vivir sin odio es fácil, ya que nunca he sentido odio. Pero vivir sin amor creo que es imposible, felizmente imposible para cada uno de nosotros. Sin embargo, el principio "vivir quiero conmigo, / gozar quiero del bien que debo al cielo": si aceptamos que en el bien del cielo puede estar la sombra, entonces, ¿quién vive más consigo mismo? ¿Quién puede explorarse más? ¿Quién puede conocerse más a sí mismo? Según la sentencia socrática, ¿quién puede conocerse más que un ciego?

El escritor vive, la tarea de ser poeta no se cumple en determinado horario. Nadie es poeta de ocho a doce y de dos a seis. Quien es poeta lo es siempre, y se ve asaltado por la poesía continuamente. De igual modo que un pintor, supongo, siente que los colores y las formas están asediándolo. O que un músico siente que el extraño mundo de los sonidos —el mundo más extraño del arte— está siempre buscándolo, que hay melodías y disonancias que lo buscan. Para la tarea del artista, la ceguera no es del todo una desdicha: puede ser un instrumento. Fray Luis de León dedicó una de sus odas más bellas a Francisco Salinas, músico ciego.

Un escritor, o todo hombre, debe pensar que cuanto le ocurre es un instrumento; todas las cosas le han sido dadas para un fin y esto tiene que ser más fuerte en el caso de un artista. Todo lo que le pasa, incluso las humillaciones, los bochornos, las desventuras, todo eso le ha sido dado como arcilla, como material para su arte; tiene que aprovecharlo. Por eso yo hablé en un poema del antiguo alimento de los héroes: la humillación, la desdicha, la discordia. Esas cosas nos fueron dadas para que las transmutemos, para que hagamos de la miserable circunstancia de nuestra vida, cosas eternas o que aspiren a serlo.

Si el ciego piensa así, está salvado. La ceguera es un don. Ya he fatigado a ustedes con los dones que me dio: me dio el anglosajón, me dio parcialmente el escandinavo, me dio el conocimiento de una literatura medieval que yo habría ignorado, me dio el haber escrito varios libros, buenos o malos, pero que justifican el momento en que se escribieron. Además, el ciego se siente rodeado por el cariño de todos. La gente siempre siente buena voluntad para un ciego.

Quiero concluir con un verso de Goethe. Mi alemán es deficiente, pero creo poder recuperar sin demasiados errores esas palabras: *Alles Nahe werde fern*, "todo lo cercano se aleja". Goethe lo escribió refiriéndose al crepúsculo de la tarde. Todo lo cercano se aleja, es verdad. Al atardecer, las cosas más cercanas ya se alejan de nuestros ojos, así como el mundo visible se ha alejado de mis ojos, quizá definitivamente.

Goethe pudo referirse no sólo al crepúsculo sino a la vida. Todas las cosas van dejándonos. La vejez tiene que ser la suprema soledad, salvo que la suprema soledad es la muerte. También "todo lo cercano se aleja" se refiere al lento proceso de la ceguera, del cual he querido hablarles esta noche y he querido mostrar que no es una total desventura. Que debe ser un instrumento más entre los muchos, tan extraños, que el destino o el azar nos deparan.

La cifra
(1981)

INSCRIPCIÓN

De la serie de hechos inexplicables que son el universo o el tiempo, la dedicatoria de un libro no es, por cierto, el menos arcano. Se la define como un don, un regalo. Salvo en el caso de la indiferente moneda que la caridad cristiana deja caer en la palma del pobre, todo regalo verdadero es recíproco. El que da no se priva de lo que da. Dar y recibir son lo mismo.

Como todos los actos del universo, la dedicatoria de un libro es un acto mágico. También cabría definirla como el modo más grato y más sensible de pronunciar un nombre. Yo pronuncio ahora su nombre, María Kodama. Cuántas mañanas, cuántos mares, cuántos jardines del Oriente y del Occidente, cuánto Virgilio.

J.L.B.

Buenos Aires, 17 de mayo de 1981

PRÓLOGO

El ejercicio de la literatura puede enseñarnos a eludir equivocaciones, no a merecer hallazgos. Nos revela nuestras imposibilidades, nuestros severos límites. Al cabo de los años, he comprendido que me está vedado ensayar la cadencia mágica, la curiosa metáfora, la interjección, la obra sabiamente gobernada o de largo aliento. Mi suerte es lo que suele denominarse poesía intelectual. La palabra es casi un oximoron; el intelecto (la vigilia) piensa por medio de abstracciones, la poesía (el sueño), por medio de imágenes, de mitos o de fábulas. La poesía intelectual debe entretejer gratamente esos dos procesos. Así lo hace Platón en sus diálogos; así lo hace también Francis Bacon, en su enumeración de los ídolos de la tribu, del mercado, de la caverna y del teatro. El maestro del género es, en mi opinión, Emerson; también lo han ensayado, con diversa felicidad, Browning y Frost, Unamuno y, me aseguran, Paul Valéry.

Admirable ejemplo de una poesía puramente verbal es la siguiente estrofa de Jaimes Freyre.

Peregrina paloma imaginaria
que enardeces los últimos amores;
alma de luz, de música y de flores,
peregrina paloma imaginaria.

No quiere decir nada y a la manera de la música dice todo.

Ejemplo de poesía intelectual es aquella silva de Luis de León, que Poe sabía de memoria:

Vivir quiero conmigo,
gozar quiero del bien que debo al cielo,
a solas sin testigo,
libre de amor, de celo,
de odio, de esperanza, de recelo.

No hay una sola imagen. No hay una sola hermosa palabra, con la excepción dudosa de testigo*, que no sea una abstracción.*

Estas páginas buscan, no sin incertidumbre, una vía media.

J.L.B.

Buenos Aires, 29 de abril de 1981

RONDA

El Islam, que fue espadas
que desolaron el poniente y la aurora
y estrépito de ejércitos en la tierra
y una revelación y una disciplina
y la aniquilación de los ídolos
y la conversión de todas las cosas
en un terrible Dios, que está solo,
y la rosa y el vino del sufí
y la rimada prosa alcoránica
y ríos que repiten alminares
y el idioma infinito de la arena
y ese otro idioma, el álgebra,
y ese largo jardín, las Mil y Una Noches,
y hombres que comentaron a Aristóteles
y dinastías que son ahora nombres del polvo
y Tamerlán y Omar, que destruyeron,
es aquí, en Ronda,
en la delicada penumbra de la ceguera,
un cóncavo silencio de patios,
un ocio del jazmín
y un tenue rumor de agua, que conjuraba
memorias de desiertos.

EL ACTO DEL LIBRO

Entre los libros de la biblioteca había uno, escrito en lengua arábiga, que un soldado adquirió por unas monedas en el Alcana de Toledo y que los orientalistas ignoran, salvo en la versión castellana. Ese libro era mágico y registraba de manera profética los hechos y palabras de un hombre desde la edad de cincuenta años hasta el día de su muerte, que ocurriría en 1614.

Nadie dará con aquel libro, que pereció en la famosa conflagración que ordenaron un cura y un barbero, amigo personal del soldado, como se lee en el sexto capítulo.

El hombre tuvo el libro en las manos y no lo leyó nunca, pero cumplió minuciosamente el destino que había soñado el árabe y seguirá cumpliéndolo siempre, porque su aventura ya es parte de la larga memoria de los pueblos.

¿Acaso es más extraña esta fantasía que la predestinación del Islam que postula un Dios, o que el libre albedrío, que nos da la terrible potestad de elegir el infierno?

DESCARTES

Soy el único hombre en la tierra y acaso no haya tierra ni hombre.
Acaso un dios me engaña.
Acaso un dios me ha condenado al tiempo, esa larga ilusión.
Sueño la luna y sueño mis ojos que perciben la luna.
He soñado la tarde y la mañana del primer día.
He soñado a Cartago y a las legiones que desolaron a Cartago.
He soñado a Lucano.
He soñado la colina del Gólgota y las cruces de Roma.
He soñado la geometría.
He soñado el punto, la línea, el plano y el volumen.
He soñado el amarillo, el azul y el rojo.
He soñado mi enfermiza niñez.
He soñado los mapas y los reinos y aquel duelo en el alba.
He soñado el inconcebible dolor.
He soñado mi espada.
He soñado a Elizabeth de Bohemia.
He soñado la duda y la certidumbre.
He soñado el día de ayer.
Quizá no tuve ayer, quizá no he nacido.
Acaso sueño haber soñado.
Siento un poco de frío, un poco de miedo.
Sobre el Danubio está la noche.
Seguiré soñando a Descartes y a la fe de sus padres.

LAS DOS CATEDRALES*

En esa biblioteca de Almagro Sur
compartimos la rutina y el tedio
y la morosa clasificación de los libros
según el orden decimal de Bruselas
y me confiaste tu curiosa esperanza
de escribir un poema que observara
verso por verso, estrofa por estrofa,
las divisiones y las proporciones
de la remota catedral de Chartres
(que tus ojos de carne no vieron nunca)
y que fuera el coro, y las naves,
y el ábside, el altar y las torres.
Ahora, Schiavo, estás muerto.
Desde el cielo platónico habrás mirado
con sonriente piedad
la clara catedral de erguida piedra
y tu secreta catedral tipográfica
y sabrás que las dos,
la que erigieron las generaciones de Francia
y la que urdió tu sombra,
son copias temporales y mortales
de un arquetipo inconcebible.

BEPPO

El gato blanco y célibe se mira
en la lúcida luna del espejo
y no puede saber que esa blancura
y esos ojos de oro que no ha visto
nunca en la casa son su propia imagen.
¿Quién le dirá que el otro que lo observa
es apenas un sueño del espejo?
Me digo que esos gatos armoniosos,
el de cristal y el de caliente sangre,
son simulacros que concede al tiempo
un arquetipo eterno. Así lo afirma,
sombra también, Plotino en las *Ennéadas*.
¿De qué Adán anterior al paraíso,
de qué divinidad indescifrable
somos los hombres un espejo roto?

AL ADQUIRIR UNA ENCICLOPEDIA

Aquí la vasta enciclopedia de Brockhaus,
aquí los muchos y cargados volúmenes y el volumen del atlas,
aquí la devoción de Alemania,
aquí los neoplatónicos y los gnósticos,
aquí el primer Adán y Adán de Bremen,
aquí el tigre y el tártaro,
aquí la escrupulosa tipografía y el azul de los mares,
aquí la memoria del tiempo y los laberintos del tiempo,
aquí el error y la verdad,
aquí la dilatada miscelánea que sabe más que cualquier hombre,
aquí la suma de la larga vigilia.
Aquí también los ojos que no sirven, las manos que no aciertan, las ilegibles páginas,
la dudosa penumbra de la ceguera, los muros que se alejan.
Pero también aquí una costumbre nueva,
de esta costumbre vieja, la casa,
una gravitación y una presencia,
el misterioso amor de las cosas
que nos ignoran y se ignoran.

AQUÉL*

Oh días consagrados al inútil
empeño de olvidar la biografía
de un poeta menor del hemisferio
austral, a quien los hados o los astros
dieron un cuerpo que no deja un hijo
y la ceguera, que es penumbra y cárcel,
y la vejez, aurora de la muerte,
y la fama, que no merece nadie,
y el hábito de urdir endecasílabos
y el viejo amor de las enciclopedias
y de los finos mapas caligráficos
y del tenue marfil y una incurable
nostalgia del latín y fragmentarias
memorias de Edimburgo y de Ginebra
y el olvido de fechas y de nombres
y el culto del Oriente, que los pueblos
del misceláneo Oriente no comparten,
y vísperas de trémula esperanza
y el abuso de la etimología
y el hierro de las sílabas sajonas
y la luna, que siempre nos sorprende,
y esa mala costumbre, Buenos Aires,
y el sabor de las uvas y del agua
y del cacao, dulzura mexicana,
y unas monedas y un reloj de arena
y que una tarde, igual a tantas otras,
se resigna a estos versos.

ECLESIASTÉS, 1, 9*

Si me paso la mano por la frente,
si acaricio los lomos de los libros,
si reconozco el Libro de las Noches,
si hago girar la terca cerradura,
si me demoro en el umbral incierto,
si el dolor increíble me anonada,
si recuerdo la Máquina del Tiempo,
si recuerdo el tapiz del unicornio,
si cambio de postura mientras duermo,
si la memoria me devuelve un verso,
repito lo cumplido innumerables
veces en mi camino señalado.
No puedo ejecutar un acto nuevo,
tejo y torno a tejer la misma fábula,
repito un repetido endecasílabo,
digo lo que los otros me dijeron,
siento las mismas cosas en la misma
hora del día o de la abstracta noche.
Cada noche la misma pesadilla,
cada noche el rigor del laberinto.
Soy la fatiga de un espejo inmóvil
o el polvo de un museo.
Sólo una cosa no gustada espero,
una dádiva, un oro de la sombra,
esa virgen, la muerte. (El castellano
permite esta metáfora.)

DOS FORMAS DEL INSOMNIO

¿Qué es el insomnio?

La pregunta es retórica; sé demasiado bien la respuesta.

Es temer y contar en la alta noche las duras campanadas fatales, es ensayar con magia inútil una respiración regular, es la carga de un cuerpo que bruscamente cambia de lado, es apretar los párpados, es un estado parecido a la fiebre y que ciertamente no es la vigilia, es pronunciar fragmentos de párrafos leídos hace ya muchos años, es saberse culpable de velar cuando los otros duermen, es querer hundirse en el sueño y no poder hundirse en el sueño, es el horror de ser y de seguir siendo, es el alba dudosa.

¿Qué es la longevidad?

Es el horror de ser en un cuerpo humano cuyas facultades declinan, es un insomnio que se mide por décadas y no con agujas de acero, es el peso de mares y de pirámides, de antiguas bibliotecas y dinastías, de las auroras que vio Adán, es no ignorar que estoy condenado a mi carne, a mi detestada voz, a mi nombre, a una rutina de recuerdos, al castellano, que no sé manejar, a la nostalgia del latín, que no sé, a querer hundirme en la muerte y no poder hundirme en la muerte, a ser y seguir siendo.

THE CLOISTERS

De un lugar del reino de Francia
trajeron los cristales y la piedra
para construir en la isla de Manhattan
estos cóncavos claustros.
No son apócrifos.
Son fieles monumentos de una nostalgia.
Una voz americana nos dice
que paguemos lo que queramos,
porque toda esta fábrica es ilusoria
y el dinero que deja nuestra mano
se convertirá en zequíes o en humo.
Esta abadía es más terrible
que la pirámide de Ghizeh
o que el laberinto de Knossos,
porque es también un sueño.
Oímos el rumor de la fuente,
pero esa fuente está en el Patio de los Naranjos
o en el cantar *Der Asra.*
Oímos claras voces latinas,
pero esas voces resonaron en Aquitania
cuando estaba cerca el Islam.
Vemos en los tapices
la resurrección y la muerte
del sentenciado y blanco unicornio,
porque el tiempo de este lugar
no obedece a un orden.
Los laureles que toco florecerán
cuando Leif Ericsson divise las arenas de América.
Siento un poco de vértigo.
No estoy acostumbrado a la eternidad.

NOTA PARA UN CUENTO FANTÁSTICO

En Wisconsin o en Texas o en Alabama los chicos juegan a la guerra y los dos bandos son el Norte y el Sur. Yo sé (todos lo saben) que la derrota tiene una dignidad que la ruidosa victoria no merece, pero también sé imaginar que ese juego, que abarca más de un siglo y un continente, descubrirá algún día el arte divino de destejer el tiempo o, como dijo Pietro Damiano, de modificar el pasado.

Si ello acontece, si en el decurso de los largos juegos el Sur humilla al Norte, el hoy gravitará sobre el ayer y los hombres de Lee serán vencedores en Gettysburg en los primeros días de julio de 1863 y la mano de Donne podrá dar fin a su poema sobre las transmigraciones de un alma y el viejo hidalgo Alonso Quijano conocerá el amor de Dulcinea y los ocho mil sajones de Hastings derrotarán a los normandos, como antes derrotaron a los noruegos, y Pitágoras no reconocerá en un pórtico de Argos el escudo que usó cuando era Euforbo.

EPÍLOGO

Ya cumplida la cifra de los pasos
que te fue dado andar sobre la tierra,
digo que has muerto. Yo también he muerto.
Yo, que recuerdo la precisa noche
del ignorado adiós, hoy me pregunto:
¿Qué habrá sido de aquellos dos muchachos
que hacia mil novecientos veintitantos
buscaban con ingenua fe platónica
por las largas aceras de la noche
del Sur o en la guitarra de Paredes
o en fábulas de esquina y de cuchillo
o en el alba, que no ha tocado nadie,
la secreta ciudad de Buenos Aires?
Hermano en los metales de Quevedo
y en el amor del numeroso hexámetro,
descubridor (todos entonces lo éramos)
de ese antiguo instrumento, la metáfora,
Francisco Luis, del estudioso libro,
ojalá compartieras esta vana
tarde conmigo, inexplicablemente,
y me ayudaras a limar el verso.

BUENOS AIRES

He nacido en otra ciudad que también se llamaba Buenos Aires.
Recuerdo el ruido de los hierros de la puerta cancel.
Recuerdo los jazmines y el aljibe, cosas de la nostalgia.
Recuerdo una divisa rosada que había sido punzó.
Recuerdo la resolana y la siesta.
Recuerdo dos espadas cruzadas que habían servido en el desierto.
Recuerdo los faroles de gas y el hombre con el palo.
Recuerdo el tiempo generoso, la gente que llegaba sin anunciarse.
Recuerdo un bastón con estoque.
Recuerdo lo que he visto y lo que me contaron mis padres.
Recuerdo a Macedonio, en un rincón de una confitería del Once.
Recuerdo las carretas de tierra adentro en el polvo del Once.
Recuerdo el Almacén de la Figura en la calle de Tucumán.
(A la vuelta murió Estanislao del Campo.)
Recuerdo un tercer patio, que no alcancé, que era el patio
de los esclavos.
Guardo memoria del pistoletazo de Alem en un coche cerrado.
En aquel Buenos Aires, que me dejó, yo sería un extraño.
Sé que los únicos paraísos no vedados al hombre son los paraísos
perdidos.
Alguien casi idéntico a mí, alguien que no habrá leído esta página,
lamentará las torres de cemento y el talado obelisco.

LA PRUEBA

Del otro lado de la puerta un hombre
deja caer su corrupción. En vano
elevará esta noche una plegaria
a su curioso dios, que es tres, dos, uno,
y se dirá que es inmortal. Ahora
oye la profecía de su muerte
y sabe que es un animal sentado.
Eres, hermano, ese hombre. Agradezcamos
los vermes y el olvido.

HIMNO

Esta mañana
hay en el aire la increíble fragancia
de las rosas del Paraíso.
En la margen del Eufrates
Adán descubre la frescura del agua.
Una lluvia de oro cae del cielo;
es el amor de Zeus.
Salta del mar un pez
y un hombre de Agrigento recordará
haber sido ese pez.
En la caverna cuyo nombre será Altamira
una mano sin cara traza la curva
de un lomo de bisonte.
La lenta mano de Virgilio acaricia
la seda que trajeron
del reino del Emperador Amarillo
las caravanas y las naves.
El primer ruiseñor canta en Hungría.
Jesús ve en la moneda el perfil de César.
Pitágoras revela a sus griegos
que la forma del tiempo es la del círculo.
En una isla del Océano
los lebreles de plata persiguen a los ciervos de oro.
En un yunque forjan la espada
que será fiel a Sigurd.
Whitman canta en Manhattan.
Homero nace en siete ciudades.
Una doncella acaba de apresar
al unicornio blanco.
Todo el pasado vuelve como una ola
y esas antiguas cosas recurren
porque una mujer te ha besado.

LA DICHA

El que abraza a una mujer es Adán. La mujer es Eva.
Todo sucede por primera vez.
He visto una cosa blanca en el cielo. Me dicen que es la luna,
pero qué puedo hacer con una palabra y con una mitología.
Los árboles me dan un poco de miedo. Son tan hermosos.
Los tranquilos animales se acercan para que yo les diga su nombre.
Los libros de la biblioteca no tienen letras. Cuando los abro surgen.
Al hojear el atlas proyecto la forma de Sumatra.
El que prende un fósforo en el oscuro está inventando el fuego.
En el espejo hay otro que acecha.
El que mira el mar ve a Inglaterra.
El que profiere un verso de Liliencron ha entrado en la batalla.
He soñado a Cartago y a las legiones que desolaron a Cartago.
He soñado la espada y la balanza.
Loado sea el amor en el que no hay poseedor ni poseída, pero los dos se entregan.
Loada sea la pesadilla, que nos revela que podemos crear el infierno.
El que desciende a un río desciende al Ganges.
El que mira un reloj de arena ve la disolución de un imperio.
El que juega con un puñal presagia la muerte de César.
El que duerme es todos los hombres.
En el desierto vi la joven Esfinge, que acaban de labrar.
Nada hay tan antiguo bajo el sol.
Todo sucede por primera vez, pero de un modo eterno.
El que lee mis palabras está inventándolas.

ELEGÍA

Sin que nadie lo sepa, ni el espejo,
ha llorado unas lágrimas humanas.
No puede sospechar que conmemoran
todas las cosas que merecen lágrimas:
la hermosura de Helena, que no ha visto,
el río irreparable de los años,
la mano de Jesús en el madero
de Roma, la ceniza de Cartago,
el ruiseñor del húngaro y del persa,
la breve dicha y la ansiedad que aguarda,
de marfil y de música Virgilio,
que cantó los trabajos de la espada,
las configuraciones de las nubes
de cada nuevo y singular ocaso
y la mañana que será la tarde.
Del otro lado de la puerta un hombre
hecho de soledad, de amor, de tiempo,
acaba de llorar en Buenos Aires
todas las cosas.

BLAKE

¿Dónde estará la rosa que en tu mano
prodiga, sin saberlo, íntimos dones?
No en el color, porque la flor es ciega,
ni en la dulce fragancia inagotable,
ni en el peso de un pétalo. Esas cosas
son unos pocos y perdidos ecos.
La rosa verdadera está muy lejos.
Puede ser un pilar o una batalla
o un firmamento de ángeles o un mundo
infinito, secreto y necesario,
o el júbilo de un dios que no veremos
o un planeta de plata en otro cielo
o un terrible arquetipo que no tiene
la forma de la rosa.

EL HACEDOR

Somos el río que invocaste, Heráclito.
Somos el tiempo. Su intangible curso
acarrea leones y montañas,
llorado amor, ceniza del deleite,
insidiosa esperanza interminable,
vastos nombres de imperios que son polvo,
hexámetros del griego y del romano,
lóbrego un mar bajo el poder del alba,
el sueño, ese pregusto de la muerte,
las armas y el guerrero, monumentos,
las dos caras de Jano que se ignoran,
los laberintos de marfil que urden
las piezas de ajedrez en el tablero,
la roja mano de Macbeth que puede
ensangrentar los mares, la secreta
labor de los relojes en la sombra,
un incesante espejo que se mira
en otro espejo y nadie para verlos,
láminas en acero, letra gótica,
una barra de azufre en un armario,
pesadas campanadas del insomnio,
auroras y ponientes y crepúsculos,
ecos, resaca, arena, liquen, sueños.
Otra cosa no soy que esas imágenes
que baraja el azar y nombra el tedio.
Con ellas, aunque ciego y quebrantado,
he de labrar el verso incorruptible
y (es mi deber) salvarme.

YESTERDAYS

De estirpe de pastores protestantes
y de soldados sudamericanos
que opusieron al godo y a las lanzas
del desierto su polvo incalculable,
soy y no soy. Mi verdadera estirpe
es la voz, que aún escucho, de mi padre,
conmemorando música de Swinburne,
y los grandes volúmenes que he hojeado,
hojeado y no leído, y que me bastan.
Soy lo que me contaron los filósofos.
El azar o el destino, esos dos nombres
de una secreta cosa que ignoramos,
me prodigaron patrias: Buenos Aires,
Nara, donde pasé una sola noche,
Ginebra, las dos Córdobas, Islandia...
Soy el cóncavo sueño solitario
en que me pierdo o trato de perderme,
la servidumbre de los dos crepúsculos,
las antiguas mañanas, la primera
vez que vi el mar o una ignorante luna,
sin su Virgilio y sin su Galileo.
Soy cada instante de mi largo tiempo,
cada noche de insomnio escrupuloso,
cada separación y cada víspera.
Soy la errónea memoria de un grabado
que hay en la habitación y que mis ojos,
hoy apagados, vieron claramente:
el Jinete, la Muerte y el Demonio.
Soy aquel otro que miró el desierto
y que en su eternidad sigue mirándolo.
Soy un espejo, un eco. El epitafio.

LA TRAMA

En el segundo patio
la canilla periódica gotea,
fatal como la muerte de César.
Las dos son piezas de la trama que abarca
el círculo sin principio ni fin,
el ancla del fenicio,
el primer lobo y el primer cordero,
la fecha de mi muerte
y el teorema perdido de Fermat.
A esa trama de hierro
los estoicos la pensaron de un fuego
que muere y que renace como el Fénix.
Es el gran árbol de las causas
y de los ramificados efectos;
en sus hojas están Roma y Caldea
y lo que ven las caras de Jano.
El universo es uno de sus nombres.
Nadie lo ha visto nunca
y ningún hombre puede ver otra cosa.

MILONGA DE JUAN MURAÑA

Me habré cruzado con él
en una esquina cualquiera.
Yo era un chico, él era un hombre.
Nadie me dijo quién era.

No sé por qué en la oración
ese antiguo me acompaña.
Sé que mi suerte es salvar
la memoria de Muraña.

Tuvo una sola virtud.
Hay quien no tiene ninguna.
Fue el hombre más animoso
que han visto el sol y la luna.

A nadie faltó el respeto.
No le gustaba pelear,
pero cuando se avenía,
siempre tiraba a matar.

Fiel como un perro al caudillo
servía en las elecciones.
Padeció la ingratitud,
la pobreza y las prisiones.

Hombre capaz de pelear
liado al otro por un lazo,
hombre que supo afrontar
con el cuchillo el balazo.

Lo recordaba Carriego
y yo lo recuerdo ahora.
Más vale pensar en otros
cuando se acerca la hora.

ANDRÉS ARMOA*

Los años le han dejado unas palabras en guaraní, que sabe usar cuando la ocasión lo requiere, pero que no podría traducir sin algún trabajo.

Los otros soldados lo aceptan, pero algunos (no todos) sienten que algo ajeno hay en él, como si fuera hereje o infiel o padeciera un mal.

Este rechazo lo fastidia menos que el interés de los reclutas.

No es bebedor, pero suele achisparse los sábados.

Tiene la costumbre del mate, que puebla de algún modo la soledad.

Las mujeres no lo quieren y él no las busca.

Tiene un hijo en Dolores. Hace años que no sabe nada de él, a la manera de la gente sencilla, que no escribe.

No es hombre de buena conversación, pero suele contar, siempre con las mismas palabras, aquella larga marcha de tantas leguas desde Junín hasta San Carlos. Quizá la cuenta con las mismas palabras, porque las sabe de memoria y ha olvidado los hechos.

No tiene catre. Duerme sobre el recado y no sabe qué cosa es la pesadilla.

Tiene la conciencia tranquila. Se ha limitado a cumplir órdenes.

Goza de la confianza de sus jefes.

Es el degollador.

Ha perdido la cuenta de las veces que ha visto el alba en el desierto.

Ha perdido la cuenta de las gargantas, pero no olvidará la primera y los visajes que hizo el pampa.

Nunca lo ascenderán. No debe llamar la atención.

En su provincia fue domador. Ya es incapaz de jinetear un bagual, pero le gustan los caballos y los entiende.

Es amigo de un indio.

EL TERCER HOMBRE*

Dirijo este poema
(por ahora aceptemos esa palabra)
al tercer hombre que se cruzó conmigo antenoche,
no menos misterioso que el de Aristóteles.
El sábado salí.
La noche estaba llena de gente;
hubo sin duda un tercer hombre,
como hubo un cuarto y un primero.
No sé si nos miramos;
él iba a Paraguay, yo iba a Córdoba.
Casi lo han engendrado estas palabras;
nunca sabré su nombre.
Sé que hay un sabor que prefiere.
Sé que ha mirado lentamente la luna.
No es imposible que haya muerto.
Leerá lo que ahora escribo y no sabrá
que me refiero a él.
En el secreto porvenir
podemos ser rivales y respetarnos
o amigos y querernos.
He ejecutado un acto irreparable,
he establecido un vínculo.
En este mundo cotidiano,
que se parece tanto
al libro de las Mil y Una Noches,
no hay un solo acto que no corra el albur
de ser una operación de la magia,
no hay un solo hecho que no pueda ser el primero
de una serie infinita.
Me pregunto qué sombras no arrojarán
estas ociosas líneas.

NOSTALGIA DEL PRESENTE

En aquel preciso momento el hombre se dijo:
Qué no daría yo por la dicha
de estar a tu lado en Islandia
bajo el gran día inmóvil
y de compartir el ahora
como se comparte la música
o el sabor de una fruta.
En aquel preciso momento
el hombre estaba junto a ella en Islandia.

EL ÁPICE

No te habrá de salvar lo que dejaron
escrito aquellos que tu miedo implora;
no eres los otros y te ves ahora
centro del laberinto que tramaron
tus pasos. No te salva la agonía
de Jesús o de Sócrates ni el fuerte
Siddharta de oro que aceptó la muerte
en un jardín, al declinar el día.
Polvo también es la palabra escrita
por tu mano o el verbo pronunciado
por tu boca. No hay lástima en el Hado
y la noche de Dios es infinita.
Tu materia es el tiempo, el incesante
tiempo. Eres cada solitario instante.

POEMA

ANVERSO

Dormías. Te despierto.
La gran mañana depara la ilusión de un principio.
Te habías olvidado de Virgilio. Ahí están los hexámetros.
Te traigo muchas cosas.
Las cuatro raíces del griego: la tierra, el agua, el fuego, el aire.
Un solo nombre de mujer.
La amistad de la luna.
Los claros colores del atlas.
El olvido, que purifica.
La memoria que elige y que redescubre.
El hábito que nos ayuda a sentir que somos inmortales.
La esfera y las agujas que parcelan el inasible tiempo.
La fragancia del sándalo.
Las dudas que llamamos, no sin alguna vanidad, metafísica.
La curva del bastón que tu mano espera.
El sabor de las uvas y de la miel.

REVERSO

Recordar a quien duerme
es un acto común y cotidiano
que podría hacernos temblar.
Recordar a quien duerme
es imponer a otro la interminable
prisión del universo,
de su tiempo sin ocaso ni aurora.
Es revelarle que es alguien o algo
que está sujeto a un nombre que lo publica
y a un cúmulo de ayeres.
Es inquietar su eternidad.
Es cargarlo de siglos y de estrellas.
Es restituir al tiempo otro Lázaro
cargado de memoria.
Es infamar el agua del Leteo.

EL ÁNGEL

Que el hombre no sea indigno del Ángel
cuya espada lo guarda
desde que lo engendró aquel Amor
que mueve el sol y las estrellas
hasta el Último Día en que retumbe
el trueno en la trompeta.
Que no lo arrastre a rojos lupanares
ni a los palacios que erigió la soberbia
ni a las tabernas insensatas.
Que no se rebaje a la súplica
ni al oprobio del llanto
ni a la fabulosa esperanza
ni a las pequeñas magias del miedo
ni al simulacro del histrión;
el Otro lo mira.
Que recuerde que nunca estará solo.
En el público día o en la sombra
el incesante espejo lo atestigua;
que no macule su cristal una lágrima.

Señor, que al cabo de mis días en la Tierra
yo no deshonre al Ángel.

EL SUEÑO

La noche nos impone su tarea
mágica. Destejer el universo,
las ramificaciones infinitas
de efectos y de causas, que se pierden
en ese vértigo sin fondo, el tiempo.
La noche quiere que esta noche olvides
tu nombre, tus mayores y tu sangre,
cada palabra humana y cada lágrima,
lo que pudo enseñarte la vigilia,
el ilusorio punto de los geómetras,
la línea, el plano, el cubo, la pirámide,
el cilindro, la esfera, el mar, las olas,
tu mejilla en la almohada, la frescura
de la sábana nueva, los jardines,
los imperios, los Césares y Shakespeare
y lo que es más difícil, lo que amas.
Curiosamente, una pastilla puede
borrar el cosmos y erigir el caos.

UN SUEÑO

En un desierto lugar del Irán hay una no muy alta torre de piedra, sin puerta ni ventana. En la única habitación (cuyo piso es de tierra y que tiene la forma del círculo) hay una mesa de madera y un banco. En esa celda circular, un hombre que se parece a mí escribe en caracteres que no comprendo un largo poema sobre un hombre que en otra celda circular escribe un poema sobre un hombre que en otra celda circular... El proceso no tiene fin y nadie podrá leer lo que los prisioneros escriben.

INFERNO, V, 129

Dejan caer el libro, porque ya saben
que son las personas del libro.
(Lo serán de otro, el máximo,
pero eso qué puede importarles.)
Ahora son Paolo y Francesca,
no dos amigos que comparten
el sabor de una fábula.
Se miran con incrédula maravilla.
Las manos no se tocan.
Han descubierto el único tesoro;
han encontrado al otro.
No traicionan a Malatesta,
porque la traición requiere un tercero
y sólo existen ellos dos en el mundo.
Son Paolo y Francesca
y también la reina y su amante
y todos los amantes que han sido
desde aquel Adán y su Eva
en el pasto del Paraíso.
Un libro, un sueño les revela
que son formas de un sueño que fue soñado
en tierras de Bretaña.
Otro libro hará que los hombres,
sueños también, los sueñen.

CORRER O SER

¿Fluye en el cielo el Rhin? ¿Hay una forma
universal del Rhin, un arquetipo,
que invulnerable a ese otro Rhin, el tiempo,
dura y perdura en un eterno Ahora
y es raíz de aquel Rhin, que en Alemania
sigue su curso mientras dicto el verso?
Así lo conjeturan los platónicos;
así no lo aprobó Guillermo de Occam.
Dijo que Rhin (cuya etimología
es *rinan* o correr) no es otra cosa
que un arbitrario apodo que los hombres
dan a la fuga secular del agua
desde los hielos a la arena última.
Bien puede ser. Que lo decidan otros.
¿Seré apenas, repito, aquella serie
de blancos días y de negras noches
que amaron, que cantaron, que leyeron
y padecieron miedo y esperanza
o también habrá otro, el yo secreto
cuya ilusoria imagen, hoy borrada
he interrogado en el ansioso espejo?
Quizá del otro lado de la muerte
sabré si he sido una palabra o alguien.

LA FAMA

Haber visto crecer a Buenos Aires, crecer y declinar.
Recordar el patio de tierra y la parra, el zaguán y el aljibe.
Haber heredado el inglés, haber interrogado el sajón.
Profesar el amor del alemán y la nostalgia del latín.
Haber conversado en Palermo con un viejo asesino.
Agradecer el ajedrez y el jazmín, los tigres y el hexámetro.
Leer a Macedonio Fernández con la voz que fue suya.
Conocer las ilustres incertidumbres que son la metafísica.
Haber honrado espadas y razonablemente querer la paz.
No ser codicioso de islas.
No haber salido de mi biblioteca.
Ser Alonso Quijano y no atreverme a ser don Quijote.
Haber enseñado lo que no sé a quienes sabrán más que yo.
Agradecer los dones de la luna y de Paul Verlaine.
Haber urdido algún endecasílabo.
Haber vuelto a contar antiguas historias.
Haber ordenado en el dialecto de nuestro tiempo las cinco
o seis metáforas.
Haber eludido sobornos.
Ser ciudadano de Ginebra, de Montevideo, de Austin y
(como todos los hombres) de Roma.
Ser devoto de Conrad.
Ser esa cosa que nadie puede definir: argentino.
Ser ciego.
Ninguna de esas cosas es rara y su conjunto me depara una
fama que no acabo de comprender.

LOS JUSTOS

Un hombre que cultiva su jardín, como quería Voltaire.
El que agradece que en la tierra haya música.
El que descubre con placer una etimología.
Dos empleados que en un café del Sur juegan un silencioso ajedrez.
El ceramista que premedita un color y una forma.
El tipógrafo que compone bien esta página, que tal vez no le agrada.
Una mujer y un hombre que leen los tercetos finales de cierto canto.
El que acaricia a un animal dormido.
El que justifica o quiere justificar un mal que le han hecho.
El que agradece que en la tierra haya Stevenson.
El que prefiere que los otros tengan razón.
Esas personas, que se ignoran, están salvando el mundo.

EL CÓMPLICE

Me crucifican y yo debo ser la cruz y los clavos.
Me tienden la copa y yo debo ser la cicuta.
Me engañan y yo debo ser la mentira.
Me incendian y yo debo ser el infierno.
Debo alabar y agradecer cada instante del tiempo.
Mi alimento es todas las cosas.
El peso preciso del universo, la humillación, el júbilo.
Debo justificar lo que me hiere.
No importa mi ventura o mi desventura.
Soy el poeta.

EL ESPÍA

En la pública luz de las batallas
otros dan su vida a la patria
y los recuerda el mármol.
Yo he errado oscuro por ciudades que odio.
Le di otras cosas.
Abjuré de mi honor,
traicioné a quienes me creyeron su amigo,
compré conciencias,
abominé del nombre de la patria.
Me resigno a la infamia.

EL DESIERTO

Antes de entrar en el desierto
los soldados bebieron largamente el agua de la cisterna.
Hierocles derramó en la tierra
el agua de su cántaro y dijo:
Si hemos de entrar en el desierto,
ya estoy en el desierto.
Si la sed va a abrasarme,
que ya me abrase.
Ésta es una parábola.
Antes de hundirme en el infierno
los lictores del dios me permitieron que mirara una rosa.
Esa rosa es ahora mi tormento
en el oscuro reino.
A un hombre lo dejó una mujer.
Resolvieron mentir un último encuentro.
El hombre dijo:
Si debo entrar en la soledad
ya estoy solo.
Si la sed va a abrasarme,
que ya me abrase.
Ésta es otra parábola.
Nadie en la tierra
tiene el valor de ser aquel hombre.

EL BASTÓN DE LACA

María Kodama lo descubrió. Pese a su autoridad y a su firmeza, es curiosamente liviano. Quienes lo ven lo advierten; quienes lo advierten lo recuerdan.

Lo miro. Siento que es una parte de aquel imperio, infinito en el tiempo, que erigió su muralla para construir un recinto mágico.

Lo miro. Pienso en aquel Chuang Tzu que soñó que era una mariposa y que no sabía al despertar si era un hombre que había soñado ser una mariposa o una mariposa que ahora soñaba ser un hombre.

Lo miro. Pienso en el artesano que trabajó el bambú y lo dobló para que mi mano derecha pudiera calzar bien en el puño.

No sé si vive aún o si ha muerto.

No sé si es taoísta o budista o si interroga el libro de los sesenta y cuatro hexagramas.

No nos veremos nunca.

Está perdido entre novecientos treinta millones.

Algo, sin embargo, nos ata.

No es imposible que Alguien haya premeditado este vínculo.

No es imposible que el universo necesite este vínculo.

A CIERTA ISLA

¿Cómo invocarte, delicada Inglaterra?
Es evidente que no debo ensayar
la pompa y el estrépito de la oda,
ajena a tu pudor.
No hablaré de tus mares, que son el Mar,
ni del imperio que te impuso, isla íntima,
el desafío de los otros.
Mencionaré en voz baja unos símbolos:
Alicia, que fue un sueño del Rey Rojo,
que fue un sueño de Carroll, hoy un sueño,
el sabor del té y de los dulces,
un laberinto en el jardín,
un reloj de sol,
un hombre que extraña (y que a nadie dice que extraña)
el Oriente y las soledades glaciales
que Coleridge no vio
y que cifró en palabras precisas,
el ruido de la lluvia, que no cambia,
la nieve en la mejilla,
la sombra de la estatua de Samuel Johnson,
el eco de un laúd que perdura
aunque ya nadie pueda oírlo,
el cristal de un espejo que ha reflejado
la mirada ciega de Milton,
la constante vigilia de una brújula,
el Libro de los Mártires,
la crónica de oscuras generaciones
en las últimas páginas de una Biblia,
el polvo bajo el mármol,
el sigilo del alba.
Aquí estamos los dos, isla secreta.
Nadie nos oye.
Entre los dos crepúsculos
compartiremos en silencio cosas queridas.

EL *GO*

Hoy, 9 de setiembre de 1978,
tuve en la palma de la mano un pequeño disco
de los trescientos sesenta y uno que se requieren
para el juego astrológico del *go*,
ese otro ajedrez del Oriente.
Es más antiguo que la más antigua escritura
y el tablero es un mapa del universo.
Sus variaciones negras y blancas
agotarán el tiempo.
En él pueden perderse los hombres
como en el amor y en el día.
Hoy, 9 de setiembre de 1978,
yo, que soy ignorante de tantas cosas,
sé que ignoro una más,
y agradezco a mis númenes
esta revelación de un laberinto
que nunca será mío.

SHINTO

Cuando nos anonada la desdicha,
durante un segundo nos salvan
las aventuras ínfimas
de la atención o de la memoria:
el sabor de una fruta, el sabor del agua,
esa cara que un sueño nos devuelve,
los primeros jazmines de noviembre,
el anhelo infinito de la brújula,
un libro que creíamos perdido,
el pulso de un hexámetro,
la breve llave que nos abre una casa,
el olor de una biblioteca o del sándalo,
el nombre antiguo de una calle,
los colores de un mapa,
una etimología imprevista,
la lisura de la uña limada,
la fecha que buscábamos,
contar las doce campanadas oscuras,
un brusco dolor físico.

Ocho millones son las divinidades del Shinto
que viajan por la tierra, secretas.
Esos modestos númenes nos tocan,
nos tocan y nos dejan.

EL FORASTERO

En el santuario hay una espada.
Soy el segundo sacerdote del templo. Nunca la he visto.
Otras comunidades veneran un espejo de metal o una piedra.
Creo que se eligieron esas cosas porque alguna vez fueron raras.
Hablo con libertad; el Shinto es el más leve de los cultos.
El más leve y el más antiguo.
Guarda escrituras tan arcaicas que ya están casi en blanco.
Un ciervo o una gota de rocío podrían profesarlo.
Nos dice que debemos obrar bien, pero no ha fijado una ética.
No declara que el hombre teje su *karma*.
No quiere intimidar con castigos ni sobornar con premios.
Sus fieles pueden aceptar la doctrina de Buddha o la de Jesús.
Venera al Emperador y a los muertos.
Sabe que después de su muerte cada hombre es un dios que ampara
a los suyos.
Sabe que después de su muerte cada árbol es un dios que ampara
a los árboles.
Sabe que la sal, el agua y la música pueden purificarnos.
Sabe que son legión las divinidades.
Esta mañana nos visitó un viejo poeta peruano. Era ciego.
Desde el atrio compartimos el aire del jardín y el olor de la tierra
húmeda y el canto de aves o de dioses.
A través de un intérprete quise explicarle nuestra fe.
No sé si me entendió.
Los rostros occidentales son máscaras que no se dejan descifrar.
Me dijo que de vuelta al Perú recordaría nuestro diálogo en un poema.
Ignoro si lo hará.
Ignoro si nos volveremos a ver.

DIECISIETE HAIKU

1

Algo me han dicho
la tarde y la montaña.
Ya lo he perdido.

2

La vasta noche
no es ahora otra cosa
que una fragancia.

3

¿Es o no es
el sueño que olvidé
antes del alba?

4

Callan las cuerdas.
La música sabía
lo que yo siento.

5

Hoy no me alegran
los almendros del huerto.
Son tu recuerdo.

6

Oscuramente
libros, láminas, llaves
siguen mi suerte.

7

Desde aquel día
no he movido las piezas
en el tablero.

8

En el desierto
acontece la aurora.
Alguien lo sabe.

9

La ociosa espada
sueña con sus batallas.
Otro es mi sueño.

10

El hombre ha muerto.
La barba no lo sabe.
Crecen las uñas.

11

Ésta es la mano
que alguna vez tocaba
tu cabellera.

12

Bajo el alero
el espejo no copia
más que la luna.

13

Bajo la luna
la sombra que se alarga
es una sola.

14

¿Es un imperio
esa luz que se apaga
o una luciérnaga?

15

La luna nueva.
Ella también la mira
desde otra puerta.

16

Lejos un trino.
El ruiseñor no sabe
que te consuela.

17

La vieja mano
sigue trazando versos
para el olvido.

NIHON

He divisado, desde las páginas de Russell, la doctrina de los conjuntos, la *Mengenlehre*, que postula y explora los vastos números que no alcanzaría un hombre inmortal aunque agotara sus eternidades contando, y cuyas dinastías imaginarias tienen como cifras las letras del alfabeto hebreo. En ese delicado laberinto no me fue dado penetrar.

He divisado, desde las definiciones, axiomas, proposiciones y corolarios, la infinita sustancia de Spinoza, que consta de infinitos atributos, entre los cuales están el espacio y el tiempo, de suerte que si pronunciamos o pensamos una palabra, ocurren paralelamente infinitos hechos en infinitos orbes inconcebibles. En ese delicado laberinto no me fue dado penetrar.

Desde montañas que prefieren, como Verlaine, el matiz al color, desde la escritura que ejerce la insinuación y que ignora la hipérbole, desde jardines donde el agua y la piedra no importan menos que la hierba, desde tigres pintados por quienes nunca vieron un tigre y nos dan casi el arquetipo, desde el camino del honor, el *bushido*, desde una nostalgia de espadas, desde puentes, mañanas y santuarios, desde una música que es casi el silencio, desde tus muchedumbres en voz baja, he divisado tu superficie, oh Japón. En ese delicado laberinto...

A la guarnición de Junín llegaban hacia 1870 indios pampas, que no habían visto nunca una puerta, un llamador de bronce o una ventana. Veían y tocaban esas cosas, no menos raras para ellos que para nosotros Manhattan, y volvían a su desierto.

LA CIFRA

La amistad silenciosa de la luna
(cito mal a Virgilio) te acompaña
desde aquella perdida hoy en el tiempo
noche o atardecer en que tus vagos
ojos la descifraron para siempre
en un jardín o un patio que son polvo.
¿Para siempre? Yo sé que alguien, un día,
podrá decirte verdaderamente:
No volverás a ver la clara luna.
Has agotado ya la inalterable
suma de veces que te da el destino.
Inútil abrir todas las ventanas
del mundo. Es tarde. No darás con ella.
Vivimos descubriendo y olvidando
esa dulce costumbre de la noche.
Hay que mirarla bien. Puede ser última.

NOTAS*

LAS DOS CATEDRALES. La filosofía y la teología son, lo sospecho, dos especies de la literatura fantástica. Dos especies espléndidas. En efecto, ¿qué son las noches de Sharazad o el hombre invisible, al lado de la infinita sustancia, dotada de infinitos atributos, de Baruch Spinoza o de los arquetipos platónicos? A éstos me he referido en el *Poema*, así como en *Correr o ser* o en *Beppo*. Recuerdo, al pasar, que ciertas escuelas de la China se preguntaron si hay un arquetipo, un *li*, del sillón y otro del sillón de bambú. El curioso lector puede interrogar *A Short History of Chinese Philosophy* (Macmillan, 1948), de Fung Yu-Lan.

AQUÉL. Esta composición, como casi todas las otras, abusa de la enumeración caótica. De esta figura, que con tanta felicidad prodigó Walt Whitman, sólo puedo decir que debe parecer un caos, un desorden y ser íntimamente un cosmos, un orden.

ECLESIASTÉS, 1, 9. En el versículo de referencia algunos han visto una alusión al tiempo circular de los pitagóricos. Creo que tal concepto es del todo ajeno a los hábitos del pensamiento hebreo.

ANDRÉS ARMOA. El lector debe imaginar que su historia ocurre en la provincia de Buenos Aires, hacia mil ochocientos setenta y tantos.

EL TERCER HOMBRE. Esta página, cuyo tema son los secretos vínculos que unen a todos los seres del mundo, es fundamentalmente igual a la que se llama *El bastón de laca*.

Nueve ensayos dantescos
(1982)

PRÓLOGO

Imaginemos, en una biblioteca oriental, una lámina pintada hace muchos siglos. Acaso es árabe y nos dicen que en ella están figuradas todas las fábulas de Las Mil y una noches*; acaso es china y sabemos que ilustra una novela con centenares o millares de personajes. En el tumulto de sus formas, alguna —un árbol que semeja un cono invertido, unas mezquitas de color bermejo sobre un muro de hierro— nos llama la atención y de ésa pasamos a otras. Declina el día, se fatiga la luz y a medida que nos internamos en el grabado, comprendemos que no hay cosa en la tierra que no esté ahí. Lo que fue, lo que es y lo que será, la historia del pasado y la del futuro, las cosas que he tenido y las que tendré, todo ello nos espera en algún lugar de ese laberinto tranquilo... He fantaseado una obra mágica, una lámina que también fuera un microcosmo; el poema de Dante es esa lámina de ámbito universal. Creo, sin embargo, que si pudiéramos leerlo con inocencia (pero esa felicidad nos está vedada), lo universal no sería lo primero que notaríamos y mucho menos lo sublime o grandioso. Mucho antes notaríamos, creo, otros caracteres menos abrumadores y harto más deleitables; en primer término, quizá, el que destacan los dantistas ingleses: la variada y afortunada invención de rasgos precisos. A Dante no le basta decir que, abrazados un hombre y una serpiente, el hombre se transforma en serpiente y la serpiente en hombre; compara esa mutua metamorfosis con el fuego que devora un papel, precedido por una franja rojiza, en la que muere el blanco y que todavía no es negra (*Infierno, *XXV, 64). No le basta decir que, en la oscuridad del séptimo círculo, los condenados entrecierran los ojos para mirarlo; los compara con hombres que se miran bajo una luna incierta o con el viejo sastre que enhebra la aguja (*Infierno, *XV, 19). No le basta decir que en el fondo del universo el agua se ha helado; añade que parece vidrio, no agua (*Infierno, *XXXII, 24)... En tales comparaciones pensó Macaulay cuando declaró, contra Cary, que la "vaga sublimidad" y las "magníficas generalidades" de Milton lo movían menos que los pormenores dantescos. Ruskin, después (*Modern Painters, *IV, XIV), condenó las brumas de Milton y aprobó la severa topografía con que Dante levantó su plano infernal. A todos es notorio que los poetas proceden por hipérboles: para Petrarca, o para Góngora, todo cabello de mujer es oro y toda agua es cristal; ese mecánico y grosero alfabeto de símbolos desvirtúa el rigor de las palabras y parece fundado en la indiferencia de la observación imperfecta. Dante se prohíbe ese error; en su libro no hay palabra injustificada.*

La precisión que acabo de indicar no es un artificio retórico; es afirmación de la probidad, de la plenitud, con que cada incidente del poema ha sido imaginado. Lo mismo cabe declarar de los rasgos de índole psicológica, tan admirables y a la vez tan modestos. De tales rasgos, está como entretejido el poema; citaré *algunos. Las almas destinadas al infierno lloran y blasfeman de Dios; al entrar en la barca de Carón, su temor se cambia en deseo y en intolerable ansiedad (*Infierno, *III, 124). De labios de Virgilio oye Dante que aquél no entrará nunca en el cielo; inmediatamente le dice maestro y señor, ya para demostrar que esa confesión no aminora su afecto, ya porque, al saberlo perdido, lo quiere más (*Infierno, *IV, 39). En el negro huracán del segundo círculo, Dante quiere conocer la raíz del amor de Paolo y Francesca; ésta refiere que los dos se querían y lo ignoraban,* soli eravamo e sanza alcun sospetto, *y que su amor les fue revelado por una lectura casual. Virgilio impugna a los soberbios que pretendieron con la mera razón abarcar la infinita divinidad; de pronto inclina la cabeza y se calla, porque uno de esos desdichados es él (*Purgatorio, *III, 34). En el áspero flanco del Purgatorio, la sombra del mantuano Sordello inquiere de la sombra de Virgilio cuál es su tierra; Virgilio dice Mantua; Sordello, entonces, lo interrumpe y lo abraza (*Purgatorio, *VI, 58). La novela de nuestro tiempo sigue con ostentosa prolijidad los procesos mentales; Dante los deja vislumbrar en una intención o en un gesto.*

Paul Claudel ha observado que los espectáculos que nos aguardan después de la agonía no serán verosímilmente los nueve círculos infernales, las terrazas del Purgatorio o los cielos concéntricos. Dante, sin duda, habría estado de acuerdo con él; ideó su topografía de la muerte como un artificio exigido por la escolástica y por la forma de su poema.

La astronomía ptolemaica y la teología cristiana describen el universo de Dante. La Tierra es una esfera inmóvil; en el centro del hemisferio boreal (que es el permitido a los hombres) está la montaña de Sión; a noventa grados de la montaña, al oriente, un río muere, el Ganges; a noventa grados de la montaña, al poniente, un río nace, el Ebro. El hemisferio austral es de agua, no de tierra, y ha sido vedado a los hombres; en el centro hay una montaña antípoda de Sión, la montaña del Purgatorio. Los dos ríos y las dos montañas equidistantes inscriben en la esfera una cruz. Bajo la montaña de Sión, pero harto más ancho, se abre hasta el centro de la tierra un cono invertido, el Infierno, dividido en círculos decrecientes, que son como las gradas de un anfiteatro. Los círculos son nueve y es ruinosa y atroz su topografía; los cinco primeros forman el Alto Infierno, los cuatro últimos, el Infierno Inferior, que es una ciudad con mezquitas rojas, cercada de murallas de hierro. Adentro hay sepulturas, pozos, despeñaderos, pantanos y arenales; en el ápice del cono está Lucifer, "el gusano que horada el mundo". Una grieta que abrieron en la roca las aguas del Leteo comunica el fondo del Infierno con la base del Purgatorio. Esta montaña es una isla y tiene una puerta; en su ladera se escalonan terrazas que significan los pecados mortales; el jardín del Edén florece en la cumbre. Giran en torno de la Tierra nueve esferas concéntricas; las siete primeras son los cielos planetarios (cielos de la Luna, de Mercurio, de Venus, del Sol, de Marte, de Júpiter, de Saturno); la octava, el cielo de las estrellas fijas; la novena, el cielo cristalino, llamado también Primer Móvil. A éste lo rodea el empíreo, donde la Rosa de los Justos se abre, inconmensurable, alrededor de un punto, que es Dios. Previsible-

mente, los coros de la Rosa son nueve... Tal es, a grandes rasgos, la configuración general del mundo dantesco, supeditado, como habrá observado el lector, a los prestigios del 1, del 3 y del círculo. El Demiurgo, o Artífice, del Timeo, *libro mencionado por Dante (*Convivio, *III, 5;* Paraíso, *IV, 49), juzgó que el movimiento más perfecto era la rotación, y el cuerpo más perfecto, la esfera; ese dogma, que el Demiurgo de Platón compartió con Jenófanes y Parménides, dicta la geografía de los tres mundos recorridos por Dante.*

Los nueve cielos giratorios y el hemisferio austral hecho de agua, con una montaña en el centro, notoriamente corresponden a una cosmología anticuada; hay quienes sienten que el epíteto es parejamente aplicable a la economía sobrenatural del poema. Los nueve círculos del Infierno (razonan) son no menos caducos e indefendibles que los nueve cielos de Ptolomeo, y el Purgatorio es tan irreal como la montaña en que Dante lo ubica. A esa objeción cabe oponer diversas consideraciones: la primera es que Dante no se propuso establecer la verdadera o verosímil topografía del otro mundo. Así lo ha declarado él mismo; en la famosa epístola a Can Grande, redactada en latín, escribió que el sujeto de su Comedia *es, literalmente, el estado de las almas después de la muerte y, alegóricamente, el hombre en cuanto, por sus méritos o deméritos, se hace acreedor a los castigos o a las recompensas divinas. Iacopo di Dante, hijo del poeta, desarrolló esa idea. En el prólogo de su comentario leemos que la* Comedia *quiere mostrar bajo colores alegóricos los tres modos de ser de la humanidad y que en la primera parte el autor considera el vicio, llamándolo Infierno; en la segunda, el pasaje del vicio a la virtud, llamándolo Purgatorio; en la tercera, la condición de los hombres perfectos, llamándola Paraíso, "para mostrar la altura de sus virtudes y su felicidad, ambas necesarias al hombre para discernir el sumo bien". Así lo entendieron otros comentadores antiguos, por ejemplo Iacopo della Lana, que explica: "Por considerar el poeta que la vida humana puede ser de tres condiciones, que son la vida de los viciosos, la vida de los penitentes y la vida de los buenos, dividió su libro en tres partes, que son el Infierno, el Purgatorio y el Paraíso".*

Otro testimonio fehaciente es el de Francesco da Buti, que anotó la Comedia *a fines del siglo XIV. Hace suyas las palabras de la epístola: "El sujeto de este poema es literalmente el estado de las almas ya separadas de sus cuerpos y moralmente los premios o las penas que el hombre alcanza por su libre albedrío".*

Hugo, en "Ce que dit la bouche d'ombre", escribe que el espectro que en el Infierno toma para Caín la forma de Abel es el mismo que Nerón reconoce como Agripina.

Harto más grave que la acusación de anticuado es la acusación de crueldad. Nietzsche, en el Crepúsculo de los Ídolos *(1888), ha amonedado esa opinión en el atolondrado epigrama que define a Dante como "la hiena que versifica en las sepulturas". La definición, como se ve, es menos ingeniosa que enfática; debe su fama, su excesiva fama, a la circunstancia de formular con desconsideración y violencia un juicio común. Indagar la razón de ese juicio es la mejor manera de refutarlo.*

Otra razón, de tipo técnico, explica la dureza y la crueldad de que Dante ha sido acusado. La noción panteísta de un Dios que también es el universo, de un Dios que es cada una de sus criaturas y el destino de esas criaturas, es quizá una herejía y un error si la aplicamos a la realidad, pero es indiscutible en su aplicación al poeta y a su obra. El poeta es cada uno de los hombres de su mundo ficticio, es cada soplo y cada pormenor. Una de sus tareas, no la más fácil, es ocultar o disimular esa omnipresencia. El problema era singularmente arduo en el caso de Dante, obligado por el carácter de su poema a adjudicar la gloria o la perdición, sin que pudieran advertir los lectores que la Justicia que emitía los fallos era, en último término, él mismo. Para conseguir ese fin, se incluyó como personaje de la Comedia, *e hizo que sus reacciones no coincidieran, o sólo coincidieran alguna vez en el caso de Filippo Argenti, o en el de Judas, con las decisiones divinas.*

EL NOBLE CASTILLO DEL CANTO IV

A principios del siglo XIX o a fines del XVIII, entran en la circulación del inglés diversos epítetos *(eerie, uncanny, weird)*, de origen sajón o escocés, que servirán para definir aquellos lugares o cosas que vagamente inspiran horror. Tales epítetos corresponden a un concepto romántico del paisaje. En alemán, los traduce con perfección la palabra *unheimlich*; en español, quizá la mejor palabra es *siniestro*. Puesta la mente en esa singular cualidad de *uncanniness*, yo escribí alguna vez: "El Alcázar de Fuego que conocemos en las últimas páginas del *Vathek* (1782), de William Beckford, es el primer Infierno realmente atroz de la literatura. El más ilustre de los avernos literarios, el *doloroso reino de la Comedia*, no es un lugar atroz; es un lugar en el que ocurren hechos atroces. La distinción es válida".

Stevenson ("A Chapter on Dreams") refiere que en los sueños de la niñez lo perseguía un matiz abominable del color pardo; Chesterton (*The Man who was Thursday*, VI) imagina que en los confines occidentales del mundo acaso existe un árbol que ya es más, y menos, que un árbol, y en los confines orientales, algo, una torre, cuya sola arquitectura es malvada. Poe, en el "Manuscrito encontrado en una botella", habla de un mar austral donde crece el volumen de la nave como el cuerpo viviente del marinero; Melville dedica muchas páginas de *Moby Dick* a dilucidar el horror de la blancura insoportable de la ballena... He prodigado ejemplos; quizá hubiera bastado observar que el Infierno dantesco magnifica la noción de una cárcel;[1] el de Beckford, los túneles de una pesadilla.

Noches pasadas, en un andén de Constitución, recordé bruscamente un caso perfecto de *uncanniness*, de horror tranquilo y silencioso, en la entrada misma de la *Comedia*. El examen del texto confirmó la rectitud de ese recuerdo tardío. Hablo del canto IV del *Infierno*, uno de los más afamados.

Alcanzadas las páginas finales del *Paraíso*, la *Comedia* puede ser muchas cosas, quizá todas las cosas; al principio, es notoriamente un sueño de Dante, y éste, por su parte, no es más que el sujeto del sueño. Nos dice que no sabe cómo fue a dar en la selva oscura, *tant' era pieno di sonno a quel punto*; el *sonno* es metáfora de la ofuscación del alma

1. *Carcere cieco*, cárcel ciega, dice del Infierno Virgilio (*Purgatorio*, XXII, 103, *Infierno*, X, 58-59).

pecadora, pero sugiere el indefinido comienzo del acto de soñar. Después escribe que la loba que le cierra el camino hace que muchos vivan tristes; Guido Vitali observa que esta noticia no podría surgir de la simple visión de la fiera; Dante lo sabe como sabemos las cosas en los sueños. En la selva aparece un desconocido; Dante, apenas lo ve, sabe que éste ha guardado un largo silencio; otra sabiduría de tipo onírico. El hecho, anota Momigliano, se justifica por razones poéticas, no por razones lógicas. Emprenden su fantástico viaje. Virgilio se demuda al entrar en el primer círculo del abismo; Dante achaca al temor esa palidez. Virgilio afirma que lo mueve la lástima y que él es uno de los réprobos *(e di questi cotai son io medesmo)*. Dante, para disimular el horror de esa afirmación o para decir su piedad, prodiga los títulos reverenciales: *Dimmi, maestro mio, dimmi, segnore*. Suspiros, suspiros de duelo sin tormento hacen temblar el aire; Virgilio explica que están en el Infierno de aquellos que murieron antes de proclamada la Fe; cuatro altas sombras lo saludan; no hay ni tristeza ni alegría en las caras; son Homero, Horacio, Ovidio y Lucano, y en la diestra de Homero hay una espada, símbolo de su primacía en la épica. Los ilustres fantasmas honran a Dante como a igual y lo conducen a su eterna morada, que es un castillo siete veces rodeado por altos muros (las siete artes liberales o las tres virtudes intelectuales y las cuatro morales) y por un foso (los bienes terrenales o la elocuencia), que atraviesan como si fuera tierra firme. Los habitantes del castillo son gente de mucha autoridad; rara vez hablan y su voz es muy tenue; miran con grave lentitud. En el patio del castillo hay un césped de verdor misterioso; Dante, desde una altura, ve a personajes clásicos y bíblicos y a tal cual musulmán *(Averois, che'l gran comento feo)*. Alguno se destaca por un rasgo que lo hace memorable *(Cesare armato, con li occhi grifagni)*, otro, por una soledad que lo agranda *(e solo, in parte, vidi'l Saladino)*, viven en un anhelo sin esperanza: no padecen dolor, pero saben que Dios los excluye. Un árido catálogo de nombres propios, menos estimulantes que informativos, da fin al canto.

Las nociones de un Limbo de los Padres, llamado también Seno de Abraham (*Lucas*, 16, 22), y de un Limbo para las almas de los infantes que mueren sin bautismo, son de la teología común: hospedar en ese lugar o lugares a los paganos virtuosos fue, según Francesco Torraca, una invención de Dante. Para mitigar el horror de una época adversa, el poeta buscó refugio en la gran memoria romana. Quiso honrarla en su libro, pero no pudo no entender —la observación pertenece a Guido Vitali— que insistir demasiado sobre el mundo clásico no convenía a sus propósitos doctrinales. Dante no podía, contra la Fe, salvar a sus héroes; los pensó en un Infierno negativo, privados de la vista y posesión de Dios en el cielo, y se apiadó de su misterioso destino. Años después, al imaginar el Cielo de Júpiter, regresaría a ese problema. Boccaccio refiere que entre la redacción del canto VII del *Infierno* y la del VIII se produjo una larga interrupción, motivada por el destierro: el hecho, sugerido o corroborado por el verso *Io dico, seguitando ch'assai prima*, puede ser verdadero, pero harto más profunda es la diferencia que hay entre el canto del castillo y los que subsiguen. En el canto V, Dante hizo hablar inmortalmente a Francesca da Rimini; en el anterior, qué palabras no habría dado a Aristóteles, a Heráclito o a Orfeo, si ya hubiera pensado en ese artificio. Deliberado o no, su silencio agrava el horror y conviene a la escena. Anota Benedetto Croce: "En el noble castillo, entre los grandes y los sabios, la seca información usurpa el lugar de la refrenada poesía. Admiración, reverencia, melancolía, son sentimientos indicados, no representados" (*La poesia di Dante*, 1920). Los comentadores han denunciado el contraste de la fábrica medieval del castillo con sus huéspedes clásicos; esa fusión o confusión es característica de la pintura de la época y agrava, ciertamente, el sabor onírico de la escena.

En la invención y ejecución de este canto IV Dante urdió una serie de circunstancias, alguna de índole teológica. Devoto lector de la *Eneida*, imaginó a los muertos en el Elíseo o en una variación medieval de esos campos dichosos; en el verso *in luogo aperto, luminoso e alto* hay reminiscencias del túmulo desde el cual Eneas vio a sus romanos y del *largior hic campos aether*. Urgido por razones dogmáticas, debió situar en el Infierno a su noble castillo. Mario Rossi descubre en ese conflicto de lo formal y de lo poético, de la intuición paradisíaca y de la sentencia espantosa, la íntima discordia del canto y la raíz de ciertas contradicciones. En un lugar se dice que los suspiros hacen temblar el aire eterno; en otro, que no hay tristeza ni alegría en las caras. La facultad visionaria del poeta no había logrado su plenitud. A esa relativa torpeza debemos la rigidez que produjo el singular horror del castillo y de sus moradores, o prisioneros. Algo de penoso museo de figuras de cera hay en ese quieto recinto: César armado y ocioso, Lavinia eternamente sentada junto a su padre, la certidumbre de que el día de mañana será como el de hoy, que fue como el de ayer, que fue como todos. Un pasaje ulterior del *Purgatorio* añade que las sombras de los poetas, a quienes les está vedado escribir, puesto que están en el *Infierno*, procuran distraer su eternidad con discusiones literarias.[2]

Determinadas las razones técnicas, es decir, las razones de orden verbal que hacen espantoso al castillo, falta determinar las razones

2. Dante, en los cantos iniciales de la *Comedia*, fue lo que Gioberti escribió que era en todo el poema, "un poco más que un simple testigo de la fábula inventada por él" (*Primato morale e civile degli italiani*, 1840).

íntimas. Un teólogo de Dios diría que basta la ausencia de Dios para que sea terrible el castillo. Admitiría, acaso, una afinidad con aquel terceto en que proclamó que las glorias terrenales son vanas:

Non è'l mondan romore altro ch'un fiato
di vento, ch'or vien quinci e or vien quindi
e muta nome perché muta lato.

Yo insinuaría otra razón de índole personal. En este lugar de la *Comedia*, Homero, Horacio, Ovidio y Lucano son proyecciones o figuraciones de Dante, que se sabía no inferior a esos grandes, en acto o en potencia. Son tipos de lo que ya era Dante para sí mismo y previsiblemente sería para los otros: un famoso poeta. Son grandes sombras veneradas que reciben a Dante en su cónclave:

ch'è' sì mi fecer della loro schiera
sì ch'io fui sesto tra cotanto senno.

Son formas del incipiente sueño de Dante, apenas desligadas del soñador. Hablan interminablemente de letras (¿qué otra cosa pueden hacer?). Han leído la *Ilíada* o la *Farsalia* o escriben la *Comedia*; son magistrales en el ejercicio de su arte y, sin embargo, están en el infierno porque los olvida Beatriz.

EL FALSO PROBLEMA DE UGOLINO

No he leído (nadie ha leído) todos los comentarios dantescos, pero sospecho que, en el caso del famoso verso 75 del canto penúltimo del *Infierno*, han creado un problema que parte de una confusión entre el arte y la realidad. En aquel verso Ugolino de Pisa, tras narrar la muerte de sus hijos en la Prisión del Hambre, dice que el hambre pudo más que el dolor *(Poscia, piú che'l dolor, potè il digiuno)*. De este reproche debo excluir a los comentaristas antiguos, para quienes el verso no es problemático, pues todos interpretan que el dolor no pudo matar a Ugolino, pero sí el hambre. También lo entiende así Geoffrey Chaucer en el tosco resumen del episodio que intercaló en el ciclo de Canterbury.

Reconsideremos la escena. En el fondo glacial del noveno círculo, Ugolino roe infinitamente la nuca de Ruggieri degli Ubaldini y se limpia la boca sanguinaria con el pelo del réprobo. Alza la boca, no la cara, de la feroz comida y cuenta que Ruggieri lo traicionó y lo encarceló con sus hijos. Por la angosta ventana de la celda vio crecer y decrecer muchas lunas, hasta la noche en que soñó que Ruggieri, con hambrientos mastines, daba caza en el flanco de una montaña a un lobo y sus lobeznos. Al alba oye los golpes del martillo que tapia la entrada de la torre. Pasan un día y una noche, en silencio. Ugolino, movido por el dolor, se muerde las manos; los hijos creen que lo hace por hambre y le ofrecen su carne, que él engendró. Entre el quinto y el sexto día los ve, uno a uno, morir. Después se queda ciego y habla con sus muertos y llora y los palpa en la sombra; después el hambre pudo más que el dolor.

He declarado el sentido que dieron a este paso los primeros comentadores. Así, Rambaldi de Imola en el siglo XIV: "Viene a decir que el hambre rindió a quien tanto dolor no pudo vencer y matar". Profesan esta opinión entre los modernos Francesco Torraca, Guido Vitali y Tommaso Casini. El primero ve estupor y remordimiento en las palabras de Ugolino; el último agrega: "Intérpretes modernos han fantaseado que Ugolino acabó por alimentarse de la carne de sus hijos, conjetura contraria a la naturaleza y a la historia", y considera inútil la controversia. Benedetto Croce piensa como él y sostiene que de las dos interpretaciones, la más congruente y verosímil es la tradicional. Bianchi, muy razonablemente, glosa: "Otros entienden que Ugolino comió la carne de sus hijos, interpretación improbable pero que no es lícito descartar". Luigi Pietrobono (sobre cuyo parecer volveré) dice que el verso es deliberadamente misterioso.

Antes de participar, a mi vez, en la *inutile controversia*, quiero detenerme un instante en el ofrecimiento unánime de los hijos. Éstos ruegan al padre que retome esas carnes que él ha engendrado:

> *... tu ne vestisti*
> *queste misere carni, e tu le spoglia.*

Sospecho que este discurso debe causar una creciente incomodidad en quienes lo admiran. De Sanctis (*Storia della Letteratura Italiana*, IX) pondera la imprevista conjunción de imágenes heterogéneas; D'Ovidio admite que "esta gallarda y conceptuosa exposición de un ímpetu filial casi desarma toda crítica". Yo tengo para mí que se trata de una de las muy pocas falsedades que admite la *Comedia*. La juzgo menos digna de esa obra que de la pluma de Malvezzi o de la veneración de Gracián. Dante, me digo, no pudo no sentir su falsía, agravada sin duda por la circunstancia casi coral de que los cuatro niños, a un tiempo, brindan el convite famélico. Alguien insinuará que enfrentamos una mentira de Ugolino, fraguada para justificar (para sugerir) el crimen anterior.

El problema histórico de si Ugolino della Gherardesca ejerció en los primeros días de febrero de 1289 el canibalismo es, evidentemente, insoluble. El problema estético o literario es de muy otra índole. Cabe enunciarlo así: ¿Quiso Dante que pensáramos que Ugolino (el Ugolino de su *Infierno*, no el de la historia) comió la carne de sus hijos? Yo arriesgaría la respuesta: Dante no ha querido que lo pensemos, pero sí que lo sospechemos.[1] La incertidumbre es parte de su designio. Ugolino roe el cráneo del arzobispo; Ugolino sueña con perros de colmillos agudos que rasgan los flancos del lobo (*... e con l'agute scane / mi parea lor veder fender li fianchi*). Ugolino, movido por el dolor, se muerde las manos; Ugolino oye que los hijos le ofrecen inverosímilmente su carne; Ugolino, pronunciado el ambiguo verso, torna a roer el cráneo del arzobispo. Tales actos sugieren o simbolizan el hecho atroz. Cumplen una doble función: los creemos parte del relato y son profecías.

Robert Louis Stevenson (*Ethical Studies*, 110) observa que los personajes de un libro son sartas de palabras; a eso, por blasfematorio que nos parezca, se reducen Aquiles y Peer Gynt, Robinson Crusoe y don Quijote. A eso también los poderosos que rigieron la tierra: una

1. Observa Luigi Pietrobono (*Infierno*, pág. 47) "que el *digiuno* no afirma la culpa de Ugolino, pero la deja adivinar sin menoscabo del arte o del rigor histórico. Basta que la juzguemos *posible*".

serie de palabras es Alejandro y otra es Atila. De Ugolino debemos decir que es una textura verbal, que consta de unos treinta tercetos. ¿Debemos incluir en esa textura la noción de canibalismo? Repito que debemos sospecharla con incertidumbre y temor. Negar o afirmar el monstruoso delito de Ugolino es menos tremendo que vislumbrarlo.

El dictamen *Un libro es las palabras que lo componen* corre el albur de parecer un axioma insípido. Sin embargo, todos propendemos a creer que hay una forma separable del fondo y que diez minutos de diálogo con Henry James nos revelarían el "verdadero" argumento de *Otra vuelta de tuerca*. Pienso que tal no es la verdad; pienso que Dante no supo mucho más de Ugolino que lo que sus tercetos refieren. Schopenhauer declaró que el primer volumen de su obra capital consta de un solo pensamiento y que no halló modo más breve de transmitirlo. Dante, a la inversa, diría que cuanto imaginó de Ugolino está en los debatidos tercetos.

En el tiempo real, en la historia, cada vez que un hombre se enfrenta con diversas alternativas opta por una y elimina y pierde las otras; no así en el ambiguo tiempo del arte, que se parece al de la esperanza y al del olvido. Hamlet, en ese tiempo, es cuerdo y es loco.[2] En la tiniebla de su Torre del Hambre, Ugolino devora y no devora los amados cadáveres, y esa ondulante imprecisión, esa incertidumbre, es la extraña materia de que está hecho. Así, con dos posibles agonías, lo soñó Dante y así lo soñarán las generaciones.

2. A título de curiosidad, cabe recordar dos ambigüedades famosas. La primera, *la sangrienta Luna* de Quevedo, que es a la vez la de los campos de batalla y la de la bandera otomana; la otra, la *mortal moon* del soneto 107 de Shakespeare, que es la luna del cielo y la Reina Virgen.

EL ÚLTIMO VIAJE DE ULISES

Mi propósito es reconsiderar, a la luz de otros pasajes de la *Comedia*, el enigmático relato que Dante pone en boca de Ulises (*Infierno*, XXVI, 90-142). En el ruinoso fondo de aquel círculo que sirve para castigo de los falsarios, Ulises y Diomedes arden sin fin, en una misma llama bicorne. Instado por Virgilio a referir de qué modo halló la muerte, Ulises narra que después de separarse de Circe, que lo retuvo más de un año en Gaeta, ni la dulzura del hijo, ni la piedad que le inspiraba Laertes, ni el amor de Penélope, vencieron en su pecho el ardor de conocer el mundo y los defectos y virtudes humanos. Con la última nave y con los pocos fieles que aún le quedaban, se lanzó al mar abierto; ya viejos, arribaron a la garganta donde Hércules fijó sus columnas. En ese término que un dios marcó a la ambición o al arrojo, instó a sus camaradas a conocer, ya que tan poco les restaba de vida, el mundo sin gente, los no usados mares antípodas. Les recordó su origen, les recordó que no habían nacido para vivir como los brutos, sino para buscar la virtud y el conocimiento. Navegaron al ocaso y después al Sur, y vieron todas las estrellas que abarca el hemisferio austral. Cinco meses hendieron el océano, y un día divisaron una montaña, parda, en el horizonte. Les pareció más alta que ninguna otra, y se regocijaron sus ánimos. Esa alegría no tardó en trocarse en dolor, porque se levantó una tormenta que hizo girar tres veces la nave, y a la cuarta la hundió, como plugo a Otro, y se cerró sobre ellos el mar.

Tal es el relato de Ulises. Muchos comentadores —desde el Anónimo Florentino a Raffaele Andreoli— lo estiman una digresión del autor. Juzgan que Ulises y Diomedes, falsarios, padecen en el foso de los falsarios *(e dentro dalla lor fiamma si geme / l'agguato del caval...)* y que el viaje de aquél no es otra cosa que un adorno episódico. Tommaseo, en cambio, cita un pasaje de la *Civitas Dei*; y pudo citar otro de Clemente de Alejandría, que niega que los hombres puedan llegar a la parte inferior de la tierra; Casini y Pietrobono, después, tachan de sacrílego el viaje. En efecto, la montaña entrevista por el griego antes que lo sepultara el abismo es la santa montaña del Purgatorio, prohibida a los mortales (*Purgatorio*, I, 130-132). Acertadamente observa Hugo Friedrich: “El viaje acaba en una catástrofe, que no es mero destino de hombre de mar sino la palabra de Dios” (*Odysseus in der Holle*, Berlín, 1942).

Ulises, al referir su empresa, la califica de insensata *(folle)*; en el canto XXVII del *Paraíso* hay una referencia al *varco folle d'Ulisse*, a la insensata o temeraria travesía de Ulises. El adjetivo es el aplicado por Dante, en la selva oscura, a la tremenda invitación de Virgilio *(temo che la venuta non sia folle)*, su repetición es deliberada. Cuando Dante pisa la playa que Ulises, antes de morir, entrevió, dice que nadie ha navegado esas aguas y ha podido volver; luego refiere que Virgilio lo ciñó con un junco, *com'Altrui piacque*: son las mismas palabras que dijo Ulises al declarar su trágico fin. Carlo Steiner escribe: "¿No habrá pensado Dante en Ulises, que naufragó a la vista de esa playa? Claro que sí. Pero Ulises quiso alcanzarla, fiado en sus propias fuerzas, desafiando los límites decretados a lo que puede el hombre. Dante, nuevo Ulises, la pisará como un vencedor, ceñido de humildad, y no lo guiará la soberbia sino la razón, iluminada por la gracia". Itera esa opinión August Ruegg (*Jenseitsvorstellungen vor Dante*, II, 114): "Dante es un aventurero que, como Ulises, pisa no pisados caminos, recorre mundos que no ha divisado hombre alguno y pretende las metas más difíciles y remotas. Pero ahí acaba el parangón. Ulises acomete a su cuenta y riesgo aventuras prohibidas; Dante se deja conducir por fuerzas más altas".

Justifican la distinción anterior dos famosos lugares de la *Comedia*. Uno, aquel en que Dante se juzga indigno de visitar los tres ultramundos *(io non Enea, io non Paolo sono)*, y Virgilio declara la misión que le ha encomendado Beatriz; otro, aquel en que Cacciaguida (*Paraíso*, XVII, 100-142) aconseja la publicación del poema. Ante esos testimonios resulta inepto equiparar la peregrinación de Dante, que lleva a la visión beatífica y al mejor libro que han escrito los hombres con la sacrílega aventura de Ulises, que desemboca en el Infierno. Esta acción parece el reverso de aquélla.

Tal argumento, sin embargo, importa un error. La acción de Ulises es indudablemente el viaje de Ulises, porque Ulises no es otra cosa que el sujeto de quien se predica esa acción, pero la acción o empresa de Dante no es el viaje de Dante, sino la ejecución de su libro. El hecho es obvio, pero se propende a olvidarlo, porque la *Comedia* está redactada en primera persona, y el hombre que murió ha sido oscurecido por el protagonista inmortal. Dante era teólogo; muchas veces la escritura de la *Comedia* le habrá parecido no menos ardua, quizá no menos arriesgada y fatal, que el último viaje de Ulises. Había osado fraguar los arcanos que la pluma del Espíritu Santo apenas indica; el propósito bien podía entrañar una culpa. Había osado equiparar a Beatriz Portinari con la Virgen y con Jesús.[1] Había osado anticipar los dictámenes del inescrutable Juicio Final que los bienaventurados ignoran; había juzgado y condenado las almas de papas simoníacos y había

1. Cf. Giovanni Papini, *Dante vivo*, III, 34

salvado la del averroísta Siger, que enseñó el tiempo circular.[2] ¡Qué afanes laboriosos para la gloria, que es una cosa efímera!

Non è'l mondan romore altro ch'un fiato
di vento, ch'or vien quinci e or vien quindi,
e muta nome perchè muta lato

Verosímiles rastros de esa discordia perduran en el texto. Carlo Steiner ha reconocido uno de ellos en aquel diálogo en que Virgilio vence los temores de Dante y lo induce a emprender su inaudito viaje. Escribe Steiner: "El debate que, por una ficción, ocurre con Virgilio, de veras ocurrió en la mente de Dante, cuando éste no había aún decidido la composición del poema. Le corresponde aquel otro debate del canto XVII del *Paraíso*, que mira a su publicación. Compuesta la obra, ¿podría publicarla y desafiar la ira de sus enemigos? En los dos casos triunfó la conciencia de su valor y del alto fin que se había propuesto" (*Comedia*, 15). Dante, pues, habría simbolizado en tales pasajes un conflicto mental; yo sugiero que también lo simbolizó, acaso sin quererlo y sin sospecharlo, en la trágica fábula de Ulises, y que a esa carga emocional ésta debe su tremenda virtud. Dante fue Ulises y de algún modo pudo temer el castigo de Ulises.

Una observación última. Devotas del mar y de Dante, las dos literaturas de idioma inglés han recibido algún influjo del Ulises dantesco. Eliot (y antes Andrew Lang y antes Longfellow) ha insinuado que de ese arquetipo glorioso procede el admirable *Ulysses* de Tennyson. No se ha indicado aún, que yo sepa, una afinidad más profunda: la del Ulises infernal con otro capitán desdichado: Ahab de *Moby Dick*. Éste, como aquél, labra su propia perdición a fuerza de vigilias y de coraje; el argumento general es el mismo, el remate es idéntico, las últimas palabras son casi iguales. Schopenhauer ha escrito que en nuestras vidas nada es involuntario; ambas ficciones, a la luz de ese prodigioso dictamen, son el proceso de un oculto e intrincado suicidio.

POSDATA DE 1981: Se ha dicho que el Ulises de Dante prefigura a los famosos exploradores que arribarían, siglos después, a las costas de América y de la India. Siglos antes de la escritura de la *Comedia*, ese tipo humano ya se había dado. Erico el Rojo descubrió la isla de Groenlandia hacia el año 985; su hijo Leif, a principios del siglo XI, desembarcó en el Canadá. Dante no pudo saber esas cosas. Lo escandinavo tiende a ser secreto, a ser como si fuera un sueño.

2. Cf. Maurice de Wulf, *Histoire de la philosophie médiévale*.

EL VERDUGO PIADOSO

Dante (nadie lo ignora) pone a Francesca en el Infierno y oye con infinita compasión la historia de su culpa. ¿Cómo atenuar esa discordia, cómo justificarla? Vislumbro cuatro conjeturas posibles.

La primera es técnica. Dante, determinada la forma general de su libro, pensó que éste podía degenerar en un vano catálogo de nombres propios o en una descripción topográfica si no lo amenizaban las confesiones de las almas perdidas. Este pensamiento le hizo alojar en cada uno de los círculos de su Infierno a un réprobo interesante y no demasiado lejano. (Lamartine, agobiado por esos huéspedes, dijo que la *Comedia* era una *gazette florentine.*) Naturalmente, convenía que las confesiones fueran patéticas; podían serlo sin riesgo ya que el autor, encarcelando a los narradores en el Infierno, quedaba libre de toda sospecha de complicidad. Esta conjetura (cuya noción de un orbe poético impuesto a una árida novela teológica ha sido razonada por Croce) es quizá la más verosímil, pero tiene algo de mezquino o de vil y no parece condecir con nuestro concepto de Dante. Además, las interpretaciones de un libro tan infinito como la *Comedia* no pueden ser tan simples.

La segunda equipara, según la doctrina de Jung,[1] las invenciones literarias a las invenciones oníricas. Dante, que es nuestro sueño ahora, soñó la pena de Francesca y soñó su lástima. Observa Schopenhauer que, en los sueños, puede asombrarnos lo que oímos y vemos, aunque ello tiene su raíz, en última instancia, en nosotros; Dante, parejamente, pudo apiadarse de lo soñado o inventado por él. También cabría decir que Francesca es una mera proyección del poeta, como, por lo demás, lo es el mismo Dante, en su carácter de viajero

1. De algún modo la prefigura la clásica metáfora del sueño como función teatral. Así Góngora, en el soneto "Varia imaginación" ("El sueño, autor de representaciones / en su teatro sobre el viento armado / sombras suele vestir de bulto bello"); así Quevedo, en el *Sueño de la muerte* ("Luego que desembarazada el alma se vio ociosa, sin la tarea de los sentidos exteriores, me embistió de esta manera la comedia siguiente; y así la recitaron mis potencias a oscuras, siendo yo para mis fantasías auditorio y teatro"); así Joseph Addison, en el número 487 del *Spectator* ("el alma, cuando sueña, es teatro, actores y auditorio"). Siglos antes, el panteísta Umar Khayyám compuso una estrofa que la versión literal de McCarthy traduce de este modo: "Ya de nadie conocido te ocultas; ya te despliegas en todas las cosas creadas. Para tu propio deleite ejecutas estas maravillas, siendo a la vez el espectáculo y el espectador".

infernal. Sospecho, sin embargo, que esta conjetura es falaz, pues una cosa es atribuir a libros y a sueños un origen común y otra tolerar en los libros la inconexión y la irresponsabilidad de los sueños.

La tercera, como la primera, es de índole técnica. Dante, en el decurso de la *Comedia*, tuvo que anticipar las inescrutables decisiones de Dios. Sin otra luz que la de su mente falible, se lanzó a adivinar algunos dictámenes del Juicio Universal. Condenó, siquiera como ficción literaria, a Celestino V y salvó a Siger de Brabante, que defendió la tesis astrológica del Eterno Retorno.

Para disimular esa operación, definió a Dios, en el Infierno, por su justicia *(Giustizia mosse il mio alto fattore)* y guardó para sí los atributos de la comprensión y de la piedad. Perdió a Francesca y se condolió de Francesca. Benedetto Croce declara: "Dante, como teólogo, como creyente, como hombre ético, condena a los pecadores; pero sentimentalmente no condena y no absuelve" (*La poesia di Dante*, 78).[2]

La cuarta conjetura es menos precisa. Requiere, para ser entendida, una discusión liminar. Consideremos dos proposiciones: una, los asesinos merecen la pena de muerte; otra, Rodion Raskolnikov merece la pena de muerte. Es indudable que las proposiciones no son sinónimas. Paradójicamente, ello no se debe a que sean concretos los asesinos y abstracto o ilusorio Raskolnikov, sino a lo contrario. El concepto de asesinos denota una mera generalización; Raskolnikov, para quien ha leído su historia, es un ser verdadero. En la realidad no hay, estrictamente, asesinos; hay individuos a quienes la torpeza de los lenguajes incluye en ese indeterminado conjunto. (Tal es, en último rigor, la tesis nominalista de Roscelin y de Guillermo de Occam.) En otras palabras, quien ha leído la novela de Dostoievsky ha sido, en cierto modo, Raskolnikov y sabe que su "crimen" no es libre, pues una red inevitable de circunstancias lo prefijó y lo impuso. El hombre que mató no es un asesino, el hombre que robó no es un ladrón, el hombre que mintió no es un impostor; eso lo saben (mejor dicho, lo sienten) los condenados; por ende, no hay castigo sin injusticia. La ficción jurídica *el asesino* bien puede merecer la pena de muerte, no el desventurado que asesinó, urgido por su historia pretérita y quizá —¡oh marqués de Laplace!— por la historia del universo. Madame de Staël ha compendiado estos razonamientos en una sentencia famosa: *Tout comprendre c'est tout pardonner.*

Dante refiere con tan delicada piedad la culpa de Francesca que todos la sentimos inevitable. Así también hubo de sentirla el poeta, a

---

2. Andrew Lang refiere que Dumas lloró cuando dio muerte a Porthos. Parejamente sentimos la emoción de Cervantes, cuando muere Alonso Quijano: "el cual entre compasiones y lágrimas los que allí se hallaron, dio su espíritu; quiero decir que se murió".

despecho del teólogo que argumentó en el *Purgatorio* (XVI, 70) que si los actos dependieran del influjo estelar, quedaría anulado nuestro albedrío y sería una injusticia premiar el bien y castigar el mal.[3]

Dante comprende y no perdona; tal es la paradoja insoluble. Yo tengo para mí que la resolvió más allá de la lógica. Sintió (no comprendió) que los actos del hombre son necesarios y que asimismo es necesaria la eternidad, de bienaventuranza o de perdición, que éstos le acarrean. También los espinocistas y los estoicos promulgaron leyes morales. Huelga recordar a Calvino, cuyo *decretum Dei absolutum* predestina a los unos al infierno y a los otros al cielo. Leo en el discurso preliminar del *Alkoran* de Sale que una de las sectas islámicas defiende esa opinión.

La cuarta conjetura, como se ve, no desata el problema. Se limita a plantearlo, de modo enérgico. Las otras conjeturas eran lógicas; ésta, que no lo es, me parece la verdadera.

3. Cfr. *De monarchia*, 1, 14; *Purgatorio*, XVIII, 73; *Paraíso*, V, 19. Más elocuente aún es la gran palabra del canto XXXI: *Tu m'hai di servo tratto a libertate* (*Paraíso* 85).

DANTE Y LOS VISIONARIOS ANGLOSAJONES

En el canto X del *Paraíso*, Dante refiere que ascendió a la esfera del sol y que vio sobre el disco de ese planeta —el sol es un planeta en la economía dantesca— una ardiente corona de doce espíritus, más luminosos que la luz contra la cual se destacaban. Tomás de Aquino, el primero, le declara el nombre de los demás; el séptimo es Beda. Los comentadores explican que se trata de Beda el Venerable, diácono del monasterio de Jarrow y autor de la *Historia Ecclesiastica Gentis Anglorum*.

Pese al epíteto, esa primera historia de Inglaterra, que se redactó en el siglo VIII, trasciende lo eclesiástico. Es la obra conmovida y personal de un investigador escrupuloso y de un hombre de letras. Beda dominaba el latín y conocía el griego y a su pluma suele acudir espontáneamente un verso de Virgilio. Todo le interesaba: la historia universal, la exégesis de la Escritura, la música, las figuras de la retórica,[1] la ortografía, los sistemas de numeración, las ciencias naturales, la teología, la poesía latina y la poesía vernácula. Hay, sin embargo, un punto sobre el cual deliberadamente guarda silencio. En su crónica de las tenaces misiones que acabaron por imponer la fe de Jesús a los reinos germánicos de Inglaterra, Beda pudo haber hecho para el paganismo sajón lo que Snorri Sturluson, unos quinientos años después, haría para el escandinavo. Sin traicionar el piadoso propósito de la obra, pudo haber declarado, o bosquejado, la mitología de sus mayores. Previsiblemente no lo hizo. La razón es obvia: la religión, o mitología, de los germanos estaba aún muy cerca. Beda quería olvidarla; quería que su Inglaterra la olvidara. Nunca sabremos si a los dioses que adoró Hengist los aguarda un crepúsculo y si en aquel día tremendo en que el sol y la luna serán devorados por lobos, partirá de la región del hielo una nave hecha de uñas de muertos. Nunca sabremos si esas perdidas divinidades formaban un panteón o si eran, como Gibbon sospechó, vagas supersticiones de bárbaros. Fuera de la sentencia ritual *cujus pater Voden*, que figura en todas sus genealogías de linajes reales, y del caso de aquel rey precavido que tenía un altar para Jesús y otro, menor, para los demonios, poco hizo Beda para satisfacer la

1. Beda buscó en la Escritura sus ejemplos de figuras retóricas. Así, para la sinécdoque, donde se toma la parte por el todo, citó el versículo 14 del primer capítulo del Evangelio según Juan: *Y aquel Verbo fue hecho carne*... En rigor, el Verbo no sólo se hizo carne, sino huesos, cartílagos, agua y sangre.

futura curiosidad de los germanistas. En cambio se apartó del recto camino cronológico para registrar visiones ultraterrenas que prefiguran la obra de Dante.

Recordemos una. Fursa, nos dice Beda, fue un asceta irlandés que había convertido a muchos sajones. En el curso de una enfermedad fue arrebatado por los ángeles en espíritu y subió al cielo. Durante la ascensión vio cuatro fuegos que enrojecían el aire negro, no muy distantes uno de otro. Los ángeles le explicaron que esos fuegos consumirán el mundo y que sus nombres son Discordia, Iniquidad, Mentira y Codicia. Los fuegos se agrandaron hasta juntarse y llegaron a él; Fursa temió, pero los ángeles le dijeron: *No te quemará el fuego que no encendiste.* En efecto, los ángeles dividieron las llamas y Fursa llegó al paraíso, donde vio cosas admirables. Al volver a la tierra, fue amenazado una segunda vez por el fuego, desde el cual un demonio le arrojó el alma candente de un réprobo, que le quemó el hombro derecho y el mentón. Un ángel le dijo: *Ahora te quema el fuego que has encendido. En la tierra aceptaste la ropa de un pecador, ahora su castigo te alcanzará.* Fursa conservó los estigmas de la visión hasta el día de su muerte.

Otra de las visiones es la de un hombre de Nortumbria, llamado Drycthelm. Éste, al cabo de una enfermedad que duró varios días, murió al anochecer y repentinamente resucitó cuando rayaba el alba. Su mujer estaba velándolo; Drycthelm le dijo que en verdad había renacido de entre los muertos y que se proponía vivir de un modo muy distinto. Después de orar, dividió su hacienda en tres partes, y dio la primera a su mujer, la segunda a sus hijos y la última y tercera a los pobres. A todos dijo adiós y se retiró a un monasterio, donde su vida rigurosa era testimonio de las cosas deseables o espantables que le fueron reveladas aquella noche en que estuvo muerto y que contaba así: "Quien me guió era de cara resplandeciente y su vestidura fulgía. Fuimos caminando en silencio, creo que hacia el Noreste. Dimos en un valle profundo y ancho y de interminable extensión; a la izquierda había fuego, a la derecha remolinos de granizo y de nieve. Las tempestades arrojaban de un lado a otro una muchedumbre de almas en pena, de suerte que los miserables que huían del fuego que no se apaga daban en el frío glacial y así infinitamente. Pensé que esas regiones crueles bien pudieran ser el infierno, pero la forma que me precedía me dijo: *No estás aún en el Infierno.* Avanzamos y la oscuridad fue agravándose y yo no percibía otra cosa que el resplandor de quien me guiaba. Incontables esferas de fuego negro subían de una sima profunda y en ella recaían. Mi guía me abandonó y quedé solo entre las incesantes esferas que estaban llenas de almas. Un hedor subió de la sima. Me detuve poseído por el temor y al cabo de un espacio de tiempo que me pareció interminable, oí a mi espalda desolados lamentos y ásperas carcajadas, como si una turba se burlara de enemigos cautivos. Un feliz y feroz tropel de demonios arrastraba al centro de la oscuridad cinco almas hermanas. Una estaba tonsurada, como un clérigo, otra era una mujer. Fueron perdiéndose en la hondura; las lamentaciones humanas se confundieron con las carcajadas demoníacas y en mi oído persistió el informe rumor. Negros espíritus me rodearon surgidos de las profundidades del fuego y me aterraron con sus ojos y con sus llamas, aunque sin atreverse a tocarme. Cercado de enemigos y de tiniebla, no atiné a defenderme. Por el camino vi venir una estrella, que se agrandaba y se acercaba. Los demonios huyeron y vi que la estrella era el ángel. Éste dobló por la derecha y nos dirigimos al Sur. Salimos de la sombra a la claridad y de la claridad a la luz y vi después una muralla, infinita a lo alto y hacia los lados. No tenía puertas ni ventanas y no entendí por qué nos acercábamos a la base. Bruscamente, sin saber cómo, ya estuvimos arriba y pude divisar una dilatada y florida pradera cuya fragancia disipó el hedor de las infernales prisiones. Personas ataviadas de blanco poblaban la pradera; mi guía me condujo por esas asambleas felices y yo di en pensar que tal vez ése era el reino de los cielos, del que había oído tantas ponderaciones, pero mi guía me dijo: *No estás aún en el cielo.* Más allá de tales moradas había una luz espléndida y adentro voces de personas cantando y una fragancia tan admirable que borró a la anterior. Cuando yo creí que entraríamos en aquel lugar de delicias, mi guía me detuvo y me hizo desandar el largo camino. Me declaró después que el valle del frío y del fuego era el purgatorio; la sima, la boca del infierno; la pradera, el sitio de los justos que aguardan el Juicio Universal, y el lugar de la música y de la luz, el reino de los cielos. *Y a ti* —agregó— *que ahora regresarás a tu cuerpo y habitarás de nuevo entre los hombres, te digo que si vives con rectitud, tendrás tu lugar en la pradera y después en el cielo, porque si te dejé sólo un espacio, fue para preguntar cuál sería tu futuro destino.* Duro me pareció volver a este cuerpo, pero no me atreví a decir palabra, y me desperté en la tierra".

En la historia que acabo de transcribir se habrán percibido pasajes que recuerdan —habría que decir que prefiguran— otros de la obra dantesca. Al monje no lo quema el fuego no encendido por él; Beatriz, parejamente, es invulnerable al fuego del infierno *(nè fiamma d'esto incendio non m'assale)*.

A la derecha de aquel valle que parece no tener fin, tempestades de granizo y de hielo castigan a los réprobos; en el círculo tercero los epicúreos sufren la misma pena. Al hombre de Nortumbria lo desespera el abandono momentáneo del ángel; a Dante el de Virgilio *(Virgilio a cui per mia salute die'mi)*. Drycthelm no sabe cómo ha podido subir a lo alto del muro; Dante cómo ha podido atravesar el triste Aqueronte.

De mayor interés que estas correspondencias, que ciertamente no he agotado, son los rasgos circunstanciales que Beda entreteje en su relación y que prestan singular verosimilitud a las visiones ultraterrenas. Básteme recordar la perduración de las quemaduras, el hecho de que el ángel adivine el silencioso pensamiento del hombre, la fusión de las risas con los lamentos y la perplejidad del visionario ante el alto muro. Quizá una tradición oral trajo esos rasgos a la pluma del historiador; lo cierto es que ya encierran esa unión de lo personal y de lo maravilloso que es típica de Dante y que nada tiene que ver con los hábitos de la literatura alegórica.

¿Leyó Dante alguna vez la *Historia Ecclesiastica*? Es harto probable que no. La inclusión del nombre de Beda (convenientemente bisílabo para el verso) en un censo de teólogos, prueba, en buena lógica, poco. En la Edad Media la gente confiaba en la gente; no era preciso leer los volúmenes del docto anglosajón para admitir su autoridad, como no era preciso haber leído los poemas homéricos, recluidos en una lengua casi secreta, para saber que Homero *(Mira colui con quella spada in mano)* bien podía capitanear a Ovidio, a Lucano y a Horacio. Otra observación cabe hacer. Para nosotros, Beda es un historiador de Inglaterra; para sus lectores medievales era un comentador de las Escrituras, un retórico y un cronólogo. Una historia de la entonces vaga Inglaterra no tenía por qué atraer especialmente a Dante.

Que Dante conociera o no las visiones registradas por Beda es menos importante que el hecho de que éste las incluyó en su obra histórica, juzgándolas dignas de memoria. Un gran libro como la *Divina Comedia* no es el aislado o azaroso capricho de un individuo; muchos hombres y muchas generaciones tendieron hacia él. Investigar sus precursores no es incurrir en una miserable tarea de carácter jurídico o policial; es indagar los movimientos, los tanteos, las aventuras, las vislumbres y las premoniciones del espíritu humano.

PURGATORIO, I, 13

Como todas las palabras abstractas, la palabra *metáfora* es una metáfora, ya que vale en griego por traslación. Consta, por lo general, de dos términos. Momentáneamente, uno se convierte en el otro. Así, los sajones apodaron al mar *camino de la ballena* o *camino del cisne*. En el primer ejemplo, la grandeza de la ballena conviene a la grandeza del mar; en el segundo, la pequeñez del cisne contrasta con lo vasto del mar. Nunca sabremos si quienes forjaron esas metáforas advirtieron esas connotaciones. En el verso 60 del canto I del *Infierno* se lee: *mi ripigneva là dove'l sol tace*.

"Donde el sol calla", el verbo auditivo expresa una imagen visual. Recordemos el famoso hexámetro de la *Eneida*: *a Tenedo, tacitae per amica silentia lunae*.

Más allá de la fusión de dos términos, mi propósito actual es el examen de tres curiosas líneas.

La primera es el verso 13 del canto I del *Purgatorio*: *Dolce color d'oriental zaffiro*.

Buti declara que el zafiro es una piedra preciosa de color entre celeste y azul, muy deleitable a la vista, y que el zafiro oriental es una variedad que se encuentra en Media.

Dante, en el verso precitado, sugiere el color del Oriente por un zafiro en cuyo nombre está el Oriente. Insinúa así un juego recíproco que bien puede ser infinito.[1]

En las *Hebrew Melodies* (1815), de Byron, he descubierto un artificio análogo: *She walks in beauty, lihe the night*.

"Camina en esplendor, como la noche"; para aceptar este verso, el lector debe imaginar una mujer alta y morena que camina como la Noche, que es a su vez una mujer alta y morena y así hasta el infinito.[2]

---

1. Leemos en la estrofa inicial de las *Soledades* de Góngora:

Era del año la estación florida
en que el mentido robador de Europa,
media luna las armas de su frente
y el Sol todos los rayos de su pelo
luciente honor del cielo,
en campo de zafiros pasce estrellas.

El verso del *Purgatorio* es delicado; el de las *Soledades* es deliberadamente ruidoso.

2. Baudelaire ha escrito en "Recueillement": *"Entends, ma chère, entends, la douce nuit qui marche"*. El silencioso andar de la noche no debería oírse.

El tercer ejemplo es de Robert Browning. Lo incluye la dedicatoria del vasto poema dramático *The Ring and the Book* (1868): *O lyric Love, half angel and half bird...*

El poeta dice de Elizabeth Barrett, que ha muerto, que es mitad ángel y mitad pájaro, pero el ángel ya es mitad pájaro, y se propone así una subdivisión, que puede ser interminable.

No sé si puedo incluir en esta antología casual el discutido verso de Milton (*Paradise Lost*, IV, 323): *... the fairest of her daughters, Eve.*

"La más hermosa de sus hijas, Eva"; para la razón, el verso es absurdo; para la imaginación, tal vez no lo sea.

EL SIMURGH Y EL ÁGUILA

Literariamente ¿qué podrá rendir la noción de un ser compuesto de otros seres, de un pájaro (digamos) hecho de pájaros?[1] El problema, así formulado, sólo parece consentir soluciones triviales, cuando no activamente desagradables. Diríase que lo agota el *monstrum horrendum ingens*, numeroso de plumas, ojos, lenguas y oídos, que personifican la Fama (mejor dicho, el Escándalo o el Rumor) en la cuarta Eneida, o aquel extraño rey hecho de hombres que llena el frontispicio del *Leviatán*, armado con la espada y el báculo. Francis Bacon (*Essays*, 1625) alabó la primera de esas imágenes; Chaucer y Shakespeare la imitaron; nadie, ahora, la juzgará muy superior a la de la "fiera Aqueronte" que, según consta en los cincuenta y tantos manuscritos de la *Visio Tundali*, guarda en la curva de su vientre a los réprobos, donde los atormentan perros, osos, leones, lobos y víboras.

La noción abstracta de un ser compuesto de otros seres no parece pronosticar nada bueno; sin embargo, a ella corresponden, de increíble manera, una de las figuras más memorables de la literatura occidental y otra de la oriental. Describir esas prodigiosas ficciones es el fin de esta nota. Una fue concebida en Italia; la otra en Nishapur.

La primera está en el canto XVIII del *Paraíso*. Dante, en su viaje por los cielos concéntricos, advierte una mayor felicidad en los ojos de Beatriz, un mayor poderío de su belleza y comprende que han ascendido del bermejo cielo de Marte al cielo de Júpiter. En el dilatado ámbito de esa esfera donde la luz es blanca, vuelan y cantan celestiales criaturas, que sucesivamente forman las letras de la sentencia *Diligite justitiam* y luego la cabeza de un águila no copiada por cierto de las terrenas sino directa fábrica del Espíritu. Resplandece después el águila entera; la componen millares de reyes justos; habla, símbolo manifiesto del Imperio, con una sola voz, y articula *yo* en lugar de *nosotros* (*Paraíso*, XIX, 11). Un antiguo problema fatigaba la conciencia de Dante: ¿No es injusto que Dios condene por falta de fe a un hombre de vida ejemplar que ha nacido en la margen del Indo y que nada puede saber de Jesús? El Águila responde con la oscuridad que conviene a las revelaciones divinas; reprueba la osada interrogación, repite que es indispensable la fe en el Redentor y sugiere que Dios puede

1. Análogamente, en la *Monadología* (1714), de Leibniz, se lee que el universo está hecho de ínfimos universos, que a su vez contienen el universo, y así hasta el infinito.

haber infundido esa fe en ciertos paganos virtuosos. Afirma que entre los bienaventurados está el emperador Trajano y Rifeo, anterior éste y posterior aquél a la Cruz.[2] (Espléndida en el siglo XIV la aparición del Águila es quizá menos eficaz en el XX que dedica las águilas luminosas y las altas letras de fuego a la propaganda comcrcial. Cfr. Chesterton, *What I saw in America*, 1922.)

Que alguien haya logrado superar una de las grandes figuras de la *Comedia* parece, con razón, increíble; el hecho, sin embargo, ha ocurrido. Un siglo antes de que Dante concibiera el emblema del Águila, Farid al-Din Attar, persa de la secta de los sufíes, concibió el extraño Simurgh (Treinta Pájaros), que virtualmente lo corrige y lo incluye. Farid al-Din Attar nació en Nishapur,[3] patria de turquesas y espadas. Attar quiere decir en persa el que trafica en drogas. En las *Memorias de los Poetas* se lee que tal era su oficio. Una tarde entró un derviche en la droguería, miró los muchos pastilleros y frascos y se puso a llorar. Attar, inquieto y asombrado, le pidió que se fuera. El derviche le contestó: "A mí nada me cuesta partir, nada llevo conmigo. A ti en cambio te costará decir adiós a los tesoros que estoy viendo". El corazón de Attar se quedó frío como alcanfor. El derviche se fue, pero a la mañana siguiente, Attar abandonó su tienda y los quehaceres de este mundo.

Peregrino a La Meca, atravesó el Egipto, Siria, el Turquestán y el norte del Indostán; a su vuelta se entregó con fervor a la contemplación de Dios y a la composición literaria. Es fama que dejó veinte mil dísticos; sus obras se titulan *Libro del ruiseñor, Libro de la adversidad, Libro del consejo, Libro de los misterios, Libro del conocimiennto divino, Memorias de los santos, El rey y la rosa, Declaración de maravillas* y el singular *Coloquio de los pájaros (Mantiq-al-Tayr)*. En los últimos años de su vida, que se dice alcanzaron a ciento diez, renunció a todos los placeres del mundo, incluso la versificación. Le dieron muerte los soldados de Tule, hijo de Zingis Jan. La vasta imagen que he mentado es la base del *Mantiq-al-Tayr*. He aquí la fábula del poema.

El remoto rey de los pájaros, el Simurgh, deja caer en el centro de la China una pluma espléndida; los pájaros resuelven buscarlo, hartos de su antigua anarquía. Saben que el nombre de su rey quiere

2. Pompeo Venturi desaprueba la elección de Rifeo, varón que sólo había existido hasta esa apoteosis en unos versos de la *Eneida* (II, 339, 426). Virgilio lo declara el más justo de los troyanos y agrega a la noticia de su fin la resignada elipsis: *Dies aliter visum* (De otra manera la determinaron los dioses). No hay en toda la literatura otro rastro de él. Acaso Dante lo eligió como símbolo, en virtud de su vaguedad. Cfr. los comentarios de Casini (1921) y de Guido Vitali (1943).

3. Katibi, autor de la *Confluencia de los dos mares* declaró: "Soy del jardín de Nishapur, como Attar, pero yo soy la espina de Nishapur y él era la rosa".

decir treinta pájaros; saben que su alcázar está en el Kaf, la montaña circular que rodea la tierra.

Acometen la casi infinita aventura; superan siete valles o mares; el nombre del penúltimo es Vértigo; el último se llama Aniquilación. Muchos peregrinos desertan; otros perecen. Treinta, purificados por los trabajos, pisan la montaña del Simurgh. La contemplan al fin: perciben que ellos son el Simurgh y que el Simurgh es cada uno de ellos y todos. En el Simurgh están los treinta pájaros y en cada pájaro el Simurgh.[4] (También Plotino —*Enéadas*, V, 8.4— declara una extensión paradisíaca del principio de identidad: "Todo, en el cielo inteligible, está en todas partes. Cualquier cosa es todas las cosas. El sol es todas las estrellas, y cada estrella es todas las estrellas, y cada estrella es todas las estrellas y el sol".)

La disparidad entre el Águila y el Simurgh no es menos evidente que el parecido. El Águila no es más que inverosímil; el Simurgh imposible. Los individuos que componen el Águila no se pierden en ella (David hace de pupila del ojo, Trajano, Ezequías y Constantino, de cejas): los pájaros que miran el Simurgh son también el Simurgh. El Águila es un símbolo momentáneo, como antes lo fueron las letras, y quienes lo dibujan no dejan de ser quienes son; el ubicuo Simurgh es inextricable. Detrás del Águila está el Dios personal de Israel y de Roma; detrás del mágico Simurgh está el panteísmo.

Una observación última. En la parábola del Simurgh es notorio el poder imaginativo; menos enfática pero no menos real es su economía o rigor. Los peregrinos buscan una meta ignorada, esa meta, que sólo conoceremos al fin, tiene la obligación de maravillar y no ser o parecer una añadidura. El autor desata la dificultad con elegancia clásica; diestramente, los buscadores son lo que buscan. No de otra suerte David es el oculto protagonista de la historia que le cuenta Natán (2 *Samuel*, 12); no de otra suerte De Quincey ha conjeturado que el hombre Edipo, no el hombre en general, es la profunda solución del enigma de la Esfinge Tebana.

---

4. Silvina Ocampo (*Espacios métricos*, 12) ha versificado así el episodio:

Era Dios ese pájaro como un enorme espejo;
los contenía a todos; no era un mero reflejo.
En sus plumas hallaron cada uno sus plumas
en los ojos, los ojos con memorias de plumas.

EL ENCUENTRO EN UN SUEÑO

Superados los círculos del Infierno y las arduas terrazas del Purgatorio, Dante, en el Paraíso terrenal, ve por fin a Beatriz; Ozanam conjetura que la escena (ciertamente una de las más asombrosas que la literatura ha alcanzado) es el núcleo primitivo de la *Comedia.* Mi propósito es referirla, resumir lo que dicen los escoliastas y presentar alguna observación, quizá nueva, de índole psicológica.

La mañana del trece de abril del año 1300, en el día penúltimo de su viaje, Dante, cumplidos sus trabajos, entra en el Paraíso terrenal, que corona la cumbre del Purgatorio. Ha visto el fuego temporal y el eterno, ha atravesado un muro de fuego, su albedrío es libre y es recto. Virgilio lo ha mitrado y coronado sobre sí mismo *(per ch'io te sovra te corono e mitrio)*. Por los senderos del antiguo jardín llega a un río más puro que ningún otro, aunque los árboles no dejan que lo ilumine ni la luna ni el sol. Corre por el aire una música y en la otra margen se adelanta una procesión misteriosa. Veinticuatro ancianos vestidos de ropas blancas y cuatro animales con seis alas alrededor, tachonadas de ojos abiertos, preceden un carro triunfal, tirado por un grifo; a la derecha bailan tres mujeres, de las que una es tan roja que apenas la veríamos en el fuego; a la izquierda, cuatro, de púrpura, de las que una tiene tres ojos. El carro se detiene y una mujer velada aparece; su traje es del color de una llama viva. No por la vista, sino por el estupor de su espíritu y por el temor de su sangre, Dante comprende que es Beatriz. En el umbral de la Gloria siente el amor que tantas veces lo había traspasado en Florencia. Busca el amparo de Virgilio, como un niño azorado, pero Virgilio ya no está junto a él.

Ma Virgilio n'avea lasciati scemi
di sè, Virgilio dolcissimo patre,
Virgilio a cui per mia salute die' mi.

Beatriz lo llama por su nombre, imperiosa. Le dice que no debe llorar la desaparición de Virgilio sino sus propias culpas. Con ironía le pregunta cómo ha condescendido a pisar un sitio donde el hombre es feliz. El aire se ha poblado de ángeles; Beatriz les enumera, implacable, los extravíos de Dante. Dice que en vano ella lo buscaba en los sueños pues él tan abajo cayó que no hubo otra manera de salvación que mostrarle los réprobos. Dante baja los ojos, abochornado, y balbucea y llora. Los seres fabulosos escuchan; Beatriz lo obliga a confesarse públicamente... Tal es, en mala prosa española, la lastimada escena del primer encuentro con Beatriz en el Paraíso. Curiosamente observa Theophil Spoerri (*Einführung in die Göttliche Komödie*, Zurich, 1946): "Sin duda el mismo Dante había previsto de otro modo ese encuentro. Nada indica en las páginas anteriores que ahí lo esperaba la mayor humillación de su vida".

Figura por figura descifran los comentadores la escena. Los veinticuatro ancianos preliminares del Apocalipsis (4, 4) son los veinticuatro libros del Viejo Testamento, según el *Prologus Galeatus* de San Jerónimo. Los animales con seis alas son los evangelistas (Tommaseo) o los Evangelios (Lombardi). Las seis alas son las seis leyes (Pietro di Dante) o la difusión de la doctrina en las seis direcciones del espacio (Francesco da Buti). El carro es la Iglesia universal; las dos ruedas son los dos Testamentos (Buti) o la vida activa y la contemplativa (Benvenuto da Imola) o Santo Domingo y San Francisco (*Paraíso*, XII, 106-111) o la Justicia y la Piedad (Luigi Pietrobono). El grifo —león y águila— es Cristo, por la unión hipostática del Verbo con la naturaleza humana; Didron mantiene que es el Papa "que como pontífice o águila, se eleva hasta el trono de Dios a recibir sus órdenes y como león o rey anda por la tierra con fortaleza y vigor". Las mujeres que danzan a la derecha son las virtudes teologales; las que danzan a la izquierda, las cardinales. La mujer dotada de tres ojos es la Prudencia, que ve lo pasado, lo presente y lo porvenir. Surge Beatriz y desaparece Virgilio, porque Virgilio es la razón y Beatriz la fe. También según Vitali porque a la cultura clásica sucedió la cultura cristiana.

Las interpretaciones que he enumerado son, sin duda, atendibles. Lógicamente (no poéticamente) justifican con bastante rigor los rasgos inciertos. Carlo Steiner, después de apoyar algunas, escribe: "Una mujer con tres ojos es un monstruo, pero el Poeta, aquí, no se somete al freno del arte, porque le importa mucho más expresar las moralidades que le son caras. Prueba inequívoca de que en el alma de ese artista grandísimo el arte no ocupaba el primer lugar sino el amor del Bien". Con menos efusión, Vitali corrobora ese juicio: "El afán de alegorizar lleva a Dante a invenciones de dudosa belleza".

Dos hechos me parecen indiscutibles. Dante quería que la procesión fuera bella *(Non che Roma di carro così bello, rallegrasse Affricano)*; la procesión es de una complicada fealdad. Un grifo atado a una carroza, animales con alas tachonadas de ojos abiertos, una mujer verde, otra carmesí, otra en cuya cara hay tres ojos, un hombre que camina dormido, parecen menos propios de la Gloria que de los vanos círculos infernales. No aminora su horror el hecho de que alguna de esas figuras proceda de los libros proféticos *(ma leggi Ezechiel che li dipigne)* y otras de la Revelación de San Juan. Mi censura no es un anacronismo; las otras escenas paradisiacas excluyen lo monstruoso.[1]

Todos los comentadores han destacado la severidad de Beatriz; algunos, la fealdad de ciertos emblemas; ambas anomalías, para mí, derivan de un origen común. Se trata, claro está, de una conjetura; en pocas palabras lo indicaré.

Enamorarse es crear una religión cuyo dios es falible. Que Dante profesó por Beatriz una adoración idolátrica es una verdad que no cabe contradecir; que ella una vez se burló de él y otra lo desairó son hechos que registra la *Vita nuova*. Hay quien mantiene que esos hechos son imágenes de otros; ello, de ser así, reforzaría aún más nuestra certidumbre de un amor desdichado y supersticioso. Dante, muerta Beatriz, perdida para siempre Beatriz, jugó con la ficción de encontrarla, para mitigar su tristeza; yo tengo para mí que edificó la triple arquitectura de su poema para intercalar ese encuentro. Le ocurrió entonces lo que suele ocurrir en los sueños, manchándolo de tristes estorbos. Tal fue el caso de Dante. Negado para siempre por Beatriz, soñó con Beatriz, pero la soñó severísima, pero la soñó inaccesible, pero la soñó en un carro tirado por un león que era un pájaro y que era todo pájaro o todo león cuando los ojos de Beatriz lo esperaban (*Purgatorio*, XXXI, 121). Tales hechos pueden prefigurar una pesadilla: ésta se fija y se dilata en el otro canto. Beatriz desaparece; un águila, una zorra y un dragón atacan el carro; las ruedas y el timón se cubren de plumas; el carro, entonces, echa siete cabezas (*Trasformato così 'l dificio santo / mise fuor teste...*); un gigante y una ramera usurpan el lugar de Beatriz.[2]

Infinitamente existió Beatriz para Dante. Dante, muy poco, tal vez nada, para Beatriz; todos nosotros propendemos por piedad, por veneración, a olvidar esa lastimosa discordia inolvidable para Dante. Leo y releo los azares de su ilusorio encuentro y pienso en dos amantes que el Alighieri soñó en el huracán del segundo círculo y que son emblemas oscuros, aunque él no lo entendiera o no lo quisiera, de esa dicha que no logró. Pienso en Francesca y en Paolo, unidos para siempre en su Infierno (*Questi, che mai da me non fia diviso...*). Con espantoso amor, con ansiedad, con admiración, con envidia.

---

1. Ya escrito lo anterior, leo en las glosas de Francesco Torraca que en algún bestiario italiano el grifo es símbolo del demonio (*"Per lo Grifone intendo lo nemico"*). No sé si es lícito agregar que en el Códice de Exeter, la pantera, animal de voz melodiosa y de suave aliento, es símbolo del redentor.

2. Se objetará que tales fealdades son el reverso de la precedente "Hermosura". Desde luego, pero son significativas... Alegóricamente, la agresión del águila representa las primeras persecuciones; la zorra, la herejía; el dragón, Satanás o Mahoma o el Anticristo; las cabezas, los pecados capitales (Benvenuto da Imola) o los sacramentos (Buti); el gigante, Felipe IV el Hermoso, rey de Francia.

LA ÚLTIMA SONRISA DE BEATRIZ

Mi propósito es comentar los versos más patéticos que la literatura ha alcanzado. Los incluye el canto XXXI del *Paraíso* y, aunque famosos, nadie parece haber discernido el pesar que hay en ellos, nadie los escuchó enteramente. Bien es verdad que la trágica sustancia que encierran pertenece menos a la obra que al autor de la obra, menos a Dante protagonista, que a Dante redactor o inventor.

He aquí la situación. En la cumbre del monte del Purgatorio, Dante pierde a Virgilio. Guiado por Beatriz, cuya hermosura crece en cada nuevo cielo que tocan, recorre esfera tras esfera concéntrica, hasta salir a la que circunda a las otras, que es la del primer móvil. A sus pies están las estrellas fijas; sobre ellas, el empíreo, que ya no es cielo corporal sino eterno, hecho sólo de luz. Ascienden al empíreo; en esa infinita región (como en los lienzos prerrafaelistas) lo remoto no es menos nítido que lo que está muy cerca. Dante ve un alto río de luz, ve bandadas de ángeles, ve la múltiple rosa paradisiaca que forman, ordenadas en anfiteatro, las almas de los justos. De pronto, advierte que Beatriz lo ha dejado. La ve en lo alto, en uno de los círculos de la Rosa. Como un hombre que en el fondo del mar alzara los ojos a la región del trueno, así la venera y la implora. Le rinde gracias por su bienhechora piedad y le encomienda su alma. El texto dice entonces:

Così orai; e quella, sí lontana
come parea, sorrise e riguardommi;
poi si tornò all'etterna fontana.

¿Cómo interpretar lo anterior? Los alegoristas nos dicen: La razón (Virgilio) es un instrumento para alcanzar la fe; la fe (Beatriz), un instrumento para alcanzar la divinidad; ambos se pierden, una vez logrado su fin. La explicación, como habrá advertido el lector, no es menos intachable que frígida; de aquel mísero esquema no han salida nunca esos versos.

Los comentarios que he interrogado no ven en la sonrisa de Beatriz sino un símbolo de aquiescencia. "Última mirada, última sonrisa, pero promesa cierta", anota Francesco Torraca. "Sonríe para decir a Dante que su plegaria ha sido aceptada; lo mira para significarle una vez más el amor que le tiene", confirma Luigi Pietrobono. Ese dictamen (que también es el de Casini) me parece muy justo, pero es notorio que apenas si roza la escena.

Ozanam (*Dante et la philosophie catholique*, 1895) piensa que la apoteosis de Beatriz fue el tema primitivo de la *Comedia*; Guido Vitali se pregunta si a Dante, al crear su Paraíso, no le movió ante todo el propósito de fundar un reino para su dama. Un famoso lugar de la *Vita nuova* ("Espero decir de ella lo que de mujer alguna se ha dicho") justifica o permite esa conjetura. Yo iría más lejos. Yo sospecho que Dante edificó el mejor libro que la literatura ha alcanzado para intercalar algunos encuentros con la irrecuperable Beatriz. Mejor dicho, los círculos del castigo y el Purgatorio austral y los nueve círculos concéntricos y Francesca y la sirena y el Grifo y Bertrand de Born son intercalaciones; una sonrisa y una voz, que él sabe perdidas, son lo fundamental. En el principio de la *Vita nuova* se lee que alguna vez enumeró en una epístola sesenta nombres de mujer para deslizar entre ellos, secreto, el nombre de Beatriz. Pienso que en la *Comedia* repitió ese melancólico juego.

Que un desdichado se imagine la dicha nada tiene de singular; todos nosotros, cada día, lo hacemos. Dante lo hace como nosotros, pero algo, siempre, nos deja entrever el horror que ocultan esas venturosas ficciones. En una poesía de Chesterton se habla de *nightmares of delight*, de pesadillas de deleite; ese oximoron más o menos define el citado terceto del *Paraíso*. Pero el énfasis, en la frase de Chesterton, está en la palabra *delight*; en el terceto, en *nightmare*.

Reconsideremos la escena. Dante, con Beatriz a su lado, está en el empíreo. Sobre ellos se aboveda, inconmensurable, la Rosa de los justos. La Rosa está lejana, pero las formas que la pueblan son nítidas. Esa contradicción, aunque justificada por el poeta (*Paraíso*, XXX, 118), constituye tal vez el primer indicio de una discordia íntima, Beatriz, de pronto, ya no está junto a él. Un anciano ha tomado su lugar *(credea veder Beatrice, e vidi un sene)*. Dante apenas acierta a preguntar dónde está Beatriz. *Ov'è ella?,* grita. El anciano le muestra uno de los círculos de la altísima Rosa. Ahí, aureolada, está Beatriz; Beatriz cuya mirada solía colmarlo de intolerable beatitud, Beatriz que solía vestirse de rojo, Beatriz en la que había pensado tanto que le asombró considerar que unos peregrinos, que vio una mañana en Florencia, jamás habían oído hablar de ella, Beatriz, que una vez le negó el saludo, Beatriz, que murió a los veinticuatro años, Beatriz de Folco Portinari, que se casó con Bardi. Dante la divisa, en lo alto; el claro firmamento no está más lejos del fondo ínfimo del mar que ella de él. Dante le reza como a Dios, pero también como a una mujer anhelada:

O donna in cui la mia speranza vige,
e che soffristi per la mia salute
in inferno lasciar le tue vestige...

Beatriz, entonces, lo mira un instante y sonríe, para luego volverse a la eterna fuente de luz.

Francesco De Sanctis (*Storia della Letteratura Italiana*, VII) comprende así el pasaje: "Cuando Beatriz se aleja, Dante no profiere un lamento: toda escoria terrestre ha sido abrasada en él y destruida". Ello es verdad, si atendemos al propósito del poeta; erróneo, si atendemos al sentimiento.

Retengamos un hecho incontrovertible, un solo hecho humildísimo: la escena ha sido *imaginada* por Dante. Para nosotros, es muy real; para él, lo fue menos. (La realidad, para él, era que primero la vida y después la muerte le habían arrebatado a Beatriz.) Ausente para siempre de Beatriz, solo y quizá humillado, imaginó la escena para imaginar que estaba con ella. Desdichadamente para él, felizmente para los siglos que lo leerían, la conciencia de que el encuentro era imaginario deformó la visión. De ahí las circunstancias atroces, tanto más infernales, claro está, por ocurrir en el empíreo: la desaparición de Beatriz, el anciano que toma su lugar, su brusca elevación a la Rosa, la fugacidad de la sonrisa y de la mirada, el desvío eterno del rostro.[1] En las palabras se trasluce el horror: *come parea* se refiere a *lontana* pero contamina a *sorrise* y así Longfellow pudo traducir en su versión de 1867:

Thus I implored; and she, so far away,
Smiled as it seemed, and looked once more at me...

También *eterna* parece contaminar a *si tornò*.

1. La *Blessed Demozel* de Rossetti, que había traducido la *Vita nuova*, también está desdichada en el paraíso.

La memoria de Shakespeare*

* *Comprende tres cuentos aparecidos en distintas publicaciones, anteriores a 1983, y un cuento titulado "La memoria de Shakespeare" (1980) no incluido hasta ahora en libro.*

VEINTICINCO DE AGOSTO, 1983

Vi en el reloj de la pequeña estación que eran las once de la noche pasadas. Fui caminando hasta el hotel. Sentí, como otras veces, la resignación y el alivio que nos infunden los lugares muy conocidos. El ancho portón estaba abierto; la quinta, a oscuras. Entré en el vestíbulo, cuyos espejos pálidos repetían las plantas del salón. Curiosamente el dueño no me reconoció y me tendió el registro. Tomé la pluma que estaba sujeta al pupitre, la mojé en el tintero de bronce y al inclinarme sobre el libro abierto, ocurrió la primera sorpresa de las muchas que me depararía esa noche. Mi nombre, Jorge Luis Borges, ya estaba escrito y la tinta, todavía fresca.

El dueño me dijo:

—Yo creí que usted ya había subido.

Luego me miró bien y se corrigió:

—Disculpe, señor. El otro se le parece tanto, pero usted es más joven.

Le pregunté:

—¿Qué habitación tiene?

—Pidió la pieza 19 —fue la respuesta.

Era lo que yo había temido.

Solté la pluma y subí corriendo las escaleras. La pieza 19 estaba en el segundo piso y daba a un pobre patio desmantelado en el que había una baranda y, lo recuerdo, un banco de plaza. Era el cuarto más alto del hotel. Abrí la puerta que cedió. No habían apagado la araña. Bajo la despiadada luz me reconocí. De espaldas en la angosta cama de fierro, más viejo, enflaquecido y muy pálido, estaba yo, los ojos perdidos en las altas molduras de yeso. Me llegó la voz. No era precisamente la mía; era la que suelo oír en mis grabaciones, ingrata y sin matices.

—Qué raro —decía—, somos dos y somos el mismo. Pero nada es raro en los sueños.

Pregunté asustado:

—Entonces, ¿todo esto es un sueño?

—Es, estoy seguro, mi último sueño.

Con la mano mostró el frasco vacío sobre el mármol de la mesa de luz.

—Vos tendrás mucho que soñar, sin embargo, antes de llegar a esta noche. ¿En qué fecha estás?

—No sé muy bien —le dije aturdido—. Pero ayer cumplí sesenta y un años.

—Cuando tu vigilia llegue a esta noche, habrás cumplido, ayer, ochenta y cuatro. Hoy estamos a 25 de agosto de 1983.

—Tantos años habrá que esperar —murmuré.

—A mí ya no me está quedando nada —dijo con brusquedad—. En cualquier momento puedo morir, puedo perderme en lo que no sé y sigo soñando con el doble. El fatigado tema que me dieron los espejos y Stevenson.

Sentí que la evocación de Stevenson era una despedida y no un rasgo pedante. Yo era él y comprendía. No bastan los momentos más dramáticos para ser Shakespeare y dar con frases memorables. Para distraerlo, le dije:

—Sabía que esto te iba a ocurrir. Aquí mismo hace años, en una de las piezas de abajo, iniciamos el borrador de la historia de este suicidio.

—Sí —me respondió lentamente, como si juntara recuerdos—. Pero no veo la relación. En aquel borrador yo había sacado un pasaje de ida para Adrogué, y ya en el hotel Las Delicias había subido a la pieza 19, la más apartada de todas. Ahí me había suicidado.

—Por eso estoy aquí —le dije.

—¿Aquí? Siempre estamos aquí. Aquí te estoy soñando en la casa de la calle Maipú. Aquí estoy yéndome, en el cuarto que fue de madre.

—Que fue de madre —repetí, sin querer entender—. Yo te sueño en la pieza 19, en el patio de arriba.

—¿Quién sueña a quién? Yo sé que te sueño, pero no sé si estás soñándome. El hotel de Adrogué fue demolido hace ya tantos años, veinte, acaso treinta. Quién sabe.

—El soñador soy yo —repliqué con cierto desafío.

No te das cuenta que lo fundamental es averiguar si hay un solo hombre soñando o dos que se sueñan.

—Yo soy Borges, que vio tu nombre en el registro y subió.

—Borges soy yo, que estoy muriéndome en la calle Maipú.

Hubo un silencio, el otro me dijo:

—Vamos a hacer la prueba. ¿Cuál ha sido el momento más terrible de nuestra vida?

Me incliné sobre él y los dos hablamos a un tiempo. Sé que los dos mentimos.

Una tenue sonrisa iluminó el rostro envejecido. Sentí que esa sonrisa reflejaba, de algún modo, la mía.

—Nos hemos mentido —me dijo— porque nos sentimos dos y no uno. La verdad es que somos dos y somos uno.

Esa conversación me irritaba. Así se lo dije.

Agregué:

—Y vos, en 1983, ¿no vas a revelarme nada sobre los años que me faltan?

—¿Qué puedo decirte, pobre Borges? Se repetirán las desdichas a que ya estás acostumbrado. Quedarás solo en esta casa. Tocarás los libros sin letras y el medallón de Swedenborg y la bandeja de madera con la Cruz Federal. La ceguera no es la tiniebla; es una forma de la soledad. Volverás a Islandia.

—¡Islandia! ¡Islandia de los mares!

—En Roma, repetirás los versos de Keats, cuyo nombre, como el de todos, fue escrito en el agua.

—No he estado nunca en Roma.

—Hay también otras cosas. Escribirás nuestro mejor poema, que será una elegía.

—A la muerte de... —dije yo. No me atreví a decir el nombre.

—No. Ella vivirá más que vos.

Quedamos silenciosos. Prosiguió:

—Escribirás el libro con el que hemos soñado tanto tiempo. Hacia 1979 comprenderás que tu supuesta obra no es otra cosa que una serie de borradores, de borradores misceláneos, y cederás a la vana y supersticiosa tentación de escribir tu gran libro. La superstición que nos ha infligido el *Fausto* de Goethe, *Salammbô*, el *Ulysses*. Llené, increíblemente, muchas páginas.

—Y al final comprendiste que habías fracasado.

–Algo peor. Comprendí que era una obra maestra en el sentido más abrumador de la palabra. Mis buenas intenciones no habían pasado de las primeras páginas; en las otras estaban los laberintos, los cuchillos, el hombre que se cree una imagen, el reflejo que se cree verdadero, el tigre de las noches, las batallas que vuelven en la sangre, Juan Muraña ciego y fatal, la voz de Macedonio, la nave hecha con las uñas de los muertos, el inglés antiguo repetido en las tardes.

—Ese museo me es familiar —observé con ironía.

—Además, los falsos recuerdos, el doble juego de los símbolos, las largas enumeraciones, el buen manejo del prosaísmo, las simetrías imperfectas que descubren con alborozo los críticos, las citas no siempre apócrifas.

—¿Publicaste ese libro?

—Jugué, sin convicción, con el melodramático propósito de destruirlo, acaso por el fuego. Acabé por publicarlo en Madrid, bajo un seudónimo. Se habló de un torpe imitador de Borges, que tenía el defecto de no ser Borges y de haber repetido lo exterior del modelo.

—No me sorprende —dije yo—. Todo escritor acaba por ser su menos inteligente discípulo.

—Ese libro fue uno de los caminos que me llevaron a esta noche. En cuanto a los demás... La humillación de la vejez, la convicción de haber vivido ya cada día...

—No escribiré ese libro —dije.

—Lo escribirás. Mis palabras, que ahora son el presente, serán apenas la memoria de un sueño.

Me molestó su tono dogmático, sin duda el que uso en mis clases. Me molestó que nos pareciéramos tanto y que aprovechara la impunidad que le daba la cercanía de la muerte. Para desquitarme, le dije:

—¿Tan seguro estás de que vas a morir?

—Sí —me replicó—. Siento una especie de dulzura y de alivio, que no he sentido nunca. No puedo comunicarlo. Todas las palabras requieren una experiencia compartida. ¿Por qué parece molestarte tanto lo que te digo?

—Porque nos parecemos demasiado. Aborrezco tu cara, que es mi caricatura, aborrezco tu voz, que es mi remedo, aborrezco tu sintaxis patética, que es la mía.

—Yo también —dijo el otro—. Por eso resolví suicidarme.

Un pájaro cantó desde la quinta.

—Es el último —dijo el otro.

Con un gesto me llamó a su lado. Su mano buscó la mía. Retrocedí; temí que se confundieran las dos.

Me dijo:

—Los estoicos enseñan que no debemos quejarnos de la vida; la puerta de la cárcel está abierta. Siempre lo entendí así, pero la pereza y la cobardía me demoraron. Hará unos doce días, yo daba una conferencia en La Plata sobre el Libro VI de la *Eneida*. De pronto, al escandir un hexámetro, supe cuál era mi camino. Tomé esta decisión. Desde aquel momento me sentí invulnerable. Mi suerte será la tuya, recibirás la brusca revelación, en medio del latín y de Virgilio, y ya habrás olvidado enteramente este curioso diálogo profético, que trascurre en dos tiempos y en dos lugares. Cuando lo vuelvas a soñar, serás el que soy y tú serás mi sueño.

—No lo olvidaré y voy a escribirlo mañana.

—Quedará en lo profundo de tu memoria, debajo de la marea de los sueños. Cuando lo escribas, creerás urdir un cuento fantástico. No será mañana, todavía te faltan muchos años.

Dejó de hablar, comprendí que había muerto. En cierto modo yo moría con él; me incliné acongojado sobre la almohada y ya no había nadie.

Huí de la pieza. Afuera no estaba el patio, ni las escaleras de mármol, ni la gran casa silenciosa, ni los eucaliptus, ni las estatuas, ni la glorieta, ni las fuentes, ni el portón de la verja de la quinta en el pueblo de Adrogué.

Afuera me esperaban otros sueños.

TIGRES AZULES

Una famosa página de Blake hace del tigre un fuego que resplandece y un arquetipo eterno del Mal; prefiero aquella sentencia de Chesterton, que lo define como símbolo de terrible elegancia. No hay palabras, por lo demás, que puedan ser cifra del tigre, esa forma que desde hace siglos habita la imaginación de los hombres. Siempre me atrajo el tigre. Sé que me demoraba, de niño, ante cierta jaula del Zoológico: nada me importaban las otras. Juzgaba a las enciclopedias y a los textos de historia natural por los grabados de los tigres. Cuando me fueron revelados los *Jungle Books* me desagradó que Shere Khan, el tigre, fuera el enemigo del héroe. A lo largo del tiempo, ese curioso amor no me abandonó. Sobrevivió a mi paradójica voluntad de ser cazador y a las comunes vicisitudes humanas. Hasta hace poco —la fecha me parece lejana, pero en realidad no lo es— convivió de un modo tranquilo con mis habituales tareas en la Universidad de Lahore. Soy profesor de lógica occidental y oriental y consagro mis domingos a un seminario sobre la obra de Spinoza. Debo agregar que soy escocés; acaso el amor de los tigres fue el que me trajo de Aberdeen al Punjab. El curso de mi vida ha sido común, en los sueños siempre vi tigres. (Ahora los pueblan otras formas.)

Más de una vez he referido estas cosas y ahora me parecen ajenas. Las dejo, sin embargo, ya que las exige mi confesión.

A fines de 1904, leí que en la región del delta del Ganges habían descubierto una variedad azul de la especie. La noticia fue confirmada por telegramas ulteriores, con las contradicciones y disparidades que son del caso. Mi viejo amor se reanimó. Sospeché un error, dada la imprecisión habitual de los nombres de los colores. Recordé haber leído que en islandés el nombre de Etiopía era "Bláland", Tierra Azul o Tierra de Negros. El tigre azul bien podía ser una pantera negra. Nada se dijo de las rayas y la estampa de un tigre azul con rayas de plata que divulgó la prensa de Londres; era evidentemente apócrifa. El azul de la ilustración me pareció más propio de la heráldica que de la realidad. En un sueño vi tigres de un azul que no había visto nunca y para el cual no hallé la palabra justa. Sé que era casi negro, pero esa circunstancia no basta para imaginar el matiz.

Meses después, un colega me dijo que en cierta aldea muy distante del Ganges había oído hablar de tigres azules. El dato no dejó de sorprenderme, porque sé que en esa región son raros los tigres. Nuevamente soñé con el tigre azul, que al andar proyectaba su larga sombra sobre el suelo arenoso. Aproveché las vacaciones para emprender el viaje a esa aldea, de cuyo nombre —por razones que luego aclararé— no quiero acordarme.

Arribé ya terminada la estación de las lluvias. La aldea estaba agazapada al pie de un cerro, que me pareció más ancho que alto, y la cercaba y amenazaba la jungla, que era de un color pardo. En alguna página de Kipling tiene que estar el villorrio de mi aventura ya que en ellas está toda la India, y de algún modo todo el orbe. Básteme referir que una zanja con oscilantes puentes de cañas apenas defendía las chozas. Hacia el Sur había ciénagas y arrozales y una hondonada con un río limoso cuyo nombre no supe nunca, y después, de nuevo, la jungla.

La población era de hindúes. El hecho, que yo había previsto, no me agradó. Siempre me he llevado mejor con los musulmanes, aunque el Islam, lo sé, es la más pobre de las creencias que proceden del judaísmo.

Sentimos que en la India el hombre pulula; en la aldea sentí que lo que pulula es la selva, que casi penetraba en las chozas. El día era opresivo y las noches no traían frescura.

Los ancianos me dieron la bienvenida y mantuve con ellos un primer diálogo, hecho de vagas cortesías. Ya dije la pobreza del lugar, pero sé que todo hombre da por sentado que su patria encierra algo único. Ponderé las dudosas habitaciones y los no menos dudosos manjares y dije que la fama de esa región había llegado a Lahore. Los rostros de los hombres cambiaron; intuí inmediatamente que había cometido una torpeza y que debía arrepentirme. Los sentí poseedores de un secreto que no compartirían con un extraño. Acaso veneraban al Tigre Azul y le profesaban un culto que mis temerarias palabras habrían profanado.

Esperé a la mañana del otro día. Consumido el arroz y bebido el té, abordé mi tema. Pese a la víspera, no entendí, no pude entender, lo que sucedió. Todos me miraron con estupor y casi con espanto, pero cuando les dije que mi propósito era apresar a la fiera de la curiosa piel, me oyeron con alivio. Alguno dijo que lo había divisado en el lindero de la jungla.

En mitad de la noche me despertaron. Un muchacho me dijo que una cabra se había escapado del redil y que, yendo a buscarla, había divisado al tigre azul en la otra margen del río. Pensé que la luz de la luna nueva no permitía precisar el color, pero todos confirmaron el relato y alguno, que antes había guardado silencio, dijo que también lo había visto. Salimos con los rifles y vi, o creí ver, una sombra felina que se perdía en la tiniebla de la jungla. No dieron con la cabra, pero la fiera que la había llevado bien podía no ser mi tigre azul. Me indicaron con énfasis unos rastros que, desde luego, nada probaban.

Al cabo de las noches comprendí que esas falsas alarmas constituían una rutina. Como Daniel Defoe, los hombres del lugar eran diestros en la invención de rasgos circunstanciales. El tigre podía ser avistado a cualquier hora, hacia los arrozales del Sur o hacia la maraña del Norte, pero no tardé en advertir que los observadores se turnaban con una regularidad sospechosa. Mi llegada coincidía invariablemente con el momento exacto en que el tigre acababa de huir. Siempre me indicaban la huella y algún destrozo, pero el puño de un hombre puede falsificar los rastros de un tigre. Una que otra vez fui testigo de un perro muerto. Una noche de luna, pusimos una cabra de señuelo y esperamos en vano hasta la aurora. Pensé al principio que esas fábulas cotidianas obedecían al propósito de que yo demorara mi estadía, que beneficiaba a la aldea, ya que la gente me vendía alimentos y cumplía mis quehaceres domésticos. Para verificar esa conjetura, les dije que pensaba buscar el tigre en otra región, que estaba aguas abajo. Me sorprendió que todos aprobaran mi decisión. Seguí advirtiendo, sin embargo, que había un secreto y que todos recelaban de mí.

Ya dije que el cerro boscoso a cuyo pie se amontonaba la aldea no era muy alto; una meseta lo truncaba. Del otro lado, hacia el Oeste y el Norte, seguía la jungla. Ya que la pendiente no era áspera, les propuse una tarde escalar el cerro. Mis sencillas palabras los consternaron. Uno exclamó que la ladera era muy escarpada. El más anciano dijo con gravedad que mi propósito era de ejecución imposible. La cumbre era sagrada y estaba vedada a los hombres por obstáculos mágicos. Quienes la hollaban con pies mortales corrían el albur de ver la divinidad y de quedarse locos o ciegos.

No insistí, pero esa noche, cuando todos dormían, me escurrí de la choza sin hacer ruido y subí la fácil pendiente. No había camino y la maleza me demoró.

La luna estaba en el horizonte. Me fijé con singular atención en todas las cosas, como si presintiera que aquel día iba a ser importante, quizá el más importante de mis días. Recuerdo aún los tonos obscuros, a veces casi negros, de la hojarasca. Clareaba y en el ámbito de las selvas no cantó un solo pájaro.

Veinte o treinta minutos de subir y pisé la meseta. Nada me costó imaginar que era más fresca que la aldea, sofocada a su pie. Comprobé que no era la cumbre, sino una suerte de terraza, no demasiado dilatada, y que la jungla se encaramaba hacia arriba, en el flanco de la montaña. Me sentí libre, como si mi permanencia en la aldea hubiera sido una prisión. No me importaba que sus habitantes hubieran querido engañarme; sentí que de algún modo eran niños.

En cuanto al tigre... Las muchas frustraciones habían gastado mi curiosidad y mi fe, pero de manera casi mecánica busqué rastros.

El suelo era agrietado y arenoso. En una de las grietas, que por cierto no eran profundas y que se ramificaban en otras, reconocí un color. Era, increíblemente, el azul del tigre de mi sueño. Ojalá no lo hubiera visto nunca. Me fijé bien. La grieta estaba llena de piedrecitas, todas iguales, circulares, muy lisas y de pocos centímetros de diámetro. Su regularidad les prestaba algo artificial, como si fueran fichas.

Me incliné, puse la mano en la grieta y saqué unas cuantas. Sentí un levísimo temblor. Guardé el puñado en el bolsillo derecho, en el que había una tijerita y una carta de Allahabad. Estos dos objetos casuales tienen su lugar en mi historia.

Ya en la choza, me quité la chaqueta. Me tendí en la cama y volví a soñar con el tigre. En el sueño observé el color; era el del tigre ya soñado y el de las piedritas de la meseta. Me despertó el sol alto en la cara. Me levanté. La tijera y la carta me estorbaban para sacar los discos. Saqué un primer puñado y sentí que aún quedaban dos o tres. Una suerte de cosquilleo, una muy leve agitación, dio calor a mi mano. Al abrirla vi que los discos eran treinta o cuarenta. Yo hubiera jurado que no pasaban de diez. Los dejé sobre la mesa y busqué los otros. No precisé contarlos para verificar que se habían multiplicado. Los junté en un solo montón y traté de contarlos uno por uno.

La sencilla operación resultó imposible. Miraba con fijeza cualquiera de ellos, lo sacaba con el pulgar y el índice y cuando estaba solo, eran muchos. Comprobé que no tenía fiebre e hice la prueba muchas veces. El obsceno milagro se repetía. Sentí frío en los pies y en el bajo vientre y me temblaban las rodillas. No sé cuánto tiempo pasó.

Sin mirarlos, junté los discos en un solo montón y los tiré por la ventana. Con extraño alivio sentí que había disminuido su número. Cerré la puerta con firmeza y me tendí en la cama. Busqué la exacta posición anterior y quise persuadirme de que todo había sido un sueño. Para no pensar en los discos, para poblar de algún modo el tiempo, repetí con lenta precisión, en voz alta, las ocho definiciones y los siete axiomas de la Ética. No sé si me auxiliaron. En tales exorcismos estaba cuando oí un golpe. Temí instintivamente que me hubieran oído hablar solo y abrí la puerta.

Era el más anciano, Bhagwan Dass. Por un instante su presencia pareció restituirme a lo cotidiano. Salimos. Yo tenía la esperanza de que hubieran desaparecido los discos, pero ahí estaban en la tierra. Ya no sé cuántos eran.

El anciano los miró y me miró.

—Estas piedras no son de aquí. Son las de arriba —dijo con una voz que no era la suya.

—Así es —le respondí. Agregué, no sin desafío, que las había hallado en la meseta, e inmediatamente me avergoncé de darle explicaciones. Bhagwan Dass, sin hacerme caso, se quedó mirándolas fascinado. Le ordené que las recogiera. No se movió.

Me duele confesar que saqué el revólver y repetí la orden en voz más alta.

Bhagwan Dass balbuceó:

—Más vale una bala en el pecho que una piedra azul en la mano.

—Eres un cobarde —le dije.

Yo estaba, creo, no menos aterrado, pero cerré los ojos y recogí un puñado de piedras con la mano izquierda. Guardé el revólver y las dejé caer en la palma abierta de la otra. Su número era mucho mayor.

Sin saberlo ya había ido acostumbrándome a esas transformaciones. Me sorprendieron menos que los gritos de Bhagwan Dass.

—¡Son las piedras que engendran! —exclamó—. Ahora son muchas, pero pueden cambiar. Tienen la forma de la luna cuando está llena y ese color azul que sólo es permitido ver en los sueños. Los padres de mis padres no mentían cuando hablaban de su poder.

La aldea entera nos rodeaba.

Me sentí el mágico poseedor de esas maravillas. Ante el asombro unánime, recogía los discos, los elevaba, los dejaba caer, los desparramaba, los veía crecer y multiplicarse o disminuir extrañamente.

La gente se agolpaba, presa de estupor y de horror. Los hombres obligaban a sus mujeres a mirar el prodigio. Alguna se tapaba la cara con el antebrazo, alguna apretaba los párpados. Ninguno se animó a tocar los discos, salvo un niño feliz que jugó con ellos. En aquel momento sentí que ese desorden estaba profanando el milagro. Junté todos los discos que pude y volví a la choza.

Quizá he tratado de olvidar el resto de aquel día, que fue el primero de una serie desventurada que no ha cesado aún. Lo cierto es que no lo recuerdo. Hacia el atardecer pensé con nostalgia en la víspera, que no había sido particularmente feliz, ya que estuvo poblada, como las otras, por la obsesión del tigre. Quise ampararme en esa imagen, antes armada de poder y ahora baladí. El tigre azul me pareció no menos inocuo que el cisne negro del romano, que se descubrió después en Australia.

Releo mis notas anteriores y compruebo que he cometido un error capital. Desviado por el hábito de esa buena o mala literatura que malamente se llama psicológica, he querido recuperar, no sé por qué, la sucesiva crónica de mi hallazgo. Más me hubiera valido insistir en la monstruosa índole de los discos.

Si me dijeran que hay unicornios en la luna yo aprobaría o rechazaría ese informe o suspendería mi juicio, pero podría imaginarlos.

En cambio, si me dijeran que en la luna seis o siete unicornios pueden ser tres, yo afirmaría de antemano que el hecho era imposible. Quien ha entendido que tres y uno son cuatro no hace la prueba con monedas, con dados, con piezas de ajedrez o con lápices. Lo entiende y basta. No puede concebir otra cifra. Hay matemáticos que afirman que tres y uno es una tautología de cuatro, una manera diferente de decir cuatro... A mí, Alexander Craigie, me había tocado en suerte descubrir, entre todos los hombres de la tierra, los únicos objetos que contradicen esa ley esencial de la mente humana.

Al principio yo había sufrido el temor de estar loco; con el tiempo creo que hubiera preferido estar loco, ya que mi alucinación personal importaría menos que la prueba de que en el universo cabe el desorden. Si tres y uno pueden ser dos o pueden ser catorce, la razón es una locura.

En aquel tiempo contraje el hábito de soñar con las piedras. La circunstancia de que el sueño no volviera todas las noches me concedía un resquicio de esperanza, que no tardaba en convertirse en terror. El sueño era más o menos el mismo. El principio anunciaba el temido fin. Una baranda y unos escalones de hierro que bajaban en espiral y luego un sótano o un sistema de sótanos que se ahondaban en otras escaleras cortadas casi a pico, en herrerías, en cerrajerías, en calabozos y en pantanos. En el fondo, en su esperada grieta, las piedras, que eran también Behemoth o Leviathan, los animales que significan en la Escritura que el Señor es irracional. Yo me despertaba temblando y ahí estaban las piedras en el cajón, listas a transformarse.

La gente era distinta conmigo. Algo de la divinidad de los discos, que ellos apodaban tigres azules, me había tocado, pero asimismo me sabían culpable de haber profanado la cumbre. En cualquier instante de la noche, en cualquier instante del día, podían castigarme los dioses. No se atrevieron a atacarme o a condenar mi acto, pero noté que todos eran ahora peligrosamente serviles. No volví a ver al niño que había jugado con los discos. Temí el veneno o un puñal en la espalda. Una mañana, antes del alba, me evadí de la aldea. Sentí que la población entera me espiaba y que mi fuga fue un alivio. Nadie, desde aquella primera mañana, había querido ver las piedras.

Volví a Lahore. En mi bolsillo estaba el puñado de discos. El ámbito familiar de mis libros no me trajo el alivio que yo buscaba. Sentí que en el planeta persistían la aborrecida aldea y la jungla y el declive espinoso con la meseta y en la meseta las pequeñas grietas y en las grietas las piedras. Mis sueños confundían y multiplicaban esas cosas dispares. La aldea era las piedras, la jungla era la ciénaga y la ciénaga era la jungla.

Rehuí la compañía de mis amigos. Temí ceder a la tentación de mostrarles ese milagro atroz que socavaba la ciencia de los hombres.

Ensayé diversos experimentos. Hice una incisión en forma de cruz en uno de los discos. Lo barajé entre los demás y lo perdí al cabo de una o dos conversiones, aunque la cifra de los discos había aumentado. Hice una prueba análoga con un disco al que había cercenado con una lima, un arco de círculo. Éste asimismo se perdió. Con un punzón abrí un orificio en el centro de un disco y repetí la prueba. Lo perdí para siempre. Al otro día regresó de su estadía en la nada el disco de la cruz. ¿Qué misterioso espacio era ése, que absorbía las piedras y devolvía con el tiempo una que otra, obedeciendo a leyes inescrutables o a un arbitrio inhumano?

El mismo anhelo de orden que en el principio creó las matemáticas hizo que yo buscara un orden en esa aberración de las matemáticas que son las insensatas piedras que engendran. En sus imprevisibles variaciones quise hallar una ley. Consagré los días y las noches a fijar una estadística de los cambios. De esa etapa conservo unos cuadernos, cargados vanamente de cifras. Mi procedimiento era éste. Contaba con los ojos las piezas y anotaba la cifra. Luego las dividía en dos puñados que arrojaba sobre la mesa. Contaba las dos cifras, las anotaba y repetía la operación. Inútil fue la búsqueda de un orden, de un dibujo secreto en las rotaciones. El máximo de piezas que logré fue de 419; el mínimo, tres. Hubo un momento en que esperé, o temí, que desaparecieran. A poco de ensayar comprobé que un disco aislado de los otros no podía multiplicarse o desaparecer.

Naturalmente, las cuatro operaciones de sumar, restar, multiplicar o dividir eran imposibles. Las piedras se negaban a la aritmética y al cálculo de probabilidades. Cuarenta discos podían, divididos, dar nueve; los nueve divididos, a su vez, podían ser trescientos. No sé cuánto pesaban. No recurrí a una balanza, pero estoy seguro de que su peso era constante y leve. El color era siempre aquel azul.

Estas operaciones me ayudaron a salvarme de la locura. Al manejar las piedras que destruyen la ciencia matemática, pensé más de una vez en aquellas piedras del griego que fueron los primeros guarismos y que han legado a tantos idiomas la palabra “cálculo”. Las matemáticas, me dije, tienen su origen y ahora su fin en las piedras. Si Pitágoras hubiera operado con éstas...

Al término de un mes comprendí que el caos era inextricable. Ahí estaban indómitos los discos y la perpetua tentación de tocarlos, de volver a sentir el cosquilleo, de arrojarlos, de verlos aumentar o decrecer, y de fijarme en pares o impares. Llegué a temer que contaminaran las cosas y particularmente los dedos que insistían en manejarlos.

Durante unos días me impuse el íntimo deber de pensar continuamente en las piedras, porque sabía que el olvido sólo podía ser momentáneo y que redescubrir mi tormento sería intolerable.

No dormí la noche del 10 de febrero. Al cabo de una caminata que me llevó hasta el alba, traspuse los portales de la mezquita de Wazil Khan. Era la hora en que la luz no ha revelado aún los colores. No había un alma en el patio. Sin saber por qué, hundí las manos en el agua de la cisterna. Ya en el recinto, pensé que Dios y Alá son dos nombres de un solo Ser inconcebible y le pedí en voz alta que me librara de mi carga. Inmóvil, aguardé una contestación.

No oí los pasos, pero una voz cercana me dijo:

—He venido.

A mi lado estaba el mendigo. Descifré en el crepúsculo el turbante, los ojos apagados, la piel cetrina y la barba gris. No era muy alto.

Me tendió la mano y me dijo, siempre en voz baja:

—Una limosna, Protector de los Pobres.

Busqué, y le respondí:

—No tengo una sola moneda.

—Tienes muchas —fue la contestación.

En mi bolsillo derecho estaban las piedras. Saqué una y la dejé caer en la mano hueca. No se oyó el menor ruido.

—Tienes que darme todas —me dijo—. El que no ha dado todo no ha dado nada.

Comprendí, y le dije:

—Quiero que sepas que mi limosna puede ser espantosa.

Me contestó:

—Acaso esa limosna es la única que puedo recibir. He pecado.

Dejé caer todas las piedras en la cóncava mano. Cayeron como en el fondo del mar, sin el rumor más leve.

Después me dijo:

—No sé aún cuál es tu limosna, pero la mía es espantosa. Te quedas con los días y las noches, con la cordura, con los hábitos, con el mundo.

No oí los pasos del mendigo ciego ni lo vi perderse en el alba.

LA ROSA DE PARACELSO

De Quincey: *Writings*, XIII, 345

En su taller, que abarcaba las dos habitaciones del sótano, Paracelso pidió a su Dios, a su indeterminado Dios, a cualquier Dios, que le enviara un discípulo. Atardecía. El escaso fuego de la chimenea arrojaba sombras irregulares. Levantarse para encender la lámpara de hierro era demasiado trabajo. Paracelso, distraído por la fatiga, olvidó su plegaria. La noche había borrado los polvorientos alambiques y el atanor cuando golpearon la puerta. El hombre, soñoliento, se levantó, ascendió la breve escalera de caracol y abrió una de las hojas. Entró un desconocido. También estaba muy cansado. Paracelso le indicó un banco; el otro se sentó y esperó. Durante un tiempo no cambiaron una palabra.

El maestro fue el primero que habló.

—Recuerdo caras del Occidente y caras del Oriente —dijo no sin cierta pompa—. No recuerdo la tuya. ¿Quién eres y qué deseas de mí?

—Mi nombre es lo de menos —replicó el otro—. Tres días y tres noches he caminado para entrar en tu casa. Quiero ser tu discípulo. Te traigo todos mis haberes.

Sacó un talego y lo volcó sobre la mesa. Las monedas eran muchas y de oro. Lo hizo con la mano derecha. Paracelso le había dado la espalda para encender la lámpara. Cuando se dio vuelta advirtió que la mano izquierda sostenía una rosa. La rosa lo inquietó.

Se recostó, juntó la punta de los dedos y dijo:

—Me crees capaz de elaborar la piedra que trueca todos los elementos en oro y me ofreces oro. No es oro lo que busco, y si el oro te importa, no serás nunca mi discípulo.

—El oro no me importa —respondió el otro—. Estas monedas no son más que una parte de mi voluntad de trabajo. Quiero que me enseñes el Arte. Quiero recorrer a tu lado el camino que conduce a la Piedra.

Paracelso dijo con lentitud:

—El camino es la Piedra. El punto de partida es la Piedra. Si no entiendes estas palabras, no has empezado aún a entender. Cada paso que darás es la meta.

El otro lo miró con recelo. Dijo con voz distinta:

—Pero, ¿hay una meta?

Paracelso se rió.

—Mis detractores, que no son menos numerosos que estúpidos, dicen que no y me llaman un impostor. No les doy la razón, pero no es imposible que sea un iluso. Sé que "hay" un Camino.

Hubo un silencio, y dijo el otro:

—Estoy listo a recorrerlo contigo, aunque debamos caminar muchos años. Déjame cruzar el desierto. Déjame divisar siquiera de lejos la tierra prometida, aunque los astros no me dejen pisarla. Quiero una prueba antes de emprender el camino.

—¿Cuándo? —dijo con inquietud Paracelso.

—Ahora mismo —dijo con brusca decisión el discípulo.

Habían empezado hablando en latín; ahora, en alemán.

El muchacho elevó en el aire la rosa.

—Es fama —dijo— que puedes quemar una rosa y hacerla resurgir de la ceniza, por obra de tu arte. Déjame ser testigo de ese prodigio. Eso te pido, y te daré después mi vida entera.

—Eres muy crédulo —dijo el maestro—. No he menester de la credulidad; exijo la fe.

El otro insistió.

—Precisamente porque no soy crédulo quiero ver con mis ojos la aniquilación y la resurrección de la rosa.

Paracelso la había tomado, y al hablar jugaba con ella.

—Eres crédulo —dijo—. ¿Dices que soy capaz de destruirla?

—Nadie es incapaz de destruirla —dijo el discípulo.

—Estás equivocado. ¿Crees, por ventura, que algo puede ser devuelto a la nada? ¿Crees que el primer Adán en el Paraíso pudo haber destruido una sola flor o una brizna de hierba?

—No estamos en el Paraíso —dijo tercamente el muchacho—; aquí, bajo la luna, todo es mortal.

Paracelso se había puesto en pie.

—¿En qué otro sitio estamos? ¿Crees que la divinidad puede crear un sitio que no sea el Paraíso? ¿Crees que la Caída es otra cosa que ignorar que estamos en el Paraíso?

—Una rosa puede quemarse —dijo con desafío el discípulo.

–Aún queda fuego en la chimenea –dijo Paracelso–. Si arrojaras esta rosa a las brasas, creerías que ha sido consumida y que la ceniza es verdadera. Te digo que la rosa es eterna y que sólo su apariencia puede cambiar. Me bastaría una palabra para que la vieras de nuevo.

—¿Una palabra? —dijo con extrañeza el discípulo—. El atanor está apagado y están llenos de polvo los alambiques. ¿Que harías para que resurgiera?

Paracelso le miró con tristeza.

—El atanor está apagado —repitió— y están llenos de polvo los alambiques. En este tramo de mi larga jornada uso de otros instrumentos.

—No me atrevo a preguntar cuáles son —dijo el otro con astucia o con humildad.

—Hablo del que usó la divinidad para crear los cielos y la tierra y el invisible Paraíso en que estamos, y que el pecado original nos oculta. Hablo de la Palabra que nos enseña la ciencia de la Cábala.

El discípulo dijo con frialdad:

—Te pido la merced de mostrarme la desaparición y aparición de la rosa. No me importa que operes con alquitaras o con el Verbo.

Paracelso reflexionó. Al cabo, dijo:

—Si yo lo hiciera, dirías que se trata de una apariencia impuesta por la magia de tus ojos. El prodigio no te daría la fe que buscas: Deja, pues, la rosa.

El joven lo miró, siempre receloso. El maestro alzó la voz y le dijo:

—Además, ¿quién eres tú para entrar en la casa de un maestro y exigirle un prodigio? ¿Qué has hecho para merecer semejante don?

El otro replicó, tembloroso:

—Ya sé que no he hecho nada. Te pido en nombre de los muchos años que estudiaré a tu sombra que me dejes ver la ceniza y después la rosa. No te pediré nada más. Creeré en el testimonio de mis ojos.

Tomó con brusquedad la rosa encarnada que Paracelso había dejado sobre el pupitre y la arrojó a las llamas. El color se perdió y sólo quedó un poco de ceniza. Durante un instante infinito esperó las palabras y el milagro.

Paracelso no se había inmutado. Dijo con curiosa llaneza:

—Todos los médicos y todos los boticarios de Basilea afirman que soy un embaucador. Quizá están en lo cierto. Ahí está la ceniza que fue la rosa y que no lo será.

El muchacho sintió vergüenza. Paracelso era un charlatán o un mero visionario y él, un intruso, había franqueado su puerta y lo obligaba ahora a confesar que sus famosas artes mágicas eran vanas.

Se arrodilló, y le dijo:

—He obrado imperdonablemente. Me ha faltado la fe, que el Señor exigía de los creyentes. Deja que siga viendo la ceniza. Volveré cuando sea más fuerte y seré tu discípulo, y al cabo del Camino veré la rosa.

Hablaba con genuina pasión, pero esa pasión era la piedad que le inspiraba el viejo maestro, tan venerado, tan agredido, tan insigne y por ende tan hueco. ¿Quién era él, Johannes Grisebach, para descubrir con mano sacrílega que detrás de la máscara no había nadie?

Dejarle las monedas de oro sería una limosna. Las retomó al salir. Paracelso lo acompañó hasta el pie de la escalera y le dijo que en esa casa siempre sería bienvenido. Ambos sabían que no volverían a verse.

Paracelso se quedó solo. Antes de apagar la lámpara y de sentarse en el fatigado sillón, volcó el tenue puñado de ceniza en la mano cóncava y dijo una palabra en voz baja. La rosa resurgió.

LA MEMORIA DE SHAKESPEARE

Hay devotos de Goethe, de las Eddas y del tardío cantar de los Nibelungos; Shakespeare ha sido mi destino. Lo es aún, pero de una manera que nadie pudo haber presentido, salvo un solo hombre, Daniel Thorpe, que acaba de morir en Pretoria. Hay otro cuya cara no he visto nunca.

Soy Hermann Soergel. El curioso lector ha hojeado quizá mi *Cronología de Shakespeare*, que alguna vez creí necesaria para la buena inteligencia del texto y que fue traducida a varios idiomas, incluso el castellano. No es imposible que recuerde asimismo una prolongada polémica sobre cierta enmienda que Theobald intercaló en su edición crítica de 1734 y que desde esa fecha es parte indiscutida del canon. Hoy me sorprende el tono incivil de aquellas casi ajenas páginas. Hacia 1914 redacté, y no di a la imprenta, un estudio sobre las palabras compuestas que el helenista y dramaturgo George Chapman forjó para sus versiones homéricas y que retrotraen el inglés, sin que él pudiera sospecharlo, a su origen *(Urprung)* anglosajón. No pensé nunca que su voz, que he olvidado ahora, me sería familiar... Alguna separata firmada con iniciales completa, creo, mi biografía literaria. No sé si es lícito agregar una versión inédita de *Macbeth*, que emprendí para no seguir pensando en la muerte de mi hermano Otto Julius, que cayó en el frente occidental en 1917. No la concluí; comprendí que el inglés dispone, para su bien, de dos registros —el germánico y el latino— en tanto que nuestro alemán, pese a su mejor música, debe limitarse a uno solo.

He nombrado ya a Daniel Thorpe. Me lo presentó el mayor Barclay, en cierto congreso shakespiriano. No diré el lugar, ni la fecha; sé harto bien que tales precisiones son, en realidad, vaguedades.

Más importante que la cara de Daniel Thorpe, que mi ceguera parcial me ayuda a olvidar, era su notoria desdicha. Al cabo de los años, un hombre puede simular muchas cosas pero no la felicidad. De un modo casi físico, Daniel Thorpe exhalaba melancolía.

Después de una larga sesión, la noche nos halló en una taberna cualquiera. Para sentirnos en Inglaterra (donde ya estábamos) apuramos en rituales jarros de peltre cerveza tibia y negra.

—En el Punjab —dijo el mayor— me indicaron un pordiosero. Una tradición del Islam atribuye al rey Salomón una sortija que le permitía entender la lengua de los pájaros. Era fama que el pordiosero tenía en su poder la sortija. Su valor era tan inapreciable que no pudo nunca venderla y murió en uno de los patios de la mezquita de Wazil Khan, en Lahore.

Pensé que Chaucer no desconocía la fábula del prodigioso anillo, pero decirlo hubiera sido estropear la anécdota de Barclay.

—¿Y la sortija? —pregunté.

—Se perdió, según la costumbre de los objetos mágicos. Quizás esté ahora en algún escondrijo de la mezquita o en la mano de un hombre que vive en un lugar donde faltan pájaros.

—O donde hay tantos —dije— que lo que dicen se confunde. Su historia, Barclay, tiene algo de parábola.

Fue entonces cuando habló Daniel Thorpe. Lo hizo de un modo impersonal, sin mirarnos. Pronunciaba el inglés de un modo peculiar, que atribuí a una larga estadía en el Oriente.

—No es una parábola —dijo—, y si lo es, es verdad. Hay cosas de valor tan inapreciable que no pueden venderse.

Las palabras que trato de reconstruir me impresionaron menos que la convicción con que las dijo Daniel Thorpe. Pensamos que diría algo más, pero de golpe se calló, como arrepentido. Barclay se despidió. Los dos volvimos juntos al hotel. Era ya muy tarde, pero Daniel Thorpe me propuso que prosiguiéramos la charla en su habitación. Al cabo de algunas trivialidades, me dijo:

—Le ofrezco la sortija del rey. Claro está que se trata de una metáfora, pero lo que esa metáfora cubre no es menos prodigioso que la sortija. Le ofrezco la memoria de Shakespeare desde los días más pueriles y antiguos hasta los del principio de abril de 1616.

No acerté a pronunciar una palabra. Fue como si me ofrecieran el mar.

Thorpe continuó:

—No soy un impostor. No estoy loco. Le ruego que suspenda su juicio hasta haberme oído. El mayor le habrá dicho que soy, o era, médico militar. La historia cabe en pocas palabras. Empieza en el Oriente, en un hospital de sangre, en el alba. La precisa fecha no importa. Con su última voz, un soldado raso, Adam Clay, a quien habían alcanzado dos descargas de rifle, me ofreció, poco antes del fin, la preciosa memoria. La agonía y la fiebre son inventivas; acepté la oferta sin darle fe. Además, después de una acción de guerra, nada es muy raro. Apenas tuvo tiempo de explicarme las singulares condiciones del don. El poseedor tiene que ofrecerlo en voz alta y el otro que aceptarlo. El que lo da lo pierde para siempre.

El nombre del soldado y la escena patética de la entrega me parecieron literarios, en el mal sentido de la palabra.

Un poco intimidado, le pregunté:

—¿Usted, ahora, tiene la memoria de Shakespeare?

Thorpe contestó:

—Tengo, aún, dos memorias. La mía personal y la de aquel Shakespeare que parcialmente soy. Mejor dicho, dos memorias me tienen. Hay una zona en que se confunden. Hay una cara de mujer que no sé a qué siglo atribuir.

Yo le pregunté entonces:

—¿Qué ha hecho usted con la memoria de Shakespeare?

Hubo un silencio. Después dijo:

—He escrito una biografía novelada que mereció el desdén de la crítica y algún éxito comercial en los Estados Unidos y en las colonias. Creo que es todo. Le he prevenido que mi don no es una sinecura. Sigo a la espera de su respuesta.

Me quedé pensando. ¿No había consagrado yo mi vida, no menos incolora que extraña, a la busca de Shakespeare? ¿No era justo que al fin de la jornada diera con él?

Dije, articulando bien cada palabra:

—Acepto la memoria de Shakespeare.

Algo, sin duda, aconteció, pero no lo sentí.

Apenas un principio de fatiga, acaso imaginaria.

Recuerdo claramente que Thorpe me dijo:

—La memoria ya ha entrado en su conciencia, pero hay que descubrirla. Surgirá en los sueños, en la vigilia, al volver las hojas de un libro o al doblar una esquina. No se impaciente usted, no invente recuerdos. El azar puede favorecerlo o demorarlo, según su misterioso modo. A medida que yo vaya olvidando, usted recordará. No le prometo un plazo.

Lo que quedaba de la noche lo dedicamos a discutir el carácter de Shylock. Me abstuve de indagar si Shakespeare había tenido trato personal con judíos. No quise que Thorpe imaginara que yo lo sometía a una prueba. Comprobé, no sé si con alivio o con inquietud, que sus opiniones eran tan académicas y tan convencionales como las mías.

A pesar de la vigilia anterior, casi no dormí la noche siguiente. Descubrí, como otras tantas veces, que era un cobarde. Por el temor de ser defraudado, no me entregué a la generosa esperanza. Quise pensar que era ilusorio el presente de Thorpe. Irresistiblemente, la esperanza prevaleció. Shakespeare sería mío, como nadie lo fue de nadie, ni en el amor, ni en la amistad, ni siquiera en el odio. De algún modo yo sería Shakespeare. No escribiría las tragedias ni los intrincados sonetos, pero recordaría el instante en que me fueron reveladas las brujas, que también son las Parcas, y aquel otro en que me fueron dadas las vastas líneas:

And shake the yoke of inauspicious stars
From this worldweary flesh.

Recordaría a Anne Hathaway como recuerdo a aquella mujer, ya madura, que me enseñó el amor en un departamento de Lübeck, hace ya tantos años. (Traté de recordarla y sólo pude recobrar el empapelado, que era amarillo, y la claridad que venía de la ventana. Este primer fracaso hubiera debido anticiparme los otros.)

Yo había postulado que las imágenes de la prodigiosa memoria serían, ante todo, visuales. Tal no fue el hecho. Días después, al afeitarme, pronuncié ante el espejo unas palabras que me extrañaron y que pertenecían, como un colega me indicó, a "An ABC", de Chaucer. Una tarde, al salir del Museo Británico, silbé una melodía muy simple que no había oído nunca.

Ya habrá advertido el lector el rasgo común de esas primeras revelaciones de una memoria que era, pese al esplendor de algunas metáforas, harto más auditiva que visual.

De Quincey afirma que el cerebro del hombre es un palimpsesto. Cada nueva escritura cubre la escritura anterior y es cubierta por la que sigue, pero la todopoderosa memoria puede exhumar cualquier impresión, por momentánea que haya sido, si le dan el estímulo suficiente. A juzgar por su testamento, no había un solo libro, ni siquiera la Biblia, en casa de Shakespeare, pero nadie ignora las obras que frecuentó. Chaucer, Gower, Spenser, Christopher Marlowe. La Crónica de Holinshed, el Montaigne de Florio, el Plutarco de North. Yo poseía de manera latente la memoria de Shakespeare; la lectura, es decir la relectura, de esos viejos volúmenes sería el estímulo que buscaba. Releí también los sonetos, que son su obra más inmediata. Di alguna vez con la explicación o con las muchas explicaciones. Los buenos versos imponen la lectura en voz alta; al cabo de unos días recobré sin esfuerzo las erres ásperas y las vocales abiertas del siglo dieciséis.

Escribí en la *Zeitschrift für germanische Philologie* que el soneto 127 se refería a la memorable derrota de la Armada Invencible. No recordé que Samuel Butler, en 1899, ya había formulado esa tesis.

Una visita a Stratford-on-Avon fue, previsiblemente, estéril.

Después advino la transformación gradual de mis sueños. No me fueron deparadas, como a De Quincey, pesadillas espléndidas, ni piadosas visiones alegóricas, a la manera de su maestro, Jean Paul. Rostros y habitaciones desconocidas entraron en mis noches. El primer rostro que identifiqué fue el de Chapman; después, el de Ben Jonson y el de un vecino del poeta, que no figura en las biografías, pero que Shakespeare vería con frecuencia.

Quien adquiere una enciclopedia no adquiere cada línea, cada párrafo, cada página y cada grabado; adquiere la mera posibilidad de conocer alguna de esas cosas. Si ello acontece con un ente concreto y relativamente sencillo, dado el orden alfabético de las partes, ¿qué no acontecerá con un ente abstracto y variable, *ondoyant et divers*, como la mágica memoria de un muerto?

A nadie le está dado abarcar en un solo instante la plenitud de su pasado. Ni a Shakespeare, que yo sepa, ni a mí, que fui su parcial heredero, nos depararon ese don. La memoria del hombre no es una suma; es un desorden de posibilidades indefinidas. San Agustín, si no me engaño, habla de los palacios y cavernas de la memoria. La segunda metáfora es la más justa. En esas cavernas entré.

Como la nuestra, la memoria de Shakespeare incluía zonas, grandes zonas de sombra rechazadas voluntariamente por él. No sin algún escándalo recordé que Ben Jonson le hacía recitar hexámetros latinos y griegos y que el oído, el incomparable oído de Shakespeare, solía equivocar una cantidad, entre la risotada de los colegas.

Conocí estados de ventura y de sombra que trascienden la común experiencia humana. Sin que yo lo supiera, la larga y estudiosa soledad me había preparado para la dócil recepción del milagro.

Al cabo de unos treinta días, la memoria del muerto me animaba. Durante una semana de curiosa felicidad, casi creí ser Shakespeare. La obra se renovó para mí. Sé que la luna, para Shakespeare, era menos la luna que Diana y menos Diana que esa obscura palabra que se demora: *moon*. Otro descubrimiento anoté. Las aparentes negligencias de Shakespeare, esas *absences dans l'infini* de que apologéticamente habla Hugo, fueron deliberadas. Shakespeare las toleró, o intercaló, para que su discurso, destinado a la escena, pareciera espontáneo y no demasiado pulido y artificial *(nicht allzu glatt und gekünstelt)*. Esa misma razón lo movió a mezclar sus metáforas.

my way of life
Is fall'n into the sear, the yellow leaf.

Una mañana discerní una culpa en el fondo de su memoria. No traté de definirla; Shakespeare lo ha hecho para siempre. Básteme declarar que esa culpa nada tenía en común con la perversión.

Comprendí que las tres facultades del alma humana, memoria, entendimiento y voluntad, no son una ficción escolástica. La memoria de Shakespeare no podía revelarme otra cosa que las circunstancias de Shakespeare. Es evidente que éstas no constituyen la singularidad del poeta; lo que importa es la obra que ejecutó con ese material deleznable.

Ingenuamente, yo había premeditado, como Thorpe, una biografía. No tardé en descubrir que ese género literario requiere condiciones de escritor que ciertamente no son mías. No sé narrar. No sé narrar mi propia historia, que es harto más extraordinaria que la de Shakespeare. Además, ese libro sería inútil. El azar o el destino dieron a Shakespeare las triviales cosas terribles que todo hombre conoce; él supo transmutarlas en fábulas, en personajes mucho más vívidos que el hombre gris que los soñó, en versos que no dejarán caer las generaciones, en música verbal. ¿A qué destejer esa red, a qué minar la torre, a qué reducir a las módicas proporciones de una biografía documental o de una novela realista el sonido y la furia de *Macbeth*?

Goethe constituye, según se sabe, el culto oficial de Alemania; más íntimo es el culto de Shakespeare, que profesamos no sin nostalgia. (En Inglaterra, Shakespeare, que tan lejano está de los ingleses, constituye el culto oficial; el libro de Inglaterra es la Biblia.)

En la primera etapa de la aventura sentí la dicha de ser Shakespeare; en la postrera, la opresión y el terror. Al principio las dos memorias no mezclaban sus aguas. Con el tiempo, el gran rio de Shakespeare amenazó, y casi anegó, mi modesto caudal. Advertí con temor que estaba olvidando la lengua de mis padres. Ya que la identidad personal se basa en la memoria, temí por mi razón.

Mis amigos venían a visitarme; me asombró que no percibieran que estaba en el infierno.

Empecé a no entender las cotidianas cosas que me rodeaban *(die alltägliche Umwelt)*. Cierta mañana me perdí entre grandes formas de hierro, de madera y de cristal. Me aturdieron silbatos y clamores. Tardé un instante, que pudo parecerme infinito, en reconocer las máquinas y los vagones de la estación de Bremen.

A medida que transcurren los años, todo hombre está obligado a sobrellevar la creciente carga de su memoria. Dos me agobiaban, confundiéndose a veces: la mía y la del otro, incomunicable.

Todas las cosas quieren perseverar en su ser, ha escrito Spinoza. La piedra quiere ser una piedra, el tigre un tigre, yo quería volver a ser Hermann Soergel.

He olvidado la fecha en que decidí liberarme. Di con el método más fácil. En el teléfono marqué números al azar. Voces de niño o de mujer contestaban. Pensé que mi deber era respetarlas. Di al fin con una voz culta de hombre. Le dije:

—¿Quieres la memoria de Shakespeare? Sé que lo que te ofrezco es muy grave. Piénsalo bien.

Una voz incrédula replicó:

—Afrontaré ese riesgo. Acepto la memoria de Shakespeare.

Declaré las condiciones del don. Paradójicamente, sentía a la vez la nostalgia del libro que yo hubiera debido escribir y que me fue vedado escribir y el temor de que el huésped, el espectro, no me dejara nunca.

Colgué el tubo y repetí como una esperanza estas resignadas palabras:

Simply the thing I am shall make me live.

Yo había imaginado disciplinas para despertar la antigua memoria; hube de buscar otras para borrarla. Una de tantas fue el estudio de la mitología de William Blake, discípulo rebelde de Swedenborg. Comprobé que era menos compleja que complicada.

Ese y otros caminos fueron inútiles; todos me llevaban a Shakespeare.

Di al fin con la única solución para poblar la espera: la estricta y vasta música: Bach.

P.S. 1924 —Ya soy un hombre entre los hombres. En la vigilia soy el profesor emérito Hermann Soergel, que manejo un fichero y que redacto trivialidades eruditas, pero en el alba sé, alguna vez, que el que sueña es el otro. De tarde en tarde me sorprenden pequeñas y fugaces memorias que acaso son auténticas.

Atlas
(1984)

PRÓLOGO

Creo que Stuart Mill fue el primero que habló de la pluralidad de las causas; en lo que se refiere a este libro, que ciertamente no es un Atlas, puedo señalar dos, inequívocas. La primera se llama Alberto Girri. En el grato decurso de nuestra residencia en la tierra, María Kodama y yo hemos recorrido y saboreado muchas regiones, que sugirieron muchas fotografías y muchos textos. Enrique Pezzoni, la segunda causa, las vio; Girri observó que podrían entretejerse en un libro, sabiamente caótico. He aquí ese libro. No consta de una serie de textos ilustrados por fotografías o de una serie de fotografiás explicadas por un epígrafe. Cada título abarca una unidad, hecha de imágenes y de palabras. Descubrir lo desconocido no es una especialidad de Simbad, de Erico el Rojo o de Copérnico. No hay un solo hombre que no sea un descubridor. Empieza descubriendo lo amargo, lo salado, lo cóncavo, lo liso, lo áspero, los siete colores del arco y las veintitantas letras del alfabeto; pasa por los rostros, los mapas, los animales y los astros; concluye por la duda o por la fe y por la certidumbre casi total de su propia ignorancia.*

María Kodama y yo hemos compartido con alegría y con asombro el hallazgo de sonidos, de idiomas, de crepúsculos, de ciudades, de jardines y de personas, siempre distintas y únicas. Estas páginas querrían ser monumentos de esa larga aventura que prosigue.

J.L.B.

**N. del E.*: Dado el carácter de esta obra, en la presente edición sólo se incluyen los textos del *Atlas*.

LA DIOSA GÁLICA

Cuando Roma llegó a estas tierras últimas y a su mar de aguas dulces indefinido y quizá interminable, cuando César y Roma, esos dos claros y altos nombres, llegaron, la diosa de madera quemada ya estaba aquí. La llamarían Diana o Minerva, a la manera indiferente de los imperios que no son misioneros y que prefieren reconocer y anexar las divinidades vencidas. Antes ocuparía su lugar en una jerarquía precisa y sería la hija de un dios y la madre de otro y la vincularían a los dones de la primavera o al horror de la guerra. Ahora la cobija y la exhibe esa curiosa cosa, un museo.

Nos llega sin mitología, sin la palabra que fue suya, pero con el apagado clamor de generaciones hoy sepultadas. Es una cosa rota y sagrada que nuestra ociosa imaginación puede enriquecer irresponsablemente. No oiremos nunca las plegarias de sus adoradores, no sabremos nunca los ritos.

EL TÓTEM

Plotino de Alejandría, cuenta Porfirio, se negó a hacerse retratar, alegando que él era solamente la sombra de su prototipo platónico y que el retrato sería sombra de una sombra.

Siglos después Pascal redescubriría ese argumento contra el arte de la pintura. La imagen que vemos aquí* es la fotografía del facsímil de un ídolo del Canadá, es decir, es sombra de la sombra de una sombra. Su original, llamémoslo así, se erige, alto y sin culto, detrás de la última de las tres estaciones del Retiro. Se trata de un regalo oficial del gobierno del Canadá. A ese país no le importa ser representado por esa imagen bárbara. Un gobierno sudamericano no se atrevería al albur de regalar una imagen de una divinidad anónima y tosca.

Sabemos estas cosas y sin embargo nuestra imaginación se complace con la idea de un tótem en el destierro, de un tótem que oscuramente exige mitologías, tribus, incantaciones y acaso sacrificios. Nada sabemos de su culto; razón de más para soñarlo en el crepúsculo dudoso.

---

* *N. del E.*: Borges se refiere a la fotografía que acompaña este texto en la 1ª edición ilustrada del *Atlas*.

CÉSAR

Aquí, lo que dejaron los puñales.
Aquí esa pobre cosa, un hombre muerto
que se llamaba César. Le han abierto
cráteres en la carne los metales.
Aquí la atroz, aquí la detenida
máquina usada ayer para la gloria,
para escribir y ejecutar la historia
y para el goce pleno de la vida.
Aquí también el otro, aquel prudente
emperador que declinó laureles,
que comandó batallas y bajeles
y fue honor y fue envidia de la gente.
Aquí también el otro, el venidero
cuya gran sombra será el orbe entero.

N. del E.: Publicado también en *Los Conjurados*, 1985.

IRLANDA

Antiguas sombras generosas no quieren que yo perciba a Irlanda o que agradablemente la perciba de un modo histórico. Esas sombras se llaman el Erígena, para quien toda nuestra historia es un largo sueño de Dios, que al fin volverá a Dios, doctrina que asimismo declaran el drama *Back to Methuselah* y el famoso poema "Ce que dit la bouche d'ombre" de Hugo; se llaman también George Berkeley, que juzgó que Dios está minuciosamente soñándonos y que si despertara de su sueño desaparecerían el cielo y la tierra, como si despertara el Rey Rojo; se llaman Oscar Wilde, que de un destino no sin infortunio y deshonra ha dejado una obra, que es feliz e inocente como la mañana o el agua. Pienso en Wellington, que, después de la jornada de Waterloo, sintió que una victoria no es menos terrible que una derrota. Pienso en dos máximos poetas barrocos, Yeats y Joyce, que usaron la prosa o el verso para un mismo fin, la belleza. Pienso en George Moore, que en "Ave Atque Vale" creó un nuevo género literario, lo cual no importa, pero lo hizo deliciosamente, lo cual es mucho. Esas vastas sombras se interponen entre lo mucho que recuerdo y lo poco que pude percibir en dos o tres días poblados, como todos, de circunstancias.

De todas ellas la más vívida es la Torre Redonda que no vi pero que mis manos tantearon, donde monjes que son nuestros bienhechores salvaron para nosotros en duros tiempos el griego y el latín, es decir, la cultura. Para mí Irlanda es un país de gente esencialmente buena, naturalmente cristiana, arrebatados por la curiosa pasión de ser incesantemente irlandeses.

Caminé por las calles que recorrieron, y siguen recorriendo, todos los habitantes de *Ulysses*.

UN LOBO

Furtivo y gris en la penumbra última,
va dejando sus rastros en la margen
de este río sin nombre que ha saciado
la sed de su garganta y cuyas aguas
no repiten estrellas. Esta noche,
el lobo es una sombra que está sola
y que busca a la hembra y siente frío.
Es el último lobo de Inglaterra.
Odin y Thor lo saben. En su alta
casa de piedra un rey ha decidido
acabar con los lobos. Ya forjado
ha sido el fuerte hierro de tu muerte.
Lobo sajón, has engendrado en vano.
No basta ser cruel. Eres el último.
Mil años pasarán y un hombre viejo
te soñará en América. De nada
puede servirte ese futuro sueño.
Hoy te cercan los hombres que siguieron
por la selva los rastros que dejaste,
furtivo y gris en la penumbra última.

N. del E.: Publicado también en *Los Conjurados*, 1985.

ESTAMBUL

Cartago es el ejemplo más evidente de una cultura calumniada, nada podemos saber de ella, nada pudo saber Flaubert, sino lo que refieren sus enemigos, que fueron implacables. No es posible que algo parecido ocurra con Turquía. Pensamos en un país de crueldad; esa noción data de las Cruzadas, que fueron la empresa más cruel que registra la historia y la menos denunciada de todas. Pensamos en el odio cristiano acaso no inferior al odio, igualmente fanático, del Islam. En el Occidente le ha faltado un gran nombre turco a los otomanos. El único que nos ha llegado es el de Suleimán el Magnífico *(e solo in parte vide il Saladino)*.

¿Qué puedo yo saber de Turquía al cabo de tres días? He visto una ciudad espléndida, el Bósforo, el Cuerno de Oro y la entrada al Mar Negro, en cuyas márgenes se descubrieron piedras rúnicas. He oído un idioma agradable, que me suena a un alemán más suave. Por aquí andarán los fantasmas de muchas y diversas naciones; prefiero pensar que los escandinavos formaban la guardia del emperador de Bizancio, a los que se unieron los sajones que huyeron de Inglaterra después de la jornada de Hastings. Es indudable que debemos volver a Turquía para empezar a descubrirla.

LOS DONES

Le fue dada la música invisible
que es don del tiempo y que en el tiempo cesa;
le fue dada la trágica belleza,
le fue dado el amor, cosa terrible.

Le fue dado saber que entre las bellas
mujeres de la tierra sólo hay una;
pudo una tarde descubrir la luna
y con la luna el álgebra de estrellas.

Le fue dada la infamia. Dócilmente
estudió los delitos de la espada,
la ruina de Cartago, la apretada
batalla del Oriente y del Poniente.

Le fue dado el lenguaje, esa mentira,
le fue dada la carne, que es arcilla,
le fue dada la obscena pesadilla
y en el cristal el otro, el que nos mira.

De los libros que el tiempo ha acumulado
le fueron concedidas unas hojas;
de Elea, unas contadas paradojas,
que el desgaste del tiempo no ha gastado.

La erguida sangre del amor humano
(la imagen es de un griego) le fue dada
por Aquel cuyo nombre es una espada
y que dicta las letras a la mano.

Otras cosas le dieron y sus nombres:
el cubo, la pirámide, la esfera,
la innumerable arena, la madera
y un cuerpo para andar entre los hombres.

Fue digno del sabor de cada día;
tal es tu historia, que es también la mía.

VENECIA

Los peñascos, los ríos que tienen su cuna en las cumbres, la fusión de las aguas de esos ríos con las del Mar Adriático, los azares o las fatalidades de la historia y de la geología, la resaca, la arena, la formación gradual de las islas, la cercanía de Grecia, los peces, las migraciones de las gentes, las guerras de la Armórica y del Báltico, las cabañas de junco, las ramas entretejidas con barro, la inextricable red de canales, los primitivos lobos, las incursiones de los piratas dálmatas, la delicada terracota, las azoteas, el mármol, las caballadas y las lanzas de Atila, los pescadores defendidos por su pobreza, los lombardos, el hecho de ser uno de los puntos en que se encuentran el Occidente y el Oriente, los días y las noches de generaciones hoy olvidadas fueron los artífices. Recordemos también los anuales anillos de oro que el Dux dejaba caer desde la proa del Bucentauro y que, en la penumbra o tiniebla del agua, son los indefinidos eslabones de una cadena ideal en el tiempo. Sería aquí una injusticia olvidar al solícito buscador de los papeles de Aspern, a Dandolo, a Carpaccio, a Petrarca, a Shylock, a Byron, a Beppo, a Ruskin y a Marcel Proust. Altos en la memoria están los capitanes de bronce que invisiblemente se miran desde hace siglos, en los dos términos de una larga llanura.

Gibbon observa que la independencia de la antigua república de Venecia ha sido declarada por la espada y puede ser justificada por la pluma. Pascal escribe que los ríos son caminos que andan; los canales de Venecia son los caminos por los que andan las enlutadas góndolas que tienen algo de enlutados violines y que también recuerdan la música porque son melodiosas.

Alguna vez escribí en un prólogo *Venecia de cristal y crepúsculo.* Crepúsculo y Venecia para mí son dos palabras casi sinónimas, pero nuestro crepúsculo ha perdido la luz y teme la noche y el de Venecia es un crepúsculo delicado y eterno, sin antes ni después.

LA CORTADA DE BOLLINI

Contemporáneos del revólver, del rifle y de las misteriosas armas atómicas, contemporáneos de las vastas guerras mundiales, de la guerra del Vietnam y de la del Líbano, sentimos la nostalgia de las modestas y secretas peleas que se dieron aquí hacia mil ochocientos noventaitantos a unos pasos del Hospital Rivadavia. La zona entre los fondos del cementerio y el amarillo paredón de la cárcel se llamó alguna vez la Tierra del Fuego; la gente de aquel arrabal elegía (nos cuentan) esta cortada para los duelos a cuchillo. Esto habrá ocurrido una sola vez y luego se diría que fueron muchas. No había testigos, salvo, quizá, algún vigilante curioso que observaría y apreciaría las idas y venidas de los aceros. Un poncho haría de escudo en el brazo izquierdo; el puñal buscaría el vientre o el pecho del otro; si los duelistas eran diestros la contienda podría durar mucho tiempo.

Sea lo que fuere, es grato estar en esta casa, de noche, bajo los altos cielos rasos, y saber que afuera están las casas bajas que aún quedan, los hoy ausentes conventillos y corralones y las tal vez apócrifas sombras de esa pobre mitología.

EL TEMPLO DE POSEIDÓN

Sospecho que no hubo un Dios del Mar, como tampoco un Dios del Sol; ambos conceptos son ajenos a mentes primitivas. Hubo el mar y hubo Poseidón, que era también el mar. Mucho después vendrían las teogonías y Homero, que según Samuel Butler urdió con fábulas ulteriores los interludios cómicos de la *Ilíada*. El tiempo y sus guerras se han llevado la apariencia del Dios, pero queda el mar, su otra efigie.

Mi hermana suele decir que los niños son anteriores al cristianismo. A pesar de las cúpulas y de los iconos también lo son los griegos. Su religión, por lo demás, fue menos una disciplina que un conjunto de sueños, cuyas divinidades pueden menos que el Ker. El templo data del siglo quinto antes de nuestra era, es decir, de aquella fecha en que los filósofos ponían todo en duda.

No hay una sola cosa en el mundo que no sea misteriosa, pero ese misterio es más evidente en determinadas cosas que en otras. En el mar, en el color amarillo, en los ojos de los ancianos y en la música.

EL PRINCIPIO

Dos griegos están conversando: Sócrates acaso y Parménides.

Conviene que no sepamos nunca sus nombres; la historia, así, será más misteriosa y más tranquila.

El tema del diálogo es abstracto. Aluden a veces a mitos, de los que ambos descreen.

Las razones que alegan pueden abundar en falacias y no dan con un fin.

No polemizan. Y no quieren persuadir ni ser persuadidos, no piensan en ganar o en perder.

Están de acuerdo en una sola cosa; saben que la discusión es el no imposible camino para llegar a una verdad.

Libres del mito y de la metáfora, piensan o tratan de pensar.

No sabremos nunca sus nombres.

Esta conversación de dos desconocidos en un lugar de Grecia es el hecho capital de la Historia.

Han olvidado la plegaria y la magia.

EL VIAJE EN GLOBO

Como lo demuestran los sueños, como lo demuestran los ángeles, volar es una de las ansiedades elementales del hombre. La levitación no me ha sido aún deparada y no hay razón alguna para suponer que la conoceré antes de morir. Ciertamente el avión no nos ofrece nada que se parezca al vuelo. El hecho de sentirse encerrado en un ordenado recinto de cristal y de hierro no se asemeja al vuelo de los pájaros ni al vuelo de los ángeles. Los vaticinios terroríficos del personal de a bordo, con su ominosa enumeración de máscaras de oxígeno, de cinturones de seguridad, de puertas laterales de salida y de imposibles acrobacias aéreas no son, ni pueden ser, auspiciosos. Las nubes tapan y escamotean los continentes y los mares. Los trayectos lindan con el tedio. El globo, en cambio, nos depara la convicción del vuelo, la agitación del viento amistoso, la cercanía de los pájaros. Toda palabra presupone una experiencia compartida. Si alguien no ha visto nunca el rojo, es inútil que yo lo compare con la sangrienta luna de San Juan el Teólogo o con la ira; si alguien ignora la peculiar felicidad de un paseo en globo es difícil que yo pueda explicársela. He pronunciado la palabra felicidad; creo que es la más adecuada. En California, hará unos treinta días, María Kodama y yo fuimos a una modesta oficina perdida en el valle de Napa. Serían las cuatro o las cinco de la mañana; sabíamos que estaban por ocurrir las primeras claridades del alba. Un camión nos llevó a un lugar aún más distante, remolcando la barquilla. Arribamos a un sitio de la llanura que podía ser cualquier otro. Sacaron la barquilla, que era un canasto rectangular de madera y de mimbre y empeñosamente extrajeron el gran globo de una valija, lo desplegaron en la tierra, separaron el género de nylon con ventiladores, y el globo, cuya forma era la de una pera invertida como en los grabados de las enciclopedias de nuestra infancia, creció sin prisa hasta alcanzar la altura y el ancho de una casa de varios pisos. No había ni puerta lateral ni escalera; tuvieron que izarme sobre la borda. Éramos cinco pasajeros y el piloto que periódicamente henchía de gas el gran globo cóncavo. De pie, apoyamos las manos en la borda de la barquilla. Clareaba el día; a nuestros pies a una altura angelical o de alto pájaro se abrían los viñedos y los campos.

El espacio era abierto, el ocioso viento que nos llevaba como si fuera un lento río, nos acariciaba la frente, la nuca o las mejillas. Todos sentimos, creo, una felicidad casi física. Escribo casi porque no hay felicidad o dolor que sean sólo físicos, siempre intervienen el pasado, las circunstancias, el asombro y otros hechos de la conciencia. El paseo, que duraría una hora y media, era también un viaje por aquel paraíso perdido que constituye el siglo diecinueve. Viajar en el globo imaginado por Montgolfier era también volver a las páginas de Poe, de Julio Verne y de Wells. Se recordará que sus selenitas, que habitan el interior de la luna, viajaban de una a otra galería en globos semejantes al nuestro y desconocían el vértigo.

UN SUEÑO EN ALEMANIA

Esta mañana soñé un sueño que me dejó abrumado y que fui ordenando después.

Tus mayores te engendran. En la otra frontera de los desiertos hay aulas polvorientas o, si se quiere, depósitos polvorientos, con filas paralelas de pizarrones muy gastados, cuya longitud se mide por leguas o por leguas de leguas. Se ignora el número preciso de los depósitos, que sin duda son muchos. En cada uno hay diecinueve filas de pizarrones y alguien los ha cargado con palabras y con cifras arábigas, escritas con tiza. La puerta de cada una de las aulas es corrediza, a la manera del Japón, y está hecha de un metal oxidado. La escritura se inicia en el borde izquierdo del pizarrón y empieza por una palabra. Debajo hay otra y todas siguen el rigor alfabético de los diccionarios enciclopédicos. La primera palabra, digamos, es *Aachen*, nombre de una ciudad. La segunda, que está inmediatamente abajo, es *Aar*, que es el río de Berna, en tercer lugar está *Aarón*, de la tribu de Leví. Después vendrán *abracadabra* y *Abraxas*. Después de cada una de esas palabras se fija el número preciso de veces que las verás, oirás, recordarás o pronunciarás en el decurso de tu vida. Hay una cifra indefinida, pero indudablemente no infinita para el número de veces en que pronunciarás entre la cuna y la sepultura, el nombre de Shakespeare o de Kepler. En el último pizarrón de un aula remota está la palabra *Zwitter*, que vale en alemán por hermafrodita, y abajo agotarás el número de imágenes de la ciudad de Montevideo que te ha sido fijado por el destino y seguirás viviendo. Agotarás el número de veces que te ha sido fijado para pronunciar tal o cual hexámetro y seguirás viviendo. Agotarás el número de veces que le ha sido dado a tu corazón para su latido y entonces habrás muerto.

Cuando esto ocurra las letras y los números de tiza no se borrarán enseguida. (En cada instante de tu vida alguien modifica o borra una cifra.) Todo esto sirve para un fin que nunca entenderemos.

ATENAS

En la primera mañana de mi primer día en Atenas me fue dado este sueño. Frente a mí, en un largo anaquel, había una fila de volúmenes. Eran los de la Enciclopedia Británica, uno de mis paraísos perdidos. Saqué un tomo al azar. Busqué el nombre de Coleridge; el artículo tenía fin pero no principio. Busqué después el artículo Creta; también concluía pero no empezaba. Busqué entonces el artículo chess. En aquel momento el sueño cambió. En el alto escenario de un anfiteatro, abarrotado de personas atentas, yo jugaba al ajedrez con mi padre, que era también el Falso Artajerjes, a quien le habían cortado las orejas y que fue descubierto, mientras dormía, por una de sus muchas mujeres, que le pasó la mano por el cráneo, muy suavemente para no despertarlo, y que fue matado después. Yo movía una pieza; mi antagonista no movía ninguna, pero ejecutaba un acto de magia, que borraba una de las mías. Esto se repitió varias veces.

Me desperté y me dije: estoy en Grecia, donde todo ha empezado si es que las cosas, a diferencia de los artículos de la enciclopedia soñada, tienen principio.

GINEBRA

De todas las ciudades del planeta, de las diversas e íntimas patrias que un hombre va buscando y mereciendo en el decurso de los viajes, Ginebra me parece la más propicia a la felicidad. Le debo, a partir de 1914, la revelación del francés, del latín, del alemán, del expresionismo, de Schopenhauer, de la doctrina del Buddha, del Taoísmo, de Conrad, de Lafcadio Hearn y de la nostalgia de Buenos Aires. También la del amor, la de la amistad, la de la humillación, y la de la tentación, del suicidio. En la memoria todo es grato, hasta la desventura. Esas razones son personales; diré una de orden general. A diferencia de otras ciudades, Ginebra no es enfática. París no ignora que es París, la decorosa Londres sabe que es Londres, Ginebra casi no sabe que es Ginebra. Las grandes sombras de Calvino, de Rousseau, de Amiel y de Ferdinand Hodler están aquí, pero nadie las recuerda al viajero. Ginebra, un poco a semejanza del Japón, se ha renovado sin perder sus ayeres. Perduran las callejas montañosas de la Vieille Ville, perduran las campanas y las fuentes, pero también hay otra gran ciudad de librerías y comercios occidentales y orientales.

Sé que volveré siempre a Ginebra, quizá después de la muerte del cuerpo.

PIEDRAS Y CHILE

Por aquí habré pasado tantas veces.
No puedo recordarlas. Más lejana
que el Ganges me parece la mañana
o la tarde en que fueron. Los reveses
de la suerte no cuentan. Ya son parte
de esa dócil arcilla, mi pasado,
que borra el tiempo o que maneja el arte
y que ningún augur ha descifrado.
Tal vez en la tiniebla hubo una espada,
acaso hubo una rosa. Entretejidas
sombras las guardan hoy en sus guaridas.
Sólo me queda la ceniza. Nada.
Absuelto de las máscaras que he sido,
seré en la muerte mi total olvido.

N. del E.: Publicado también en *Los Conjurados*, 1985.

LA *BRIOCHE*

Piensan los chinos, algunos chinos han pensado y siguen pensando que cada cosa nueva que hay en la tierra proyecta su arquetipo en el cielo. Alguien o Algo tiene ahora el arquetipo de la espada, el arquetipo de la mesa, el arquetipo de la oda pindárica, el arquetipo del silogismo, el arquetipo del reloj de arena, el arquetipo del reloj, el arquetipo del mapa, el arquetipo del telescopio, el arquetipo de la balanza. Spinoza observó que cada cosa quiere perdurar en su ser; el tigre quiere ser un tigre, y la piedra, una piedra. Yo, personalmente, he observado que no hay cosa que no propenda a ser su arquetipo y a veces lo es. Basta estar enamorado para pensar que el otro, o la otra, es ya su arquetipo. María Kodama adquirió en la panadería Aux Brioche de la Lune esta gran *brioche* y me dijo, al traérmela al hotel, que era el Arquetipo. Inmediatamente comprendí que tenía razón.

UN MONUMENTO

Cabe pensar que un escultor sale en busca de un tema, pero esa cacería mental es menos propia de un artista que de un perseguidor de sorpresas. Más verosímil es conjeturar que el eventual artista es un hombre que bruscamente ve. Para no ver no es imprescindible estar ciego o cerrar los ojos; vemos las cosas de memoria, como pensamos de memoria repitiendo idénticas formas o idénticas ideas. Estoy seguro de que el señor Fulano de Tal, de cuyo nombre no puedo acordarme, vio de golpe algo que ningún hombre, desde el principio de la historia, había visto. Vio un botón. Vio ese instrumento cotidiano que da tanto trabajo a los dedos, y comprendió que para transmitir esa revelación de una cosa sencilla tenía que aumentar su tamaño y ejecutar el vasto y sereno círculo que vemos en esta página y en el centro de una plaza de Filadelfia.

EPIDAURO

Como quien ve de lejos una batalla, como quien aspira el aire salobre y oye la tarea de las olas y ya presiente el mar, como quien entra en un país o en un libro, así antenoche me fue dado asistir a una representación del *Prometeo Encadenado* en el alto teatro de Epidauro. Mi ignorancia del griego es tan perfecta como la de Shakespeare, salvo en el caso de las muchas palabras helénicas que designan instrumentos o disciplinas que ignoraron los griegos. Al principio traté de recordar versiones castellanas de la tragedia, leídas hace ya más de medio siglo. Luego pensé en Hugo y en Shelley y en algún grabado del titán atado a la montaña. Luego me esforcé en identificar una que otra palabra. Pensé en el mito que ya es parte de la memoria universal de los hombres. Sin proponérmelo y sin preverlo, fui arrebatado por las dos músicas, la de los instrumentos y la de las palabras, cuyo sentido me era vedado, pero no su antigua pasión.

Más allá de los versos, que los actores, creo, no escandían, y de la ilustre fábula, ese profundo río, en la profunda noche, fue mío.

LUGANO

Junto a las palabras que dicto habrá, creo, la imagen de un gran lago mediterráneo con largas y lentas montañas y el inverso reflejo de esas montañas en el gran lago. Ése, por cierto, es mi recuerdo de Lugano, pero también hay otros.

Uno, el de una mañana no demasiado fría de noviembre de 1918, en que mi padre y yo leímos, en una pizarra, en una plaza casi vacía, letras de tiza que anunciaban la capitulación de los Imperios Centrales, es decir, la deseada paz. Los dos volvimos al hotel y anunciamos la buena noticia (no había radiotelefonía entonces) y no brindamos con champagne sino con rojo vino italiano.

Otros recuerdos guardo, menos importantes para la historia del mundo que para mi historia personal. El primero, el descubrimiento de la balada más famosa de Coleridge. Penetré en ese silencioso mar de métrica y de imágenes que Coleridge soñó en los últimos años del siglo dieciocho antes de ver el mar, que lo defraudaría mucho después, cuando fue a Alemania, porque el mar de la mera realidad es menos vasto que el mar platónico de Coleridge. El segundo (salvo que no hay segundo porque fueron más o menos simultáneos los dos) fue la revelación de otra no menos mágica música, la poesía de Verlaine.

MI ÚLTIMO TIGRE

En mi vida siempre hubo tigres. Tan entretejida está la lectura con los otros hábitos de mis días que verdaderamente no sé si mi primer tigre fue el tigre de un grabado o aquel, ya muerto, cuyo terco ir y venir por la jaula yo seguía como hechizado del otro lado de los barrotes de hierro. A mi padre le gustaban las enciclopedias; yo las juzgaba, estoy seguro, por las imágenes de tigres que me ofrecían. Recuerdo ahora los de Montaner y Simón (un blanco tigre siberiano y un tigre de Bengala) y otro, cuidadosamente dibujado a pluma y saltando, en el que había algo de río. A esos tigres visuales se agregaron los tigres hechos de palabras: la famosa hoguera de Blake *(Tyger, tyger, burning bright)* y la definición de Chesterton: *Es un emblema de terrible elegancia.* Cuando leí, de niño, los *Jungle Books*, no dejó de apenarme que Shere Khan fuera el villano de la fábula, no el amigo del héroe. Querría recordar, y no puedo, un sinuoso tigre trazado por el pincel de un chino, que no había visto nunca un tigre, pero que sin duda había visto el arquetipo del tigre. Ese tigre platónico puede buscarse en el libro de Anita Berry, *Art for Children.* Se preguntará muy razonablemente ¿por qué tigres y no leopardos o jaguares? Sólo puedo contestar que las manchas me desagradan y no las rayas. Si yo escribiera *leopardo* en lugar de tigre el lector intuiría inmediatamente que estoy mintiendo. A esos tigres de la vista y del verbo he agregado otro que me fue revelado por nuestro amigo Cuttini, en el curioso jardín zoológico cuyo nombre es Mundo Animal y que se abstiene de prisiones.

Ese último tigre es de carne y hueso. Con evidente y aterrada felicidad llegué a ese tigre, cuya lengua lamió mi cara, cuya garra indiferente o cariñosa se demoró en mi cabeza, y que, a diferencia de sus precursores, olía y pesaba. No diré que ese tigre que me asombró es más real que los otros, ya que una encina no es más real que las formas de un sueño, pero quiero agradecer aquí a nuestro amigo, ese tigre de carne y hueso que percibieron mis sentidos esa mañana y cuya imagen vuelve como vuelven los tigres de los libros.

MIDGARTHORMR

Sin fin el mar. Sin fin el pez, la verde
serpiente cosmogónica que encierra,
verde serpiente y verde mar, la tierra,
como ella circular. La boca muerde
la cola que le llega desde lejos,
desde el otro confín. El fuerte anillo
que nos abarca es tempestades, brillo,
sombra y rumor, reflejos de reflejos.
Es también la anfisbena. Eternamente
se miran sin horror los muchos ojos.
Cada cabeza husmea crasamente
los hierros de la guerra y los despojos.
Soñado fue en Islandia. Los abiertos
mares lo han divisado y lo han temido;
volverá con el barco maldecido
que se arma con las uñas de los muertos.
Alta será su inconcebible sombra
sobre la tierra pálida en el día
de altos lobos y espléndida agonía
del crepúsculo aquel que no se nombra.
Su imaginaria imagen nos mancilla.
Hacia el alba lo vi en la pesadilla.

N. del E.: Publicado también en *Los Conjurados*, 1985.

UNA PESADILLA

Cerré la puerta de mi departamento y me dirigí al ascensor. Iba a llamarlo cuando un personaje rarísimo ocupó toda mi atención. Era tan alto que yo debí haber comprendido que lo soñaba. Aumentaba su estatura un bonete cónico. Su rostro (que no vi nunca de perfil) tenía algo de tártaro o de lo que yo imagino que es tártaro y terminaba en una barba negra, que también era cónica. Los ojos me miraban burlonamente. Usaba un largo sobretodo negro y lustroso, lleno de grandes discos blancos. Casi tocaba el suelo. Acaso sospechando que soñaba, me atreví a preguntarle no sé en qué idioma por qué vestía de esa manera. Me sonrió con sorna y se desabrochó el sobretodo. Vi que debajo había un largo traje enterizo del mismo material y con los mismos discos blancos, y supe (como se saben las cosas en los sueños) que debajo había otro.

En aquel preciso momento sentí el inconfundible sabor de la pesadilla y me desperté.

GRAVES EN DEYÁ

Mientras dicto estas líneas, acaso mientras lees estas líneas, Robert Graves, ya fuera del tiempo y de los guarismos del tiempo, está muriéndose en Mallorca. Muriéndose y no agonizando, porque agonía es lucha. Nada más lejos de una lucha y más cerca de un éxtasis que aquel anciano inmóvil, sentado, a quien acompañaban su mujer, sus hijos, sus nietos, el más pequeño en sus rodillas, y varios peregrinos de diversas partes del Mundo. (Entre ellos, creo, un persa.) El alto cuerpo seguía cumpliendo con sus deberes, aunque ni veía, ni oía, ni articulaba una palabra; el alma estaba sola. Creí que no nos distinguía, pero al decirle adiós me estrechó la mano y besó la mano de María Kodama. Desde la puerta del jardín, su mujer nos dijo: *You must come back! This is Heaven!* Esto ocurrió en 1981. Volvimos en 1982. La mujer le daba de comer con una cuchara y todos estaban muy tristes y esperaban el fin. Sé que las fechas que he indicado son para él un solo instante eterno.

El lector no habrá olvidado *La Diosa Blanca*; recordaré aquí el argumento de uno de sus poemas.

Alejandro no muere en Babilonia a la edad de treinta y dos años. Después de una batalla se pierde y busca su camino por una selva durante muchas noches. Al fin ve las hogueras de un campamento. Hombres de ojos oblicuos y de tez amarilla lo recogen, lo salvan y finalmente lo alistan en su ejército. Fiel a su suerte de soldado, sirve en largas campañas por los desiertos de una geografía que ignora. Un día pagan a la tropa. Reconoce un perfil en una moneda de plata y se dice: "Ésta es la medalla que hice acuñar para celebrar la victoria de Arbela cuando yo era Alejandro de Macedonia".

Esta fábula merecería ser muy antigua.

LOS SUEÑOS

Mi cuerpo físico puede estar en Lucerna, en Colorado o en El Cairo, pero al despertarme cada mañana, al retomar el hábito de ser Borges, emerjo invariablemente de un sueño que ocurre en Buenos Aires. Las imágenes pueden ser cordilleras, ciénagas con andamios, escaleras de caracol que se hunden en sótanos, médanos cuya arena debo contar, pero cualquiera de esas cosas es una bocacalle precisa del barrio de Palermo o del Sur. En la vigilia estoy siempre en el centro de una vaga neblina luminosa de tinte gris o azul; veo en los sueños o converso con muertos, sin que ninguna de esas dos cosas me asombre. Nunca sueño con el presente sino con un Buenos Aires pretérito y con las galerías y claraboyas de la Biblioteca Nacional en la calle México. ¿Quiere todo esto decir que, más allá de mi voluntad y de mi conciencia, soy irreparablemente, incomprensiblemente porteño?

LA BARCA

Es una cosa de madera, está rota. No sabe, nunca lo sabrá, que la premeditaron y trabajaron hombres de la estirpe de Breno, que arrojó su espada de hierro (así lo quiere la leyenda) y dijo las palabras *Vae Victis*, que también son de hierro. Habrá tenido centenares de hermanas, que ahora son polvo. No sabe, nunca lo sabrá, que surcó las aguas del Ródano y del Arve y de aquel gran mar de agua dulce que se dilata en el centro de Europa. No sabe, nunca lo sabrá, que ha surcado otro río más antiguo y más incesante que cualquier otro río y que se llama el Tiempo. Los galos la labraron para ese largo viaje un siglo antes de César y fue exhumada al promediar el siglo diecinueve en el cruce de dos calles de la ciudad, y ahora, sin saberlo, se muestra a nuestros ojos y a nuestro asombro en un museo que está no lejos de la Catedral en la que predicó la predestinación Juan Calvino.

ESQUINAS

Aquí habrá la figura de una esquina cualquiera de Buenos Aires. No me dirán cuál es. Puede ser la de Charcas y Maipú, la de mi propia casa; la imagino abarrotada por mis fantasmas, inextricablemente entrando y saliendo y atravesándose. Puede ser la de enfrente, donde hay ahora un alto edificio con rampas, y antes, un largo conventillo con macetas de flores en el balcón, y antes una casa que ignoro y, en el tiempo de Rosas, un rancho, con la vereda de ladrillo y la calle de tierra. Puede ser la de ese jardín que fue tu paraíso. Puede ser la de una confitería del Once, donde Macedonio Fernández, tan temeroso de la muerte, nos explicaba que morir es lo más trivial que puede sucedernos. Puede ser la de aquella biblioteca de Almagro Sur, donde me fue revelado Leon Bloy. Puede ser una esquina sin ochava, de las pocas que quedan. Puede ser la de aquella casa a la que María Kodama y yo trajimos una cesta de mimbre con una leve gata abisinia que se llamaba Odín y que había cruzado el Océano. Puede ser la de un árbol que nunca sabrá que es un árbol y que nos prodiga su sombra. Puede ser una de las tantas que vio por última vez Leandro Alem, antes del carruaje cerrado y del balazo que bastó. Puede ser la de aquella librería en la que descubrí, a lo largo del tiempo, dos historias de la filosofía china. Puede ser la de Esmeralda y Lavalle, donde murió Estanislao del Campo. Puede ser cada una de las que forman el desparramado tablero. Puede ser casi todas y es así el no visto arquetipo.

HOTEL ESJA, REIKIAVIK

En el decurso de la vida hay hechos modestos que pueden ser un don. Yo acababa de llegar al hotel. Siempre en el centro de esa clara neblina que ven los ojos de los ciegos, exploré el cuarto indefinido que me habían destinado. Tanteando las paredes, que eran ligeramente rugosas, y rodeando los muebles, descubrí una gran columna redonda. Era tan ancha que casi no pudieron abarcarla mis brazos estirados y me costó juntar las dos manos. Supe enseguida que era blanca. Maciza y firme se elevaba hacia el cielo raso.

Durante unos segundos conocí esa curiosa felicidad que deparan al hombre las cosas que casi son un arquetipo. En aquel momento, lo sé, recobré el goce elemental que sentí cuando me fueron reveladas las formas puras de la geometría euclidiana: el cilindro, el cubo, la esfera, la pirámide.

EL LABERINTO

Éste es el laberinto de Creta. Éste es el laberinto de Creta cuyo centro fue el Minotauro. Éste es el laberinto de Creta cuyo centro fue el Minotauro que Dante imaginó como un toro con cabeza de hombre y en cuya red de piedra se perdieron tantas generaciones. Éste es el laberinto de Creta cuyo centro fue el Minotauro que Dante imaginó como un toro con cabeza de hombre y en cuya red de piedra se perdieron tantas generaciones como María Kodama y yo nos perdimos. Éste es el laberinto de Creta cuyo centro fue el Minotauro que Dante imaginó como un toro con cabeza de hombre y en cuya red de piedra se perdieron tantas generaciones como María Kodama y yo nos perdimos en aquella mañana y seguimos perdidos en el tiempo, ese otro laberinto.

LAS ISLAS DEL TIGRE

Ninguna otra ciudad, que yo sepa, linda con un secreto archipiélago de verdes islas que se alejan y pierden en las dudosas aguas de un río tan lento que la literatura ha podido llamarlo inmóvil. En una de ellas, que no he visto, se mató Leopoldo Lugones, que habrá sentido, acaso por primera vez en su vida, que estaba libre, al fin, del misterioso deber de buscar metáforas, adjetivos y verbos para todas las cosas del mundo.

Hace muchos años, el Tigre me dio imágenes, quizá erróneas, para las escenas malayas o africanas de los libros de Conrad. Esas imágenes me servirán para erigir un monumento, sin duda menos perdurable que el bronce de ciertos infinitos domingos. He recordado a Horacio, que sigue siendo para mí el más misterioso de los poetas, ya que sus estrofas cesan y no terminan y asimismo son inconexas. No es imposible que su mente clásica se abstuviera deliberadamente del énfasis. Releo lo anterior y compruebo con una suerte de agridulce melancolía que todas las cosas del mundo me llevan a una cita o a un libro.

LAS FUENTES

Entre tantas cosas, Leopoldo Lugones nos ha dejado estos firmes versos: *Yo, que soy montañés, sé lo que vale la amistad de la piedra para el alma.*

No sé hasta qué punto Lugones podía llamarse montañés, pero esa duda, de carácter geográfico, es menos importante que la eficacia estética del epíteto.

El poeta declara la amistad del hombre y de la piedra; yo quiero referirme a otra amistad más esencial y más misteriosa, a la amistad del hombre y del agua. Más esencial, porque estamos hechos, no de carne y hueso, sino de tiempo, de fugacidad, cuya metáfora inmediata es el agua. Ya Heráclito lo dijo.

En todas las ciudades hay fuentes, pero esas fuentes corresponden a razones distintas. En las naciones agarenas proceden de una antigua nostalgia de los desiertos, cuyos poetas cantaban, según se sabe, a una cisterna o a un oasis. En Italia parecen satisfacer esa necesidad de belleza que es típica del alma italiana. En Suiza se diría que las ciudades quieren estar siempre en los Alpes y que las muchas fuentes públicas tratan de repetir las cascadas de la montaña. En Buenos Aires son más ornamentales y más visibles que en Ginebra o en Basilea.

MILONGA DEL PUÑAL

En Pehuajó me lo dieron
unas manos generosas;
más vale que no presagie
que vuelve el tiempo de Rosas.

La empuñadura sin cruz
es de madera y de cuero;
abajo sueña su oscuro
sueño de tigre el acero.

Soñará con una mano
que lo salve del olvido;
después vendrá lo que el hombre
de esa mano ha decidido.

El puñal de Pehuajó
no debe una sola muerte;
el forjador lo forjó
para una tremenda suerte.

Lo estoy mirando, preveo
un porvenir de puñales
o de espadas (da lo mismo)
y de otras formas fatales.

Son tantas que el mundo entero
está a punto de morir.
Son tantas que ya la muerte
no sabe dónde elegir.

Duerme tu sueño tranquilo
entre las tranquilas cosas,
no te impacientes, puñal.
Ya vuelve el tiempo de Rosas.

1983

En un restaurante del centro, Haydée Lange y yo conversábamos. La mesa estaba puesta y quedaban trozos de pan y quizá dos copas; es verosímil suponer que habíamos comido juntos. Discutíamos, creo, un film de King Vidor. En las copas quedaría un poco de vino. Sentí, con un principio de tedio, que yo repetía cosas ya dichas y que ella lo sabía y me contestaba de manera mecánica. De pronto recordé que Haydée Lange había muerto hace mucho tiempo. Era un fantasma y no lo sabía. No sentí miedo; sentí que era imposible y quizá descortés revelarle que era un fantasma, un hermoso fantasma.

El sueño se ramificó en otro sueño antes que yo me despertara.

NOTA DICTADA EN UN HOTEL DEL QUARTIER LATIN

Wilde escribe que el hombre, en cada instante de su vida, es todo lo que ha sido y todo lo que será. En tal caso, el Wilde de los años prósperos y de la literatura feliz ya era el Wilde de la cárcel, que era también el de Oxford y el de Atenas y el que moriría en 1900, de un modo casi anónimo, en el Hotel d'Alsace, del Barrio Latino. Ese hotel es ahora el hotel L'Hotel, donde nadie puede encontrar dos habitaciones iguales. Diríase que lo labró un ebanista, no que lo diseñaron arquitectos o que fue levantado por albañiles. Wilde odiaba el realismo; los peregrinos que visitan este santuario aprueban que haya sido recreado como si fuera una obra póstuma de la imaginación de Oscar Wilde.

Yo quería conocer el otro lado del jardín, le dijo Wilde a Gide en los años últimos. Nadie ignora que conoció la infamia y la cárcel, pero algo joven y divino había en él que rechazaba esas desdichas, y cierta famosa balada, que intenta lo patético, no es la más admirable de sus obras. Digo lo mismo del *Retrato de Dorian Gray*, vana y lujosa reedición de la novela más renombrada de Stevenson.

¿Qué sabor final nos dejan los libros que Oscar Wilde escribió? El sabor misterioso de la dicha. Pensamos en esa otra fiesta, el champagne. Recordemos con alegría y con gratitud "The Harlot's House", "The Sphinx", los diálogos estéticos, los ensayos, los cuentos de hadas, los epigramas, las lapidarias notas bibliográficas y las inagotables comedias, que nos muestran personas muy estúpidas que son muy ingeniosas.

El estilo de Wilde fue el estilo decorativo de cierta secta literaria de su época, los Yellow Nineties, que buscó lo visual y lo musical. No sin una sonrisa ejerció ese estilo, como hubiera ejercido cualquier otro.

Una crítica técnica de Wilde me resulta imposible. Pensar en él es pensar en un amigo íntimo, que no hemos visto nunca pero cuya voz conocemos, y que extrañamos cada día.

ARS MAGNA

Estoy en una esquina de la calle Raimundo Lulio, en Mallorca.

Emerson dijo que el lenguaje es poesía fósil; para comprender su dictamen, bástenos recordar que todas las palabras abstractas son, de hecho, metáforas, incluso la palabra *metáfora*, que en griego es traslación. El siglo trece, que profesaba el culto de la Escritura, es decir, de un conjunto de palabras aprobadas y elegidas por el Espíritu, no podía pensar de ese modo. Un hombre de genio, Raimundo Lulio, que había dotado a Dios de ciertos predicados (la bondad, la grandeza, la eternidad, el poder, la sabiduría, la voluntad, la virtud y la gloria), ideó una suerte de máquina de pensar hecha de círculos concéntricos de madera, llenos de símbolos de los predicados divinos y que, rotados por el investigador, darían una suma indefinida y casi infinita de conceptos de orden teológico. Hizo lo propio con las facultades del alma y con las cualidades de todas las cosas del mundo. Previsiblemente, todo ese mecanismo combinatorio no sirvió para nada. Siglos después Jonathan Swift se burló de él en el *Viaje Tercero de Gulliver*; Leibniz lo ponderó pero se abstuvo, por supuesto, de reconstruirlo.

La ciencia experimental que Francis Bacon profetizó nos ha dado ahora la cibernética, que ha permitido que los hombres pisen la luna y cuyas computadoras son, si la frase es lícita, tardías hermanas de los ambiciosos redondeles de Lulio.

Mauthner observa que un diccionario de la rima es también una máquina de pensar.

LA JONCTION

Dos ríos —uno, de clara fama, el Ródano; otro, casi secreto, el Arve— juntan aquí sus aguas. La mitología no es una vanidad de los diccionarios; es un eterno hábito de las almas. Dos ríos que se juntan son, de algún modo, dos númenes antiguos que se confunden. Así lo habrá sentido Lavardén cuando escribió su oda, pero la retórica se interpuso entre lo que sentía y lo que veía, y convirtió a los grandes ríos barrosos en nácares y en perlas. Por lo demás, todo lo que atañe al agua es poético y nunca deja de inquietarnos. El mar que entra en la tierra es el *fjord* o el *firth*, nombres de resonancia infinita; los ríos que se pierden en el mar evocan la gran metáfora de Manrique.

En esta margen fueron sepultados los restos de Leonor Suárez de Acevedo, mi abuela materna. Había nacido en Mercedes durante la pequeña guerra que se llama todavía en el Uruguay la Guerra Grande, murió en Ginebra, hacia 1917. Vivió de la memoria de una proeza ecuestre de su padre, en la alta pampa de Junín, y del odio, ya fatigado y puramente verbal, de "los tres grandes tiranos del Plata: Rosas, Artigas y Solano López". Murió postrada; todos rodeábamos su lecho y ella dijo con un hilo de voz: *Déjenme morir tranquila* y después la mala palabra que, por primera y última vez, oí de su boca.

MADRID, JULIO DE 1982

El espacio puede ser parcelado en varas, en yardas o en kilómetros; el tiempo de la vida no se ajusta a medidas análogas. Acabo de sufrir una quemadura de primer grado; el médico me dice que debo permanecer diez o doce días en esta impersonal habitación de un hotel de Madrid. Sé que esa suma es imposible; sé que cada día consta de instantes que son lo único real y que cada uno tendrá su peculiar sabor de melancolía, de alegría, de exaltación, de tedio o de pasión. En algún verso de sus *Libros Proféticos*, William Blake aseveró que cada minuto consta de sesenta y tantos palacios de oro con sesenta y tantas puertas de hierro; esta cita sin duda es tan aventurada y errónea como el original. Parejamente el *Ulysses* de Joyce cifra las largas singladuras de la Odisea en un solo día de Dublín, deliberadamente trivial.

Mi pie me queda un poco lejos y me manda noticias, que se parecen al dolor y no son el dolor. Siento ya la nostalgia de aquel momento en que sentiré nostalgia de este momento. En la memoria el dudoso tiempo de la estadía será una sola imagen. Sé que voy a extrañar ese recuerdo cuando esté en Buenos Aires. Quizá esta noche sea terrible.

LAPRIDA 1214

Por esa escalera he subido un número hoy secreto de veces; arriba me esperaba Xul-Solar. En ese hombre sonriente, de pómulos marcados y alto se conjugaban sangre prusiana, sangre eslava y sangre escandinava (su padre, Shulz, era del Báltico) y también sangre lombarda y sangre latina; su madre era del norte de Italia. Más importante es otra conjunción: la de muchos idiomas y religiones y, al parecer, de todas las estrellas, ya que era astrólogo. La gente, máxime en Buenos Aires, vive aceptando lo que se llama la realidad; Xul vivía reformando y recreando todas las cosas. Había urdido dos idiomas; uno, el *creol*, era el castellano aligerado de torpezas y enriquecido de inesperados neologismos. La palabra *juguete* le sugería un jugo malsano; prefería decir, por ejemplo, se *toybesan*, se *toyquieran*; asimismo decía: *sansiéntese* o, a una estupefacta señora argentina: *le recomiendo el Tao*, agregando: *¿cómo?, ¿no coñezca el Tao Te Ching?* El otro idioma era la *panlengua*, basada en la astrología. Había inventado también el *panjuego*, una suerte de complejo ajedrez duodecimal que se desenvolvía en un tablero de ciento cuarenta y cuatro casillas. Cada vez que me lo explicaba, sentía que era demasiado elemental y lo enriquecía de nuevas ramificaciones, de suerte que nunca lo aprendí. Solíamos leer juntos a William Blake, en especial los *Libros Proféticos*, cuya mitología él me explicaba y con la que no estaba siempre de acuerdo. Admiraba a Turner y a Paul Klee y tenía, en mil novecientos veintitantos, la osadía de no admirar a Picasso. Sospecho que sentía menos la poesía que el lenguaje, y que para él lo esencial era la pintura y la música. Fabricó un piano semicircular. Ni el dinero ni el éxito le importaban; vivía, como Blake o como Swedenborg, en el mundo de los espíritus. Profesaba el politeísmo; un solo Dios le parecía muy poco. En el Vaticano admiraba una sólida institución romana con sucursales en casi todas las ciudades del atlas. No he conocido una biblioteca más versátil y más deleitable que la suya. Me dio a conocer la *Historia de la Filosofía* de Deussen, que no empieza, como las otras, por Grecia sino por la India y la China y que consagra un capítulo a Gilgamesh. Murió en una de las islas del Tigre.

Le dijo a su mujer que mientras ella le tuviera la mano, él no se moriría.

Al cabo de una noche, ella tuvo que dejarlo un instante, y, cuando volvió, Xul se había muerto.

Todo hombre memorable corre el albur de ser amonedado en anécdotas: yo ayudo ahora a que ese inevitable destino se cumpla.

EL DESIERTO

A unos trescientos o cuatrocientos metros de la Pirámide me incliné, tomé un puñado de arena, lo dejé caer silenciosamente un poco más lejos y dije en voz baja: Estoy modificando el Sahara. El hecho era mínimo, pero las no ingeniosas palabras eran exactas y pensé que había sido necesaria toda mi vida para que yo pudiera decirlas. La memoria de aquel momento es una de las más significativas de mi estadía en Egipto.

EL 22 DE AGOSTO DE 1983

Bradley creía que el momento presente es aquel en que el porvenir, que fluye hacia nosotros, se desintegra en el pasado, es decir que el ser es un dejar de ser o, como no sin melancolía, dijo Boileau:

Le moment où je parle est
déjà loin de moi.

Sea lo que fuere, las vísperas y la cargada memoria son más reales que el presente intangible. Las vísperas de un viaje son una preciosa parte del viaje. El nuestro a Europa comenzó, de hecho, anteayer, el 22 de agosto, pero lo prefiguró aquella cena del dieciocho. En un restaurante japonés nos reunimos María Kodama, Alberto Girri, Enrique Pezzoni y yo. La comida era una antología de sabores fugaces que nos llegaban del Oriente. El viaje que nos parecía inmediato, preexistía en el diálogo y en el imprevisto champagne que nos ofreció la dueña del local. A lo singular, para mí, de un sitio japonés en la calle Piedad se unieron las voces y la música de un coro de personas que procedían de Nara o de Kamakura y que celebraban un cumpleaños. Estábamos así en Buenos Aires, en las próximas etapas del viaje y en el recordado y presentido Japón. No olvidaré esa noche.

STAUBBACH

Harto menos famoso que el Niágara pero harto más tremendo y memorable es el *Staubbach* de Lauterbrunnen, el Arroyo de Polvo de la Fuente Pura. Me fue revelado hacia 1916; oí desde lejos el gran rumor del agua vertical y pesada que se desmorona desde muy alto, en un pozo de piedra que sigue labrando y ahondando, casi desde el principio del tiempo. Pasamos una noche ahí; para nosotros, como para la gente de la aldea, el ruido constante acabó por ser el silencio.

Hay tantas cosas en la múltiple Suiza que también hay lugar para lo terrible.

COLONIA DEL SACRAMENTO

Por aquí también anduvo la guerra. Escribo *también* porque la sentencia puede aplicarse a casi todos los lugares del orbe. Que el hombre mate al hombre es uno de los hábitos más antiguos de nuestra singular especie como la generación o los sueños. Aquí, desde el otro lado del mar, se proyectó la vasta sombra de Aljubarrota y de esos reyes que ahora son polvo. Aquí se batieron los castellanos y los portugueses, que asumirían después otros nombres. Sé que, durante la guerra del Brasil, uno de mis mayores sitió esta plaza.

Aquí sentimos de manera inequívoca la presencia del tiempo, tan rara en estas latitudes. En las murallas y en las casas está el pasado, sabor que se agradece en América. No se requieren fechas ni nombres propios; basta lo que inmediatamente sentimos, como si se tratara de una música.

LA RECOLETA

Aquí no está Isidoro Suárez, que comandó una carga de húsares en la batalla de Junín, que apenas fue una escaramuza y que cambió la historia de América.

Aquí no está Félix Olavarría, que compartió con él las campañas, la conspiración, las leguas, la alta nieve, los riesgos, la amistad y el destierro. Aquí está el polvo de su polvo.

Aquí no está mi abuelo, que se hizo matar después de la capitulación de Mitre en La Verde.

Aquí no está mi padre, que me enseñó a descreer de la intolerable inmortalidad.

Aquí no está mi madre, que me perdonó demasiadas cosas.

Aquí bajo los epitafios y las cruces no hay casi nada.

Aquí no estaré yo. Estarán mi pelo y mis uñas, que no sabrán que lo demás ha muerto, y seguirán creciendo y serán polvo.

Aquí no estaré yo, que seré parte del olvido que es la tenue sustancia de que está hecho el universo.

DE LA SALVACIÓN POR LAS OBRAS

En un otoño, en uno de los otoños del tiempo, las divinidades del Shinto se congregaron, no por primera vez, en Izumo. Se dice que eran ocho millones pero soy un hombre muy tímido y me sentiría un poco perdido entre tanta gente. Por lo demás, no conviene manejar cifras inconcebibles. Digamos que eran ocho, ya que el ocho es, en estas islas, de buen agüero.

Estaban tristes, pero no lo mostraban, porque los rostros de las divinidades son kanjis que no se dejan descifrar. En la verde cumbre de un cerro se sentaron en rueda. Desde su firmamento o desde una piedra o un copo de nieve habían vigilado a los hombres. Una de las divinidades dijo:

—Hace muchos días, o muchos siglos, nos reunimos aquí para crear el Japón y el mundo. Las aguas, los peces, los siete colores del arco, las generaciones de las plantas y de los animales, nos han salido bien. Para que tantas cosas no los abrumaran, les dimos a los hombres la sucesión, el día plural y la noche una. Les otorgamos asimismo el don de ensayar algunas variaciones. La abeja sigue repitiendo colmenas; el hombre ha imaginado instrumentos: el arado, la llave, el calidoscopio. También ha imaginado la espada y el arte de la guerra. Acaba de imaginar un arma invisible que puede ser el fin de la historia. Antes que ocurra ese hecho insensato, borremos a los hombres.

Se quedaron pensando. Otra divinidad dijo sin apuro:

—Es verdad. Han imaginado esa cosa atroz, pero también hay ésta, que cabe en el espacio que abarcan sus diecisiete sílabas.

Las entonó. Estaban en un idioma desconocido y no pude entenderlas.

La divinidad mayor sentenció:

—Que los hombres perduren.

Así, por obra de un haiku, la especie humana se salvó.

Izumo, 27 de abril de 1984

Los Conjurados
(1985)

INSCRIPCIÓN

Escribir un poema es ensayar una magia menor. El instrumento de esa magia, el lenguaje, es asaz misterioso. Nada sabemos de su origen. Sólo sabemos que se ramifica en idiomas y que cada uno de ellos consta de un indefinido y cambiante vocabulario y de una cifra indefinida de posibilidades sintácticas. Con esos inasibles elementos he formado este libro. (En el poema, la cadencia y el ambiente de una palabra pueden pesar más que el sentido.)

De usted es este libro, María Kodama. ¿Será preciso que le diga que esta inscripción comprende los crepúsculos, los ciervos de Nara, la noche que está sola y las populosas mañanas, las islas compartidas, los mares, los desiertos y los jardines, lo que pierde el olvido y lo que la memoria transforma, la alta voz del muecín, la muerte de Hawkwood, los libros y las láminas?

Sólo podemos dar lo que ya hemos dado. Sólo podemos dar lo que ya es del otro. En este libro están las cosas que siempre fueron suyas. ¡Qué misterio es una dedicatoria, una entrega de símbolos!

J.L.B.

PRÓLOGO

A nadie puede maravillar que el primero de los elementos, el fuego, no abunde en el libro de un hombre de ochenta y tantos años. Una reina, en la hora de su muerte, dice que es fuego y aire; yo suelo sentir que soy tierra, cansada tierra. Sigo, sin embargo, escribiendo. ¿Qué otra suerte me queda, qué otra hermosa suerte me queda? La dicha de escribir no se mide por las virtudes o flaquezas de la escritura. Toda obra humana es deleznable, afirma Carlyle, pero su ejecución no lo es.

No profeso ninguna estética. Cada obra confía a su escritor la forma que busca: el verso, la prosa, el estilo barroco o el llano. Las teorías pueden ser admirables estímulos (recordemos a Whitman) pero asimismo pueden engendrar monstruos o meras piezas de museo. Recordemos el monólogo interior de James Joyce o el sumamente incómodo Polifemo.

Al cabo de los años he observado que la belleza, como la felicidad, es frecuente. No pasa un día en que no estemos, un instante, en el paraíso. No hay poeta, por mediocre que sea, que no haya escrito el mejor verso de la literatura, pero también los más desdichados. La belleza no es privilegio de unos cuantos nombres ilustres. Sería muy raro que este libro, que abarca unas cuarenta composiciones, no atesorara una sola línea secreta, digna de acompañarte hasta el fin.

En este libro hay muchos sueños. Aclaro que fueron dones de la noche o, más precisamente, del alba, no ficciones deliberadas. Apenas si me he atrevido a agregar uno que otro rasgo circunstancial, de los que exige nuestro tiempo, a partir de Defoe.

Dicto este prólogo en una de mis patrias, Ginebra.

J.L.B.

9 de enero de 1985

CRISTO EN LA CRUZ

Cristo en la cruz. Los pies tocan la tierra.
Los tres maderos son de igual altura.
Cristo no está en el medio. Es el tercero.
La negra barba pende sobre el pecho.
El rostro no es el rostro de las láminas.
Es áspero y judío. No lo veo
y seguiré buscándolo hasta el día
último de mis pasos por la tierra.
El hombre quebrantado sufre y calla.
La corona de espinas lo lastima.
No lo alcanza la befa de la plebe
que ha visto su agonía tantas veces.
La suya o la de otro. Da lo mismo.
Cristo en la cruz. Desordenadamente
piensa en el reino que tal vez lo espera,
piensa en una mujer que no fue suya.
No le está dado ver la teología,
la indescifrable Trinidad, los gnósticos,
las catedrales, la navaja de Occam,
la púrpura, la mitra, la liturgia,
la conversión de Guthrum por la espada,
la Inquisición, la sangre de los mártires,
las atroces Cruzadas, Juana de Arco,
el Vaticano que bendice ejércitos.
Sabe que no es un dios y que es un hombre
que muere con el día. No le importa.
Le importa el duro hierro de los clavos.
No es un romano. No es un griego. Gime.
Nos ha dejado espléndidas metáforas
y una doctrina del perdón que puede
anular el pasado. (Esa sentencia
la escribió un irlandés en una cárcel.)
El alma busca el fin, apresurada.
Ha oscurecido un poco. Ya se ha muerto.
Anda una mosca por la carne quieta.
¿De qué puede servirme que aquel hombre
haya sufrido, si yo sufro ahora?

Kyoto, 1984

DOOMSDAY

Será cuando la trompeta resuene, como escribe San Juan el Teólogo.
Ha sido en 1757, según el testimonio de Swedenborg.
Fue en Israel cuando la loba clavó en la cruz la carne de Cristo, pero
no sólo entonces.
Ocurre en cada pulsación de tu sangre.
No hay un instante que no pueda ser el cráter del Infierno.
No hay un instante que no pueda ser el agua del Paraíso.
No hay un instante que no esté cargado como un arma.
En cada instante puedes ser Caín o Siddharta, la máscara o el rostro.
En cada instante puede revelarte su amor Helena de Troya.
En cada instante el gallo puede haber cantado tres veces.
En cada instante la clepsidra deja caer la última gota.

CÉSAR

Aquí, lo que dejaron los puñales.
Aquí esa pobre cosa, un hombre muerto
que se llamaba César. Le han abierto
cráteres en la carne los metales.
Aquí la atroz, aquí la detenida
máquina usada ayer para la gloria,
para escribir y ejecutar la historia
y para el goce pleno de la vida.
Aquí también el otro, aquel prudente
emperador que declinó laureles,
que comandó batallas y bajeles
y que rigió el oriente y el poniente.
Aquí también el otro, el venidero
cuya gran sombra será el orbe entero.

N. del E.: Publicado en *Atlas*, 1984.

TRÍADA

El alivio que habrá sentido César en la mañana de Farsalia, al pensar: Hoy es la batalla.

El alivio que habrá sentido Carlos Primero al ver el alba en el cristal y pensar: Hoy es el día del patíbulo, del coraje y del hacha.

El alivio que tú y yo sentiremos en el instante que precede a la muerte, cuando la suerte nos desate de la triste costumbre de ser alguien y del peso del universo.

LA TRAMA

Las migraciones que el historiador, guiado por las azarosas reliquias
de la cerámica y del bronce, trata de fijar en el mapa y que no
comprendieron los pueblos que las ejecutaron.
Las divinidades del alba que no han dejado ni un ídolo ni un símbolo.
El surco del arado de Caín.
El rocío en la hierba del Paraíso.
Los hexagramas que un emperador descubrió en la caparazón de una
de las tortugas sagradas.
Las aguas que no saben que son el Ganges.
El peso de una rosa en Persépolis.
El peso de una rosa en Bengala.
Los rostros que se puso una máscara que guarda una vitrina.
El nombre de la espada de Hengist.
El último sueño de Shakespeare.
La pluma que trazó la curiosa línea: *He met the Nightmare and her name he
told.*
El primer espejo, el primer hexámetro.
Las páginas que leyó un hombre gris y que le revelaron que podía ser
don Quijote.
Un ocaso cuyo rojo perdura en un vaso de Creta.
Los juguetes de un niño que se llamaba Tiberio Graco.
El anillo de oro de Polícrates que el Hado rechazó.
No hay una sola de esas cosas perdidas que no proyecte ahora una
larga sombra y que no determine lo que haces hoy o lo que harás
mañana.

RELIQUIAS

El hemisferio austral. Bajo su álgebra
de estrellas ignoradas por Ulises,
un hombre busca y seguirá buscando
las reliquias de aquella epifanía
que le fue dada, hace ya tantos años,
del otro lado de una numerada
puerta de hotel, junto al perpetuo Támesis,
que fluye como fluye ese otro río,
el tenue tiempo elemental. La carne
olvida sus pesares y sus dichas.
El hombre espera y sueña. Vagamente
rescata unas triviales circunstancias.
Un nombre de mujer, una blancura,
un cuerpo ya sin cara, la penumbra
de una tarde sin fecha, la llovizna,
unas flores de cera sobre un mármol
y las paredes, color rosa pálido.

SON LOS RÍOS

Somos el tiempo. Somos la famosa
parábola de Heráclito el Oscuro.
Somos el agua, no el diamante duro,
la que se pierde, no la que reposa.
Somos el río y somos aquel griego
que se mira en el río. Su reflejo
cambia en el agua del cambiante espejo,
en el cristal que cambia como el fuego.
Somos el vano río prefijado,
rumbo a su mar. La sombra lo ha cercado.
Todo nos dijo adiós, todo se aleja.
La memoria no acuña su moneda.
Y sin embargo hay algo que se queda
y sin embargo hay algo que se queja.

LA JOVEN NOCHE

Ya las lustrales aguas de la noche me absuelven
de los muchos colores y de las muchas formas.
Ya en el jardín las aves y los astros exaltan
el regreso anhelado de las antiguas normas
del sueño y de la sombra. Ya la sombra ha sellado
los espejos que copian la ficción de las cosas.
Mejor lo dijo Goethe: *Lo cercano se aleja.*
Esas cuatro palabras cifran todo el crepúsculo.
En el jardín las rosas dejan de ser las rosas
y quieren ser la Rosa.

LA TARDE

Las tardes que serán y las que han sido
son una sola, inconcebiblemente.
Son un claro cristal, solo y doliente,
inaccesible al tiempo y a su olvido.
Son los espejos de esa tarde eterna
que en un cielo secreto se atesora.
En aquel cielo están el pez, la aurora,
la balanza, la espada y la cisterna.
Uno y cada arquetipo. Así Plotino
nos enseña en sus libros, que son nueve;
bien puede ser que nuestra vida breve
sea un reflejo fugaz de lo divino.
La tarde elemental ronda la casa.
La de ayer, la de hoy, la que no pasa.

ELEGÍA

Tuyo es ahora, Abramowicz, el singular sabor de la muerte, a nadie negado, que me será ofrecido en esta casa o del otro lado del mar, a orillas de tu Ródano, que fluye fatalmente como si fuera ese otro y más antiguo Ródano, el Tiempo. Tuya será también la certidumbre de que el Tiempo se olvida de sus ayeres y de que nada es irreparable o la contraria certidumbre de que los días nada pueden borrar y de que no hay un acto, o un sueño, que no proyecte una sombra infinita. Ginebra te creía un hombre de leyes, un hombre de dictámenes y de causas, pero en cada palabra, en cada silencio, eras un poeta. Acaso estás hojeando en este momento los muy diversos libros que no escribiste pero que prefijabas y descartabas y que para nosotros te justifican y de algún modo son. Durante la primera guerra, mientras se mataban los hombres, soñamos los dos sueños que se llamaron Laforgue y Baudelaire. Descubrimos las cosas que descubren todos los jóvenes: el ignorante amor, la ironía, el anhelo de ser Raskolnikov o el príncipe Hamlet, las palabras y los ponientes. Las generaciones de Israel estaban en ti cuando me dijiste sonriendo: *Je suis très fatigué. J'ai quatre mille ans.* Esto ocurrió en la Tierra; vano es conjeturar la edad que tendrás en el cielo.

No sé si todavía eres alguien, no sé si estás oyéndome.

Buenos Aires, 14 de enero de 1984

ABRAMOWICZ

Esta noche, no lejos de la cumbre de la colina de Saint Pierre, una valerosa y venturosa música griega nos acaba de revelar que la muerte es más inverosímil que la vida y que, por consiguiente, el alma perdura cuando su cuerpo es caos. Esto quiere decir que María Kodama, Isabelle Monet y yo no somos tres, como ilusoriamente creíamos. Somos cuatro, ya que tú también estás con nosotros, Maurice. Con vino rojo hemos brindado a tu salud. No hacía falta tu voz, no hacía falta el roce de tu mano ni tu memoria. Estabas ahí, silencioso y sin duda sonriente, al percibir que nos asombraba y maravillaba ese hecho tan notorio de que nadie puede morir. Estabas ahí, a nuestro lado, y contigo las muchedumbres de quienes duermen con sus padres, según se lee en las páginas de tu Biblia. Contigo estaban las muchedumbres de las sombras que bebieron en la fosa ante Ulises y también Ulises y también todos los que fueron o imaginaron los que fueron. Todos estaban ahí, y también mis padres y también Heráclito y Yorick. Cómo puede morir una mujer o un hombre o un niño, que han sido tantas primaveras y tantas hojas, tantos libros y tantos pájaros y tantas mañanas y noches.

Esta noche puedo llorar como un hombre, puedo sentir que por mis mejillas las lágrimas resbalan, porque sé que en la tierra no hay una sola cosa que sea mortal y que no proyecte su sombra. Esta noche me has dicho sin palabras, Abramowicz, que debemos entrar en la muerte como quien entra en una fiesta.

FRAGMENTOS DE UNA TABLILLA DE BARRO DESCIFRADA POR EDMUND BISHOP EN 1867

… Es la hora sin sombra. Melkart el dios rige desde la cumbre del mediodía el mar de Cartago. Aníbal es la espada de Melkart.

Las tres fanegas de anillos de oro de los romanos que perecieron en Apulia, seis veces mil, han arribado al puerto.

Cuando el otoño esté en los racimos habré dictado el verso final.

Alabado sea Baal, dios de los muchos cielos, alabada sea Tanith, la cara de Baal, que dieron la victoria a Cartago y que me hicieron heredar la vasta lengua púnica, que será la lengua del orbe, y cuyos caracteres son talismánicos.

No he muerto en la batalla como mis hijos, que fueron capitanes en la batalla y que no enterraré, pero a lo largo de las noches he labrado el cantar de las dos guerras y de la exultación.

Nuestro es el mar. ¿Qué saben los romanos del mar?

Tiemblan los mármoles de Roma; han oído el rumor de los elefantes de guerra.

Al fin de quebrantados convenios y de mentirosas palabras, hemos condescendido a la espada.

Tuya es la espada ahora, romano; la tienes clavada en el pecho.

Canté la púrpura de Tiro, que es nuestra madre. Canté los trabajos de quienes descubrieron el alfabeto y surcaron los mares. Canté la pira de la clara reina. Canté los remos y los mástiles y las arduas tormentas…

Berna, 1984

ELEGÍA DE UN PARQUE

Se perdió el laberinto. Se perdieron
todos los eucaliptos ordenados,
los toldos del verano y la vigilia
del incesante espejo, repitiendo
cada expresión de cada rostro humano,
cada fugacidad. El detenido
reloj, la entretejida madreselva,
la glorieta, las frívolas estatuas,
el otro lado de la tarde, el trino,
el mirador y el ocio de la fuente
son cosas del pasado. ¿Del pasado?
Si no hubo un principio ni habrá un término,
si nos aguarda una infinita suma
de blancos días y de negras noches,
ya somos el pasado que seremos.
Somos el tiempo, el río indivisible,
somos Uxmal, Cartago y la borrada
muralla del romano y el perdido
parque que conmemoran estos versos.

LA SUMA

Ante la cal de una pared que nada
nos veda imaginar como infinita
un hombre se ha sentado y premedita
trazar con rigurosa pincelada
en la blanca pared el mundo entero:
puertas, balanzas, tártaros, jacintos,
ángeles, bibliotecas, laberintos,
anclas, Uxmal, el infinito, el cero.
Puebla de formas la pared. La suerte,
que de curiosos dones no es avara,
le permite dar fin a su porfía.
En el preciso instante de la muerte
descubre que esa vasta algarabía
de líneas es la imagen de su cara.

ALGUIEN SUEÑA

¿Qué habrá soñado el Tiempo hasta ahora, que es, como todos los ahoras, el ápice? Ha soñado la espada, cuyo mejor lugar es el verso. Ha soñado y labrado la sentencia, que puede simular la sabiduría. Ha soñado la fe, ha soñado las atroces Cruzadas. Ha soñado a los griegos que descubrieron el diálogo y la duda. Ha soñado la aniquilación de Cartago por el fuego y la sal. Ha soñado la palabra, ese torpe y rígido símbolo. Ha soñado la dicha que tuvimos o que ahora soñamos haber tenido. Ha soñado la primer mañana de Ur. Ha soñado el misterioso amor de la brújula. Ha soñado la proa del noruego y la proa del portugués. Ha soñado la ética y las metáforas del más extraño de los hombres, el que murió una tarde en una cruz. Ha soñado el sabor de la cicuta en la lengua de Sócrates. Ha soñado esos dos curiosos hermanos, el eco y el espejo. Ha soñado el libro, ese espejo que siempre nos revela otra cara. Ha soñado el espejo en que Francisco López Merino y su imagen se vieron por última vez. Ha soñado el espacio. Ha soñado la música, que puede prescindir del espacio. Ha soñado el arte de la palabra, aún más inexplicable que el de la música, porque incluye la música. Ha soñado una cuarta dimensión y la fauna singular que la habita. Ha soñado el número de la arena. Ha soñado los números transfinitos, a los que no se llega contando. Ha soñado al primero que en el trueno oyó el nombre de Thor. Ha soñado las opuestas caras de Jano, que no se verán nunca. Ha soñado la luna y los dos hombres que caminaron por la luna. Ha soñado el pozo y el péndulo. Ha soñado a Walt Whitman, que decidió ser todos los hombres, como la divinidad de Spinoza. Ha soñado el jazmín, que no puede saber que lo sueñan. Ha soñado las generaciones de las hormigas y las generaciones de los reyes. Ha soñado la vasta red que tejen todas las arañas del mundo. Ha soñado el arado y el martillo, el cáncer y la rosa, las campanadas del insomnio y el ajedrez. Ha soñado la enumeración que los tratadistas llaman caótica y que, de hecho, es cósmica, porque todas las cosas están unidas por vínculos secretos. Ha soñado a mi abuela Frances Haslam en la guarnición de Junín, a un trecho de las lanzas del desierto, leyendo su Biblia y su Dickens. Ha soñado que en las batallas los tártaros cantaban. Ha soñado la mano de Hokusai, trazando una línea que será muy pronto una ola. Ha soñado a Yorick, que vive para siempre en unas palabras del ilusorio Hamlet. Ha soñado los arquetipos. Ha soñado que a lo largo de los veranos, o en un cielo anterior a los veranos, hay una sola rosa. Ha soñado las caras de tus muertos, que ahora son empañadas fotografías. Ha soñado la primer mañana de Uxmal. Ha soñado el acto de la sombra. Ha soñado las cien puertas de Tebas. Ha soñado los pasos del laberinto. Ha soñado el nombre secreto de Roma, que era su verdadera muralla. Ha soñado la vida de los espejos. Ha soñado los signos que trazará el escriba sentado. Ha soñado una esfera de marfil que guarda otras esferas. Ha soñado el calidoscopio, grato a los ocios del enfermo y del niño. Ha soñado el desierto. Ha soñado el alba que acecha. Ha soñado el Ganges y el Támesis, que son nombres del agua. Ha soñado mapas que Ulises no habría comprendido. Ha soñado a Alejandro de Macedonia. Ha soñado el muro del Paraíso, que detuvo a Alejandro. Ha soñado el mar y la lágrima. Ha soñado el cristal. Ha soñado que Alguien lo sueña.

ALGUIEN SOÑARÁ

¿Qué soñará el indescifrable futuro? Soñará que Alonso Quijano puede ser don Quijote sin dejar su aldea y sus libros. Soñará que una víspera de Ulises puede ser más pródiga que el poema que narra sus trabajos. Soñará generaciones humanas que no reconocerán el nombre de Ulises. Soñará sueños más precisos que la vigilia de hoy. Soñará que podremos hacer milagros y que no los haremos, porque será más real imaginarlos. Soñará mundos tan intensos que la voz de una sola de sus aves podría matarte. Soñará que el olvido y la memoria pueden ser actos voluntarios, no agresiones o dádivas del azar. Soñará que veremos con todo el cuerpo, como quería Milton desde la sombra de esos tiernos orbes, los ojos. Soñará un mundo sin la máquina y sin esa doliente máquina, el cuerpo. La vida no es un sueño pero puede llegar a ser un sueño, escribe Novalis.

SHERLOCK HOLMES

No salió de una madre ni supo de mayores.
Idéntico es el caso de Adán y de Quijano.
Está hecho de azar. Inmediato o cercano
lo rigen los vaivenes de variables lectores.

No es un error pensar que nace en el momento
en que lo ve aquel otro que narrará su historia
y que muere en cada eclipse de la memoria
de quienes lo soñamos. Es más hueco que el viento.

Es casto. Nada sabe del amor. No ha querido.
Ese hombre tan viril ha renunciado al arte
de amar. En Baker Street vive solo y aparte.
Le es ajeno también ese otro arte, el olvido.

Lo soñó un irlandés, que no lo quiso nunca
y que trató, nos dicen, de matarlo. Fue en vano.
El hombre solitario prosigue, lupa en mano,
su rara suerte discontinua de cosa trunca.

No tiene relaciones, pero no lo abandona
la devoción del otro, que fue su evangelista
y que de sus milagros ha dejado la lista.
Vive de un modo cómodo: en tercera persona.

No va jamás al baño. Tampoco visitaba
ese retiro Hamlet, que muere en Dinamarca
y que no sabe casi nada de esa comarca
de la espada y del mar, del arco y de la aljaba.

(*Omnia sunt plena Jovis.* De análoga manera
diremos de aquel justo que da nombre a los versos
que su inconstante sombra recorre los diversos
dominios en que ha sido parcelada la esfera.)

Atiza en el hogar las encendidas ramas
o da muerte en los páramos a un perro del infierno.

Ese alto caballero no sabe que es eterno.
Resuelve naderías y repite epigramas.

Nos llega desde un Londres de gas y de neblina
un Londres que se sabe capital de un imperio
que le interesa poco, de un Londres de misterio
tranquilo, que no quiere sentir que ya declina.

No nos maravillemos. Después de la agonía,
el hado o el azar (que son la misma cosa)
depara a cada cual esa suerte curiosa
de ser ecos o formas que mueren cada día.

Que mueren hasta un día final en que el olvido,
que es la meta común, nos olvide del todo.
Antes que nos alcance juguemos con el lodo
de ser durante un tiempo, de ser y de haber sido.

Pensar de tarde en tarde en Sherlock Holmes es una
de las buenas costumbres que nos quedan. La muerte
y la siesta son otras. También es nuestra suerte
convalecer en un jardín o mirar la luna.

UN LOBO

Furtivo y gris en la penumbra última,
va dejando sus rastros en la margen
de este río sin nombre que ha saciado
la sed de su garganta y cuyas aguas
no repiten estrellas. Esta noche,
el lobo es una sombra que está sola
y que busca a la hembra y siente frío.
Es el último lobo de Inglaterra.
Odín y Thor lo saben. En su alta
casa de piedra un rey ha decidido
acabar con los lobos. Ya forjado
ha sido el fuerte hierro de tu muerte.
Lobo sajón, has engendrado en vano.
No basta ser cruel. Eres el último.
Mil años pasarán y un hombre viejo
te soñará en América. De nada
puede servirte ese futuro sueño.
Hoy te cercan los hombres que siguieron
por la selva los rastros que dejaste,
furtivo y gris en la penumbra última.

N. del E.: Publicado en *Atlas*, 1984.

MIDGARTHORM

Sin fin el mar. Sin fin el pez, la verde
serpiente cosmogónica que encierra,
verde serpiente y verde mar, la tierra,
como ella circular. La boca muerde
la cola que le llega desde lejos,
desde el otro confín. El fuerte anillo
que nos abarca es tempestades, brillo,
sombra y rumor, reflejos de reflejos.
Es también la anfisbena. Eternamente
se miran sin horror los muchos ojos.
Cada cabeza husmea crasamente
los hierros de la guerra y los despojos.
Soñado fue en Islandia. Los abiertos
mares lo han divisado y lo han temido;
volverá con el barco maldecido
que se arma con las uñas de los muertos.
Alta será su inconcebible sombra
sobre la tierra pálida en el día
de altos lobos y espléndida agonía
del crepúsculo aquel que no se nombra.
Su imaginaria imagen nos mancilla.
Hacia el alba lo vi en la pesadilla.

N. del E.: Publicado en *Atlas*, 1984.

NUBES (I)

No habrá una sola cosa que no sea
una nube. Lo son las catedrales
de vasta piedra y bíblicos cristales
que el tiempo allanará. Lo es la *Odisea*,
que cambia como el mar. Algo hay distinto
cada vez que la abrimos. El reflejo
de tu cara ya es otro en el espejo
y el día es un dudoso laberinto.
Somos los que se van. La numerosa
nube que se deshace en el poniente
es nuestra imagen. Incesantemente
la rosa se convierte en otra rosa.
Eres nube, eres mar, eres olvido.
Eres también aquello que has perdido.

NUBES (II)

Por el aire andan plácidas montañas
o cordilleras trágicas de sombra
que oscurecen el día. Se las nombra
nubes. Las formas suelen ser extrañas.
Shakespeare observó una. Parecía
un dragón. Esa nube de una tarde
en su palabra resplandece y arde
y la seguimos viendo todavía.
¿Qué son las nubes? ¿Una arquitectura
del azar? Quizá Dios las necesita
para la ejecución de Su infinita
obra y son hilos de la trama oscura.
Quizá la nube sea no menos vana
que el hombre que la mira en la mañana.

ON HIS BLINDNESS

Al cabo de los años me rodea
una terca neblina luminosa
que reduce las cosas a una cosa
sin forma ni color. Casi a una idea.
La vasta noche elemental y el día
lleno de gente son esa neblina
de luz dudosa y fiel que no declina
y que acecha en el alba. Yo querría
ver una cara alguna vez. Ignoro
la inexplorada enciclopedia, el goce
de libros que mi mano reconoce,
las altas aves y las lunas de oro.
A los otros les queda el universo;
a mi penumbra, el hábito del verso.

EL HILO DE LA FÁBULA

El hilo que la mano de Ariadna dejó en la mano de Teseo (en la otra estaba la espada) para que éste se ahondara en el laberinto y descubriera el centro, el hombre con cabeza de toro o, como quiere Dante, el toro con cabeza de hombre, y le diera muerte y pudiera, ya ejecutada la proeza, destejer las redes de piedra y volver a ella, a su amor.

Las cosas ocurrieron así. Teseo no podía saber que del otro lado del laberinto estaba el otro laberinto, el del tiempo, y que en algún lugar prefijado estaba Medea.

El hilo se ha perdido; el laberinto se ha perdido también. Ahora ni siquiera sabemos si nos rodea un laberinto, un secreto cosmos, o un caos azaroso. Nuestro hermoso deber es imaginar que hay un laberinto y un hilo. Nunca daremos con el hilo; acaso lo encontramos y lo perdemos en un acto de fe, en una cadencia, en el sueño, en las palabras que se llaman filosofía o en la mera y sencilla felicidad.

Cnossos, 1984

POSESIÓN DEL AYER

Sé que he perdido tantas cosas que no podría contarlas y que esas perdiciones, ahora, son lo que es mío. Sé que he perdido el amarillo y el negro y pienso en esos imposibles colores como no piensan los que ven. Mi padre ha muerto y está siempre a mi lado. Cuando quiero escandir versos de Swinburne, lo hago, me dicen, con su voz. Sólo el que ha muerto es nuestro, sólo es nuestro lo que perdimos. Ilión fue, pero Ilión perdura en el hexámetro que la plañe. Israel fue cuando era una antigua nostalgia. Todo poema, con el tiempo, es una elegía. Nuestras son las mujeres que nos dejaron, ya no sujetos a la víspera, que es zozobra, y a las alarmas y terrores de la esperanza. No hay otros paraísos que los paraísos perdidos.

ENRIQUE BANCHS

Un hombre gris. La equívoca fortuna
hizo que una mujer no lo quisiera;
esa historia es la historia de cualquiera
pero de cuantas hay bajo la luna
es la que duele más. Habrá pensado
en quitarse la vida. No sabía
que esa espada, esa hiel, esa agonía,
eran el talismán que le fue dado
para alcanzar la página que vive
más allá de la mano que la escribe
y del alto cristal de catedrales.
Cumplida su labor, fue oscuramente
un hombre que se pierde entre la gente;
nos ha dejado cosas inmortales.

SUEÑO SOÑADO EN EDIMBURGO

Antes del alba soñé un sueño que me dejó abrumado y que trataré de ordenar.

Tus mayores te engendran. En la otra frontera de los desiertos hay unas aulas polvorientas o, si se quiere, unos depósitos polvorientos, y en esas aulas o depósitos hay filas paralelas de pizarrones cuya longitud se mide por leguas o por leguas de leguas y en los que alguien ha trazado con tiza letras y números. Se ignora cuántos pizarrones hay en conjunto pero se entiende que son muchos y que algunos están abarrotados y otros casi vacíos. Las puertas de los muros son corredizas, a la manera del Japón, y están hechas de un metal oxidado. El edificio entero es circular, pero es tan enorme que desde afuera no se advierte la menor curvatura y lo que se ve es una recta. Los apretados pizarrones son más altos que un hombre y alcanzan hasta el cielo raso de yeso, que es blanquecino o gris. En el costado izquierdo del pizarrón hay primero palabras y después números. Las palabras se ordenan verticalmente, como en un diccionario. La primera es Aar, el río de Berna. La siguen los guarismos arábigos, cuya cifra es indefinida pero seguramente no infinita. Indican el número preciso de veces que verás aquel río, el número preciso de veces que lo descubrirás en el mapa, el número preciso de veces que soñarás con él. La última palabra es acaso Zwingli y queda muy lejos. En otro desmedido pizarrón está inscrita *neverness* y al lado de esa extraña palabra hay ahora una cifra. Todo el decurso de tu vida está en esos signos.

No hay un segundo que no esté royendo una serie.

Agotarás la cifra que corresponde al sabor del jengibre y seguirás viviendo. Agotarás la cifra que corresponde a la lisura del cristal y seguirás viviendo unos días. Agotarás la cifra de los latidos que te han sido fijados y entonces habrás muerto.

LAS HOJAS DEL CIPRÉS

Tengo un solo enemigo. Nunca sabré de qué manera pudo entrar en mi casa, la noche del 14 de abril de 1977. Fueron dos las puertas que abrió: la pesada puerta de calle y la de mi breve departamento. Prendió la luz y me despertó de una pesadilla que no recuerdo, pero en la que había un jardín. Sin alzar la voz me ordenó que me levantara y vistiera inmediatamente. Se había decidido mi muerte y el sitio destinado a la ejecución quedaba un poco lejos. Mudo de asombro, obedecí. Era menos alto que yo pero más robusto y el odio le había dado su fuerza. Al cabo de los años no había cambiado; sólo unas pocas hebras de plata en el pelo oscuro. Lo animaba una suerte de negra felicidad. Siempre me había detestado y ahora iba a matarme. El gato Beppo nos miraba desde su eternidad, pero nada hizo para salvarme. Tampoco el tigre de cerámica azul que hay en mi dormitorio, ni los hechiceros y genios de los volúmenes de *Las mil y una noches*. Quise que algo me acompañara. Le pedí que me dejara llevar un libro. Elegir una Biblia hubiera sido demasiado evidente. De los doce tomos de Emerson mi mano sacó uno, al azar. Para no hacer ruido bajamos por la escalera. Conté cada peldaño. Noté que se cuidaba de tocarme, como si el contacto pudiera contaminarlo.

En la esquina de Charcas y Maipú, frente al conventillo, aguardaba un cupé. Con un ceremonioso ademán que significaba una orden hizo que yo subiera primero. El cochero ya sabía nuestro destino y fustigó al caballo. El viaje fue muy lento y, como es de suponer, silencioso. Temí (o esperé) que fuera interminable también. La noche era de luna y serena y sin un soplo de aire. No había un alma en las calles. A cada lado del carruaje las casas bajas, que eran todas iguales, trazaban una guarda. Pensé: Ya estamos en el Sur. Alto en la sombra vi el reloj de una torre; en el gran disco luminoso no había ni guarismos ni agujas. No atravesamos, que yo sepa, una sola avenida. Yo no tenía miedo, ni siquiera miedo de tener miedo, ni siquiera miedo de tener miedo de tener miedo, a la infinita manera de los eleatas, pero cuando la portezuela se abrió y tuve que bajar, casi me caí. Subimos por unas gradas de piedra. Había canteros singularmente lisos y eran muchos los árboles. Me condujo al pie de uno de ellos y me ordenó que me tendiera en el pasto, de espaldas, con los brazos en cruz. Desde esa posición divisé una loba romana y supe dónde estábamos. El árbol de mi muerte era un ciprés. Sin proponérmelo repetí la línea famosa: *Quantum lenta solent inter viburna cupressi.*

Recordé que *lenta*, en ese contexto, quiere decir flexible, pero nada tenían de flexibles las hojas de mi árbol. Eran iguales, rígidas y lustrosas y de materia muerta. En cada una había un monograma. Sentí asco y alivio. Supe que un gran esfuerzo podía salvarme. Salvarme y acaso perderlo, ya que, habitado por el odio, no se había fijado en el reloj ni en las monstruosas ramas. Solté mi talismán y apreté el pasto con las dos manos. Vi por primera y última vez el fulgor del acero. Me desperté; mi mano izquierda tocaba la pared de mi cuarto.

Qué pesadilla rara, pensé, y no tardé en hundirme en el sueño.

Al día siguiente descubrí que en el anaquel había un hueco; faltaba el libro de Emerson, que se había quedado en el sueño. A los diez días me dijeron que mi enemigo había salido de su casa una noche y que no había regresado. Nunca regresará. Encerrado en mi pesadilla, seguirá descubriendo con horror, bajo la luna que no vi, la ciudad de relojes en blanco, de árboles falsos que no pueden crecer y nadie sabe qué otras cosas.

CENIZA

Una pieza de hotel, igual a todas.
La hora sin metáfora, la siesta
que nos disgrega y pierde. La frescura
del agua elemental en la garganta.
La niebla tenuemente luminosa
que circunda a los ciegos, noche y día.
La dirección de quien acaso ha muerto.
La dispersión del sueño y de los sueños.
A nuestros pies un vago Rhin o Ródano.
Un malestar que ya se fue. Esas cosas
demasiado inconspicuas para el verso.

HAYDÉE LANGE

Las naves de alto bordo, las azules
espadas que partieron de Noruega,
de tu Noruega y depredaron mares
y dejaron al tiempo y a sus días
los epitafios de las piedras rúnicas,
el cristal de un espejo que te aguarda,
tus ojos que miraban otras cosas,
el marco de una imagen que no veo,
las verjas de un jardín junto al ocaso,
un dejo de Inglaterra en tu palabra,
el hábito de Sandburg, unas bromas,
las batallas de Bancroft y de Kohler
en la pantalla silenciosa y lúcida,
los viernes compartidos. Esas cosas,
sin nombrarte, te nombran.

OTRO FRAGMENTO APÓCRIFO

Uno de los discípulos del maestro quería hablar a solas con él, pero no se atrevía. El maestro le dijo: "Dime qué pesadumbre te oprime".

El discípulo replicó: "Me falta valor".

El maestro dijo: "Yo te doy el valor".

La historia es muy antigua, pero una tradición, que bien puede no ser apócrifa, ha conservado las palabras que esos hombres dijeron, en los linderos del desierto y del alba.

Dijo el discípulo:

–He cometido hace tres años un gran pecado. No lo saben los otros pero yo lo sé, y no puedo mirar sin horror mi mano derecha.

Dijo el maestro:

–Todos los hombres han pecado. No es de hombres no pecar. El que mirare a un hombre con odio ya le ha dado muerte en su corazón.

Dijo el discípulo:

–Hace tres años, en Samaria, yo maté a un hombre.

El maestro guardó silencio, pero su rostro se demudó y el discípulo pudo temer su ira. Dijo al fin:

–Hace diecinueve años, en Samaria, yo engendré a un hombre. Ya te has arrepentido de lo que hiciste.

Dijo el discípulo:

–Así es. Mis noches son de plegaria y de llanto. Quiero que tú me des tu perdón.

Dijo el maestro:

–Nadie puede perdonar, ni siquiera el Señor. Si a un hombre lo juzgaran por sus actos, no hay quien no fuera merecedor del infierno y del cielo. ¿Estás seguro de ser aún aquel hombre que dio muerte a su hermano?

Dijo el discípulo:

–Ya no entiendo la ira que me hizo desnudar el acero.

Dijo el maestro:

–Suelo hablar en parábolas para que la verdad se grabe en las almas, pero hablaré contigo como un padre habla con su hijo. Yo no soy aquel hombre que pecó; tú no eres aquel asesino y no hay razón alguna para que sigas siendo su esclavo. Te incumben los deberes de todo hombre: ser justo y ser feliz. Tú mismo tienes que salvarte. Si algo ha quedado de tu culpa yo cargaré con ella.

Lo demás de aquel diálogo se ha perdido.

LA LARGA BUSCA

Anterior al tiempo o fuera del tiempo (ambas locuciones son vanas) o en un lugar que no es del espacio, hay un animal invisible, y acaso diáfano, que los hombres buscamos y que nos busca.

Sabemos que no puede medirse. Sabemos que no puede contarse, porque las formas que lo suman son infinitas.

Hay quienes lo han buscado en un pájaro, que está hecho de pájaros; hay quienes lo han buscado en una palabra o en las letras de esa palabra; hay quienes lo han buscado, y lo buscan, en un libro anterior al árabe en que fue escrito, y aun a todas las cosas; hay quien lo busca en la sentencia Soy El Que Soy.

Como las formas universales de la escolástica o los arquetipos de Whitehead, suele descender fugazmente. Dicen que habita los espejos, y que quien se mira Lo mira. Hay quienes lo ven o entrevén en la hermosa memoria de una batalla o en cada paraíso perdido.

Se conjetura que su sangre late en tu sangre, que todos los seres lo engendran y fueron engendrados por él y que basta invertir una clepsidra para medir su eternidad.

Acecha en los crepúsculos de Turner, en la mirada de una mujer, en la antigua cadencia del hexámetro, en la ignorante aurora, en la luna del horizonte o de la metáfora.

Nos elude de segundo en segundo. La sentencia del romano se gasta, las noches roen el mármol.

DE LA DIVERSA ANDALUCÍA

Cuántas cosas. Lucano que amoneda
el verso y aquel otro la sentencia.
La mezquita y el arco. La cadencia
del agua del Islam en la alameda.
Los toros de la tarde. La bravía
música que también es delicada.
La buena tradición de no hacer nada.
Los cabalistas de la judería.
Rafael de la noche y de las largas
mesas de la amistad. Góngora de oro.
De las Indias el ávido tesoro.
Las naves, los aceros, las adargas.
Cuántas voces y cuánta bizarría
y una sola palabra. Andalucía.

GÓNGORA

Marte, la guerra. Febo, el sol. Neptuno,
el mar que ya no pueden ver mis ojos
porque lo borra el dios. Tales despojos
han desterrado a Dios, que es Tres y es Uno,
de mi despierto corazón. El hado
me impone esta curiosa idolatría.
Cercado estoy por la mitología.
Nada puedo. Virgilio me ha hechizado.
Virgilio y el latín. Hice que cada
estrofa fuera un arduo laberinto
de entretejidas voces, un recinto
vedado al vulgo, que es apenas, nada.
Veo en el tiempo que huye una saeta
rígida y un cristal en la corriente
y perlas en la lágrima doliente.
Tal es mi extraño oficio de poeta.
¿Qué me importan las befas o el renombre?
Troqué en oro el cabello, que está vivo.
¿Quién me dirá si en el secreto archivo
de Dios están las letras de mi nombre?

Quiero volver a las comunes cosas:
el agua, el pan, un cántaro, unas rosas…

TODOS LOS AYERES, UN SUEÑO

Naderías. El nombre de Muraña,
una mano templando una guitarra,
una voz, hoy pretérita, que narra
para la tarde una perdida hazaña
de burdel o de atrio, una porfía,
dos hierros, hoy herrumbre, que chocaron
y alguien quedó tendido, me bastaron
para erigir una mitología.
Una mitología ensangrentada
que ahora es el ayer. La sabia historia
de las aulas no es menos ilusoria
que esa mitología de la nada.
El pasado es arcilla que el presente
labra a su antojo. Interminablemente.

PIEDRAS Y CHILE

Por aquí habré pasado tantas veces.
No puedo recordarlas. Más lejana
que el Ganges me parece la mañana
o la tarde en que fueron. Los reveses
de la suerte no cuentan. Ya son parte
de esa dócil arcilla, mi pasado,
que borra el tiempo o que maneja el arte
y que ningún augur ha descifrado.
Tal vez en la tiniebla hubo una espada,
acaso hubo una rosa. Entretejidas
sombras las guardan hoy en sus guaridas.
Sólo me queda la ceniza. Nada.
Absuelto de las máscaras que he sido,
seré en la muerte mi total olvido.

N. del E.: Publicado en *Atlas*, 1984.

MILONGA DEL INFIEL

Desde el desierto llegó
en su azulejo el infiel.
Era un pampa de los toldos
de Pincén o de Catriel.

Él y el caballo eran uno,
eran uno y no eran dos.
Montado en pelo lo guiaba
con el silbido o la voz.

Había en su toldo una lanza
que afilaba con esmero;
de poco sirve una lanza
contra el fusil ventajero.

Sabía curar con palabras,
lo que no puede cualquiera.
Sabía los rumbos que llevan
a la secreta frontera.

De tierra adentro venía
y a tierra adentro volvió;
acaso no contó a nadie
las cosas raras que vio.

Nunca había visto una puerta,
esa cosa tan humana
y tan antigua, ni un patio
ni el aljibe y la roldana.

No sabía que detrás
de las paredes hay piezas
con su catre de tijera,
su banco y otras lindezas.

No lo asombró ver su cara
repetida en el espejo;

la vio por primera vez
en ese primer reflejo.

Los dos indios se miraron,
no cambiaron ni una seña.
Uno –¿cuál?– miraba al otro
como el que sueña que sueña.

Tampoco lo asombraría
saberse vencido y muerto;
a su historia la llamamos
la Conquista del Desierto.

MILONGA DEL MUERTO

Lo he soñado en esta casa
entre paredes y puertas.
Dios les permite a los hombres
soñar cosas que son ciertas.

Lo he soñado mar afuera
en unas islas glaciales.
Que nos digan lo demás
la tumba y los hospitales.

Una de tantas provincias
del interior fue su tierra.
(No conviene que se sepa
que muere gente en la guerra.)

Lo sacaron del cuartel,
le pusieron en las manos
las armas y lo mandaron
a morir con sus hermanos.

Se obró con suma prudencia,
se habló de un modo prolijo.
Les entregaron a un tiempo
el rifle y el crucifijo.

Oyó las vanas arengas
de los vanos generales.
Vio lo que nunca había visto,
la sangre en los arenales.

Oyó vivas y oyó mueras,
oyó el clamor de la gente.
Él sólo quería saber
si era o si no era valiente.

Lo supo en aquel momento
en que le entraba la herida.

Se dijo *No tuve miedo*
cuando lo dejó la vida.

Su muerte fue una secreta
victoria. Nadie se asombre
de que me dé envidia y pena
el destino de aquel hombre.

1982

Un cúmulo de polvo se ha formado en el fondo del anaquel, detrás de la fila de libros. Mis ojos no lo ven. Es una telaraña para mi tacto.

Es una parte ínfima de la trama que llamamos la historia universal o el proceso cósmico. Es parte de la trama que abarca estrellas, agonías, migraciones, navegaciones, lunas, luciérnagas, vigilias, naipes, yunques, Cartago y Shakespeare.

También son parte de la trama esta página, que no acaba de ser un poema, y el sueño que soñaste en el alba y que ya has olvidado.

¿Hay un fin en la trama? Schopenhauer la creía tan insensata como las caras o los leones que vemos en la configuración de una nube. ¿Hay un fin de la trama? Ese fin no puede ser ético, ya que la ética es una ilusión de los hombres, no de las inescrutables divinidades.

Tal vez el cúmulo de polvo no sea menos útil para la trama que las naves que cargan un imperio o que la fragancia del nardo.

JUAN LÓPEZ Y JOHN WARD

Les tocó en suerte una época extraña.

El planeta había sido parcelado en distintos países, cada uno provisto de lealtades, de queridas memorias, de un pasado sin duda heroico, de derechos, de agravios, de una mitología peculiar, de próceres de bronce, de aniversarios, de demagogos y de símbolos. Esa división, cara a los cartógrafos, auspiciaba las guerras.

López había nacido en la ciudad junto al río inmóvil; Ward, en las afueras de la ciudad por la que caminó Father Brown. Había estudiado castellano para leer el *Quijote*.

El otro profesaba el amor de Conrad, que le había sido revelado en un aula de la calle Viamonte.

Hubieran sido amigos, pero se vieron una sola vez cara a cara, en unas islas demasiado famosas, y cada uno de los dos fue Caín, y cada uno, Abel.

Los enterraron juntos. La nieve y la corrupción los conocen.

El hecho que refiero pasó en un tiempo que no podemos entender.

LOS CONJURADOS

En el centro de Europa están conspirando.

El hecho data de 1291.

Se trata de hombres de diversas estirpes, que profesan diversas religiones y que hablan en diversos idiomas.

Han tomado la extraña resolución de ser razonables.

Han resuelto olvidar sus diferencias y acentuar sus afinidades.

Fueron soldados de la Confederación y después mercenarios, porque eran pobres y tenían el hábito de la guerra y no ignoraban que todas las empresas del hombre son igualmente vanas.

Fueron Winkelried, que se clava en el pecho las lanzas enemigas para que sus camaradas avancen.

Son un cirujano, un pastor o un procurador, pero también son Paracelso y Amiel y Jung y Paul Klee.

En el centro de Europa, en las tierras altas de Europa, crece una torre de razón y de firme fe.

Los cantones ahora son veintidós. El de Ginebra, el último, es una de mis patrias.

Mañana serán todo el planeta.

Acaso lo que digo no es verdadero; ojalá sea profético.

EPÍLOGO
PARA LAS OBRAS COMPLETAS
(1974)

A riesgo de cometer un anacronismo, delito no previsto por el código penal, pero condenado por el cálculo de probabilidades y por el uso, transcribiremos una nota de la Enciclopedia Sudamericana, *que se publicará en Santiago de Chile, el año 2074. Hemos omitido algún párrafo que puede resultar ofensivo y hemos anticuado la ortografía, que no se ajusta siempre a las exigencias del moderno lector. Reza así el texto:*

BORGES, JOSÉ FRANCISCO ISIDORO LUIS: *Autor y autodidacta, nacido en la ciudad de Buenos Aires, a la sazón capital de la Argentina, en 1899. La fecha de su muerte se ignora, ya que los periódicos, género literario de la época, desaparecieron durante los magnos conflictos que los historiadores locales ahora compendian. Su padre era profesor de psicología. Fue hermano de Norah Borges (q. v.). Sus preferencias fueron la literatura, la filosofía y la ética. Prueba de lo primero es lo que nos ha llegado de su labor, que sin embargo deja entrever ciertas incurables limitaciones. Por ejemplo, no acabó nunca de gustar de las letras hispánicas, pese al hábito de Quevedo. Fue partidario de la tesis de su amigo Luis Rosales, que argüía que el autor de los inexplicables* Trabajos de Persiles y Segismunda *no pudo haber escrito el* Quijote. *Esta novela, por lo demás, fue una de las pocas que merecieron la indulgencia de Borges; otras fueron las de Voltaire, las de Stevenson, las de Conrad y las de Eça de Queiroz. Se complacía en los cuentos, rasgo que nos recuerda el fallo de Poe,* "There is no such thing as a long poem", *que confirman los usos de la poesía de ciertas naciones orientales. En lo que se refiere a la metafísica, bástenos recordar cierta* Clave de Baruch Spinoza, *1975. Dictó cátedras en las universidades de Buenos Aires, de Texas y de Harvard, sin otro título oficial que un vago bachillerato ginebrino que la crítica sigue pesquisando. Fue doctor* honoris causa *de Cuyo y de Oxford. Una tradición repite que en los exámenes no formuló jamás una pregunta y que invitaba a los alumnos a elegir y considerar un aspecto cualquiera del tema. No exigía fechas, alegando que él mismo las ignoraba. Abominaba de la bibliografía, que aleja de las fuentes al estudiante.*

Le agradaba pertenecer a la burguesía, atestiguada por su nombre. La plebe y la aristocracia, devotas del dinero, del juego, de los deportes, del nacionalismo, del éxito y de la publicidad, le parecían casi idénticas. Hacia 1960 se afilió al Partido Conservador, porque (decía) "es indudablemente el único que no puede suscitar fanatismos".

El renombre de que Borges gozó durante su vida, documentado por un cúmulo de monografías y de polémicas, no deja de asombrarnos ahora. Nos consta que el primer asombrado fue él y que siempre temió que lo declararan un impostor o un chapucero o una singular mezcla de ambos. Indagaremos las razones de ese renombre, que hoy nos resulta misterioso.

No hay que olvidar, en primer término, que los años de Borges correspondieron a una declinación del país. Era de estirpe militar y sintió la nostalgia del destino épico de sus mayores. Pensaba que el valor es una de las pocas virtudes de que son capaces los hombres, pero su culto lo llevó, como a tantos otros, a la veneración atolondrada de los hombres del hampa. Así, el más leído de sus cuentos fue "Hombre de la esquina rosada", cuyo narrador es un asesino. Compuso letras de milonga, que conmemoran a homicidas congéneres. Sus estrofas de corte popular, que son un eco de Ascasubi, exhuman la memoria de cuchilleros muy razonablemente olvidados. Redactó una piadosa biografía de cierto poeta menor, cuya única proeza fue descubrir las posibilidades retóricas del conventillo. Los saineteros ya habían armado un mundo que era esencialmente el de Borges, pero la gente culta no podía gozar de sus espectáculos con la conciencia tranquila. Es perdonable que aplaudieran a quien les autorizaba ese gusto. Su secreto y acaso inconsciente afán fue tramar la mitología de un Buenos Aires que jamás existió. Así, a lo largo de los años, contribuyó sin saberlo y sin sospecharlo a esa exaltación de la barbarie que culminó en el culto del gaucho, de Artigas y de Rosas.

Pasemos al anverso. Pese a Las fuerzas extrañas *(1906) de Lugones, la prosa narrativa argentina no rebasaba, por lo común, el alegato, la sátira y la crónica de costumbres; Borges, bajo la tutela de sus lecturas septentrionales, la elevó a lo fantástico. Groussac y Reyes le enseñaron a simplificar el vocabulario, entorpecido entonces de curiosas fealdades: acomplejado, agresividad, alienación, búsqueda, concientizar, conducción, coyuntural, generacional, grupal, negociado, promocionarse, recepcionar, sentirse motivado, sentirse realizado, situacionismo, verticalidad, vivenciar... Las academias, que hubieran podido desaconsejar el empleo de tales adefesios, no se animaron. Quienes condescendían a esa jerga exaltaban públicamente el estilo de Borges.*

¿Sintió Borges alguna vez la discordia íntima de su suerte? Sospechamos que sí. Descreyó del libre albedrío y le complacía repetir esta sentencia de Carlyle: "La historia universal es un texto que estamos obligados a leer y a escribir incesantemente y en el cual también nos escriben".

Puede consultarse sus Obras Completas, *Emecé Editores, Buenos Aires, que siguen con suficiente rigor el orden cronológico.*

Índice

EL LIBRO DE ARENA (1975)

LA ROSA PROFUNDA (1975)

LA MONEDA DE HIERRO (1976)

HISTORIA DE LA NOCHE (1977)

SIETE NOCHES (1980)

LA CIFRA (1981)

NUEVE ENSAYOS DANTESCOS (1982)

LA MEMORIA DE SHAKESPEARE

ATLAS (1984)

LOS CONJURADOS (1985)